55岁的叶辛

在文学所学术讨论会的休息室

1981年在猫跳河畔小屋内拆阅从全国各地寄来的读者来信

在电视连续剧《家教》拍摄内景

黔东南采访途中，在居住的工棚外整理笔记

在上海作协办公室改稿

思索中

在美国缅因州海岸边

叶辛长篇小说精品典藏
Ye Xin Changpian Xiaoshuo Jingpin Diancang

我们这一代年轻人 WO MEN ZHE YI DIA NIAN QING REN

时代出版传媒股份有限公司
安徽文艺出版社

叶辛，1949年10月出生于上海。中国作家协会副主席、国际笔会中国笔会副主席、上海文联副主席、上海作家协会副主席、著名作家。曾担任第六届、第七届全国人大代表和贵州省作家协会副主席，《山花》《海上文坛》等杂志主编。长篇小说《蹉跎岁月》《孽债》被改编为电视连续剧，曾引起全国轰动，成为中国电视剧的杰出代表。

著有长篇小说《蹉跎岁月》《家教》《孽债》《三年五载》《恐惧的飓风》《在醒来的土地上》《华都》《缠溪之恋》《客过亭》等。另有"叶辛代表作系列"三卷本、"当代名家精品"六卷本、"叶辛新世纪文萃"三卷本等。短篇小说《塌方》获国际青年优秀作品一等奖，由本人担任编剧的电视连续剧《蹉跎岁月》《孽债》《家教》均获全国优秀电视剧奖。

Ye Xin Changpian Xiaoshuo
Jingpin Diancang

叶辛长篇小说精品典藏

我们这一代年轻人

WO MEN ZHE YI DIA NIAN QING REN

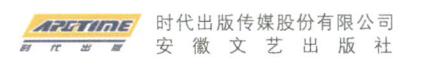

叶辛 ◎ 著

时代出版传媒股份有限公司
安徽文艺出版社

图书在版编目(CIP)数据

我们这一代年轻人/叶辛著.—合肥:安徽文艺出版社,2017.4
(2018.4重印)
(叶辛长篇小说精品典藏)
ISBN 978-7-5396-5932-9

Ⅰ.①我… Ⅱ.①叶… Ⅲ.①长篇小说-中国-当代 Ⅳ.①I247.5

中国版本图书馆 CIP 数据核字(2016)第 281239 号

出 版 人：朱寒冬　　　　　选题策划：朱寒冬　岑　杰
责任编辑：欧子布　　　　　装帧设计：丁　明　褚　琦

出版发行：时代出版传媒股份有限公司　www.press-mart.com
　　　　　安徽文艺出版社　www.awpub.com
地　　址：合肥市翡翠路 1118 号　邮政编码：230071
营 销 部：(0551) 63533889
印　　制：安徽新华印刷股份有限公司　(0551)65859551

开本：710×1010　1/16　印张：19.75　字数：350 千字
版次：2017 年 4 月第 1 版　2018 年 4 月第 3 次印刷
定价：39.00 元

(如发现印装质量问题,影响阅读,请与出版社联系调换)

版权所有,侵权必究

目 录

我们这一代年轻人 / 001

后记一:遥远的猫跳河谷 / 281

后记二:论中国大地上的知识青年上山下乡运动 / 283

叶辛年谱简编 / 305

我把此书献给成千上万在"文化大革命"中上山下乡的知识青年同志们,对于他们来说,这段岁月,是永难忘怀的。

——叶　辛

我们这一代年轻人

一

收工了。

鱼鳞状的晚霞在西天边抹出一片橘红色,像是婴儿露出的甜甜的笑靥。

"慕蓉支!"走近寨口堰塘的收工行列后头,响起一声清脆的叫喊。

热闹喧嚷的妇女行列,大家嘻嘻哈哈,说笑不停,都没注意这声呼唤。

"慕蓉支,你等等我。"清脆的叫喊声又起,比起先还急促些,"有事儿同你讲!"

人群里还是没人应声。有个中年妇女推了推自己身前的姑娘,她只顾埋着头往前走,一点也没听见伙伴的呼喊。中年妇女在她肩膀上推了两下,又拍了两掌说:

"小慕,"山寨上的妇女,不习惯叫慕蓉这么个双姓,照对所有知识青年的称呼习惯,喊她"小慕","刘素琳在喊你呢,等等她。"

慕蓉支应声仰起脸来,诧异地眨了眨明朗温和的大眼睛,白里泛红的面颊上升起了两朵红霞,她刚要发问,后面刘素琳的喊声又起了:

"慕蓉支,等等我。"

慕蓉支从肩上卸下锄头,走出妇女行列,等着同户的小刘。她不知干练豁达的小刘将对自己说些什么,抬头向后张望着。

妇女行列走进寨子,乐呵呵的说笑声渐渐消融进各家各户的院坝里去。

刘素琳走到慕蓉支跟前,神情异样地瞥了她一眼,往寨路上望了两眼,又回头向她们走来的路上瞅了瞅。

"小刘,什么事?"慕蓉支轻声问道。热情洋溢的刘素琳一向是嘻嘻哈哈的乐天派,什么话在肚子里也藏不住,今天变得这么小心翼翼,倒有些使她好奇了。

刘素琳并没回答慕蓉支的问话,又向四周环顾了一下,大概是觉得这儿实在不能讲悄悄话,便果断地拉起慕蓉支的手臂,说:"走,到那边去说。"

她伸手指着寨子外头红土坡上的慈竹林边。

初秋天,慈竹都已返翠。竹竿变成翡翠色,竹叶子像条鱼,一眼望进去,竹林里密密簇簇的,很是繁密。谁都知道,编箩筐、背篼、提篮、囤箩,砍实用的竹子,这个时节最好了。不过,慈竹林是生产队的竹园,又临近寨子,不会有人在竹林里砍竹,也没人愿钻进那么密的竹林去玩耍。

两个姑娘走到红土坡边,这儿地势很好,背靠竹林,身前一条上坡去的小路,有人走过,一眼就能看见,是个说悄悄话的好地方。

刘素琳东张西望着,探查左右有没有人,一向耐心的慕蓉支倒有些沉不住气了,什么话这么机密呀?她又问:

"到底有什么事呀,小刘?"

这一问,刘素琳把脸转过来向着她了。刘素琳的个子比慕蓉支高半个脑壳,沉静的眼睛,双眼皮儿,细嫩的皮肤已在几年的山寨劳动中晒得黝黑黝黑的。她的两眼定定地望着慕蓉支,却并不说话,露出一脸的探究神色。

慕蓉支微笑了一下,说:"小刘,有什么事,尽管说吧,看你,平时那股干练劲儿到哪儿去了!"

"你要说实话。"刘素琳一点也没笑,反而语气凝重地说,神情显得格外严肃。说完,她又睁大双眼,用那种探究的眼神望着慕蓉支。

慕蓉支白皙的脸上顿时变得绯红绯红,直红到耳朵根。刘素琳不难看出她脸上的红潮,也不难看出她明朗温和的大眼睛里闪出的光彩。

刘素琳看明了这两点,两边尖尖的嘴角不由得嚅动了几下,露出一股失望、颓丧的神色。

"小刘,究竟出什么事了?你快说呀!"慕蓉支镇定一下自己,再次催问道。

刘素琳抬起了头,双眼凝视着慕蓉支,眼皮一眨也不眨地说:

"昨天晚上,你和程旭一道到树林子里去了吗?你和他……究竟……"

像一团火烧云映射在慕蓉支的圆脸盘上,她满脸都涨红了,明朗温和的大眼睛里闪烁出惊异的神色,嘴里讷讷地说不上话来:

"这……这……"

这还用说吗?刘素琳一眼就看穿了她的心事,但小刘仍要一个明确的答复,她口气冷冰冰地说:

"不要骗我,要说实话。"停停,她又补充说,"我有事儿告诉你!"

"什么事儿?"慕蓉支急切地追问。

"你先得回答我的问话!"刘素琳今天显得特别固执,一点也不愿放松自己的条件。

慕蓉支两条细弯细弯的眉毛耸动起来,印堂间隆起了一个疙瘩,嘴巴张了张,脱口问道:

"你怎么知道的?"

"啊!"刘素琳粗粗地喘息了一声,虽然事先已有准备,又是自己先向对方打听的,但听到慕蓉支的回答,她还是惊愕地睁大了双眼。慕蓉支这么问自己,就是说她已经承认同程旭在夜里到树林子里去过。像同学们私底下议论的一样,她确实同程旭"好"起来了。这个"好"字的解释,只有刘素琳心里明白,在字典里是查不出这一条解释的。简单地说,在韩家寨的知识青年集体户中,这个"好"字,就是"恋爱"两字更加口语化的说法。在集体户里,由于共同生活和劳动,天天生活在一起,一个男青年和一位姑娘"好"起来了,有了三年多插队落户历史的青年们,是并不以为奇怪的。让刘素琳吃惊的是,慕蓉支这么漂亮的姑娘,竟会去同毫无特点,相反,总让人觉得有点孤僻、古怪的程旭"好"!在小刘的眼里,慕蓉支什么人不能爱?凭她的个性、相貌及为人处世的态度和在集体户里受到的尊重来说,她完全可以找一个相貌堂堂、一表人才的男青年作为自己的朋友。可是,她找的却是程旭,一个老是阴沉着脸、三天也不说两句话的"怪"人。

必须解释一下,这个"怪"字,在集体户的二十多个男女知识青年中,也同"好"字一样,有它特殊的解释。这个"怪"字,从姑娘们的嘴里说出来,应该解释作"有一股说不出的味儿"。

但是眼前,刘素琳的不平和惊愕还有更加重要的原因,这不是一般相好的姑娘认为自己的伙伴找了个和她不配的男朋友的不解和焦虑,这像是看到自己相好的伙伴落进陷阱去一样的焦灼和痛苦。刘素琳出了几口粗气,有点急促地问:

"慕蓉支,你、你真同程旭好上了?你、你真喜欢……"

这一来,慕蓉支倒渐渐安静下来。原来,小刘已经不知从哪条渠道,窥见了自己心灵上的秘密。这有什么,既已知道了,也不用瞒她了。二十三岁的慕蓉支还从来没有说过谎话。从她本意来说,因为事情刚开始,她并不愿意让人家都晓得这件事,免得在韩家寨上闹得满城风雨,议论不息。但人家既然已经晓得了,也不必去辩解和否认。这么想着,她的语气和神态都镇静得多了。她微微点了点头,低声说:

"你的眼睛真尖。小刘,你看这件事……"

要在往常,哪一个女同学来同刘素琳商量这类事情,刘素琳真会专心细致地听着对方陈述,随后同她一起慢慢地散步,一点一滴地和伙伴共同猜测,出点子、想办法。可此刻对慕蓉支的征询,刘素琳却不耐烦地打断了她的话:

"我根本就反对你和程旭交朋友!"

"为什么?"小刘的态度这么绝对和武断,真的使慕蓉支大吃一惊。一个再不谨慎的姑娘,也不会用这样的态度和语气来评判另一个姑娘的爱情呀。

"为什么?"刘素琳自己也反问了一句,随后平了平心头涌起的急躁劲儿,竭力使自己的情绪和缓一些,"去年冬天,程旭回上海去探亲,你知道吗?"

慕蓉支看刘素琳的神情态度,预感到要听到些从来没听说过的有关程旭的话了,她涨红了脸,两眼瞪得老大,期待地望了望小刘,闭紧嘴巴,点了点头。

刘素琳看到慕蓉支那双真诚坦白、明朗温柔的眼睛里透出丝丝焦虑之光,心头紧了一紧,自己对自己说:多单纯、多好的慕蓉支啊,她还是头一次和男青年交朋友呢!谁能料到,这么好的伙伴,竟然会一迈步就上当。对,为了慕蓉支,为了我们的友谊和责任,我必须把知道的事情告诉她,让她尽快地和程旭这个坏家伙一刀两断。他们仅仅出去了一次,感情还不会太深,只要她听了自己说的事儿,准会回头的。

生活中常有这样的事儿,爱情的萌芽,会由于一个极偶然的因素,产生误解、恐惧,以致由对对方的怀疑、猜测,发展到不信任、破裂。于是,刚出土的嫩芽又缩回了泥土,或是干脆掐断了!

刘素琳今天就要对慕蓉支说出程旭的一些真相。干涉她的爱情,提醒她引起警觉。她见慕蓉支点头,继续说:

"大队批了他两个月时间的假期,结果,他在上海一住住了四个多月,直到春耕已经开始了,他才回来。你还记得吗?"

"记得。"慕蓉支的脸色通红通红,别人这么直截了当地在她面前讲起自己的心上人,她还很不习惯。程旭回上海探亲,住了四个多月,她比任何人都清楚、都明了啊,她怎么会忘记?刘素琳哪能知道,在那四个多月时间里,和她睡在一间屋里的慕蓉支,时常惦记着回上海去探亲的程旭、盼着他的来信呢。

"记得便好。"刘素琳顿了顿,决定让自己停一停,再说出那个决定性的消息。看见慕蓉支满面通红地望着自己,刘素琳不忍心多停歇了,她一把拉住慕蓉支的衣袖,结结巴巴(这可不是她的习惯)地说:

"支,我跟你说,上海公安部门发来绝密的函件,要公社立即拘捕程旭,他们派人来把他押回去……"

西天边那一片橘红色的晚霞已经褪尽了它那绚丽的色彩,太阳早就落坡了。灰黑色的薄暮已经笼住了座座山头,天快擦黑了。

慕蓉支脸上朝霞般的红云倏然消失,脸色变得纸一样苍白,两眼凝定在慈竹梢梢上,眼睛里透出惊骇无比的闪光,晶莹的泪水盈满了她的眼眶,她的嘴巴张了张,露出一排整齐雪白的牙齿,一句话也说不出来。

刘素琳瞥了她一眼,伸出手指捅捅慕蓉支的腰肢,"呱呱呱"开机关枪样地继续说:

"这么坏的人,你、你还同他好,同他交朋友吗?快,别上当了!趁早回头吧。说不定,今晚上,明早晨,公社的干部和派出所的公安人员就到韩家寨,给他戴上八零八①……"

刘素琳的话音戛然而止,不敢往下说了。她看到慕蓉支的肩膀摇晃起来,眼睛里汪满了泪水。尤其是她的脸色,苍白得吓人!

---

① 八零八——系指手铐。

一年之前，慕蓉支在集体户里害过一场大病，在床上躺了一个多星期才起来。病体初愈时，她强自扶着床栏和墙壁，走出集体户晒太阳。那时候，她那病弱失神的模样，吓了刘素琳一跳。此刻，刘素琳看到的慕蓉支，竟同一年前大病初愈的慕蓉支一模一样，刘素琳心里暗暗吓了一跳，止住了话头，思忖道：看来，慕蓉支太没有思想准备，我讲得太急促了，应该慢慢地绕着圈子告诉她，让她有一些思想准备呢。陈家勤告诉我的时候，我自己不也吃了一惊吗！

想到这儿，刘素琳把自己的锄头立在土坎上，双手扶住慕蓉支的肩膀，放低了声音，劝慰道：

"支，消息是太叫人吃惊和突然了，真正想不到。不过，你也不必太紧张，反正，你和他的关系是正常的同志关系，我们大家都知道。我急着告诉你，就是想提醒你一下，不……"

"谢谢。"慕蓉支透过模糊的泪眼打量了小刘一眼，硬咬住嘴唇，哽咽着说，"谢谢，我知道了。谢谢……"她只是机械地重复着"谢谢"两个字，自己也没感觉到，她的手是在推着向她挨近的小刘。

小刘已经感觉到慕蓉支的手在推着自己，她惶惑地抽回自己的双手，觉得仍有必要做些叮咛，再次劝慰道：

"不过，你要镇定些，要做得和往常一样。就是说，要像我们这些人听到这种消息一样，不要过分。过分，对你是不利的。你懂吗？"

刘素琳的话里，充满着对好友的关切，也充满着老大姐般的世故。慕蓉支不置可否地低垂着头，手中的锄头，"嗒"一声落在地上。她轻声低语：

"……我……我要歇一歇，要好好想一想……"

"我理解你的心情。"刘素琳的双手重重地在慕蓉支肩头上压了一压，"要歇，你就在这儿歇吧；要想，你也趁这机会好好想一想。回到集体户，你可要镇静，装得没事人似的。还有，再碰到程旭，你可不能感情用事，更不能把这个消息告诉他。公安部门要逮捕他，他和我们之间的关系，就是敌我关系，你一定要同他划清政治界限呀！"

慕蓉支又觉得小刘的双手在自己肩头上压了压，仿佛她还呆站了片刻，等到自己再次勉强抬起头来，刘素琳的身影早就不见了。两把锄头，她也带回去了。

暮色像帷幕一样遮住了天地间的一切，慕蓉支只觉得黑黝黝的山岭在向她倾倒过来,她站立不住,一屁股坐倒在慈竹林边的土坎子上,双手抱着膝盖,把脑壳埋在两腿之间,"呜呜"地哭泣起来。

天完全黑了。初秋的晚风轻拂着慕蓉支柔软的头发,"嗡嗡嗡"的蚊虫趁机对这个毫无防范的姑娘大肆发动进攻。慕蓉支一无所动,她像一个被重锤狠狠砸晕过去的人那样,浑身麻木了,瘫倒了。

山寨上已经亮起了灯光,从一座座砖墙瓦屋和一幢幢茅屋里,不时地传出社员们的欢声笑语和哄抱娃儿的声气,这正是山寨晚间忙碌的时候。

谁也没察觉,慕蓉支姑娘沉浸在深深的悲痛之中。惊吓和忧虑使得她两眼模糊,脑神经也随之绷得紧紧的,四周团转的一切,对她来说都如同不存在了。

哭过了一阵,理智才逐渐回到慕蓉支脑壳里来。她掏出小手帕,抹了抹眼角边的泪水,按住狂跳不已的心房,自己问着自己:

怎么办?事情已经来了,我该怎么办?

当然,从理智来说,应该像小刘说的那样,听到这个消息,只当作没事人似的,镇定平静地应付一切,立刻掐断和程旭的关系,仍旧维持同户的同志关系。但是,奔放的初恋之情不允许她这么干,慕蓉支甚至没往这上面想过,要叫她对程旭的满腔热情马上冷却下去,已经是不可能的事了。那么,继续爱他吗?即使他被逮捕了,也坚持不懈地爱下去吗?

慕蓉支的手心里都捏出了冷汗,这是多么可怕啊!为什么,命运偏偏让纯洁的慕蓉支遇到这样的挫折和打击呢?慕蓉支生得端庄而又俏丽,在集体户里,一向都说她风度文雅、稳重而又落落大方。插队落户三年来,像她这么个姑娘,自然不断地会引起同户或外队一些知识青年的爱慕之心,有大胆的小伙子,甚至敢于向她表示自己的愿望并写来充满火热情感的书信。慕蓉支从无所动。谁晓得,自己心田里刚刚产生了爱情的萌芽,狂风暴雨却来临了!她怎么忍受得了呢?二十三岁的年轻姑娘呀,当她把自己最真挚的感情向程旭倾诉的时候,曾经反复思索过多少次呀。她像站在一个溜斜的冰坡上滑冰似的,怀着憧憬的但又有些恐惧和畅快的心理,身不由己地滑了过去。但一滑过去,慕蓉支就拿定了主意,认为自己并没做错。她从来没有过第二种想法,她把自己的行动、把自己和程旭之间的关系,看作是神圣的、庄严的终身大事。

可是现在,像一个美好的五彩缤纷的电视屏幕,突然被一块横空飞来的石头砸得粉碎那样,慕蓉支感到心头重重地被压上了一块磨盘,浑身麻木不已,处在一种怅然若失的状况里。

天黑尽了,初秋的晚风还带着点凉意吹袭过来。白天在坡上劳动,并不感觉很累,衣服也穿得单薄。可现在,肚里开始饿了,身上又不自禁地打起抖来,但慕蓉支并不想马上回到集体户去。她要好好地理一理纷乱的头绪,决定自己此后的行动。

难道程旭回上海的四个月时间,真干下了什么见不得人的勾当,犯下了罪吗?像他这么个人,真会与什么可怕的案件纠缠在一起吗?不,不可能的呀,我和他认识两年多了。可以说,他的一举一动,他的一言一语,我都熟悉。难道,我的眼睛会有错吗?大人们常说,知人知面难知心,莫非,我还没了解程旭的真正性格和为人吗?

不,我了解他的!我要不了解他,我会和他到树林子里去谈心吗?他谈得多么好呀!

可要逮捕他的事,也是确实的呀!小刘是我的好朋友,她绝不会在这么严肃的事情上同我开玩笑。她怎么会知道这件事的呢?既是绝密的文件,陈家勤怎么会看到呢?他当过户长,和公社好些人的关系都很密切。真有这样的事,公社干部当然会告诉他,要他留神程旭的一举一动。那么,程旭真会遭遇到这么大的不幸吗?啊,不,不是不幸,如果他真干过什么犯罪的事……

慕蓉支不敢想下去了,她不愿意这么想啊!把"犯罪"这两个字,和集体户里流里流气的沈兆强这种人联系起来,这是一点也不叫人奇怪的。可要把这两个字和严肃拘谨的程旭联系起来,叫人怎么可能相信哪!他有那么一颗深沉、善良的心啊!

慕蓉支好似坠入了深深的海洋里,狂啸怒号的波涛把她一会儿掀上咆哮的浪峰之上,一会儿把她沉到深渊似的海底里,她的心一时悬空恍惚,一时陡落到无底的洞子里,悚悚不安。

她相信刘素琳所传的消息,她又相信程旭的为人。就这样,像两股河汉中相交的激流,思绪一会儿冲向这边,一会儿又推向彼岸,使她心乱如麻,不能自已。

往事,和程旭相识两年多来的往事,好比涨潮时的海水,兜底从她的心头翻腾起来,回忆像冲开闸门的激流一样阻挡不住,一阵又一阵地叩击着她的心扉……

二

两年之前,韩家寨大队的上海知识青年们,有了一次调动。

原来第一生产队和第三生产队的集体户,由于一场突如其来的山洪暴发,泥墙全被淹塌了,知识青年们不能再在里面居住了。两个生产队的知识青年,共有二十四人,住到哪儿去呢?

大队革委会和一、三队的贫下中农立即采取措施,准备把大队部所在的韩家寨祠堂修整一遍,让知识青年们住进去。正巧,公社的百货、供销商店要联合在韩家寨新建一个下伸店,店堂就设在祠堂边上。公社的知青办公室听说韩家寨一、三生产队的知识青年受了灾,急忙向县里作了汇报,县里立即划拨了救济款和木料。于是,修整祠堂的木料砖瓦便和新建下伸店的材料一起运到了韩家寨祠堂跟前。请了几个老师傅、贫下中农和知识青年一齐动手,不到一个月,小巧美观的下伸店和韩家寨祠堂都修整好了。二十四个知识青年住进了用杉木隔成一间间的祠堂里,下伸店里也摆满了各种各样的百货。祠堂周围,顿时成了韩家寨最热闹最喧嚷的地方。

本来,这个大祠堂只有在全大队开会的时候,才有人来光顾。平时,里面除了堆些麦草、豆秆、石灰、破旧风扇之类的东西,很少有人到这儿来。可自从住进了二十四个知识青年,又有了下伸店,这儿着实兴旺起来。

两个生产队的知识青年们并住在一起,公社、大队和一、三队的贫下中农们都建议他们并成一个大集体户,一块儿过活。这样,既利于青年们安排好生活,又利于青年们出工参加集体生产劳动,接受贫下中农再教育。青年们好热闹,这建议一下子实施起来。

头一个月,集体户还过得欢乐、快活,从第二个月开始,集体户里就发生了扯皮事儿。扯皮的起源,是从做家务起始的。

一、三两队的知识青年合户之后,每天抽出两个人来做饭、料理家务。两个人给二十二个人做饭、料理家务,还挺忙的。大家都说,留在家里并不比出工轻松,轮到值班的同学,要赶早起床,最晚入睡,一天忙到黑,才能让劳动一天的同学们吃上热饭热菜,用上热水。

慕蓉支头一回在大集体户值班,正好同程旭搭档。前一天,慕蓉支还关照少言寡语的程旭,第二天早点起床,大家都要出早工,早饭要比以往更早些。程旭回眸瞅着慕蓉支,嘴巴张了两张,欲言又止地瞥了身旁的几个知青一眼。慕蓉支怕他有为难之处,放低嗓门问:"有困难吗?"

"这……没、没啥……"程旭略有些着慌地讷讷着,继而垂下眼睑,耳语般道,"我……我尽力早、早起……"

第二天,慕蓉支天没亮透就起了床,她烧火、担水、煮稀饭、炒咸菜,一个人忙得在灶屋里转晕了脑壳,程旭却还没起床。天亮了,男女同学们都醒了,还是不见程旭的影子,慕蓉支一问和程旭同屋的男生,才知道,程旭老早起了床,不知到哪儿去了。大家吃过早饭都出工去了,屋里只剩下慕蓉支一个人,程旭还没回来。直到太阳升上了竹梢梢头,程旭才拖着两条被露水打湿的裤腿,一脸倦容地回到集体户来。慕蓉支见他衣服上沾着泥巴点子,一双光脚板上沾的泥斑还没洗去,两只袖管全打湿了,一走进灶屋就倒水喝,显得又累又渴。看到程旭这副神态,原先想询问他几句的慕蓉支不吭气了,她联想到昨晚上叮嘱他早起时,他那为难的神色,内心暗忖道,也许他真有什么难处。这么想着,慕蓉支非但没责备他不做家务,还催着他快吃早饭。

端起饭碗,程旭就着咸菜、萝卜干喝稀饭,吃得很香甜。添第二碗粥时,他侧转脸望着正在洗菜的慕蓉支,结结巴巴地说:

"我、我啥事也没干……你、你累了吧?这、这实在是对不起。节气来临了,时、时间紧迫,忙得恨不能把时间扯住……"

慕蓉支看他说话比爬山登岭还累,心里有些不忍,也没听明白他说的是啥意思,便表示谅解地点点头说:

"这没啥关系的,你不用解释。"

说完,慕蓉支埋头细心地洗起盆里的菜来。她心里想,人都是自觉的,吃过早饭,他会帮着自己做点事儿,午饭和晚饭,不至于会像做早饭那样转昏头了。

谁知道,程旭搁下早饭碗,连碗筷也没洗,又一声不吭地出去了。吃午饭他又姗姗来迟,吃完了午饭,他又没洗碗筷,连一声招呼也不向慕蓉支打,便出去了。等他回来吃晚饭,整个集体户都已睡了。慕蓉支一个人为二十三个人忙碌了一整天,比出工还累,天一黑,她撑不住疲劳和瞌睡,早早睡下了。临睡前,她心里说:程旭回来,吃过晚饭,准会把灶屋收拾收拾再睡觉。哪晓得,第二天接着值班的两个同学愤愤地向慕蓉支和程旭提了一通意见。原来,程旭回到集体户之后,吃过两碗饭,地没扫,碗筷没洗,大水桶里的清水用光了,也没给挑上,就上床去睡了。灶屋里,丢给了接着值班的两个同学一副烂摊子。

听着两个同学的意见,慕蓉支委屈得双眼噙满了泪珠。她怨恨地想,都是程旭这个"怪"人,自己忙死忙活劳累了一天,还要听怨言。他为啥一点集体户的事儿也不干呢!

怨是怨,可慕蓉支是一个容易原谅人的姑娘。看看她的外貌、形象,就能意识到这一点。她的个头并不算高,不过由于那令人惊奇的匀称苗条的体态,使人觉得她的身材修长而挺拔。记得,她刚从上海来到韩家寨的时候,面庞白皙秀丽而又娇柔,好羞涩,最吸引人的是她那一双明朗温和的大眼睛,当她凝神看着什么的时候,那闪烁着波纹的目光明亮得仿佛能透过乌云。任何人一眼看到她,虽然不会觉得她是一个绝色美人,但仅凭那一眼,人们准会说,这是一个心地善良的姑娘。

她的相貌正好显示了她的性格的一方面,另一方面,是不容易从相貌上看出来的。那便是她非常正直,从来没有说过谎,从来没有因为要达到自己的目的,而想到要去欺骗别人、损害别人的利益。

因此,几天之后,她对程旭的怨气就消了。她只觉得,这个人真是怪,真像三队的其他知青向一队的同学介绍的那样,他是一个孤僻、寡言、捉摸不透的人。慕蓉支原来在第一生产队,赶场天、下雨天,她不像其他知青一样爱串集体户玩耍,因此并不认识程旭,刚刚和三队合户,她也没有和程旭面对面说过话。不过,关于这位怪人,她已经从三队的小伙子和姑娘们那儿听说过多次,知道由于他那古怪的个性,他是被三队的知青最看不起的人。不论男女,谁也不爱同他说笑,或是闲聊天,更没人同他说说知心话儿。每当整个集体户谈笑风生、最为热闹的时候,他总是默默无言地缩在自己的床角边,不知在干些什么。合户不久,慕蓉支也看出来了,程旭和整个集体户之间,确实有不合拍的地方,他的身上确实有着很大的与众不同之处。比如说,知识青年们在饭后工余,最关心的话题便是抽调到工矿和未来的生活,大家往往谈得很热烈,可程旭却置若罔闻。慕蓉支发现,他有时连听也不在听。又比如,男生们搬进大祠堂的时候,大家都抢着占好铺位,他却不与人争,等到大家的铺位都占定了,谁也不愿待在那个顶风靠门的地方,他就把床安在那里,也没说过一句怨言。吃饭的时候,知识青年们都互相招呼,议论着菜炒得咸、淡,是否可口,把桌上的好菜争吃一空,他却稳坐在那儿,拣着吃一些素菜。不管是吃肉、煮鱼,还是炒鸡蛋,从来没见他的筷子去撩过一块。他生活在大祠堂这个集体户里,一点也不合群。他一次也没有主动同人讲过话,久而久之,人们也不愿和他去讲话。就这样,关系莫名其妙地变僵了,好些知青,常把他作为取笑的谈话资料。

人人都这么看他,慕蓉支也在不知不觉间,和集体户大多数人一样看待这位怪人了。但是,她并不像有些人一样蔑视他、取笑他,或是把他作为一种怪物向人宣扬,她只是觉得,一个年轻小伙子,暮气沉沉的,像个老头儿,和集体不合群,和伙伴中的谁也格格不入,这是不好的。慕蓉支从来没有想过,为什么程旭在集体户里会处于这样一种地位,是什么原因促使他变得这么怪。

十二天一圈,第二次又轮到他们两人值班煮饭了。慕蓉支实指望程旭能配合得协调一些,哪知道程旭仍然一点也不配合她。相反,他整天都不在集体户里,连饭也没回来吃,把理应两个人干的事,统统推在她一个人身上。

第三次、第四次都是这样。

慕蓉支的忍耐心再好,也发出了怨言。集体户的男女同学,早就把这一切看在眼里,听慕蓉支终于气恼地说起了埋怨话,姑娘们纷纷帮着她抱不平起来。话很快传到了户长陈家勤耳朵里,陈家勤按例,在每月一次的集体户民主生活会上,把这个问题提了出来。不同的是,开这个会的时候,陈家勤特地把韩家寨的大队革委会主任姚银章请了来。

民主生活会在宽大的灶屋里召开,每个知识青年都把自己屋内的板凳拿出来,靠壁坐着。陈家勤和姚银章坐在一张小方桌子边上。气氛有点沉闷,那天晚上,公社小水电站的电力不足,电灯光昏昏乎乎的,把每张脸都照得黄惨惨的。陈家勤说过开场白之后,慕蓉支站起身来,给程旭提了意见:

"我一共和程旭配合值了四次班,每次我们值班,对他来说,都是放假。他没有挑过一担水、洗过一只碗、淘过一次米、抱过一捆柴。大家也看到了,他在外面逛够了,回家来拿起碗就吃,吃完了一搁饭碗又走了。我觉得,要是这样,不如让他出工去,让我一个人值班算了。省得借着值班的名义,不出工四处玩。希望程旭今后……"

慕蓉支看到程旭缩着肩膀,起先惊愕地睁大双眼,怔怔地盯着她,随后,他的脸上升起一片红晕,埋下了头。慕蓉支心软了,她想说几句"希望",不致使他太难堪,谁知道,刘素琳不等她说完话,"呼"地一下站起来,直通通地说:

"我们知识青年到山寨,是来接受再教育的,不是来当大少爷的,到了山寨,你还想过饭来张口、衣来伸手的享福日子,那是困扁了头,休想!我们知识青年不允许,贫下中农不允许,社会主义制度不允许!程旭,你该清醒清醒,好好想一想!"

刘素琳这样毫不容情地帮着慕蓉支一放炮,知识青年们纷纷指责起程旭来,大家你一言我一语,声气忽高忽低地批评道:

"是啊,程旭这么干,太不应该了。以后要改哪!"

"他是老脾气了,要改也难。"

"这种怪人,只有不理睬他!"

"我看他,好像不适应在韩家寨生活……"

……

所有的指责当中,数高大粗壮的沈兆强说得最激烈,他操着悦耳的上海话道:

"程旭这个家伙,不懂经的。做事情要上路,你做出的事情,实在太不上路!老实讲,我算得是喜欢交朋友的了,碰到你这种人,也只好车转屁股就走。慕蓉支这种姑娘,脾气算得好了,她也对你积了一肚皮意见。可见你实在太讨厌了!我建议,我们集体户把他分出去,他喜欢一个人自说自话,让他一个人去管自己算了!"

沈兆强的话,得到几个人的赞同:

"程旭实在不像集体户的人,把他分出去算了!"

"分、分出去,看他一个人怎么过!"

"也教训教训他,叫他尝尝一个人独自过的味道!"

……

霎时,把程旭分出集体户的意见占了上风。慕蓉支万万没有想到,民主生活会,开成这个结果。她偷偷地瞥了程旭一眼,他缩在灶屋的角落里,头垂在胸前,看不清他的脸,只觉得他那不宽的两个肩膀在像白杨树叶子似的抖动。慕蓉支的心头紧了一紧,不敢再看他了。她并不愿意把程旭分出集体户去,并不愿意看到集体户里出现这种令人难以忍受的二十三比一的局面,那会对程旭的心灵,有多大的压力啊!那不是民主生活会,那是打击程旭啊!四个值班日积攒起来的怨气,在这一刹那都因对程旭的同情而消散了,慕蓉支只希望主持会议的陈家勤和姚银章劝劝大家,对程旭批评帮助一下,就够了。不能一棍子把人打死呀!她仰起脸来,期待地望着陈家勤。

陈家勤是个高个儿、宽肩膀的英俊青年,脸容端正,浓眉、亮眼、挺鼻、薄嘴,说话镇定自如、有条不紊,做事沉着稳练、胸有成竹。慕蓉支听说,来插队之前,他是学校红代会的头儿,造反队的队长,"文革"前又是共青团的校总支副书记。她相信,陈家勤会按照政策办事的。

喧嚷了一阵,灶屋里静了下来。陈家勤用手里的钢笔套潇洒地敲了敲小方桌面,发出一连串"嘟嘟嘟"的响声,这表示他要讲话了。他先扫视了众人一眼,仿佛已经感觉到慕蓉支期待的目光,然后话语镇定清晰地说:

"说起来让人伤心,在集体户里,我和程旭是同校同班来的同学,在金色的学生时代,我们甚至还有过友谊,也聚在一起纵谈过理想。真没想到,他到了农村之后,一再地表现出极端的个人主义,和集体户闹不团结,我劝过他几次,他从来没有听过。我觉得,他的这种表现,是资产阶级个人主义思想的反映。事情不是一朝一夕了,记得,在学校里的时候,老师就一再地批评他想成名成家,走'白专'道路。按理说,到了山寨之后,他该改变一些。可是,我也不用说了,他的表现大家都看到了。作为老同学,我不能只顾私情,违反集体户的纪律。既然大家都不允许他在集体户里待下去,我也表示同意。不过,还应该听听大队主任的意见。"

说着,陈家勤转过脸去,征询地望着姚银章。大队革委会主任姚银章,年岁三十六七,眯缝眼、高额头、大鼻孔、厚嘴唇,干部只当了两三年,说话却爱拖声拖气地打官腔:

"我完全同意小陈的说法,大家讲的嘛,也对头!程旭,你出身于反动家庭,在学校表现就不好,下乡快一年了,集体劳动中你避重就轻,连担子也没挑过。你看看,和你同来的十多个男同学,哪一个现在不能挑上百把斤?独有你,看见扁担像遇到了毒蛇,碰也不敢碰。平时,你在三队,净和一些犯过走资派错误的当权派、富裕中农鬼混在一起。现在,在集体户里,你又不守户规,欺负女同学。

你看看,你像个什么?哪还有点接受贫下中农再教育的味道?我看啊,大家说得对,是该把你分出集体户去。我代表大队革委会,赞成这么办!这个大集体户,不能因你这个老鼠屎,坏了一锅汤!"

"哈哈哈!"听见大队主任的这几句话,沈兆强咧开大嘴,粗野地笑出声来。

慕蓉支的脸变得煞白,这么一来,程旭被分出集体户去的事儿,算是拍板定下了。事情演变成这个样子,真不是她所希望的。程旭的家庭出身不好,表现也不好,但他不是敌人啊!我们每一个人,应该伸出手去拉他一把,帮助他一起前进哪!哪能把他推出去呢?她张了张嘴,想替程旭说几句话,不过,却说不出口来。人家不就是因为程旭和自己闹了矛盾,才做出这种决定的吗!现在自己再替他求情,算个啥呀?她忍不住瞅了瞅程旭,程旭还是低垂着脑壳,两个肩膀在轻微地耸动着。慕蓉支真希望他抬起头来,当着大伙的面认个错,要求留在集体户里。那样,自己再说几句,也许还能推翻户长和大队主任做出的决定。

但程旭却没有抬起头来,更没有表态说一句话。陈家勤问了两声:

"哪个对这个决定有意见?有意见的人举起手来。"

没人吭气,也没有人举手。事情就通过了。

事情过去之后,集体户的日子又像流水似的过去了,一切仿佛并没啥大的变更。慕蓉支发现,程旭被分出集体户之后,连床位也搬出了男生们的屋子。

在祠堂隔壁,有一个肮脏的小屋子,那屋子小得仅够放一张床和两个桌椅,里面堆着些刨花、干柴、木屑。也不知从哪一天开始,慕蓉支看见程旭已经住在这间小屋子里了。从此以后,程旭完全和集体户脱离开了,他什么时候起床、什么时候吃饭,谁也不知道。即使在寨路上面对面走过,程旭也是垂着眼脸,心事重重的样子,大家连招呼也不和他打。慕蓉支看见过他几回,有一回他正借了哪户社员的水桶在挑水,这个人真的不会干活,他弯着腰,咬着牙,汗水淋淋地挑着一担水,摇摇晃晃地走进他那间小屋子去。看他挑水的样子,确实连女同学也不如。其他人见他那副样子,准要暗暗笑他。可慕蓉支却蹙紧了眉头,目光一直追随着他进了小屋子。程旭一个人过日子,集体户的水桶、锅瓢碗筷、日常生活用具,他一样也没拿,他怎样打发日子呀?还有,大祠堂里每天晚上有电灯,他那间小屋子,可没人为了他特地拉一根线,安一盏灯。他每天夜里,不都要在漆黑一团的小屋子里度过吗?慕蓉支在晚上朝这间小屋子望过,那里时常晃出一些烛光。啊,程旭天天晚上,靠点着蜡烛打发时间。

慕蓉支仅仅对程旭有些同情,在忙碌的劳动中,在集体户热闹的生活中,她很少再想起程旭来。这个人,留给所有人的印象都是淡漠的,知青们根本不愿花费更多的时间想到他、议论到他。

有一天,正逢山区的赶场,农活不忙,集体户所有的知识青年都一早离开了韩家寨,到热闹的场街上去玩耍了。慕蓉支隔天就同大家说好,她留在屋里看家,给大家煮好一顿晚饭,请姑娘们给她捎回一些好吃的东西来。大家一口答应了,赶早出门的时候,谁也没喊她,她正在沉沉的酣睡中。等她醒过来的时候,大祠堂里显得格外静寂,一缕明灿灿的阳光,从窗户射进来。

慕蓉支翻身坐起来,撩开帐子,看到同屋几个姑娘床上的被子都叠得齐齐整整,白纱布帐子挂在帐钩上,同学们都走了。她伸展了一下双臂,揉了揉眼睛,赶紧起了床。

烧火、煮饭、扫地、洗碗,半个小时之后,慕蓉支什么事儿也没有了。她拿了本书,坐在大祠堂门口,看了几页。祠堂周围静悄悄的,寂寥无声,只有几只小麻雀,在树枝上蹦上跃下,叽喳啁啾。山寨上的规矩,一到赶场天,各村寨的下伸店便闭门盘货,或是到公社去运些新式货物来,集体户周围就更静了。

慕蓉支看完一段小说,感到没有趣味,合上书本,关上了大门,走到山寨上来。

山寨的早晨,清新的空气里飘散着野花的香味,正是1970年的早春三月,田坝、坡地里的油菜花一片金黄,开得格外醒目。刚长出嫩芽的柳条儿在轻风中拂动着。蔚蓝色的天空中,几朵白云在悠闲地飘动着。这一切,正像难得遇到个休息天的慕蓉支的心情一样,轻松、自在。慕蓉支信步走着,来到井台边的时候,正遇见老贫农的女儿、自己的好朋友袁昌秀在挑水。

"小慕,"袁昌秀笑吟吟地招呼她,"你咋个不去赶场?"

"懒得走几十里山路。"慕蓉支也笑答道,"你在忙啥呀?"

袁昌秀摆摆脑壳,把两条长及腰际的乌黑辫子一甩,持着扁担说:

"你们集体户这么干,要不得呀!把程旭一个人撵出来,听说是你的主意?"

"啊!"慕蓉支没想到人们会这么看待这件事,并且直接牵连到她。她摇头否认道,"不,那是……"

"我晓得,那是狗逮耗子多管闲事的姚银章乱表态。小慕,我跟你说啊,这么干要不得！我家爹说,程旭这小伙子,憨厚、本分、老实得很,你们不能这么欺负他呀!"袁昌秀说完,挑起水桶,一步一晃地走了。

慕蓉支怔怔地站在井台边,她的脸色阴沉了,明朗温和的目光黯暗了,轻松自在的心情也顿觉沉甸甸的。原来,在集体户之外的那个世界里,人们是这样看待这件事的,而且,从袁昌秀嘴里,听得出她那善意的责备。

慕蓉支觉得有些委屈,莫非,这件事该怪我吗？我只是想给他提提意见,希望他改正呀！我从来没想过要把他撵出集体户啊。难道,他一点家务事也不干,倒是对的,倒值得同情？

她茫无目的地漫步着,走出寨子,走过开着湖蓝色花儿的洋芋土,走过大片的油菜花田土,浓郁得醉人的油菜花香味有点儿刺鼻。慕蓉支的心灵上蒙住了一片阴云,她沿着弯弯拐拐的沙土小道,走近了一片树林子。

树林子上空,飘浮着一层淡淡的雾气,几只不甘寂寞的雀儿,在树林子里鸣啭着。

这一片树林子,坐落在韩家寨外几座大山之间的一块谷地里,地势比较低。听说这林子很幽静,人走进去也不容易被外面看到,但树木并不稠密。青冈树、桦桷树、桑树、松树随处长着,有疏有密。这林子中间,三队还有一块不大的水田。慕蓉支听三队的男生讲过,给这块水田挑粪,最累人了,路途远,挑数又不减,从寨上挑粪过来,一个来回要半个多小时。

慕蓉支是一队的女知青,从没有到这个林子里来过,今天却在不知不觉间,走进了这片树林子。

树林子里果真别有一番天地,阳光透过叶片间的缝隙,斑斑驳驳地洒在地上,雀儿在你唱我和地啼鸣,空气也仿佛比外面更加清新湿润一些。

但慕蓉支没有被这一切吸引住,她仍被袁昌秀说的那几句话缠绕着,闷闷不乐。陡地,她被一阵轻微的读书声吸引住了：

"……水稻烂秧,是由于根须……"

慕蓉支急忙隐住自己的身子,躲在一棵大树后,向发出读书声音的地方望去。

在林子中间,在一块犁耙荡平得像明镜似的水田边,程旭正坐在田埂旁一棵青冈树下的岩石上,全神贯注地读着一本书。他轻轻读书的低音,慕蓉支只能隐隐约约地听到几句。

他没有去赶场,找了这么块地势读书来了,蓝天、白云、树林子,嗨,真会寻找诗意的境界。这个怪人,他怎么会有这么好的兴致呢!

慕蓉支的心"怦怦"跳着,她做梦也想不到,会在树林子里碰到程旭。她想赶快悄悄地走开,回到韩家寨去,没等她转过身去,程旭的脸已仰起来了。

啊!慕蓉支险些叫出声来,她像被磁石吸住了,木呆呆地站在树后不动了。

程旭的脸上,正沐浴着一片朝阳。春风抚弄着他额头上的黑发,还看得出头发上沾着几颗细小晶莹的露珠。他的眉头紧蹙着,一双炯炯发亮的眼睛里,透出忧郁沉思的目光,眼角边,几颗泪珠串成一线往下淌着。

他在哭哪!

他为啥哭呀?刚才明明听到他读的是一本关于种植水稻的书嘛!这哭不是由于书本引起的。慕蓉支不解了,她还从来没有仔细端详过程旭的脸,这个时候,她才发现程旭的脸长得很生动。两条不浓不淡的长眉毛下面,一双蓄满了思想的眼睛炯炯有神,笔挺的鼻梁使得他的脸变得轮廓鲜明。他很少说话,却长着一张姑娘般的小嘴,此刻,他的嘴角颤动着,整张脸上呈现出忧郁、焦虑、深思的神情。

不知为什么,慕蓉支的心抽紧了。她立即联想到,他的痛苦、他的眼泪、他的孤独寂寞,是由于自己造成的。这种思想,像一柄尖利的皂荚刺,深深地扎进她的心中。她的脚像生了根一般,站在原地不动了,身子也情不自禁地从树身后探出来,好更清楚地看见程旭。

青冈树的枝干上,一只黄色的叫天子"叽叽叽叽"欢叫着,直线般飞上天去,继而又倏地陡然落下来,追逐着另一根树枝上一只灰绿色的叫天子。两只叫天子又一齐叫着,飞上天去。

叫天子那一连串"叽叽叽"的啼鸣声,吸引了程旭的注意,他昂起了脑壳,抬头看着双双飞上天去的雀儿。

正在这个时候,程旭一眼看到了从树后探身出来望着他的慕蓉支。他的双眼像两颗铁弹似的凝然盯着慕蓉支,几乎不相信自己的眼睛。他不由自主地眨了眨眼,惊异地张开了嘴。

在这种情况下被人家发现,慕蓉支顿觉狼狈万分,她的脸色"腾"地变得通红,顾不得思索,回转身去,拉开腿就跑。

意外的是,程旭主动地喊她了:"哎,慕蓉支,你不要跑,我有话跟你说!"

这个怪人,他竟然也有主动和人说话的时候!慕蓉支边思考着,边抿紧了嘴巴,转过身去,迎着程旭走过去。

也许是她涨得通红的脸色,也许是她在休息天换上一身的新衣服,也许是初升的太阳正辉耀在她温存动人的脸上,总之,当慕蓉支走近程旭身旁的时候,他却一句话也说不出来,只是怔怔地凝视着她,眼里闪着波光,略觉不安地搓着双手。

慕蓉支微微一笑,似乎是在说,你要同我讲什么呀?讲吧。

她当然不知道自己的微笑有多么动人,她只觉得,心头"怦怦怦"急骤地跳着,脸上火辣辣地发烫。

程旭镇定了一下自己,出乎意料地结结巴巴说起话来:"慕蓉支,你听我说,这个……值、值班的日子,我不干活、不料理家务,不、不……把一切都推在你身上,是不对的,我不该,我……"说出了自责的话之后,他舒心地喘了一口气,但又支支吾吾地说不下去了。

慕蓉支绝没想到,在这样的时刻,突如其来的,在事情已经过去了几个月之后,程旭会当面向她认错。而且,他的模样,他的结结巴巴的话语、脸上那愧疚的真诚表情,都证明他说的话是出于肺腑的真心话。大概是由于在井台边袁昌秀责备过她吧,大概是她一路上都在自责吧,慕蓉支只觉得喉咙口一阵哽咽,眼泪情不自禁地涌上眼睑。她用最大的力量克制着这种感情,用谅解和温存的目光鼓励他把话说完。她心想,只要他认真改过,她一定在集体户里提出来,使他重新回到集体的怀抱中来。

程旭喘了两口气,又费劲地把话说完:"我、我对不起你,请你原谅……"

从来没有人,用这么真诚的语气,向慕蓉支认过错,赔过不是。一阵通了电似的感觉传遍了她的全身,自己也弄不懂是怎么搞的,她断然打断了他的话头,急促地说:

"你不要说了。你……我……"

慕蓉支忽然想到了程旭挑着水桶,弯着腰、咬着牙,汗水淋淋地走进他那间没有电灯的小屋里去的情形,泪水再也抑制不住地夺眶而出。她陡地转过身,跌跌撞撞地跑出树林子,沿着回集体户去的路,一口气疾跑到自己屋里头,扑倒在床上,捂住被子哭了起来。

三

  从树林子里的邂逅之后,在慕蓉支的心灵上起了相当微妙的变化。
  我们知道,一个敏锐的姑娘的感觉是无所不知的,有时候往往并不需要语言和意识。事实上,我们脑子里闪掠过的念头,心灵中引起过的波动,也并不是每次都有清醒的意识,每次都能用鲜明的语言来表达的。
  慕蓉支灵魂深处的变化,就是属于这种状态。
  当沈兆强在灶屋里讲起程旭的怪事逗得大家"哈哈"直笑的时候,慕蓉支不再随声附和,跟着笑了。
  当刘素琳和其他姑娘小声议论程旭的为人时,慕蓉支会怀着极度的反感,蹙着眉头去听。
  当工余饭后的闲暇时间,慕蓉支会情不自禁地走到祠堂前,眼光有意无意地向程旭一个人住的小屋子扫去。
  有一股强烈的要了解程旭的愿望,像潮汐般日夜推动着她。
  几天之后,轮到慕蓉支在集体户值班,她瞅了个空,趁程旭回到小屋子的短暂时间,走到了他的门前。
  程旭见有人走来,急忙从小屋内走出来,随手拉上了门,并不邀慕蓉支进屋去。
  这个动作,使得慕蓉支的心很不好受,她连忙向他轻声建议,他应该主动向陈家勤提出来,归队回集体户,不再一个人过这种孤独无味的日子。没想到,这一好心的建议,遭到程旭莫名其妙的拒绝。
  "不,"他冷冷地说,"我还是这样好……"
  慕蓉支很吃惊,喃喃地问:"为什么……"
  "为的是……"程旭停了停说,"为的是不给你这样的同学添麻烦,为的是不让有些人觉得碍眼。"
  慕蓉支听到这样的理由,一时竟说不出话来。

程旭见她脸上那股茫然不解的神情,又放低了声气,用不安但又真诚的语气说:

"谢谢……有人来了,不要让人家看到你和一个怪人在一起。"

慕蓉支匆匆转过身,向大祠堂走去。她当然没有看到,程旭伫立在小屋门前,眼里闪烁着星花,一直凝望着她的背影,直到她走进了大祠堂,他的目光才逐渐暗淡下来。

这次简短的对话以后,有很长一段日子,足足两三个月时间,慕蓉支没有同程旭说过一句话,她也没看见程旭同其他知青说过一句话。

生活以它的不成文的法则支配着人的心愿。

程旭愈是不愿意慕蓉支了解他,甚至连走进他的小屋子也不允许,愈是有一股无形的力量驱使着她,想要了解程旭。

想要了解一个人,自然而然便会注意他的一举一动。慕蓉支发现,程旭居住的那间小屋子里,夜夜亮着烛光,后来烛光变成了煤油灯光,这证明他带来的蜡烛已经用完,在改用煤油了。随着日子的流逝,慕蓉支注意到,不论是刮风下雨,还是风和日丽,不论是上工劳动,还是赶场闲散的日子,程旭总是像和她一道轮值的那天一样早出晚归。他回来时总是浑身上下沾满了泥巴,有时候手中拿着一束谷穗,有时候手中持着几根毛稗。慕蓉支弄不懂,他在为什么忙,出工吗?时间也不会那么紧。从来没见他赶场去玩一玩,登上高山之巅去看一看山区的景致;从来没见他收到过上海家里寄来的邮包,或者好好地煮过一顿鸡、鸭、鱼、肉吃。那么多时间,他都花在什么上面了呢?

谜还是老贫农袁明新的女儿袁昌秀给她解开的。

"你不晓得程旭在干啥吗?真是怪,还说你们是一起来的呢,连这个也不晓得。嘀嘀!"袁昌秀听着慕蓉支的发问,诧异地扬起了两道细弯细弯的眉毛,噘起嘴说,"他呀,在和我爹、德光大伯他们琢磨水稻良种的事情……"

"水稻良种?"慕蓉支瞪大了双眼,几乎不相信自己的耳朵,"年年种水稻,还要他一个不会种庄稼的人搞种子?"

"你这一问呀,确实是不晓得这回事了。莫怪我骂你大憨包!"袁昌秀伸手指着寨子团转的高山说,"我爹常说,山高一丈,水冷三分。我们韩家寨地处高寒山区,每年下霜的日子多,无霜期短得很。种下去的水稻有三怕,一怕秧撒早了烂秧根,二怕大热天里谷秆秆长得太高给风刮倒,三怕秋寒来得早,结的多是空壳壳谷。团团转转的村寨上有一句老俗话叫:'谷子不吃立秋水',就是怕秋寒早临。唉,多少年来,种水稻都要担惊受怕呀!越是怕越要遭灾害,我长这么大,队头的谷子,哪一年每亩都是只收一百几十斤,不是烂秧根,便是结秕谷,要不就是结好了谷穗倒伏在田头。韩家寨的粮食产量,总是阴河里头的水,低得怕人。程旭他到了山寨,就看透了这一点,发誓要培育出一种水稻,不会烂秧根,不怕风刮倒,不会结空壳壳。这么好的事儿,我爹、德光大伯当然赞成啰!庄稼人,哪个不晓得'种田有良种,好比田土多几垅'这句农谚啊!他们都赞助他,盼他早一年搞出来呢!"

"啊!"听明白了是这么回事,慕蓉支好像被人在背脊上狠狠击了一掌,不由自主地叹息了一声,心里说:原来,他是在干这么一件有意义的事情啊!

"你说,这事儿好不好?"袁昌秀一点也不饶人,两眼盯着慕蓉支问。

慕蓉支兴奋得脸发红,连连点头:"好,好,真是件好事儿!"

"就是这么样的好事儿,还得偷偷地搞。"袁昌秀又说了句出乎意料的话。

"为啥?"

"为啥?"袁昌秀气愤地哼了一声道,"为的就是有人看着不安逸!"

"谁?"

袁昌秀瞥了慕蓉支两眼,把她往僻静处拉拉,压低了嗓门说:

"你不晓得吧?德光大伯在你们来的前两年,是韩家寨的大队长,他是被姚银章造反硬'批'下去的。现在,他和程旭在一块搞水稻良种,姚银章知道了,会放过他们吗?连我家爹也不会放过。"

"啊!"慕蓉支又轻轻叫了一声,这一声"啊"里,饱含着她的担忧和不安。

袁昌秀还在自顾自地讲着:"程旭搞这种事儿,已经那么困难,可你们这帮知青,连煮点饭也觉得吃亏,还要把他逼出集体户,你们在干些啥呀?听说,还是你小慕的主意,开什么民主生活会,把他逼出了集体户!小慕啊,你们那个户长陈家勤,见天跟在姚银章屁股后头打转转,我看他倒像堰塘里漂的水草,浮得很哪!"

慕蓉支听了这几句话,好像被人打了两记耳光,兜脸泼了一桶冷水,心里头更是隐隐作痛,懊悔得绞着双手,不知如何是好。袁昌秀和她说了这些话,仿佛把她眼前一直蒙着的黑布扯去了。她明白了,自己来到了韩家寨,不是来到了一个单纯参加农业劳动的山乡,而是来到了一个同样有着人和人之间复杂关系的世界上。搬到韩家寨来好几个月了,自己为啥只看到集体户的淘米、挑水、洗菜、烧火这些小事呢?为什么不能像程旭那样看得远一些,想得多一些呢?她明白了,在她和程旭之间,错的是她自己,而不是无辜的程旭。慕蓉支听到了事情的真相,除了心里的懊悔之外,还涌起一种少有的愉快。她总算听到一个人说出了她心里早就想说的话了:程旭是一个有着独特性格的好人。也许,蒙在他身上的许多污秽的东西,都像我们对他的看法一样,是不确实的!

慕蓉支明白了这一切,举止之间开始变了。程旭这个人,原先在她心目中的漫画色彩全部消失了,留在她脑子里的,是一个个性深沉、坚韧不拔、有着无限毅力的人。特别是这年秋天,韩家寨大队和团转所有的村寨,因为北方早来的寒流,田地里的水稻通通没有灌浆结穗,每亩水田只收了几十斤秕谷,有的连种子数也没收上来①。满田满坝的水稻,只能当作遍坡的茅草。寒风里,慕蓉支和贫下中农们站在田埂上,耳朵里听着寨邻乡亲们的一阵阵叹息,眼睛里看着庄稼人眼窝里闪出的泪光,心里痛惜着一年的汗水付之荒野。她从眼前铁一般的事实中认识到,要想改变山寨的面貌,要使水稻产量和平坝一样,赶超纲要,不是在给爸爸妈妈的信中表表决心那么容易,不是在大批判专栏上写写稿子、喊喊空口号就能办到的。而是非要解决水稻良种问题不可。程旭看问题多么准哪!他比所有知识青年都站得高、看得远呀!

她,一个姑娘,到了山寨之后,按照山寨自古以来妇女不下水田的惯例,总是跟着妇女队,干的是坡地上的农活,怎么帮助程旭呢?

既不能让姚银章那些当权人物知道,又不能让集体户的同伴们晓得。二十来岁的姑娘,对自己的一举一动,总是既谨慎又小心的。她找到了一个很简便的方法,那就是有意无意地在生活上帮助程旭,让他能有更充足的精力,投入还处于秘密状态的培育良种的实验中去。

一个善良姑娘对别人的关怀,往往是从最细小的生活琐事上体现出来的。

家里给慕蓉支寄来邮包了,慕蓉支把辣酱、大头菜,有时候还把糖果糕饼,偷

---

① 每亩水田的种子一般撒25斤。

偷地分一大半出来,给程旭送过去。

轮到她在集体户值班了,她主动地帮程旭把热水瓶装满开水,帮助他把饭煮好,还切下一点家里寄来的咸肉,放在他的饭锅里。

夜间有空的时候,她拿一只电筒,到袁昌秀家去玩。因为她在无意中发现,程旭的衣服破了,常常是袁昌秀在给他缝补。她到那里去玩,就能接过袁昌秀手上的针线,缝上几针。

年轻人的心,都是敏感的。

慕蓉支的这些举动,程旭都一一地看在眼里,记在心头。在这两个最初认识时发生矛盾的青年男女之间,关系融洽了。在一方关切、一方感激的眼神里,在相互悄悄的对视中,在含义深远莫测的微笑里,都能找到他们心灵中融会贯通的语言。仿佛有一根无形的纱线,把他们俩的心拴在一起了。

慕蓉支躺在床上,望着雪白的帐顶,大睁着她那双充满了憧憬的眼睛,常常思索着。她满意事情这样的进展,她觉得只有这么做了,才能挽回一些把程旭逼出集体户去带给她的心灵上的压力。真的,她常常暗自思忖,一定要找他好好问问。她有多少问题要问清楚啊!问问他,家庭出身究竟是什么?为什么有人说他有爸爸,有人又说他爸爸被关押起来了?还有人说,他的家庭出身是叛徒,可又有人一口咬定说,在知青办看到的统计表上写着,他的家庭出身是黑帮。

慕蓉支不是人云亦云的姑娘,也不是碰到疑难事情就置之脑后的姑娘,她要想!"文化大革命"之前,她在学校的团支部中,做过一段时间组织委员。她记得,在家庭出身这一项中,我们国家没有黑帮这个成分。叛徒的事情她听说过,不过在她负责的那些人里,没有过叛徒家庭出身的人。程旭的爸爸究竟是个什么样的人呢?还有,他那么愿意为山寨出力,为什么那么怕挑担,甚至从来不挑担呢?总有原因的。再有,他在学校的表现究竟怎么样……

啊呀,慕蓉支想要问的事儿多着呢!她相信,程旭总有一天会把事儿告诉她。不过,能够向他提这些问题的时候,那就必须要同他非常熟悉、非常……每想到这儿,这个好羞涩的姑娘,尽管躺在谁也看不见的帐子里,还是会涨红了脸,久久地不能入睡。

事情真像慕蓉支想象的一样,他们俩的关系,随着日子的流逝,一天比一天地接近起来。秋去冬来,曾经在插队第一年冬天回上海去过的慕蓉支,决定第二年不回去了。好些第一年没回去的知青,都在准备回上海探亲。可第一年没回去的程旭,第二年还是决定不回去。慕蓉支在暗暗庆幸着,冬天农活少,集体户里的同学也不多,她会找到机会,解开心里的那些疙瘩的。

眼看,腊月到了。韩家寨上的社员都在杀年猪,突然,程旭家里来了一封电报:

家有急事,速归。母

程旭把电报交给姚银章,请探亲假回上海。

姚银章把电报揣在他那件卡其布的上衣口袋里,每次摸纸烟出来抽的时候,顺便也把电报纸拿了出来,瞅上一眼。一个星期过去了,电报纸被姚银章揉搓得快辨不清字迹了,程旭还没得到准假。

家里又来了一封电报:

父病重,速归。母

第二封电报的命运和第一封一样。

时间已拖到腊月廿五,再过五天要过年了,家里拍来了第三封电报:

父病危,速归。母

程旭把第三封电报交给姚银章的时候,问及为什么不批假。姚银章把嘴里叼着的烟挤到了嘴角上,拖着嗓音瓮声瓮气地答:

"拍电报的人,还不是由着自己随便写。电报局又不调查研究,谁知是真是假?"

程旭气愤得说不出话来,陪着他去的袁明新气恼地扬着叶子烟杆,责问姚银章:

"有哪家妈愿拍这样的电报骗儿子探亲?你、你,手中捏着权,莫当着儿戏耍!"

姚银章瞅了瞅胡子气得发抖的袁明新,碍着这位有威信的老伯的面子,这才批了程旭两个月探亲假。

程旭急慌慌地走了。他既没像其他知青回沪时一样,捎带些土特产,或是赶场天去买好些毛栗、核桃、香菇、木耳带回去;也没像久未回家的子女去探亲那样,带着大包、小包,给家里的兄弟姐妹多少都送点礼物。他只提着一只旅行袋,里面放几件替换衣服,匆匆忙忙地走了。慕蓉支没能像预计的那样,和程旭谈一次心。

春天,幼嫩可爱的苗苗从泥土里钻出来,在春风春雨中不可抑制地生长。青春的感情,在年轻人的心田里滋生起来,迸射出来,以一股凶猛的力量火焰般地燃烧起来。

慕蓉支自己也没料想到,两个月之后,程旭没有按期回到韩家寨来。她的思绪竟然像涨了潮的春水一般泛滥起来。

他家里出了什么事?他在上海干些什么?他去了两个月,为啥一封书信也不寄来?走的时候太匆忙了,慕蓉支来不及提醒他该写信来,也忘了请他到自己家里去一次,也许家里会请他带些东西,捎几句什么话。那时候,我们讲几句话,集体户里的很多人就不会奇怪了。慕蓉支像害了忧郁不乐的病,只要一有空闲,或是晚上躺下来,她就会给自己提出许多问题。这些问题不能得到解答,她的心头苦闷极了。又没有人可以谈谈,刘素琳好像看出她有心事,曾经悄声细语地探问过她,她只是默默无言地摇摇头,眼睛若有所思地望着远方层峦叠嶂的群山。她怎么能把这种思想同小刘讲呢?那不羞死人呀!二十三岁的姑娘啊,想什么、做什么,都要考虑到周围的人们将怎么看待、怎样议论,舆论的无形的重压,时时在威胁着她。再说,她想的又是怎样一个人啊,要叫集体户晓得了,一定会引起轩然大波。慕蓉支把自己的心事埋藏在心灵深处,默默地打发日子,焦灼不宁地期待着、期待着……

这年回去探亲的户长陈家勤回来了,他带回了上海新时兴的涤卡中山装,带回了给姚银章"烧香"的礼物,一条大前门香烟和一瓶竹叶青名酒,他还给没回沪探亲的刘素琳等同学带来了他们家中托捎的东西,甚至主动到慕蓉支家去,问有什么东西可带,把她母亲严敏托捎的两斤奶糖和一瓶麦乳精带来了。对慕蓉支来说,最主要的,是他同时带回了程旭的消息。陈家勤告诉集体户所有的人,程旭在医院陪伴他那重病的爸爸,他要求延长假期……

慕蓉支多么希望陈家勤再多说几句啊,可是陈家勤已经把话题扯开去了。啊,他家中果然有事!这么说,他爸爸住院了,他将延长假期,延长到哪一天呢?慕蓉支心头一点也没底。

过了不久,其他回上海探亲的同学先后都回来了,连沈兆强,这个最早离开韩家寨,超了两个多月假的人也回来了,可程旭还没回来。

慕蓉支多么想提起笔给他写一封信啊,她甚至已经铺开了信纸,拿起了笔。但是,给他写什么呢?写完了往哪儿寄呢?他家的地址也不知道啊!当然可以问陈家勤,他是知道的,但是,这一段时间以来,陈家勤对我显得太殷勤了,不能主动和他说话。再说,我一个姑娘哪能主动给人家写信呢?他又没有来信。

信没有写,慕蓉支的心,却像是一叶小舟,在兴风作浪的大海洋里忽起忽沉,恍惚不宁。她开始有了一些从来没有过的症候:怅然若失,吃饭不香,乏力,失眠,说话一天比一天少,常常陷入沉思中。

这是开始萌芽的爱情。

程旭总算回来了。因为他超假,姚银章在大队开的传达县委指示、命令全县所有水田通通改栽优良品种"珍珠矮"的群众会上点了他的名,批评他无组织无纪律,要他好好检查,并且宣布,取消他明年的探亲假。同样超假的沈兆强,在私底下对人说,程旭是地地道道的"阿木灵",从上海回来,既不给姚银章这个大队主任"烧香",又没有摆"酒包"请他吃一顿,当然要挨批评。像他,给姚银章的婆娘送了一块花布衣料,超了两个多月的假,什么事也没有。

慕蓉支已经对姚银章有了看法,这个大队主任硬要全大队水田都栽上"珍珠矮",彻底落实县革委会主任薛斌的指示。他带着一帮族中兄弟,一摇二晃地检查各队的秧田,发现没撒"珍珠矮",而撒了其他本地种子的,他立即给人家扣上几顶"大帽子",并且当场牵来牛、驾起犁盘,把已经撒下的种子犁掉,重撒"珍珠矮"。几个生产队的社员群众,对姚银章的这些做法气得咬牙,私底下都暗暗地诅咒他的祖宗十八代,骂他是个"狗禽的"。看到了这些,慕蓉支自然也不把大队主任批评程旭当一回事。她只觉得心头踏实多了,程旭总算回来了,回到她身边来了。

不过,程旭比回上海之前更加忧郁了,他老是阴沉着脸,面对韩家寨大队发生的"逼栽珍珠矮"的事实，他的一双眼睛里射出炯炯的探索之光。从上海刚回到韩家寨，慕蓉支觉得他脸色苍白，相貌也比原来好看多了。回来不到一个月的劳动，他的脸变得瘦削而黝黑，当他仰脸凝神望着什么的时候，他的脸甚至变得有些可怕和不好接近。

他自然不会去慕蓉支的家，慕蓉支也从来没有想过他给自己带些什么来。因此，当程旭拿着一包话梅、一包桃板，趁慕蓉支值班那天，给她送来的时候，她感到意外得高兴。

"你知道，"程旭的脸微微泛红，歉疚而又不好意思地说，"我回上海去，家里的事，像铁板一样压在心上，不可能写信。再说，我家里很穷，我很想买一点更好的东西送你。不过……"他指指塑料袋里的话梅、桃板，语无伦次地接着说，"我好像记得，你爱吃这个……"

慕蓉支把手一挥，不让他说下去。她完全理解他的心，也知道，他像自己一样，也在想着她。弄清了这一点，她比接到任何珍贵的礼物都兴奋和舒畅。她已经记不得，自己在什么时候说过爱吃话梅和桃板了，不过她曾经说过，这倒是真的。没想到，这个对生活小事漠不关心的程旭，却把这一点记住了。

上海姑娘，一般都爱吃点零食，尤其是话梅、桃板、山楂、话李。对住在上海的姑娘来说，花个一角二角钱，就能买上一小包吃，这完全是无足挂齿的事情。但是对远离上海的插队落户姑娘来说，这些东西却成了精美的换味食了。

慕蓉支烦闷的心情顿时消散了，吃着余味无穷的小食，想着他说话的模样，她不禁要哑然失笑。一个二十多岁的小伙子，即使经济条件不好，也极不愿意在所爱的姑娘面前说自己穷、说家里很穷。这个人，真是个怪人。

慕蓉支的心更加倾向于程旭了。这种倾向性，使得她断然做出了下面的举动。

当陈家勤悄悄塞给她一封满满地写足七张信纸的表示爱情的书信时，她在一张小纸条上写着：

希望你像平时经常说的一样做到那些严格的要求。至于我，从来没有想过恋爱结婚，更不愿意在韩家寨考虑这个问题。

慕蓉支不承认由于程旭引起的感情上的起伏波动是恋爱。

事实也是这样,程旭在探亲回来之后,行动更叫集体户里那些看不起他的人感到诡秘了。只有慕蓉支知道,他没日没夜地和德光大伯、和袁明新沉浸在培育良种的紧张探索中。他们几乎没有时间单独说上几句话,没有静下心来说话的机会。慕蓉支几次想主动地问问他家里的事儿怎么样,他爸爸的病……但姑娘的矜持感一直没有让她轻易启齿。

在韩家寨后坡那儿的峡谷里,有一条浅浅的河流,清澈的流水只齐及人的脚膝盖。不过,无论是春末夏初汛期泛滥的日子,还是寒冬腊月里的枯水期,这条小河的流水总是淙淙潺潺、不急不慢地流过去,碰到巨岩拐个弯,遇到高坡改改道,它曲曲弯弯,流到峡谷深处,流向几十里地外的村寨、平坝上去。

日子也像这条平静的小河流水,无波无澜地过去了,一直到昨天晚上。

慕蓉支把昨天发生的一切,深深地铭记在自己的心田里,连每一个细节都不会忘记。

昨天的劳动是拔巴豆楠豆。在坡上、土头的苞谷丛丛里钻,把背篼里堆得老高的巴豆楠豆背回寨上,打扫场地,再把它们铺开来晒,慕蓉支出了满身的汗,她忘记带一块手巾把头发拢住,头发上蒙了一层灰。

收工之后,慕蓉支趁时间还早,连忙擦身子、洗头发,天擦黑的时分,她换上了一身干净衣裤,披散着湿漉漉的头发,站在大祠堂门口,任凭晚风吹拂着散发,眺望着寨口堰塘边赶着鸭子回院坝去的小娃崽。劳动了一天,双颊被秋阳喷上了绯红的霞彩,使她原来白皙的脸庞显得愈加俏丽动人、神采焕发。只顾望着堰塘边,却没看见程旭已经走近了她身旁。

等到慕蓉支感觉到一个人在向她对直走来,陡地转脸望去的时候,程旭离她只有几步路了。

她怔了一怔,程旭像换了一个人似的,面露喜色,眉宇眼神之间,闪烁着一股她从未见过的光彩。他的两手抱着一大捧开得比米粒子还大的金桂花,向她无声地微笑着。

慕蓉支看出,他是在向着自己走来,并且在对自己亲切地微笑,她的心跳加速了,仰起脸来,也用一个淡淡的笑迎着他。

程旭在她身前站住,他笑吟吟地低声说:"高坪坡上的几棵金桂花树都盛开了,我给你摘了一捧来!"

高坪坡是离韩家寨半里地的一个松林坡,坡上长着几棵百年以上的金桂花树,每年七八月间,毛栗、核桃成熟了,金桂花树要先后盛开两次。顺风的时候,那浓郁清甜的香味儿,随风飘送到韩家寨上来,家家户户的院坝里都能闻到桂花的香气。从韩家寨到第三生产队去,高坪坡是必经之路。慕蓉支知道,金桂花树长在高坪坡的岭巅上,爬上去采摘这一大捧桂花,一上一下要费半个多小时。一心扑在种子上的程旭,今天为啥有这么好的兴致,花这么多时间去采摘桂花呢?但慕蓉支还是兴奋得眼睛发亮,这是为了她去摘的呀!她笑着点点头,把木梳插进衣袋里,连声道谢:

"哎呀,太好了!真谢谢你……"

慕蓉支伸出双手接过香味清甜宜人的桂花时,感觉到他在献上桂花的同时,偷偷地递给她一个纸条。慕蓉支还没来得及想一想,已经接过了纸条。她不由自主地把纸条捏在手心里,心跳得像狂奔的野马,她不敢抬头看程旭,只觉得脸上像喝醉了酒似的发热,急忙把脸埋在醉人的桂花上,仿佛她在闻着桂花的香味。

等到她重又抬起头来的时候,程旭已经离开了她身旁。慕蓉支站在大祠堂门口,雕像似的一动不动地呆立了好久,她捧着清香沁人的金桂花,两眼凝然不动地、执拗地望着那细碎的淡黄色的桂花儿,望着那油绿色的、茎脉分明的桂花树叶子。这时候,要是有人朝她那一双平时明朗温和的大眼睛望一望,准会大吃一惊,他望到的将不是看惯了的熟悉的目光,而是骤然而起的激情。

确实,此时此刻的慕蓉支,心海里正在掀起感情的波涛巨浪,她几乎承受不住这种突如其来的奔放感情,她的眼光视而不见,她的头脑有些眩晕,只有她那剧烈起伏的胸脯,说明她有多么激动。

"哎呀,慕蓉支,你怎么呆痴痴地站着?"刘素琳从屋内走出来,看到她这副模样,惊异地叫了起来,不等她回答,刘素琳又惊叫起来,"哎哟,这么香的桂花,哪个给你摘来的,给我几枝好吗?"

这当儿,慕蓉支已经回过神来了,她的脸涨得红通通的,神色也有些慌乱,好在暮色已经浓了,刘素琳并没发现她的脸色和目光。哎,这个小刘,怎么能把金桂花分一半给她呢?慕蓉支不是个小气鬼,可今天这捧桂花不同一般呀!她思

忖了片刻,便找到了托词:

"小刘,干吗要分开呢?把它扎在你我的床头,不是一样吗?"

"对对对!"刘素琳一口答应。

两个女伴一起走进寝室,把喷香清新的金桂花扎在两张床之间的竹竿上。不是慕蓉支自私,她扎的时候,把桂花放得离自己的床头近一些。

吃晚饭之前,她瞅了个空,打开程旭给她的那张纸条,细细地读着他写的那一行端正的柳体小字:

天黑之后,我在高坪坡的松林前头等你。请你来,好吗?

既没有抬头,也没有署名,但比什么都明白。

慕蓉支的好奇心被强烈地吸引了。这时候,她才头一次意识到,她早就在期待着这个时候,期待着程旭有所表示了。她不知道其他的姑娘是不是同她一样,喜欢听到自己中意的人表白心迹,反正她是急切地希望着程旭向她说些什么了。

看到集体户里有数的几对恋爱青年,慕蓉支真想问问他们,他们在互相表白之前,心情是怎么样的。她的心情是又渴望又有些恐惧的。能够听到她所期待的、久已向往听到的话,她是愉快的,但她又有些惶惑,唉,她该怎么回答他的话呢,她将对他说些什么呢?天哪,这有多么难啊!两年了,她好似一直在希望这件事快些来,快些来,她甚至还暗暗地怨恨过程旭,他为什么总是只关心自己的种子、种子,不关心一下他身旁的人怎样在等待呢!现在,这件事来了,她却觉得像是洪水突然冲到了家门口一样慌张起来。

这期间,天渐渐地黑尽了,想到他在松林前等她,她的心急起来了。慕蓉支想不起来,自己吃了几碗饭,晚饭的菜是什么味儿,汤是咸是淡,她只觉得如坐针毡般的焦灼不宁。终于,待到大家都吃完了饭,知识青年们开始各自的活动。慕蓉支也像无事人一样,穿上一件藏青色的卡其布两用衫,对着镜子端详了一下自己的脸蛋,同往常去袁昌秀家玩耍一样,离开了集体户,匆匆地跑出韩家寨,亮起电筒,小跑般向高坪坡松林前头走去。

四

最初的恍惚、惧怕和剧烈的心跳是怎么渐渐消失的,她已经回想不起来了。因为当时太激动、太不安了。

他一点也不晓得隐蔽,直挺挺地伫立在松林边显眼的土坡上。柔和的月色里,他脸上那一对发亮的眼睛里闪烁着温和、喜悦的光。看到她急匆匆地喘着气跑近来,他迎着她说:

"谢谢你,谢谢你来了。我太高兴了!"

他这样坦率和情露于外,简直出乎她的意料。慕蓉支也喜不自胜地问道:

"你等好久了吗?"

"没什么,半个多小时了。我在天刚黑的时候就来了。我还以为你不来了。"

慕蓉支满意地叹息了一声。为了她的迟到,他竟耐心地等待了半个多小时。她觉得,应该为自己的迟到解释一下,因为那是无意的。

"你知道,晚饭是天黑时才吃的。一吃完晚饭,不能马上就离开,总得等一等,等大家吃完了才散开,免得引起人家说闲话……"

"没什么……"他截住她的话头说,"我只是怕你来早了,一个人待在这儿,不好。"

这些开头的话,使得两个人之间的紧张心情都在不知不觉间轻松起来。说话间,两人双双走进了高坪坡稀疏的松林。月色很好,银白色的月光把松林里的松针都清晰地照了出来。林子外头的山坡脚,那条穿峡过岭的河流在月色里闪着粼光。满天灿烂的星星,在初秋夜里显得格外晶亮耀眼。

出现了片刻的沉默。这毕竟是他们两人头一次散步,两人的心情都有些惶惶不安,都有些兴奋。初秋夜的轻风徐徐地吹拂过来,不知啥名儿的春虫在鸣叫,高坪坡边,那一片肃立的群山庄严地静卧着。

这片刻的沉默使得两人的心跳又加剧起来。两个人都能感觉到自己的心跳得"咚咚"响,脚步踏在落满了松针的富有弹性的土地上,又轻又缓慢。

"知道我为什么请你出来吗?"程旭终于打破了沉默,轻声低语般问。

慕蓉支顿时紧张起来,难道话题要像工厂里进度表上直线上升的箭头那样,一下子往"那个"目标上奔吗!她用不是平时的声气回答:

"我、我不知道。不过……你说吧!"

程旭听出她语气中的惶惑不安,瞥了她一眼,用振奋的口气说:

"今天我太高兴了!我和德光大伯、袁明新大伯已经选定了两种种子,都是外地的优良品种。"

"是真的吗?"慕蓉支用喜悦得发颤的嗓音说道。程旭开口没朝她害怕的"那个"目标上奔,反而使她暗暗高兴。她懂得育种有了进展,意义有多大!不由得接着问,"是哪两个品种?"

程旭伸出右手的食指说:"一种叫'七月黄',一种叫'珍珠矮'。'七月黄'的优点是穗大,成熟期早,产量高,四月份栽秧,七月间就能挞谷。缺点是它的秆儿细高,经不起风刮,易倒伏。而'珍珠矮'呢,优缺点恰巧和'七月黄'相反,移栽到我们这一带的珍珠矮,年年遭秋寒打击,结穗小,成熟期晚,产量低,但它矮而壮实,不会倒伏。只要把这两种良种结合培育,准能产生一种新的适应我们高寒山区的优良新品种……"

"有了这个优良新品种,韩家寨的水稻产量,就不会老是只有几十斤、一两百斤了,是吗?"慕蓉支兴冲冲地截住程旭的话头,喜盈盈地问。

程旭郑重地点着头:"是啊!"

慕蓉支舒了一口气,心里平静些了。原来,他说的是这个!这事儿,虽然也令她高兴,令她感到欢欣鼓舞,不过,毕竟不是自己期待的话。不说那种她怀着惶乱、焦切的心情等待的话,反而使她的情绪安定下来,她入神专注地期待着他往下讲。

程旭并没注意到慕蓉支的心情,他沉浸在自己的欢乐里,滔滔不绝地说着:

"慕蓉支,你不知道,为了选定这两种各有特性的良种,德光大伯、袁明新大伯,还有我,我们三个在这三年中,悄悄地在瓢儿块试验田里试种了三四十种各地的优良品种,不要说把它们栽种在二队的田里,白天黑夜,我们花了多少工夫守夜、值班、施肥、薅秧,还要不让坏心眼的人知道。单为了弄到那三四十种种子,我们也花去了很多时间哪,我负责写信联系,袁明新大伯负责和邮局联系,德光大伯负责收藏……唉,慕蓉支,将来你会知道,付出这样的劳动,除了一般的心血和汗水,还需要多大的勇气啊!"

"不用等到将来,我现在就知道,你是在用坚韧的毅力、用非凡的勇气搞育种。你和明新大伯他们,是在用心血和汗水浇灌着良种啊!"慕蓉支钦佩地说着,侧转脸凝望着他。

程旭感叹地仰起脸来,望着松林外深远墨蓝的天空上那些眨眼的星星,潇洒地一挥手道:

"嘿,现在好了,两种种子选定了!明天开始,就搞人工授粉,只要授粉成功,等到秋收之后,我们把它们收割下来,保存好,来年就能观察新品种的生长情况了!想一想,韩家寨大队,我们这个公社,这公社周围好几个县的几十万亩田地,都能栽上这种稳产、高产的优良品种,那能增产多少粮食,给国家做出多少贡献啊!慕蓉支,难道你不高兴吗?"

啊,一个人谈到自己专心致志的事业,是多么兴奋啊!慕蓉支惊异地发现,程旭眉飞色舞、神采焕发,瘦削的脸上闪现出一股憧憬的光彩,和平时那个沉默寡言、脸色阴沉的程旭比起来,几乎是判若两人了。

慕蓉支点点头,也由衷地笑了:"我也高兴,想想吧,那样美好的远景,有多么动人啊!不过、不过,你请我来,就是要跟我说这个吗?"

"正是啊!"程旭顶真地点点头,转过脸来,盯着慕蓉支说,"你想我还能说什么呢?"

"说这个,你有啥不可以在别的什么时候说的?"慕蓉支说,"为什么巴巴地约我到这里来!"

"唉,不行!"程旭急忙连连向慕蓉支摆着手说,"这事儿,是保密的呀!只能跟你说,千万别跟其他人说啊,慕蓉!"

"不能跟其他人说的事,为啥能同我说呢?"慕蓉支含蓄地笑笑,问。

"你?"程旭似乎奇怪慕蓉支的这句问话,他诧异地扬起两道眉毛,结结巴巴地说,"你、你也为育良种出过力啊,你……"

慕蓉支奇怪了:"我什么时候出过力呢?"

"你帮我煮饭,关心我,和袁昌秀一起替我洗衣服,缝补衣衫……"

"这有什么。"慕蓉支脸红了,她打断了他的话,"这不都是些不足挂齿的小事儿……"

"就是这些小事啊,我自己干起来,要花大工夫呢!"程旭认真地说,他瞥了慕蓉支一眼,讷讷地说:"你知道,这些事情,我、我一点也不会干的,真的……我……"

慕蓉支怜悯地望了他两眼,垂下了头,轻轻地叹了口气说:

"你呀……"

见她无下文,程旭接着问:"怎么?"

"你太不会关心自己了。你干得最多,可人家却怎么议论你呢?"

"怎么议论?"

"说你自私自利,连学个挑担也不愿……"

"这个我知道。"

"知道?你插队近三年了,为啥不愿挑一次粪,担一次谷呢?"慕蓉支不露声色地提出了自己急切想了解的第一个问题。

"那是……"程旭偷偷瞅了慕蓉支两眼,欲言又止。

慕蓉支身子靠着一棵松树站定了,她把双手放在背后,目不转睛地盯着程旭,追着问:

"那是因为什么?"

"那是……"

慕蓉支偏转脑壳,温柔地说:"连这个,你也不愿意告诉我吗?"

不知怎么搞的,这句话有一股奇异的力量,程旭闭了闭嘴,鼓足了勇气说:

"那是、那是我有病。"

"有病?什么病?"

"自小就有的病。"程旭简短地说。

"你说详细点,详细一点说,好吗?"

程旭点点头,站定在慕蓉支跟前,轻声说起来。

三岁的时候,程旭的腰脊椎骨上发炎,痛得他既不能站,又不能坐,只能整天躺在床上,"哇哇"地哭。医生给他动了手术,穿上了一件铁马夹。嘱咐他,不能跳跃,不能运动,睡觉、走路都要小心翼翼,再引起脊椎发炎,那就一辈子要躺卧在病榻上了。这件铁马夹,从他三岁起,一直穿到他念完小学五年级。升上六年级的时候,铁马夹脱下了,医生说,由于铁马夹帮助脊椎骨定形,十年来,效果很好。但脱下铁马夹之后,仍不能剧烈运动,尤其不能参加挑担这一类体力劳动,否则会引起伤愈的脊椎重新受创,旧症复发。这个病,使得程旭自小和其他孩子生活得截然不同。家里的爸爸妈妈溺爱他,兄弟姐妹特别照顾他,周围的同学朋友关怀他。不能运动的生活,使得他从小养成了细致、忍耐的个性。他常常能捧着一本书,在窗前的椅子上坐整整一天。不多和周围的人们接触,使得他寡言少语、爱思索、爱探讨。老师和父母都惊异地发现,同样一个问题,他能看得格外深、特别远。所有这一切,使他成长为一个文弱、寡言、成绩优良、遵守纪律的好学生。

程旭低声细语地说着,慕蓉支关切地听着,程旭刚刚把自己的病史说完,慕蓉支低下头抹起溢出眼眶的一滴泪水来。

这一来,倒引得程旭发慌了,他不安地瞅着她,颤声问道:

"你、你怎么了?"

慕蓉支低声啜泣着,耸动着肩膀,程旭连着问了好几声,她才镇定了一下自己,问:

"你有病,你为什么不早说?"

"我……"程旭怔住了。

慕蓉支离开自己倚靠的树干,把程旭推到树干那儿,轻声说:

"你站在这里,好靠着树干,不累。现在你告诉我,你为什么不早对我们说你有病?"

程旭靠在树干上,望着正流泪的慕蓉支,喘气急促起来,他支支吾吾地说:

"我、我和你们都不熟悉,怎么能、怎么能开口就强调自己有病呢?再说,医生开给我的证明,我到了大队,就交给姚银章了……"

"你交给大队主任了?"慕蓉支插问道,"那他为啥还那样批评你?"

程旭叹了一口气:"他这种人,对我永远不会有好感。"

"为什么?"慕蓉支越听越糊涂了,"他是大队主任啊!"

程旭用一种慕蓉支感觉陌生的目光瞅了她两眼,然后眼望着别处,低沉地说:

"世界上的大队主任,不全都是好人……"

"啊……"听到这种大胆的议论,慕蓉支情不自禁地轻轻叫了一声。每个知青都不敢在另一个知青面前说大队主任的坏话,生怕有人传给他听,将来影响自己的上调和入学。她下乡近三年来,还是头一次听到这样与其他知青截然不同的话语。她连忙对程旭说:"你、你可不能这样说啊! 姚银章可是大队主任呀。"

程旭的脸霎时阴沉下来了,他垂下了眼睑,紧紧地闭住嘴,不再说话了。

慕蓉支看到他这种表情,明显地表现出对自己的冷淡,心中有些慌乱,又局促不安地问:

"那么,你有病,陈家勤知道吗?"

程旭像没有听见一样,固执地不说话。

慕蓉支急了,有些失态地拉住程旭的衣袖,急忙忙地说:

"程旭,你说话呀!你干吗不说话,是生气了吗?说实在的,我等了好久了,总希望有一个机会,你能告诉我,你在学校里表现怎么样?你爸爸、妈妈是干什么的?可你、你又不愿说话了。听我说,程旭,陈家勤知道你有病吗?你说呀!"

"他知道的。"慕蓉支真挚急迫地说出的这些心里话,使得程旭意识到些什么了。他语调低沉地说,"他怎么会不知道?他全知道。中学里,我们每次下乡参加三秋,他都知道我有病,不能挑担,老师也不让我干重活。"

慕蓉支沉思地自问道:"他知道,他为什么不替你说说呢! 这个人……"慕蓉支愤懑起来了。

"他是户长,过去又是团总支副书记,还是学校红代会的头儿。按头衔,是个好人……"程旭的语气中含着讥诮说。

"你这是什么意思?"慕蓉支紧紧地盯着程旭的脸,她听出来,他是在用自己刚才为姚银章辩护的口气报复她。她的心上像被什么东西戳了一下,痛起来了,看着程旭毫无表情的脸,她叫起来了,"程旭,你在讽刺我,是吗?我知道,我比你年纪小,很无知,可无知不是罪呀! 你不要生气,好吗?告诉我,你有病,可又为什么要到山寨来呢?"

慕蓉支恳切的语气,打动了程旭的心。他瞥了她一眼,轻声道:

"你忘了,三年之前,张春桥、马天水他们对全上海宣布,六八、六九届所有的中学毕业生,通通下放农村,称为'一片红'。连烈士的遗孤、军属的独生儿子也不例外,我这样的人……"

"可按例,你还是能提出要求的呀! 你爸爸、妈妈为什么不帮你提出来呢?"

慕蓉支紧接着问。

"爸爸、妈妈……"程旭双眼重新闪烁起来的亮光又暗淡下去了,他的嘴角耷拉下来,脸色阴沉沉的,再也说不出话来。

"告诉我,你爸爸妈妈为什么不提出来?他们是干什么工作的?"

尽管慕蓉支一再地催促,但程旭总是咬紧了牙齿,默不作声。刚开始散步时的欢畅气氛和轻松愉快的情绪,已经全部消失了。

"说呀!"慕蓉支再次催着。

程旭摇了摇头,很显然,刚才的一番谈话,使得他兴趣陡减,再也不想继续这个话题了。他声音低沉地说:

"回去吧。"

"我不!"慕蓉支撒开了女孩子的脾气,娇柔中带着决不让步的固执坚持道,"我要听你讲清楚。"

"原谅我,慕蓉支。"程旭只得放缓了口气说,"听我说,好吗?我暂时不能告诉你,真的不能告诉你。说那些,现在还嫌太早、太早。也许,慢慢地,更熟悉了,我都会跟你讲的。现在,听我的话,回去吧。回去太晚,集体户的姑娘们要议论你。"

慕蓉支听了这番话,再细瞅瞅程旭的目光、神态,知道今天晚上无法再了解更多的事情了,也就默默地服从了。尽管心头还鲠着一个疑团,但至少已经弄清楚,他确实有病,才不挑担。另外,在程旭对她说话的语气里,总含着对她的关切和担忧,这也使她高兴。

已经起了露水。夜显得愈加静谧和安宁了,松树梢头,一只雀巢里传出小鸟儿在梦中叽叽的呓语。好凉爽宜人的夜啊!各种小动物都在这样的夜间活跃起来。

慕蓉支和程旭并肩沿着林间的小路,向松林外走去。陡地,他俩身前十来步远的地方,腾地弹起了一根戒尺样的棍子,蹦起一两丈高,从半空中飞下来,直朝着程旭和慕蓉支头上打来。

慕蓉支"哎呀"惊叫一声,来不及躲闪,那棍子已经抽打到她的身上,她感觉到麻辣辣刺人的一阵疼痛,身子往边上一侧,就扑倒在程旭怀里。

说时迟,那时快,程旭见有棍子飞来,迅速地从树根旁操起一根松树枝,向追着慕蓉支抽打的"棍子"抢去。说起来也怪,那条"棍子"见松树枝击过来,忙在半空中扭动了几下身子,往一旁掉落下去,程旭又一松树枝击去,那条"棍子"已经不见踪影了。

慕蓉支双手紧紧地抓住程旭的左肩膀,头埋在他的胸怀里,半天不敢仰起脸来。

程旭赶跑了"棍子",右手仍拿着松树枝,慕蓉支靠在他身上,能明显地听到她剧烈的心跳,使他不敢移动脚步。

慕蓉支感觉到没有危险了,才偷偷地仰起脸来,瞅了镇定的程旭一眼,悄声问:

"赶跑了?"

"赶跑了。放心吧,它再不会来了。"

慕蓉支还是心有余悸地颤抖了一下,轻轻地问:"真是怪,'棍子'自己会跳起来打人,打得人像挨皮鞭抽一样痛。"说着话,她又缩了缩身子。

程旭默默含笑地俯身望着靠在他胸前的慕蓉支。

慕蓉支看到程旭的目光,这才意识到了什么,她轻轻惊叫了一声,"呼"地一下推开了程旭,车转脸去,不敢看程旭。她只觉得脸上火辣辣地一阵比一阵发烫,血全往头顶上涌去。一种少女的羞涩使得她抬不起头来。她的胸脯剧烈地起伏着,掩饰什么般地重重出了一口气,说:

"哎哟,可把我吓坏了。心跳得像要从嘴巴里蹦出来,'咚咚咚'的,比击鼓还响。"

"我听见了。"程旭手里拿着树枝,关切地说。

这句无意中的话又使慕蓉支难为情起来,她羞怯地捧着自己的脸,转过了身子,把背脊对着程旭。

程旭向她走近两步,关心地问:"你被打痛了吗?"

"嗯,真有点痛。"慕蓉支的声音还有点发抖,"这是什么东西呀?"

"扁担蛇。"

"什么?"

"扁担蛇,这种蛇只有我们这一带山区有。它不咬人,只会打人。"程旭告诉慕蓉支,"它的头尾一般粗,一尺长短,活像根棍子。"

"那它怎么会跳到半空中去呢?"慕蓉支随着程旭,慢慢向松林外走去,边走边好奇地问,"又跳得那么高?"

程旭耐心地说:"它在地上逡巡,见有人来了,便头尾顶着地,腰身拱起来,像一把弓那样,利用反弹力绷跳到一两丈高,朝人们脑壳上、身上乱抽乱打,你要怕它,它直追着打;你要是拿着树枝、棍子和它对打,它就逃跑了,像刚才一样。"

想起刚才自己怕得那个模样,慕蓉支忍不住轻声"嘻嘻"笑了。她用手摸了摸自己的脸蛋,侧转脸问:

"你怎么会都知道呢?"

"都是德光大伯告诉我的。韩家寨团转的山林中,毒蛇可多哩!特别是晚春、盛夏、秋天收获季节,天气阴阳不定,毒蛇最活跃。"程旭说,"有一次,我和他钻进林子,也遇到过扁担蛇。"

"德光大伯……"

"嗯,他还教我好多治毒蛇咬伤的办法哩!"

说话间,两人已经走出了高坪坡的松林,站在松林边的一条山间弯弯道上,可以看到韩家寨入夜之后亮起的灯火差不多都熄了,山寨显得愈加静寂、安宁。秋风吹来,风里夹杂着稀稀落落的几声狗吠。群山还是静悄悄的,月亮在淡白色的云层里穿行。

不知是看到了这种宁静幽美的夜色呢,还是两个人都想再说些什么,他俩都不由自主地站定了,久久地凝视着韩家寨那一片诱人的景物。

从峡口那儿又吹来一阵风,把高坪坡顶上金桂花的香味儿吹送过来。

慕蓉支眯缝起眼睛,沉浸在诗情画意里,不无感情地喃喃说:"好香啊!"

程旭向高坪坡峰巅那儿望了望,违反原先心意地说:"我们到上面去看看,好不好?"

"好!"

两个人,踏着月色,向高坪坡的岭巅上并肩走去。

……

五

　　年轻的人儿啊,总是把爱情看得过于美妙,用五彩缤纷的想象和宛若梦境的诗意来充实它,用充满激情的憧憬和颤动心弦的理想给它插上翅膀。最初叩开这一神圣之门的青年男女,总是把爱情和海滨的灯光、花丛间的散步、明月之下的赞叹、长板凳上的窃窃私语联想在一起。他们以为,轻声细语说出的甜蜜的话、互相之间手的偶然接触,这便是纯洁的、甜蜜的爱情。他们总是没有充分地估计到,忠贞的、无私的爱情,往往要在心灵上经过大风雪的洗礼,走过一长段泥泞难行的崎岖小路,经历无数次严峻的考验,才能取得一辈子共同生活的基础,得到真正的爱情和幸福。

　　只可惜,这样的考验,对慕蓉支来说,却是来得太早,太突如其来了。

　　昨晚的一切,像梦幻似的一直萦绕在她的脑际。半夜回到集体户,她躺在床上,大睁着一双眼睛,怎么也睡不着。直到天亮之前,她才在帐子没有掖紧的床上,含笑小睡了一会儿。

　　天亮之后,她又警觉起来了。她觉得精神振奋,旁人看到她,也绝对想不到她几乎一夜未睡。在人们眼里,慕蓉支正是一朵盛开的鲜花。她容光焕发,脸颊上布着两片红晕,眼睛里充满着光辉。

　　她感觉到有些害臊,莫名其妙地羞涩,又仿佛在恼恨一个什么人,好像是程旭。但是,当她更进一步顺着这条思路往下想的时候,她才意识到,她不是恼恨程旭,而是觉得他比以往更加可以接近、更加重要了。

　　总之,慕蓉支已经开始明确地意识到,她是倾心于程旭的,绝不是仅仅因为昨天晚上的散步。在这之前,她已经想过好久,细细地思索过好久了。一个正在认真恋爱的姑娘,她的心灵,要比她们绣花的时候还细心千万倍。慕蓉支的这种细心周密的考虑,绝不是一味地品姿论貌,绝不带有一些附加条件,诸如物质的优裕、环境的舒适、工作的安逸等等。慕蓉支想到的,是程旭的思想、感情和道德品质。

　　是的,程旭和一般的年轻人有很大的不同,他性情有些孤僻,沉默寡言,一点也不活跃。两年来,从来没从他的嘴里听到过关于生活、关于理想和未来、关于人生的至理名言。慕蓉支把他的这些弱点看得比任何人都明白。千万不要以为恋爱着的姑娘不注意对象的弱点,她们往往比其他人更清楚地看到对象身上的一切弱点。她们仅仅是不说罢了。

使慕蓉支倾心的,不是程旭的外表,而是他的内心世界。她已经知道,程旭有一颗充满了激情的心,程旭有一种年轻人少见的韧性和毅力,程旭的思想境界,远远地超出集体户其他年轻人。慕蓉支发觉自己并没有错,她愿意在这条路上走下去。可以认定,慕蓉支是充满信心地开始了她一生中至关重大的初恋。

今天这整整一日,她都处于一种兴奋的状态中。她的眼睛特别明亮,她的精神充实亢奋,她一和人说话就脸色绯红,总是眯眯地含着动人的微笑。她觉得,生活是多么美好,灿烂绚丽的生活正在向她展开新的带有神秘和快乐意味的一页,就是韩家寨四周的群山、田坝、树林,甚至天空,都像用鲜艳的色彩重新涂抹过一般。不是吗,那巍巍的巨岩、直立的陡壁、绵延的山林、湛蓝的天幕,多像一幅奇逸明丽的风景画。不是吗,那树梢的云霞、淙淙的流水、鸣啭的鸟儿、闪光的清泉,多么富于诗情画意啊!

她像一只雏鸟,正要张开翅膀,飞向新的天地。

她像一朵含苞欲放的花朵,正要初放蓓蕾,沐浴在阳光之中。

像晴天霹雳,像重锤击顶。

刘素琳在收工时好心好意告诉她的消息,在她的心上狠狠地扎了一刀。

像试飞的鸟儿遇到了雷电,像迸然初绽的花朵遇到了暴风雨,慕蓉支遇到了重大的不幸。

面对着这可怕的消息,她该怎么办呢?她将如何应付、如何对待呢?

山区的秋风掀动着慕蓉支的衣襟,把她从深深的回忆和苦思冥想中唤回到现实中来。

到了吃晚饭时间,她不觉得饿;劳累了一天,她不觉得疲倦。把两年来经历的往事回想了一遍,与刘素琳告诉她的消息并列在一起,对比、鉴别、判断,慕蓉支得出了一个大胆的结论:程旭这样一个人,绝不会有什么犯罪行为,怕是什么人传错了消息。即使这个消息是确实的,那么也是有人搞错了!

在这样的时候,我该怎么办呢?

有一个声音在她的脑际回响着:把这件事告诉他!

刚出现这个念头,慕蓉支自己也出了一身冷汗。但是,除了这么办,难道还有第二种办法吗?别人听到这件事,可以幸灾乐祸,可以等着看事态的发展,采取冷眼旁观的态度,可我不能这样办。首先,告诉他,和他商量一下怎么办。办法还有很多,通过组织向上级申诉,或者到别处去避一避,兴许,马上有人也会像我一样,感觉到事情错了,过几天就烟消云散,没事儿了。这种侥幸的心理,竟也能在慕蓉支的头脑里占据上风。

打定了主意,慕蓉支站起身来,迈着沉重的步子,缓慢地走回山寨上去。她的心上,却仍像压着一块磨盘,憋得她透不过气来。

韩家寨上,正是晚饭后的休憩时间,从一扇扇洞开的门窗里,射出一束束灯光,映得坚实的青岗石铺就的村道若隐若现。家家户户的屋里,不时传出高高低低的说话声。煮猪潲的青苦气息,弥漫在一幢幢茅屋瓦房的门前院后。月光透过茂盛的树叶,洒下一片青淡的冷辉。

仅仅是在白天,慕蓉支走过弯弯曲曲的村道时,看着寨上的一切,还是那样亲切和美好,可此刻,她却觉得村道又狭窄又晦暗,连吹来的风里,也没有花香味儿。

集体户的知识青年们,看到慕蓉支蹒跚地走进了灶屋,都不约而同地用一种异样的目光瞅着她,谁也没跟她打招呼和说话。眼见这么一种古怪的沉默和冷场,慕蓉支的心不由得紧缩了一下,她觉得大家的目光像刺一样戳在她身上。

走进大祠堂之前,慕蓉支曾向程旭居住的那间小木屋瞥了一眼,小屋里还没有灯光,门上那把发亮的锁,还挂在那里。她知道,程旭还没回家来,心里不由得一阵绞痛,他还在埋头苦干呢!也许,他和德光大伯、袁明新大伯还在田头搞人工授粉呢!他哪里能想到,劳累了一天回家来,马上将有人来逮捕他呢?也许,天擦黑时他们才回家,德光大伯和袁明新大伯把他拖到自家屋头吃饭去了呢!

慕蓉支真想立即返身出去,找到他呀。但能在众目睽睽之下,跑出去吗?他们心里会想些啥呢?事情紧急呀,容不得再左思右想了!慕蓉支正要走出去,刘素琳微笑着从屋里走出来,像往常一样说:

"你到哪儿去了呀?我们等了你好一会儿,快吃饭吧!"

慕蓉支怔怔地看着她。

刘素琳向她使了个眼色,好像在说:你要沉着些,照着我说的话做啊!

慕蓉支勉强在桌子前坐下来,刘素琳殷勤地给她端来了饭菜,把竹筷往她面前一搁,嗔怪地粗声道:

"快吃吧,看你累成这个狼狈相!"

说着,伸手捋了捋慕蓉支一绺散乱的鬓发。慕蓉支并没觉得,可大家都看到了,她的形容憔悴,眼圈有些红,目光呆滞,两边嘴角下撇。脸上鲜艳红润的色泽消失殆尽,好像遭人打了一顿。刘素琳故意在用话语,帮她掩饰呢。

要像刘素琳说的那样故作镇静,慕蓉支绝不可能。事实上,她从众人的目光中,也看得出,那桩骇人的"新闻"早已传开了。大家正在密切地注视她的一举一动呢!

必须插叙几句。

在这两年中,韩家寨这个庞大的集体户也不是铁板一块。自从程旭被分出集体户之后,知识青年们之间也因为不断的口角和家务引起纠纷,闹起了矛盾。尽管陈家勤再三地想把大家"团"在一个户里,好显示出他这个户长的威望,得到先进集体户的光荣称号。但是,事与愿违,在韩家寨先进集体户的奖状刚刚发下来不到一个月,整个集体户就垮了。二十三个人,分成了七八户,多则五六个人伙在一起吃,少则两三个人在一起吃。原来灶屋里只有两个灶,现在一下子增添出了十来个灶,每天用水、煮饭、炒菜,灶屋里显得格外热闹。这么一来,一个大家分成了七八个小家,陈家勤这个户长,成了有名无实的头儿。这使得他的情绪一下子低落了好多,以致也像有些小伙子一样,开始了对心目中姑娘的追求。给慕蓉支表示爱慕之心的信,就是那时候写的。刚刚分户的日子,七八个小家之间,气氛有点僵,因为在分户的时候,为了一只锅子、一块肥皂,或是一块菜园地,曾经经过非常激烈的争论以至吵闹,甚至弄到不理不睬的地步。日子久了,青年们自己也觉得这样不好,住在一幢大房子里,抬头不见低头见,总要说话办事,不必为了一点儿小事闹得面红耳赤。于是工余饭后、闲暇之时也常常说几句话,议论一些时事新闻,传播山寨上的一些趣闻,谈谈韩家寨的粮食产量、山区的劳动。一般来说,集体户的风气还很正常,青年们也能自觉地遵守山寨的风习和生产队的纪律。插队三年了,知识青年们不像头一年那样无忧无虑、贪玩爱耍了。开始谈恋爱的青年男女在思索,我们今后怎么生活?年龄稍大一些的,在焦急地盼望上调的消息。平时,只要有一个人提及哪个地方的知青开始上调到县里、工厂的消息,知识青年们就会不约而同地围拢过来,细心地听一遍,然后抱怨我们这里怎么还没有上调和招工。

像程旭要被捕这种消息,对集体户来说,就像是一颗炸弹扔在门口那样令人震惊。在平静的劳动生活中,这要算是最大的事件了。

对程旭抱着成见的知识青年显得幸灾乐祸,而通过两年来实践生活的检验,发现程旭并不是一个想象中的坏人,也有知识青年们有点为他担忧。更有一些人,因为察觉到慕蓉支昨晚上很晚才和程旭一同回到寨上来,把注意力集中到慕蓉支身上,看她在这种时候,将如何表现、如何行动。从心理上来说,某种时候,人们更愿观察这种现象。即一个人遭到了打击,他的恋人、他的爱人、他的昔日的好朋友将怎样对待他。这是一种什么原因,也讲不清楚,但社会上确实到处都有此种情况。慕蓉支现在遇到的,就是这类情形。

集体户里的气氛是沉闷的,显得少有的肃静和冷漠。看到慕蓉支回来,更没人启齿说话了。

慕蓉支感到了大家和她之间的距离,觉得空气窒息得喘不上气来,浑身上下神疲心碎。她端起饭碗,勉强吃了几口,米饭像拌了很多沙子似的,难以下咽,菜也是干涩涩的,小小的饭碗端到嘴边,竟然像有千斤重。她把剩余的半碗饭往桌子角上重重地一搁,无力地垂下了脑壳。

年轻的慕蓉支啊,你有没有想过,你这个样子,就是在众人面前承认了你和程旭之间的友好关系。

刘素琳呆立在一旁,真想跺脚招呼她几声啊!但是,这个爽快热情的姑娘没有这么做。她太熟悉慕蓉支的脾气了,在这个时候,谁要是劝慰她一下,甚至同她说一句话,她都会失态地放声大哭起来的。而那样,在刘素琳看来,就更加不好了。

大祠堂外面,响起了一阵脚步声。脚步声自远而近,一步一步不急不慢地走来。谁都知道,这是天天比大家晚归的程旭回来了。人们的神经都自然而然地紧张起来,他们边听着门外的脚步声,边偷偷地瞅着呆坐在桌边的慕蓉支。

门外不远的小木屋旁,又清晰地传来掏钥匙圈的响声,接着,听得见钥匙插进锁孔,"啪嗒"一声,锁被打开了。跟着,程旭居住的那间小木屋的门,被"吱呀"一声推开了。

这"吱呀"一声,恰像是一个信号。呆坐着有好几分钟没有动的慕蓉支,陡地一下站了起来,双手扶着桌面,愣怔了片刻,便果断地一扬头,向大门口走去。

她要干什么呀?

人们都在猜测。

刘素琳见她神色反常,也有点着慌。慕蓉支是要干啥去呢?莫非她……刘素琳迟疑了一下,慕蓉支已经走到了大门口。

"慕蓉支!"正在这个时候,集体户长陈家勤果断敏捷地喊了一声,一个箭步跨出来,挡住了大门口,神色严峻地拦住了慕蓉支的去路。

慕蓉支正眼瞪着陈家勤俊俏的面容,仿佛在责问他:你有什么事?在她的眼光中,露出明显的厌恶神情。

陈家勤不敢久视慕蓉支的目光,他咽了一口唾沫,脸上勉强浮起一丝笑容,放缓了口气问:

"你要到哪里去?"

"你问这干什么?"

"你的饭吃到一半,我看你像有什么心事?"陈家勤有些语塞,讷讷地说,"你好好考虑考虑……"

"不用你管!"温顺娇柔的慕蓉支突然提高了声音,用一种从未见过的严厉态度爆发般地叫道,"我的事不用你管!"

"你……"陈家勤尴尬地把手指着慕蓉支。

慕蓉支气得脸也发白了:"给我让开!"说着,她朝前走去。陈家勤在她那鄙视的目光逼迫下,窘迫地侧过了身子,让出了一条路。待慕蓉支走过去之后,他恼恨地扭转脸,气咻咻地瞧着慕蓉支走出去的背影。

集体户里一片静默。

慕蓉支对直朝着小木屋走去,来到了程旭门外。

小木屋里已点起了一盏小油灯,程旭正蹲在地上点煤油炉子,没有发现慕蓉支走来。

慕蓉支伸出手去,推开程旭屋头的薄杉木板门,她头一次看见了程旭这间小屋子。

小屋内收拾得还算齐整,但屋子太小了,显得有点拥挤。除了两只箱子叠起来当作"桌子"外,"桌"边还有一条板凳,差不多所有的东西都搁置在地上,煤油炉、米袋、箩筐、锄头、锅子、提篮……床头上堆着书,"桌"面上放着一本笔记和几只碗。最令人惊异的是,小屋内贴满了各种小纸条,小纸条上写着毛笔字,借着屋内的油灯光,慕蓉支只看清一张纸条上写着:

朴树脚,不用壅;松树脚,不用种。①

慕蓉支看不懂纸条上写的是什么意思,正在思忖,风扑进门里,把煤油炉的火吹歪了,程旭回头一看,发现了慕蓉支。他立即站起身来,脸上露出诧异的神色,迎着慕蓉支走过来,低声问:

"什么事?"

"我想和你谈谈。"慕蓉支把预先想好的话说出来,两眼一眨不眨地盯着程旭。

程旭睁大了眼:"什么时候?"

"现在。"

程旭的脸上露出为难的神色,他指指刚点燃的煤油炉,说:

"你看,我还没吃晚饭呢……"

"这件事比吃晚饭还重要。"慕蓉支打断了程旭的话,急促地说,"快,我们到寨外去。"

看到慕蓉支神色大变,目光中透露出忧戚焦虑,程旭当即点点头,回过头去,吹熄了刚刚燃起绿色火焰的煤油炉子,又拿起一只电筒,把油灯吹灭,走出了小木屋子。

慕蓉支在前,程旭在后,两个人脚不停步地向寨子外走去。

风吹得紧起来,韩家寨外的山头上笼起了乌云,山野里黑漆漆的一片,啥也看不见。

---

① 朴树,即乌桕。树周围的地都肥,不用再费神壅土、施肥。松树周围的地薄,不能再种其他东西,种了也无用。

六

　　程旭和慕蓉支的对话，集体户里的知识青年们都听见了。当两人的脚步声刚刚在寨子外头消失，这个大集体户，就像是平静的堰塘里被倒进了一大桶爆石灰，立即热闹喧哗地议论起来。

　　"简直是疯了！"刘素琳跺了跺右脚，皱紧了眉头，不解地埋怨道，"这个时候还要同程旭一道出去。"

　　"慕蓉支怎么会知道程旭将被捕的事儿呢？"戴眼镜的瘦高个儿章国兴除下眼镜，从衣袋里摸出手帕，轻轻地擦拭着镜面，不急不慢地说，"她从哪儿这么快得到消息的？"

　　"嘿嘿，四眼，这个你就差火了。消息嘛，当然是有人透露出来的！"章国兴的话音刚落，歪着身子斜倚在灶屋门板上的郑钦世，一个自暴自弃、惯于讥诮、嘲弄、说风凉话的宽肩膀小伙子，就不急不慢地接上了话头。他双手交叉放在胸前，声调忽高忽低，斜着眼睛说："如今这年头，再机密的消息也有人传出来。你没听说，小道消息传起来，连政治局里谁发了什么言也讲得活灵活现嘛！哈哈，这就是'文化大革命'的一大发明！不过，今天你尽管相信就是了，要逮捕程旭，这话儿没错！消息来源绝对可靠！"说着，他扬起一道眉毛，瞟了刘素琳和陈家勤一眼。

　　刘素琳只当没看见郑钦世的眼神，她瞥了章国兴一眼，没有吭气。

　　陈家勤刚才当众遭了慕蓉支抢白，也有点气馁，没有说话。

　　旁边一个矮小、伶俐的姑娘周玉琴没好气地对章国兴说："大家都能知道，她为什么不能知道，就你，净问一些怪问题！"

　　"嘿嘿。"受了周玉琴的抢白，章国兴不但不反驳，反而堆起笑容，朝她笑笑，"我是随便问问嘛！其实，也不关我什么事。"

　　说着，章国兴顺手从墙角落里拿起一只刨子，一根刨得不算光滑的档子，搁置在一只长板凳上，把长板凳的一头紧顶着墙"嚓嚓嚓"刨起来。

　　"又要刨了，又要刨了！"倚在门框上的矮个儿青年莫晓晨，拉长了胖胖的脸庞，朝章国兴不耐烦地道，"独有你，整天只晓得做木工。说老实话，我倒有点可怜程旭,天天出工,也不搞点吃的补补身体,现在又落得这么个下场!"

"这种阿木灵,你可怜他干啥?"坐在莫晓晨身边的常向玲,一个打扮入时的姑娘,也斜了莫晓晨一眼,撇着嘴轻蔑地说,"一点也不会享受。把他抓进去,活该!"

刘素琳禁不住说:"程旭倒是不可惜,可惜的是慕蓉支,上足程旭的当啦!"

"也怪她自讨苦吃!"常向玲嘴里嚼着泡泡糖,一点也不怜悯地说,"番司①不难看,偏偏去寻程旭这种憨大,不晓得她心里想些什么!"

"真是不实际。"矮小、伶俐的周玉琴,生着一张白净的小脸,单眼皮,微微有些上翘的薄嘴唇。她说话速度很快,话语间时常掺杂着几声细碎的"嘻嘻"笑声,眼睛活泼地转动着,"平时看起来,慕蓉支完全是个有脑子的人,碰到这种事情,她怎么这样糊涂?"

章国兴刨着木花,侧转脸用肯定的口气道:"情人眼里出西施,你怎么能知道?"

"啥情人眼里出西施!"常向玲鼓起嘴,用舌头把嘴里的泡泡糖舔到一边去,也以武断的语气说,"完全是程旭花功道地,把慕蓉支花倒了!"

"好了好了,都是你一个人说的!"一个脸容看上去比大家都要年轻些的小伙子冯令说,"一会儿说程旭是阿木灵,一会儿又说他花功道地。我看他们俩要好,总有他们的道理!"

"小阿弟,跑开点!"常向玲不屑一顾地瞟了冯令两眼,随便甩甩手说,"你懂个啥?"

"我当然没有你懂,你们正在实践嘛!哈哈。"冯令摇晃着圆溜溜的脑袋,指指常向玲,又指指莫晓晨说,随后又一阵大笑。

倚门而立的莫晓晨和坐在小板凳上的常向玲被冯令点得顿时红了脸。常向玲"呸"一声把口中的泡泡糖吐在地上,竖起弯眉,厉声道:

"冯令你也越来越滑头了,当心我在你的饭锅里放上一把盐!"

莫晓晨只是仰起脸盘,咧开嘴,"嘿嘿嘿"轻声笑着,并不责备冯令。

冯令跑进自己的屋子,只在门框边探出脑袋,对着常向玲做了一个鬼脸说:

---

① 番司——指脸。英文的译音。

"我不要吃盐,我要吃糖!"

他这一说,灶屋里的青年们都撑不住放声笑开了。连常向玲和莫晓晨也跟着笑了。

郑钦世一边笑着,两条粗浓的眉毛一边不住地抖动着,咧开大嘴说:"爱情啊爱情,插队落户的爱情,世上最简单也最奇怪的爱情!但愿卷进这旋涡去的人,都不要以悲剧告终!"

"悲观厌世的哲学家,你羡慕轧到女朋友的人吗?"冯令听他这么说,故意把嗓子吊到高八度问道。

"笑话,我羡慕这种可怜的爱情!"郑钦世以更大的声调道,"老实跟你说,小阿弟冯令,谈恋爱不尽是欢乐,那是要花代价的!我要有那么点钱啊,宁愿买两沓锡箔来烧烧!破'四旧'了,没锡箔买,我弄半斤烧酒来喝喝,也比轧朋友强多啦!"

说笑声中,一阵粗重的脚步声从门外踏进来,大家回头一看,一个粗壮高大的年轻人,上身穿件的确良白衬衫,下身穿条米黄色的裤子,一双略呈尖形的荷兰式皮鞋,走进灶房,他就双手抱成拳头,平举到胸前招呼道:

"各位兄弟,你们好啊!什么事逗得大家笑呵呵的?说来给阿哥听听!"

说着话,他随手便把肩上背的马桶包搁到章国兴刨木档的板凳上,面对大家粗野地笑。

"哎哟,沈兆强,你不是早说自己已经收到了吗?这次一出去,怎么又是三四天?"章国兴停止刨料,边用手扯着刨子里嵌住的木花,边问。

沈兆强身躯高大,满身肌肉,显得很是英武,可他那张脸生得实在怕人。留得老长的头发朝一边梳去,耳边的鬓角由于几年来故意的剃刮,直长到耳朵根那么齐,他天天伸手摸着鬓角,用手指捻着,使得两鬓的黑发变成了两个尖利的黑角,往上翘了起来。窄额头,浓眉,一双闪着亮光的小眼睛,大鼻子,阔嘴巴。这么一副尊容,已经不很雅观,再加上右面颊一道直刀疤,窄额头上一条横刀疤,更使得他这张脸显得可怕了。听了章国兴的话,当下,他便在章国兴窄瘦的肩膀上重重地拍了一下,高声道:

"'四眼',你不要胡说!阿哥我这次出去,是去游山玩水,哈哈,三洞水、云天峰,好玩极了!一直闷在韩家寨,到外面去散散心换换口味,实在舒服!"

说着话,他从衣袋里摸出一包牡丹牌香烟,在手里晃了晃说:

"红壳子,只有到城市里去才买得到。公社、县里根本没有。来,一人一根,尝尝家乡的烟。"

说着,拆开烟盒,递给陈家勤、莫晓晨、郑钦世、冯令各一支,当他把烟递给章国兴的时候,章国兴转脸征询地望望周玉琴,周玉琴不置可否地望着别处,沈兆强又咧开嘴笑道:

"哈哈,'四眼',你真没有魄力,抽一支烟也要女朋友批准,太没有男子汉大丈夫气魄了。你看,莫晓晨也在和人家好,照常抽烟。来来来,抽一支,小周,看在我面上,今天批准四眼抽一根!"

"哈哈,这就是爱情的力量嘛!"郑钦世一面划火点烟,一面高声插进话来,"小冯令,你看看,被人家管管,到底还是有点味道的!"

章国兴被沈兆强和郑钦世说得尴尬地红了脸,周玉琴尖叫一声,啐了一口,对沈兆强说:

"谁管过他呀!他要抽就抽嘛!"

"哎,这才像句话嘛!哈哈哈,来,'四眼',快接烟呀!"沈兆强挤眉弄眼地怪声笑着,递过烟去。

章国兴这才从沈兆强手里接过了烟。

抽着烟,沈兆强兴致勃勃地在一条板凳上坐下来,又问起刚才大家在说些什么,当他听说程旭将要被捕的话时,得意扬扬地仰脸笑道:

"这个阿木灵,不懂经①的。在上海的时候,肯定是'并怪②''轧轮子③',或者是'发叶子④',刮散⑤了。这次要请他吃铐子、上山⑥了!"

"你怎么知道?"章国兴插嘴问。

"嘿,这是明摆着的嘛!要不是,人家来抓他干啥?"沈兆强蛮有把握地说,

---

① 不懂经——不懂得场面上混混的"道理",不够"海派"。
② 并怪——偷皮夹子。
③ 轧轮子——在公共汽车、电车上偷东西。
④ 发叶子——用扑克牌赌钱。
⑤ 刮散——走漏消息。
⑥ 吃铐子、上山——被戴上手铐关进去。

"像程旭这种人,车赖三①是不可能的,打群架更加不可能。除了这两件事,其他的事只有偷和赌了。"

莫晓晨走近前来,胖胖的圆脸盘上露出不信的神情,吐出一口烟道:

"像程旭这种人,会又赌又偷吗?我不信。"

"是啊!"冯令也表示同感,"我看他不会干这种事。"

章国兴津津有味地抽着牡丹牌香烟,伸手指着沈兆强取笑道:

"你不要摆老资格了,我看程旭也没那么大的胆子,敢去做那种事!"

"嗳嗳,我提醒你们不要忘了!"沈兆强提高了嗓门叫道,"人不可貌相,海水不可斗量。程旭这种人,别看他表面上闷声不响,谁知道他心里想些什么。我告诉你们,表面上越是老实,骨子里越是阴!"

"是啊!"常向玲鼓起两片红红的嘴唇,一双有点突出的大眼睛扫了灶屋里的知青们两眼,说,"现在这种时候,什么颠三倒四的事情都会发生的!"

郑钦世连连点头:"这话符合生活的真实。颠三倒四的时期,发生颠三倒四的事情。对头啊!"

周玉琴不同意他们的话,道:"那也不一定,我看程旭怪是怪,但还不至于做这种坏事!"

"不过,他这几年变得快极了,也难说他回上海之后,交了一些什么朋友。"一直没说话的陈家勤,逐渐恢复了镇静,也开口说了话,"依我看,他在学校一心想成名成家,'无产阶级文化大革命'把他这种资产阶级的个人主义思想砸了个稀巴烂,他感到在受了重大冲击的家庭里待不下去,才到了山寨。看到农村不像他脑子里想象的那个样,一时又没有招生招工,和大家合不来。在这种种情况下,他当然会变喽!我们常说,一个人总是变化着的,不是朝着无产阶级这方面变,就是朝着资产阶级那方面变,二者必居其一,不可能有第三条道路!"

陈家勤这么振振有词地一分析,众人一时哑了场。连说话尖刻的郑钦世,也徐徐地吐着烟圈,说:"陈大博士一讲话,我只好洗耳恭听!但愿我不打瞌睡。"只有周玉琴,并不服气,她瞪了陈家勤一眼道:

"刚刚合户的时候,我们就是听了你们三队的人讲他怪,才觉得他不入眼。

---

① 车赖三——不正当地勾引不三不四的女人。

两年时间一眨眼过去了,看看他还好嘛!他不说三道四,不说我们一句坏话,和三队的贫下中农,相处得也还不错,就是不愿多说话,多嚼舌头,这又有什么不好呢?"

"我也有同感。"莫晓晨点头道。

章国兴伸手扶了扶眼镜,也说:"看一个人,头一眼印象最重要。我头一次看见程旭的时候,远远地向他打了个招呼。不想他没有回答我,我就感到自尊心受了损伤,以后也不愿理他了。现在想来,当初他也许并没听见我叫哩。"

"要说他坏,那倒也不一定。"常向玲见好几个人这么说,也不再坚持自己的观点,便说,"我只觉得他不像个人,倒像是——一块冰。"

屋里响起了一片笑声。笑声未毕,冯令说:"我只觉得他孤零零一个人,有点可怜。"

"现在这情形叫作一娘生九子,连娘十条心!"郑钦世又发表他的"哲学"观点了,"充分证明了,世界上的任何事情,都是不能强求一致的。不过,大家说法不一,但还是有共同的东西,那就是经过这两年观察,可以看出,程旭不是一个坏人。本人也有同感。像他这种人如果也要关进班房,恐怕我们国家的班房要关不下了!"

陈家勤见人们的观点一面倒,心里倒真有点焦急起来了,他拍了两下巴掌说:

"程旭是好是坏,我们来评判也已晚了。公安局要来抓他,就充分证明,他不是一个好人。对我们来说,今后已经不存在怎么和他相处的问题,而是该想想,我们在思想上怎样和他划清界限的问题。"

"也是他活该!"沈兆强好不容易插进话来,自以为得意地说,"他以为在上海犯了事,跑到韩家寨,已经滑脚了,哪里会想到人家早就盯上他了?不是我吹,阿哥我发发叶子、轧轧轮子,从来没有刮散过。除了进过两次老派①,一次也没上过山②。哈哈!"

"这可真是应了一句老话,叫作'生存竞争,适者生存'。"郑钦世眯缝着眼

---

① 老派——指公安局、派出所。
② 上山——指进监狱,是上海小流氓用语。

睛,瞅着沈兆强道,"看来,你老兄的经验是,做了坏事不要紧,只要不刮散,便万事大吉,对吗?"

"滚开!"沈兆强狠狠地瞪了郑钦世一眼,凶相毕露地骂道,"娘希皮,抽了阿哥的烟,还要来讲阿哥风凉话,你是不是要吃皮蛋①啊?"

郑钦世摇了摇头,慢慢吞吞走到一边去,不说话了。

听着人们你一言我一语地发表着各种意见,刘素琳心头倒像是有猫爪子在抓着,烦躁不安,一点也没说话的心思。慕蓉支的行为,太叫她气恼和不理解了。她不能明白,慕蓉支怎么敢这样大胆,她更不能明白,慕蓉支会这么依恋程旭。程旭身上有什么东西,这样吸引着慕蓉支呢?真像大伙儿说的,他身上一无是处,为什么漂亮的慕蓉支,偏偏看上了他?很明显,慕蓉支只吃了半碗饭就去找程旭,就是要把逮捕程旭的消息告诉他。要是程旭听了这个消息,逃跑了怎么办呢?那样,追究起来,不就要追查到我的头上了吗?想到这儿,刘素琳带着点怨恨的目光,瞅了陈家勤一眼。不就是他,把程旭将要被捕的消息从公社带回来的吗!不就是他,悄悄地告诉了自己,让自己把消息在天黑之前告诉慕蓉支的吗!他就不想想,这件事儿是该保密的,偏要告诉大家。现在捅出这么大的娄子,万一明天公安局来了人,程旭逃跑了,那么慕蓉支、我、他都要遭到人家责备,给罪犯通风报信,岂止是责备?弄得不好,还要被他们带走呢!

想着,刘素琳浑身像爬满了小虫子,不安起来。她恼恨程旭,恼恨陈家勤,恼恨慕蓉支,把这件复杂的事儿缠到她身上,使她脱不了干系。

刘素琳是个身材高挑、体态丰满的姑娘。她的眼睛不大,可是明亮而又活泼,眼里常闪现出精明沉静的光。在集体户十多个姑娘当中,她是以聪明、能干、会算计而出名的。由于她个子最高,椭圆形的脸上显出成熟、镇静和热情的神态,姑娘们也自然而然把她当老大姐。周玉琴向她学习豁达爽朗的作风,常向玲向她学习端庄沉着的仪态,慕蓉支向她学习为人处世随和谦虚的美德……每个姑娘都能从她身上学到些什么。她不卑不亢、热情坦率、谈笑风生、镇定自若,和每一个人都很接近,又注意和每一个人都保持着一定的距离。内心深处,对每一个人都有她自己的评价。但在外表上,她对任何人都能谈得来。在集体户里,

---

① 皮蛋——上海小流氓切口,意即拳头。

她和慕蓉支、周玉琴是好朋友,相处的时间比较多。最近以来,由于周玉琴已经比较明显地和章国兴恋爱起来,慕蓉支也总像是另有所思的模样,两个姑娘和她谈心的兴致,都已明显地减弱了。刘素琳感情深处,觉得有点孤独。她自己也隐隐约约地意识到,某一个人,好像是陈家勤,在有意无意地向她献殷勤。以往,在集体户里,她、慕蓉支、常向玲三个姑娘,是较多受到小伙子们献殷勤的,大家都看得出,常向玲和无论哪个小伙子都嘻嘻哈哈,无拘无束,有时候甚至谈得过于亲热,有时候还常同莫晓晨一起去赶场、爬山、钻树林子。每次回来也不避嫌疑,四处宣扬说,玩得真乐!为此,喜欢正正经经的周玉琴常常要在背后责怪她。而慕蓉支呢,恰巧和常向玲相反,她过分拘束,很少和小伙子们聊天,即使有人同她谈谈,她也是冷冰冰的,人家说一句,她才答一句。没有事,她绝不主动和男知青说话。对稍显露出一点热情的小伙子,她总是断然回绝。任何男知青找她说话,不管是本队还是外队的,她都抱着戒备的心理,沉着脸,垂着眼睑,说话又短促又冷淡。为这,人们总说她不好接近。只有刘素琳,在这方面表现得很得体,她既和人言谈,但又注意保持一定的距离,对献殷勤的小伙子,她既不拒绝,又不让他们过分接近。方便的时候,她还帮懒惰的男知青洗洗衣服、缝缝补补,或是修修毛线衣的袖口、领圈。当然,她也请男生办一些事,像挑煤炭啊,雨天到井边去打水啊,赶场带回点东西啊,接受过她帮助的人,也愿意帮她干点儿事。因此,集体户里的知青们总觉得她干练、豁达,和她保持着正常良好的同志关系。只有这几次,陈家勤向她献殷勤之后,刘素琳的心灵微微像琴弦似的颤动了。她开始思索、开始在晚上细细地想着他对自己说过的每一句话,开始问自己,如果他提出来,自己该怎么回答,回答得巧妙而又……刘素琳把今天这件事,也看作是陈家勤在献殷勤,因为他知道自己和慕蓉支很要好,故意先把程旭将被捕的消息告诉她,好使她的朋友免受连累,哪里想到,好事情演变成这么个样子,这该去怪谁呢?

思来想去,刘素琳心头越来越乱,好像一把粗糙的毛刷子时时在撩着她的心房,她朝满屋子的知青扫了一眼,用不耐烦的语气道:

"好了好了,你们别尽围绕着程旭大发议论了!他已经犯下了罪,自有法律对付。你们还是说说吧,慕蓉支这个时候叫他出去,会不会把这个消息告诉他?"

这一问,集体户宽宽敞敞的灶屋里竟然哑了场,起先争相说话的知识青年们,一个个都闭紧了嘴巴,不说话了。

灶屋里装了一只四十支光的电灯泡,灯光下,可以看清靠墙壁打了好些炉灶,每只炉灶旁边,都有一块搁板,搁板上放着盐罐、油瓶、酱油瓶子、味精瓶、咖喱粉。属于整个集体户公用的大水桶,搁置在灶屋中间靠墙壁处。二十多个知识青年,有的靠墙壁站着,有的在炉前煨水,有的蹲在门口,一不说话,灶屋里显得格外静。韩家寨上,传来一两声的狗叫,离大祠堂不远的下伸店里,传来"嘀嘀嗒嗒"敲打算盘的声音。

"呼——飒——"

一阵急骤的秋风刮起了大祠堂门前的几束谷草,离集体户不远的几棵大树,也"哗哗"地摇曳出声了。

"起风了。"不知哪个首先打破了沉默。

刘素琳皱起了眉头说:"慕蓉支还没回来,真急死人了!"

"你顾虑什么?"一向有点妒忌刘素琳、慕蓉支、周玉琴三个人之间友谊的常向玲噘着嘴说,"慕蓉支要走漏风声,她自己倒霉!关你什么事?"

周玉琴立即反驳道:"你别乱说,慕蓉支做事历来沉着,不会干出这种给罪犯通风报信的事来!"

"那倒不一定。"章国兴扶扶眼镜,把抽完的烟屁股往地上一扔,说,"感情好了,一漏口就说出来了。"

"不要你来插嘴。"周玉琴没好气地斥责道,"是你接触慕蓉支久还是我?"

章国兴吐吐舌头,又不吭气了。

"那她急急忙忙把程旭叫出去干啥呢?"小冯令直通通地问,"人家约男朋友出去谈心,总是悄悄的,慕蓉支今天有点迫不及待的样子。"

陈家勤冷冷地说:"她真要这么干,那是她自己不站稳阶级立场,自己走向犯罪的边缘。"

刘素琳苦笑笑:"你说话总是那么可怕。"

"慕蓉支真要告诉程旭了,事情确实有点可怕呢!"莫晓晨撩起袖子,看看手腕上的表,说,"看,快九点了,他们出去一个钟头了,还没回来!"

"各人的话自有各人的道理,"郑钦世总结般说道,"不过,在下赞成'四眼'

的意见。爱情的力量,有时候能大过王法。书本中描写的那些伟大的爱情,常常叫情人们丢掉生命。大家想想,连命都可以豁出去,为啥不能报一条消息?以我第三者的眼光看来,慕蓉支敢于当众公开地约请程旭出去,而且、而且对陈大博士的干涉露出、露出了那么一种神态。他们之间的感情,可以说是非同一般的,十有八九,慕蓉支是要把那个消息告诉程旭的。我们的猜测,不妨把重点放在她告诉程旭以后,事情朝哪方面演变上面。"

这番话又引得人们心里起了一阵反响。大家的脸色都逐渐严肃起来,再没人说笑了。平时,每当晚饭之后,集体户里总有人吹吹口琴、笛子,或是拉拉二胡、唱唱小调,今晚上由于这桩骇人的大事,引得大伙的注意力都集中在一起了。知识青年们都觉得事情很严重。他们中的大多数人,都不为程旭担忧,而是为慕蓉支可惜。在他们看起来,程旭在上海犯了罪,人家要抓他,这是理所当然的事。要知道的只是像他那么个人,有哪些罪状?而慕蓉支则不同了,她,一个好端端的姑娘,为啥要去和程旭硬黏在一起呢?一般的人,碰到这种事,躲还来不及呢!她还主动找他,这不是自找麻烦吗!

韩家寨集体户里的上海知识青年们,绝大多数是在解放之后出生的。他们走过的生活道路,都是简单而平坦的,金色的童年,小学,中学,正读到中学,"文化大革命"开始了,于是看大字报、串联、辩论、复课闹革命,然后,上山下乡运动像一股浪头似的掀了起来,他们在这股差不多席卷每一个家庭的波涛中,打起背包、唱着歌、坐上火车,离开了繁华的上海,告别了父母兄姐,怀着美好的理想,踏上了征途,走上了生活的大道,在山寨落下户来……他们相信报纸的宣传和老师的教导。他们眼里看到的,绝大多数是光明灿烂的事物,即使有某些想不通的地方,他们也能正确地对待和分析。像这样一代年轻人,他们怎么能理解慕蓉支反常、越轨的行为呢?当然不能理解的。

"好了,好了,别烦躁了!"沈兆强在沉默中又点燃了一支牡丹牌香烟,徐徐地从鼻孔里喷出两股烟,他高声道,"要叫我看啊,慕蓉支这种行为,才叫上路!不过她这种高尚的行为,去对程旭这种人,实在太不值得。她……"

"算了!算了!"刘素琳斜了沈兆强一眼,不满地打断了他的话,"请不要用你那套腔调来评价慕蓉,你这套东西,在集体户里行不通!"

"你!"沈兆强顿时瞪起双眼,气狠狠地挽起白衬衫袖子,"你敢骂老子,老子请你……"

他扬起了拳头,"呸"一口把才吸了几口的牡丹牌香烟吐得老远,咧嘴就要骂粗话。

正在这个时候,集体户门外晃过一道电筒光,跟着,一个拖声拖气的嗓门叫道:

"小陈,小陈,你出来一下!"

陈家勤应声像颗子弹一样跳了出去。集体户里的气氛顿时为之一变,好几个人异口同声地说:

"姚银章!"

"姚主任!"

知识青年们都像打了一针兴奋剂,纷纷用眼色互相望望,预感到在入夜九时的时候,姚主任来找户长,总有什么重要事情。连正要发怒逞威风的沈兆强,眨眼间也变了脸色,烟消火熄,不再露出凶相了。大家都拥到灶房门口,向墨黑的外头张望。

陈家勤不知跟着姚银章到哪儿去了,大概是站在山墙后头说机密话呢。迎头一股冷风刮来,冷风里还夹杂着雨丝,没等谁说话,"噼里啪啦"的雨点子,就打在大祠堂前的一大块平整的白石板上。

"下雨了。"周玉琴皱起眉头,向外头望望,焦急地说,"怎么办呢?"

刘素琳忍不住发急地跺脚道:"她连雨衣也没带呢!"

风横吹进门来,站在门槛边的几个人都被雨点打湿了,知青们纷纷退进门来,"哎哟哎哟"惊叫着,嚷嚷着,不等人们站定,陈家勤像一阵风似的冲进门来,险些撞倒了人。他连招呼也不打,扑进自己的屋子,拿了一只电筒,披上雨衣,穿上高筒雨鞋,走到灶屋里来,活像一个高级首长,挺直了腰板,颇有风度地伸出手来,点着几个男知识青年说:

"你、你、还有你,加上章国兴、莫晓晨、沈兆强、郑钦世,赶快穿上雨衣跟我走!"

"上哪去?"众人见陈家勤神色异常,不约而同地张嘴问,"什么事?"

陈家勤挺了挺胸脯,镇定地瞥了身前几个人一眼,放大声音说:

"县革委会主任薛斌这几天正在公社抓点,他看见了上海的来函,要姚银章赶快把程旭监视起来,不许他乱说乱动。姚主任刚才找我,我已经把慕蓉支同程旭一起出去的事向他汇报了。姚主任非常生气,他命令我赶快找可靠的男知青,把他们叫回来!"

"啊!"刘素琳和周玉琴听了这话,都惊叫了一声。她们两人的脸变了色,为慕蓉支担起心来。

郑钦世一面跑进男生寝室去穿雨衣、拿电筒,一面以大惊小怪的语气叫着:"哈哈,这样的好事儿,竟也能轮到我!陈大博士,谢谢你的栽培啦!"

陈家勤以不耐烦的口气道:"你啰唆个啥,想去就去,不想去拉倒。"

"当然当然,这样的政治任务,我能不去嘛!大博士,息怒息怒。"郑钦世半真半假地告着饶。

一会儿工夫,被点到名的七个男知青都已穿上了雨衣、雨鞋,拿着电筒,到了灶屋里。陈家勤一挥手,八个知识青年冲进了风雨交加的黑夜之中。

电灯泡忽地亮了起来。大概是下了雨,好些山寨的社员都熄了灯,电源更充足了。

集体户的灶屋里,静悄悄的,谁也不说话。屋子外头,雨下大了,树叶子被雨点打得"沙沙"响,风呼吼着撕扯树叶、茅草,沟渠里的水,"咕嘟嘟"响了起来。

程旭将要被逮捕的事件,好比是一条娃娃鱼窜进了平静无波的小池塘,把韩家寨的集体户,搅得不安宁了。在这样的夜晚,谁还有心思做私事,谁还能睡得着觉呢?

刘素琳和周玉琴悄悄地避开众人,躲进她们的屋子里,也不开电灯,贴着脸儿说悄悄话。

"你想想,在这种黑夜里,他们俩被大家叫回来,多狼狈啊!"周玉琴轻声说,"慕蓉真是中了邪魔,疯了……"

"嗯。"刘素琳只在鼻子里哼了一声,隔了片刻,才说,"这一来,慕蓉支三年来留给大家的好印象,全完了。唉,也怪我……"

"我真想不通,想不通!"周玉琴提高了点声音,刘素琳忙把自己的手掌盖在她的嘴上,凑近她耳朵说,"小声点,小声点……"

周玉琴压低了嗓门,继续说:"我真想不通,慕蓉支哪里有这么多的话,同那个害人的闷葫芦讲。他们到底在说些什么呀?"

"……"不等刘素琳回答,灶屋里的知青们发出一声惊呼,电灯熄了。韩家寨大队到了熄灯时间,大队的保管员把总开关闸刀拉下了。

集体户里一片黑暗。

韩家寨团转的几个村寨,也都熄了灯火。山山岭岭之间,除了那呼啸的风雨声,"哗哗"的流水声,啥也看不见,啥也听不见。

……

七

刚刚走出寨口,绕过那几棵二三十年的老柳树,慕蓉支便停下脚步来等待程旭。走得太匆忙,她连电筒也没带,偏偏天又变了,夜空中布满了乌云,月亮和星星全被浓重的乌云遮住了,几步路外就什么都看不见。慕蓉支只得借助程旭手里的电筒辨别路径。

程旭走到她身旁了,轻声问:"慕蓉,出什么事了?"

慕蓉支望着地上那一小圈电筒光,缓缓地顺着石阶路走去,埋下头不吭气。

程旭把电筒晃了一下,看到慕蓉支受了委屈似的模样,暗暗有点着慌,他又恳切地问道:

"你碰到什么事了,慕蓉?"

慕蓉支还是不吭气,放快了点脚步,固执地朝前走。程旭紧随着她,加快了脚步。

两个人走过了高高低低的出寨路,走上了韩家寨外那条比较平整的沙土马车道,慕蓉支从程旭手里拿过电筒来,向四处照射了一下,把电筒揿熄了,随后说:

"走,我们到那边去。"

程旭顺着她手指的方向望了望,什么也没见,只是跟着她,沿着平顺的马车道,徐步走去。平时,程旭是最有耐性的,他可以半天、一天,甚至整整两三天不说一句话。可此刻,他却有点焦急不安了。慕蓉支不让他煮晚饭,差不多一点也不瞒人地、出人意料地公开约他出来,可走出了寨子,她又神情异样,不吭一声。究竟出了什么事呢?他憋不住又张嘴问道:

060

"慕蓉,你碰到什么事,说吧!"

慕蓉支回头瞅了他一眼,其实并没看清他。此时此刻,慕蓉支的心头翻腾着剧烈的波涛,两种斗争着的心理交织在一起,难分难解。程旭不能看到,她的脸色变得惨白骇人,她的嘴唇在颤抖着,一阵紧一阵的风吹来,她不自觉地打着抖。她忧心忡忡地矛盾着、犹豫着:该不该把上海公安部门将要逮捕他的消息,告诉他呢?事到临头,慕蓉支又踌躇起来了。要告诉了他,他真在上海犯下了什么罪,逃跑了,我这不是对人民犯了罪嘛!要不告诉他,那我把他叫出来干啥呢?而且,他这副模样,哪里像个与重大案件有牵连的人啊!

慕蓉支只觉得自己的心像在油锅里煎熬似的难受,她张了几次嘴,都没说出口来。

程旭又催问了一次。

"程旭,我是想、是想问问你,"慕蓉支终于采取了一种折中的办法,开始说话了。不过,她一开口就露了马脚,语气与平时不一样,微微有些颤抖不安,"你、你要照实告诉我!"

"嗯。"程旭应了一声。他也有些忐忑不安起来,从慕蓉支的不同以往的口气中,他预感到些什么。他觉得呼吸局促起来,勉强镇定自己,他点头说,"你问吧。"

"你、你回上海探亲的时候,"慕蓉支从来没有感到讲话像这么困难过,她觉得好像有一样硬东西堵住了喉咙口,妨碍她像往常一样说话,"干过什么、什么见不得人的事儿没有?"

"没有啊!"程旭的口气里透出强烈的诧异感。

"不,我是说,干过什么犯罪的事儿没有?"

"没有,肯定没有。"这一回,程旭的语气变成坚决的了,继而他问,"你问这个,是什么意思?"

慕蓉支并不回答程旭的话,她只是照着自己的思路往下说:

"你敢发誓吗?"

"怎么不敢?"

"那么,你发誓!"

"这究竟是怎么回事呀,慕蓉?"

"你发誓吧!"慕蓉支用接近于乞求的语气说,"对我……不,对、对、对祖国发誓!"

大概是慕蓉支真诚恳切的语调感染了程旭,他咽了一口唾沫,说:

"我发誓。在探亲时,我没有干过……"

"啊,不要说了!"慕蓉支突然打断了他的话,"我相信你,我相信你,程旭,我跟你说……"

"说什么?"程旭急不可待地问,他的心跳得急速起来。

"你预感到什么没有?"

"这……"

"你知不知道,上海发来函件,要立即逮捕你?"慕蓉支觉得喉管发紧,脸发热,冲动地说,"你一点也不知道?"

她预先想过,当自己把这个可怕的消息告诉程旭的时候,他准定会大吃一惊,不是全身无力地倒下去、晕厥或是神志不清,至少也将惶惶不安,焦急万分地立即设法逃跑,或是慌乱得手足无措,还得靠自己来提醒他,该怎么办。

可是眼前的情景,却大出慕蓉支所料,他既没有惊慌失措地叫嚷,也没有急忙为自己辩解,更没有想到逃跑,倒是安安静静地站着,脸微微仰起来,向远处眺望着。

这一来,倒使慕蓉支慌了,他不要因为听到这件事,一下子吓傻了,生活中是有过因为惊怕吓憨了的事的。慕蓉支声音发抖地问:

"程旭,你听见了吗?"

程旭没有回答。

慕蓉支揿亮了电筒,借着电筒光瞅了瞅程旭的脸。程旭的脸显得异常的镇定、坦然,只有那一双眼睛,目光炯炯地望着远方连绵起伏的黝黑的群山。慕蓉支放心了,他并没有被吓傻。可他这样镇静,又引得慕蓉支奇怪,难道,面对这样的消息,他还能坦然自若?不,集体户把他分出户去的时候,他都难受得垂下了脑壳呢。比起那种打击来,今天这件事的打击,不知要大多少倍呢!她不由得再次问道:

"程旭,你没听见吗?"

"听见了。"程旭的语气显得格外冷静,冷静得像什么事儿也没有,"这件事,到底来了……"

"什么?"慕蓉支惊怕地问,"你在说什么?"

"我是说,这件事一点儿也不奇怪,它早晚是要落在我头上的。"

"啊……"慕蓉支情不自禁地叫了一声,莫非,程旭在上海,真干过什么见不得人的事儿。她只感到肺腔和心胸间窒闷阻塞,只觉得耸峙挺立的群山在倾倒过来,她双眼睁得大大的,恐怖失望地盯着程旭,站在她面前的,难道真是个罪犯?她带着哭音轻声叫道,"程旭,程旭,你、你当真在上海犯了案子?"在她的口气中,透着强烈的不解和深深的失望。

程旭凝然不动地站着,一句话也不说,风急骤地吹过来,拂起了他那好久没理过的头发。

慕蓉支急得发慌了:"程旭,你倒是说话呀!"

"慕蓉,"程旭语气深沉地说,"你当真相信我吗?"

慕蓉支生气了,说道:"你、你还不信任我,我、我把这种事儿都跟你说了,你还……"

"请你原谅我。"程旭的语调低沉,但是很真挚、诚恳,"我不是不信任你,如果你真的相信我,像相信你自己一样,那么我要说,在上海探亲的时候,我从来没有犯过任何案子……"

"噢!"慕蓉支舒了一口气,重又用振作的语气道,"那肯定是他们搞错了!可以通过组织上,申辩清楚!"

程旭怔怔地望着慕蓉支,黑夜中,根本看不清她脸上的表情,只能看出她剪影似的面庞。不过,程旭还是觉得自己看清了她,他比谁都清楚,在自己碰到这种事情的时候,敢于告诉他,站在他的立场上说话,该需要多么大的勇气和信心啊。如果说,在以往的日子里,程旭只是觉得,慕蓉支是一个美丽善良的姑娘,她有一颗纯真的心,她以她的正直和良知,在帮助着他育种、在关心着他的生活,他们之间有了友情和爱的萌芽。那么,此时此刻,在程旭的心里却充溢着无比的激动和强烈的爱。慕蓉支是那么正直、那么纯洁,最重要的,她对自己怀着那么深沉含蓄的感情。在程旭的眼里,慕蓉支陡然间比往常高大了许多,全身上下闪射着熠熠的光彩。这是一个多么值得爱恋的姑娘啊!程旭比谁都明白这种爱的价值,他真想对慕蓉支有所表示啊!但他毕竟是个有理智的年轻人,他知道自己身处逆境,巨大的厄运在等待着他,他绝不能屈从于内心感情的波澜,把慕蓉支拖进他本人的事件中。为此,程旭沉重地吐出了一口气,摇了摇头回答着慕蓉支的话说:

"完全没用,慕蓉,他们还是要把我抓走的,抓得更加快……"

"这……"慕蓉支觉得程旭的话语无伦次,一会儿说事情迟早会来的,好像他早有预料;一会儿又说他根本没犯过案子;没犯过案子,人家怎么会抓你呢?慕蓉支心头在打悚,她放缓了点口气,说:

"程旭,你气疯了吧?镇定些,只要问心无愧,据理力争,怕什么呢!"

她的劝慰,她的真诚,是多么可爱,又多么幼稚。

程旭叹了一口气,脸对着慕蓉支,又用镇定的口气,说出了一句令慕蓉支大为吃惊的话:

"我并没气疯,也不怕。不过,慕蓉支,生活——不是像你头脑里想象的那个样子。它不是那么简单,而是要错综复杂得多!"

"那……"慕蓉支被迎面吹过来的一阵风呛住了,她没有细细思索一下程旭的话,就不解地问道,"他们为什么要抓你,为什么?"

"为什么,为什么?"程旭突然激愤地重复道,气愤地仰起了脸盘。

天边的山峦那儿,无声地亮起一道闪电,慕蓉支借着一刹那的闪电,看到程旭的脸色严峻,眉头紧蹙,目光闪闪发亮。她小心地探索一般地问:

"你知道吗?"

"我知道。"程旭一字一字清晰地回答。

"那是为什么呀?"慕蓉支心头又紧了一紧,她急速地问,"你告诉我!"

"为的我是爸爸的儿子……"

"什么?"慕蓉支越听越糊涂了,她疑惑地问,"你说明白些,好吗?"

风吹得更大了,山野里乌洞洞的,摇曳的树枝在风声里"沙沙"作响。慕蓉支被墨黑一片的环境和程旭的事件弄得紧张极了,不由得打了一个寒战。她挨近程旭,拉了拉他的衣袖,说:

"快下雨了,那边有个洞子,我们去躲一躲!"

马车道边的一片山岩脚,有一个浅浅的山洞,出工劳动中遇到风雨,社员们都到洞子里来躲雨。两个人加快了脚步,向山洞走去。不等他们跑近山洞,雨点就"啪嗒啪嗒"地落下来了。他们紧跑了几步,才走进了山洞。

说它是个山洞,实际只是山岩脚深深地凹进去的一个地势。它几乎没有洞口,站在洞子里,完全能看到路两旁的动静。程旭和慕蓉支跑进山洞,喘了两口气,洞外的雨点已经像急泻直倾的蓉豆一般,急骤地击打在地面上。粗大的雨点击打着地面,溅起泥沫水渍,有些还不时地扬溅到两人身上来。

洞子里比外面更黑,两人站着凝望了片刻,慕蓉支又挑起了话题:

"程旭,说吧,为什么你是你爸爸的儿子,他们就要逮捕你?"

"好吧,我告诉你。话说起来长了……"

程旭的嗓音沉滞干哑,像伤风感冒的病人一样。在慕蓉支这样一个姑娘面前,他已经觉得,完全没有必要把家庭的内幕隐瞒住了。他舔了舔干燥的嘴唇,声调凄恻地说:

"还记得吗?我回上海探亲,超了两个月的假……"

"记得。"

"那是我爸爸病重了,妈妈让我回去,到医院里日日夜夜地陪伴爸爸。"

"你爸爸……"慕蓉支在这种时候,突然听程旭主动地说起他原来不肯说的爸爸,忍不住插问了一句,"你爸爸是干什么的?"

"这几年,我爸爸一直被作为'黑帮''叛徒''走资派'关在黑屋子里。"

"啊?!"

"他是一个很早就参加革命的老干部……"程旭回答的语气又缓慢又低沉:"几年来,我一直在问着自己,爸爸究竟犯了什么罪?"

"啊……你也不知道!"慕蓉支同情地叹息了一声。

"也不奇怪。"程旭轻声说,"我想,爸爸心里是明白的……"

"你是说,你爸爸自己知道犯了什么罪吗?"

"他知道自己为什么被害。"

"既是被害,为什么又不跟你们说,让你们家属代他申诉呢?"

"唉……"程旭转过脸来,面对着慕蓉支。尽管慕蓉支只不过比他小一两岁,可他觉得,她幼稚、单纯到了极点,总是把世界上的事情,看成像上海的马路一样,直来直去,从来没有往深处去想一想。他低声说,"你不知道,事情来得多么突然啊!"

风在马车道上横扫,雨势还是像刚下时一样密集凶猛。离山洞不远的沟渠里,流水淌得"哗哗"的,山坡上的树叶、草丛也被风雨打得发出呻吟般的响声。就在大自然的这种伴奏里,程旭给慕蓉支讲起了往事:

1967年,在一个春寒冽人的雨夜里,一群陌生的来客冲进了程旭的家。当一家老少三代人从热被窝里起来时,抄家开始了。

这群陌生的来客,像在电影上看到过的三K党暴徒一样,他们每人头上戴一顶舌头特别长的军帽,脸上蒙着特大号的口罩,手上套着细纱白手套,他们一进屋,就把程旭的爸爸程帆粗暴地押进卫生间去,又把一家老少逼进灶屋,然后,他们熟练、疾速地开始搜查。

从他们的行动中,可以看出,他们是专干这一行的老手。他们几乎不说话,只用打手势表示一切。写字台抽屉打开了,箱子兜底翻了过来,书橱里面的书全部推翻在地上,连地板都一块块撬了起来……两个小时之后,他们抄去了现款、存折、几件毛料衣服和家中所有的书籍、文件、笔记本、练习本、课本、相片、零星的纸,总之,抄家之后,家里连一片纸也不见了。

当他们把所有这些东西装上卡车之后,程帆也被带走了。一家人都从窗口看到,他被铐上了手铐。

程旭的妈妈,中心小学的党支部书记兼校长,拍打着门责问这群暴徒:

"你们凭什么把人带走?你们是哪个单位的?抄家要出收据,你们为什么只字不留?"

其中一个人,回过头来冷笑了两声说:"我们是奉命令办事的。你问的一切,过几天都会知道。"

过了几天,灾难接踵而至。

妈妈杨春被隔离了,祖母七十多岁了,是个老党员,也被勒令到街道去"报到""受审",天天扫弄堂。

直到程旭离家来插队落户,妈妈还在学校被作为"牛鬼蛇神",天天打扫厕所、走廊,每月拿的是十二元的生活费。一切行动,都要"请示""汇报"。

从那以后,直到去年冬天回去探亲,程旭一直没有见过自己的爸爸。他们兄弟姐妹只是听说,爸爸是一个"黑帮"分子,是一个"叛徒",是一个死不改悔的"走资派"。而妈妈呢,也是"十七年修正主义教育路线"的执行者,是黑线上的毒瘤,是中心小学的"最大的走资本主义道路的当权派"。

这一连串猝不及防的打击,猛然落到程旭和他的几个兄弟姐妹头上,他们是极不理解的。他们不明白,慈祥、善良,一直教育他们从小要爱祖国、爱党、爱人民的老奶奶,为什么七十高龄了还要被监督劳动、陪斗;他们更不明白,一直忙忙碌碌为党为人民工作的爸爸、妈妈怎会突然间变成了"最凶恶的阶级敌人"。心里是这样在想,嘴上却不敢说,只能把一切疑惑、焦虑深深地埋藏在心底。

直到去年冬天,妈妈的问题总算"定了案"。说她所犯的错误是严重的,是敌我性质的矛盾,不把她像她丈夫一样关押起来,对她就是"落实政策",让她在学校的后勤组里面,管管墨水、粉笔、米达尺、三角尺和一些小教具,同时兼修理使用坏的体育器具。

恰在这个时候,妈妈收到了通知。程帆由于战场上的枪伤和国民党反动派刑罚留给他的内伤复发,被送进了医院的"隔离病房"。由于他的问题还没弄清,没人愿意服侍他这个"叛徒"和"走资派"。要家里派人去医院服侍他。妈妈去学校要求,学校说,上头打过招呼,她是专政对象,不能去服侍丈夫。怎么办呢?这几年来,老祖母积忧成疾,躺倒在床,需要人照顾;几个子女都先后出去插队落户,家里没人可去。思来想去,母亲惦念身体最不好的程旭,决心要他回来,去服侍丈夫。一来,母子分别几年,能见见面;二来,程旭这孩子个性深沉,有耐性,陪伴父亲时,受些委屈,能放在心里。

就这样,母亲给程旭写了一封信,发了三个电报,才使程旭请到了两个月假期。

看到身上有残疾的儿子回到身边,又黑又瘦,沉默寡言,母亲完全知道,父母的遭遇,在他的心上留下了浓重的阴影。母亲心酸欲裂,不忍注视儿子,常常暗自垂泪。程旭看见妈妈杨春,只觉得妈妈由一个中年妇女,忽然间变成了一个满脸皱纹、消瘦、忧愁的老人,也是大为骇然。他多少次想问问妈妈,在历史上,爸爸和妈妈究竟犯过什么罪,已经发生的一切到底是怎么回事,可是看到妈妈形容枯槁,心事重重,他没忍心问,便去医院服侍爸爸了。

在医院里,爸爸单独躺在一间"隔离病房"里。没有人愿意服侍他,却有人一天轮流三班监督他。禁止一切外人和他接触。

程旭虽说和爸爸天天在一起,父子俩一个躺倒在床,一个临床而坐,却像是两个哑巴,不能随便交谈。

爸爸也像骤然间苍老了十岁。他原来的满头黑发,如今布满了银霜,尤其是两鬓,白得像雪一样发亮。不过程旭觉得爸爸虽然消瘦、苍白,但是精神比妈妈好,看到程旭,他还能笑。

程旭在医院里帮助爸爸起床,替他端饭、倒茶,打扫病房。病房门口,那两个监督程帆的人,按上级命令不准父子间谈论任何事情,只能有一两句简短的对话。

但是,监督他们父子的年轻人,每班要坐八个小时,多腻味啊!值早班的总要看看书、翻翻报纸,和走廊里的护士聊天谈笑;值中班的在吃过晚饭之后,总要去电视室看看电视;值夜班的干脆和他们父子一样,把几只椅子排成一队躺下睡觉。这样,程旭和爸爸总有一些谈话的机会。

爸爸问程旭下乡后的情况,听说程旭下决心在韩家寨试育良种,爸爸大为赞成。爸爸问外面的形势,听程旭谈到一些反常的情况,如外地工厂只贷款、不生产,有些地方资本主义泛滥,山区的村寨上变相的"四旧"复活;迷信活动猖獗;姚银章那样的土皇帝为所欲为;农村社员的生活水平很低,他总是紧皱眉头,陷入了深深的沉思之中。爸爸也问到家里的情况,程旭一一谈了每个人的情况之后,他沉默了一会儿说:

"程旭,人的一生,总要经受种种严峻的考验……经经风雨,见见世面,比总是在花园里散步好!"

"爸爸,"程旭忍不住指着病房墙上的两条黑字标语(一条是"打倒叛徒、黑帮、死不改悔的走资派程帆"!一条是"敌人不投降,就叫它灭亡!"),问道,"为什么要这样搞……"

程旭难受得说不下去,爸爸却坦然地露齿笑了笑,郑重地说:"孩子,爸爸是个共产党员,我对党、对人民,是问心无愧的……"

这样好的爸爸,为什么有人要关押他?为什么有人要置他于死地而后快?为什么?程旭愤愤不平地问道:

"爸爸,过去你在国民党反动派的监狱里,宁死不屈,受尽折磨,为什么今天,他们还是这样折磨你……"

父亲向他摆摆手,示意他不要激动。显然,爸爸对这个问题考虑很久了。他低沉而镇定地说：

"革命从来不是一帆风顺的……孩子，你要牢牢记住，有时候，乌云也会布满天空，但是，乌云终究遮不住太阳。"

他们的谈话，时常被打断。有时候是走廊里的脚步声，有时候是监督程帆的年轻人赶回来不放心地瞥视父子俩几眼，生怕他们会不翼而飞。就在这种时断时续的交谈中，程旭从爸爸的话里，吸取了多少有益的养料啊！他觉得心胸开阔了，他觉得目光深远了，他觉得意志坚定了。

程旭以前总认为是了解爸爸、熟悉爸爸的，在陪伴爸爸的这些日子里，他才感到真正熟悉了爸爸、了解了爸爸。

他比过去更加热爱爸爸了。细心地照料爸爸的衣食，久久地坐在爸爸的床头。尤其是每天给爸爸去端饭菜，他总是争取给爸爸拿些较好的菜来。有些人看到他是个"专政"对象的儿子，不免投来鄙视、轻蔑的目光，说些刻薄话。为此，程旭不知伤心过多少次，气愤得想喊叫起来。但是在爸爸面前他总是把这些掩盖起来，免得影响爸爸情绪。

当然，也有很多人不是看墙上的标语，不是看门口有两个人监督他们这些表面现象来判断人的。他们在学习中、在生活中、在自己的感情上有自己独特的判断，时常有人投来同情、关切的目光，时常有人不让人察觉地把好菜配给程旭。程旭印象最深的是医院的那个四十多岁的护士长，她端庄沉静，态度和蔼可亲，说话总是轻声柔气，动作熟练而准确无误，腰挺得笔直，走路的时候，脚步放得很轻、很轻，每次只要她分配菜，程旭总能拿到一份可口的营养菜。

感谢医院的治疗，四个月之后，爸爸开始痊愈了。但是，新的勒令又来了，不准程旭再去服侍父亲。很快，他的父亲又被送进黑屋子里去了。

雨声"哗哗"，风声"呼呼"，慕蓉支靠着岩壁，脸对着程旭，听他说完了这段往事。在听的过程中，她一会儿惊骇，一会儿疑惑，一会儿不解，一会儿害怕。当程旭把一切都讲完之后，她仿佛觉得，自己被领到了一个从未到过的道口上，站在那儿，既渴望又害怕地向前方仰望。她好像看到了一些从来没有见过的东西，想到了一些从未想过的问题。半个多小时，她觉得自己长高了，比这以前，更加了解程旭了。

说实在的，程旭说出的每一句话，都是大出慕蓉支所料的。

慕蓉支的生活道路,和千千万万解放后诞生的上海姑娘一样,托儿所,幼儿园,学生时代,"文化大革命",上山下乡。她的生活是简单的,她看待生活也是简单的。十七年来,在社会主义社会里,在父亲是工人工程师、母亲是医生的幸福、安逸的家庭里,在学校的具体教育下,她看到的都是祖国灿烂明媚的辉煌图景,她单纯的头脑中想象的生活总是一片光明。只有在小说、电影、戏剧和老工人、老贫农的回忆里,她才知道生活中有魔鬼、有积污、有阴暗的东西、有渣滓……不过,这些东西不是她所生活的时代的,和她是隔着一重天的。平时,只要一谈起这些东西,慕蓉支就会立刻联想到自己作文中写的那几个字:万恶的旧社会。她相信,这样的东西像报纸、电影,像许许多多人说的一样,是一去不复返了!除非资本主义复辟,劳动人民才会吃二遍苦、遭二茬罪。而这,是绝不可能的。党和人民绝不允许!所以,当"文化大革命"开始之后,学校里贴出大字报,说某某领导是走资派,说某某老师是牛鬼蛇神,勒令他进"牛"棚,罗列出几条罪状,慕蓉支便会吓一跳,她会自然而然远离那个老师、那个校领导,因为他们是阶级敌人,是身上有污点的人。他们应该去打扫厕所,应该被揪上台去斗,应该遭到大家的唾弃。不但远离,慕蓉支还会气愤地想,这些家伙真狡猾,竟然混进了革命队伍,伪装革命,欺骗学生。由此,慕蓉支就会得出结论,阶级斗争,确实是尖锐复杂啊!即使当爸爸厂里有人在家门口贴了大字报,说爸爸是走资派的掌上明珠,说爸爸忘了本,只专不红,是走白专道路的典型,慕蓉支也相信那些大字报贴得对。因为她确实看到,爸爸常常深更半夜了,还伏在灯下画啊、算啊、写啊,连慕蓉支拿着报纸想和他谈谈政治形势和时事新闻,他也没工夫。这就证明,爸爸确实是只专不红,大字报贴得对!当妈妈阻止爸爸熬夜的时候,快下乡的慕蓉支也站在妈妈的"革命"立场上,不再让爸爸在"白专"道路上越滑越远呢!

可是今天,程旭对她说出的一切,把她头脑里许许多多固有的概念通通翻过来了!要是他在说第三者,慕蓉支早就驳斥他了。可他说的偏偏就是他的爸爸、他的家庭、他自己,他说出的一切,又有条有理,慕蓉支听了,很难驳倒他。

尽管她怀着感情,相信程旭的话,但她还存着疑念,还有不少搞不通的地方,趁着程旭此刻愿意讲,她决定问问他。

"你说了很多,但他们为什么要逮捕你,你还是没有说。"慕蓉支说,"听见要逮捕你的消息,为什么你这么冷静?倒像预先料到一样。还有,你爸爸被关押之后,你妈妈每月只有十二元,你们一家人怎么生活?"

只有一个关心他的姑娘,才会提出这么细致的问题。程旭仰起脸来,倾听了一会儿渐渐弱下去的风雨声,好像在决定要不要回答慕蓉支的话。他舒了一口气,拿定了主意,决心讲给她听!

"我陪伴爸爸的最后几天里,监督我们的人寸步不离地守在门口,根本不允许我们讲话。气氛完全变了。最后那一天,爸爸从什么迹象预感到了事态要有变化,在我搀扶他坐起身来的时候,他凑近我的耳朵,用很低的嗓门对我说:'孩子,记住爸爸的话。以后,我们家还要遭到更加严酷的考验,要经得住!你陪着我四个月,人家很可能不会放过你!'爸爸的话,我至今还记得清清楚楚。慕蓉,你也许又要问为什么。因为他们要迫害爸爸,必然也会要迫害陪伴爸爸的我,我思想上有准备。至于我爸爸被关押之后,妈妈每月只有十二元,我们一家人的生活,确实很难过。可以变卖的东西,都拿到旧货商店卖了。当然,这也不够,有一些爸爸的战友和部下,悄悄地让他们的孩子给我们送些钱来。要知道,他们这么干,也是冒着很大的危险啊!"

慕蓉支只觉得脑子里"嗡嗡嗡"直响,血液仿佛在她的脑血管中凝固住了。啊,竟有这样可怕的事情,而且就发生在自己身边,发生在这个与自己有密切关系的人身上。这一切的一切,不是故事,而是事实,是在她生活中发生的事实。她相信程旭所说的每一句话,可是他说的每一句话,又都是和她早已在头脑中形成的"正确概念"截然相反的。面对这样的事情,她有些手足无措,不知所以。在她的内心深处,有什么东西在坍塌,在崩溃,固有的信念竟像风雨中的茅草似的在摇撼着。而所有一切崩坍下来的东西,都轰隆隆一齐压到她的身上来。她惶惑了,胸脯在剧烈地起伏波动着。她喘气粗了,讷讷地说:

"你说,要逮捕你,是对你的……迫害……"

"是的。"

"公安部门是无产阶级的专政机关,怎么会来迫害你呢?"慕蓉支情不自禁地脱口而出,"我怎么也想不通。"

"可事实上,我马上要被逮捕了。看到这个事实,你多想想,就会想通的。"

"你……你这是诬蔑公安部门!"

"按照你的思想,你可以这么说。"程旭的声音低弱得一点也没力量了,好像一只断了翅膀的鸟儿,直往低处落,"同我这样一个危险人物在一起,也是要受牵连的。慕蓉,你走吧,回集体户去。刚才我就要这么劝你了,不要因为我,连累了你。真的。"

慕蓉支从程旭的话里,感觉到了他对自己的失望和冷淡,她觉得自尊心受了损伤,不由得高叫了一声:

"你……"

程旭听出了她委屈的声调,他也觉得自己太冷淡了,缓了口气,说:

"慕蓉支,你听我说。这几年来,初初一想,想不通的事儿多着呢!你说得对,公安部门是无产阶级的专政机关,但在前几年上海的马路上,到处都刷着'砸烂公检法'的大字标语,这是为什么呢?难道公安部门就……"

"这……"慕蓉支又一愣怔,这又是她从来没有想到过的,她自然而然浮起了一个念头:难道真有那么多坏人吗?她这么想,也这么喃喃地说出来了。

程旭接上口说:"坏人是不多,和全国八亿人民比起来,他们只是一小撮。可爬上高位的野心家、坏家伙,做的坏事儿可不少。你不是也看到,好些工厂烟囱不冒烟吗?好些生产队像我们这韩家寨一样,由姚银章这样的人掌着权吗?一个大人物在上海不是扬扬自得地说:'是要改朝换代呀!'慕蓉,难道我们的社会主义国家要改朝换代吗?难道这个人只是说说吗?他这么说,也这么干哪!同样是这个人,在全市的大会上,攻击陈毅元帅'只会下棋,不会打仗',莫非你忘记了?慕蓉支,对所有这些,我们都要想一想,问一个为什么呀!你……"

"啊,别说了,别说了!"听程旭滔滔不绝地说着,慕蓉支只觉得头脑越来越发涨,心里越来越混乱。她既渴望、又害怕听到这些新鲜而又不合时宜的话,脑子里像被搅成了一锅粥。被感情的链条牵扯着、缠绕着,她不得不打断程旭的话,又说出了一句为程旭着想的话,"既然你这么看、这么想,确定人家是在迫害你,你就快快设法躲一躲吧。躲过这一阵,兴许就好了!"

程旭没有吭气,也没有动一动。

慕蓉支推一推他的肩膀,刚要催促他,忽然看见马车道上晃着几道手电筒的光影。她立刻产生了一种警觉,赶紧闭住嘴,极力屏住气息,把程旭往岩壁缝里一推,自己也跟着挤了进去。

岩壁缝里很窄,刚够挤着两个人。他们的前襟后背紧贴着潮漉漉的岩壁,很不好受。两人肩挨肩站着,可以听到互相的呼吸声,地方太小,站着很难受,可已经没有其他办法了。为了不使自己的肩膀露出来,慕蓉支的左手紧紧地拉着程旭的胳膊。

几道手电光晃到山洞里来,跟着,传来同学们踏着沙土的脚步声和说话声:

"嘿,这两个人,钻到哪儿去了呢?"莫晓晨的嗓门在问,"找来找去找不到。"

章国兴挺自信地说:"谈恋爱的人,总是爱往偏僻的树林子里钻。下大雨,他们肯定躲在树林子的大树下,哪能找到。"

"天下如此之大,躲两个人还不好躲?"郑钦世的声气最大,老远都听得很清楚,"我们跑出来找他俩,才真叫是大海里捞针哩!"

"弄得不好,这一对儿早就'私奔'了!"沈兆强"嘿嘿"笑着说。

"不可能的事,"陈家勤用肯定的语气说,"我们再到高坪坡那个林子里找找他们,反正今晚上监视程旭是有工分的。绝不能让他跑了……"

……

话声渐远渐轻,终于听不见了。

确信他们走远了之后,慕蓉支拉着程旭的手臂走出来,她冲动地摇着程旭的手,焦灼不安地说:

"你听见了吗?已经派人监督你了。你快想个办法躲一躲吧!"

程旭默不作声地抽出了自己的手臂,轻声坚决地说:"我不躲。"

"为什么不躲?"程旭的回答像枚针似的刺进了慕蓉支的灵魂,她觉得找不出话来说服他,喉咙里一阵堵塞,停了片刻才又焦急不安地问,"是没有钱吗?你等在这儿,我回去拿钱来!"

说着,慕蓉支转身就要走。

程旭一把拉住了她:"不要去拿钱。我不走。"

"是没地方可去吗?"

"一来是没地方可走。二来,更主要的是我没有犯罪,为什么要逃跑呢?"

"哎呀!"慕蓉支皱紧了眉头,几乎是要跺脚嚷嚷了,"你怎么这样憨哪!人家已经要来抓你了,公函已经发来了,陈家勤也已经领着人来找你了,你还说这种话。快走吧!"

"我不走。"程旭执拗地坚持道。

"程旭!"慕蓉支提高了嗓门,急切不安地叫了他一声,伸出双手,使劲地抓住程旭的肩膀,声调奇特、尖厉中又满含着深情说,"你不能这么傻,不能这么办!你必须走,即使你不顾自己,你也得为我想想啊!"

近处的山巅上响起了一声霹雳,跟着,一道雪亮的闪电像把巨大的宝剑样凌空划过。就在这稍纵即逝的瞬间,慕蓉支看清了程旭的脸,他那炯炯发亮的两眼深陷下去,脸色白得像一张纸,一对肩膀在怕冷般地颤抖着。啊,这个可怕的消息,恰像是一块天外飞来的陨石,闯进了他的命运,给他的打击有多么大啊。慕蓉支现在知道了,他说话镇静,外表沉着,但他的心,同样为这样一个消息震骇和不安,要知道,这事儿是发生在他的身上啊,他怎能不为此焦虑、不为此痛苦呢?要知道,可怕的噩梦般的未来,好比是悬在他头顶上的一把摇摇欲坠的利剑,时时刻刻都有可能落下来,置他于死地啊! 一旦明白了这点,慕蓉支再也忍耐不住,她车转脸去,轻声地哭起来了。她哭程旭的厄运,她哭自己美好的初恋!她哭自己面对这样的事件,束手无策,无能为力……

程旭也在闪电的一刹那间,看清了慕蓉支脸上的表情,她耸动着两条细弯细弯的眉毛,嘴巴痛苦地歪咧开来,平时那一双明朗温和的大眼睛里,汪满了晶莹的泪珠,闪烁出极端不安和焦虑的光。他看出来,此时此刻,慕蓉支完全忘记了自己,她是真心实意地在为自己担忧害怕。程旭的心被震撼了,他受了深深的感动。自己突逢意外的危难,慕蓉支竟不顾一切,站在他一边,和他一同担心,设身处地地为他想办法!他怎能不激情四溢啊! 就在这一刹那间,他明白了,慕蓉支爱他,真挚地爱着他。

程旭瘦弱的胸脯在像海涛般地起伏着,他一时驱赶不走这种令人兴奋的思想。但是,程旭毕竟是个个性深沉的年轻人,由于他这几年来的特殊经历,他显得愈加成熟和冷静。他抑制着自己的感情,抑制着自己的悲情愁绪,冷冷地面对着突然而来的可怕事件和慕蓉支的关切。理智告诉他,自己该怎么办。

他温柔地轻轻地移开慕蓉支放在他肩膀上的两只手,在慕蓉支要把手缩回去的时候,他急忙拉住了她的手指,拉得那么紧,随后摇了一摇,真诚地低声说:

"慕蓉,谢谢,我谢谢你冒着风险,把这个消息告诉我。我的心……不,这时候不该讲我的心。不过、不过……我想提醒你,真的,是我的真心话,从现在起,你绝对不能再和我待在一起了,这对你是危险的。你是那么好,那么正直善良,那么、那么……绝不能为了我而连累了你,绝不能!从此以后,我们只当不认识,只当作……这对你要好些。快走吧!"

"不!"慕蓉支气愤地甩脱了程旭抓住的她的手,她觉得在这种时候这样做,是可耻的:在人家危难的时候,你撇下他!这不是同在河边见人落水甩手而走一样吗,不行!她感情上怎么也通不过。她喘气急促,大声说:"我怕什么?该走的是你,听见了吗?你该快躲一躲!"

"慕蓉——"程旭拖长声音,恳切地叫了一声,几乎是用哀求的口气说,"你该懂点事儿啊,慕蓉。我求求你,好吗!人家既能抓我,见你和我在一起,也就能整你。你懂吗?"

在程旭的语气里,充满了对慕蓉支的担心和关切。慕蓉支狠狠地一跺脚,可嘴里怎么也回答不出发狠的话来:

"要是你走开,躲一躲,我就这么办!"

"不行,我要回集体户去!"程旭的语气忽然陡地一变,他显然是决定采取断然措施了,声调严厉而冷酷,"你必须赶快离开我!从此以后,我们一刀两断,再也不说一句话!"

"不……"

慕蓉支还没说完话,程旭把右手从上往下一劈,厉声说道:

"必须这样做!你不能做牺牲品,不能!你要不肯走,我走!"

说完,他一头冲出了山洞,扑进了风雨渐息的黑夜之中。脚步声"踢踏踢踏"发响。

这脚步声,就像要震聋慕蓉支的耳朵;这脚步,就好似踩在她的心上。她怔了一怔,手里扬着程旭的电筒,追出山洞,不顾一切地尖声哭喊道:

"程旭……你、你回来……回来!"

早已不见了程旭的影子。只有风夹着雨,把回声从山壁上震返过来:

"回来……回来……"

八

　　慕蓉支孑然一身,呆痴痴地垂着脑袋,步履沉重地回到韩家寨来。

　　走进集体户大祠堂的时候,她仰起脸向程旭那间小木屋子凝望了一眼。小木屋子里没有油灯的光,黑洞洞的,显然,程旭没有回到这儿来。

　　慕蓉支长叹了一口气,推开灶屋的大门,木然无神地走了进去。

　　当她走进自己那间寝室的时候,木床上"吱嘎嘎"响了一阵,周玉琴的嗓音响了起来:

　　"支,你回来了吗?"

　　慕蓉支没有回答。一根火柴"嚓"一下点亮了煤油灯。因为大队里规定十点之后熄灯,知识青年们的床头,都备着小小的煤油灯。油灯的光焰跳跃了几下,闪亮起来,慕蓉支抬起头来,看见周玉琴和刘素琳两个好朋友坐在床沿上,还没睡觉。周玉琴扬起白净的小脸,关切地望着慕蓉支;刘素琳沉着脸,一脸的不满意,用责备的目光盯着慕蓉支。

　　慕蓉支的神态,叫这两个姑娘都大大吃了一惊。她像两天三夜未睡觉一样,脸色发青,目光呆滞,乌黑的头发垂落下来,发丝上沾着颗颗晶亮的雨珠子。浑身上下,都给雨打湿了。

　　这副可怜相,叫两个好朋友都不忍心责备她了。周玉琴站起来,给她倒了一杯开水,递给她。刘素琳从塑料细绳子上拉下毛巾,送到她脸前。

　　慕蓉支一手拿茶杯,一手拿毛巾,既不擦脸,也不喝水,只是颓丧地一屁股坐在板凳上,眼神木呆呆地望着屋角落。

　　还是刘素琳忍不住,她坐到慕蓉支身旁,转过脸,望着慕蓉支俯下的脸盘,耳语般问:

　　"你把那个消息告诉他没有?"

　　慕蓉支显然还没从与程旭的争执产生的忧虑中回过神来,她默不作声。刘素琳推了推她的肩膀,又重复了一遍,她才低低地应了一声:

　　"嗯。"

　　"你……"刘素琳的声音骤然大起来,慕蓉支触电般抬起头来,看到刘素琳惊骇气愤的模样,她的嘴唇动了动,好像在问:怎么啦?

刘素琳放缓了点口气,责备道:"你怎么可以把这个消息告诉他呢?这是泄密,你懂不懂?严重的泄密,这是有罪的。他人呢?"

慕蓉支摇摇头,表示不知道。

"跑了?"刘素琳大吃一惊。

慕蓉支用肯定的语气道:"他不会跑。"

"你敢担保!"刘素琳很不满地放大了声音,气呼呼地讽刺道。

"敢!"

刘素琳的脸往后一仰,不认识慕蓉支似的瞅着她。她满以为自己这句话能将住慕蓉支,没想到,慕蓉支会如此答复她。好像程旭的事儿,就由她决定一般。不过,听说程旭不会逃跑,刘素琳又松了一口气。只要罪犯逃不了,人家就不会追究谁走漏了消息。好在这件事整个集体户都知道了,怪也怪不到她一个人头上去。

"慕蓉,我真不明白,你对他这么忠心干啥?"周玉琴走到慕蓉支跟前,开始规劝起来,"程旭用什么妖术魔住了你呀?使你对他这么好!论人品,论相貌,论才气,论家庭,他哪一点及得上你?东不选、西不选,你选上个他?天地之间这么大,你当真还找不到一个相配的人吗?真是!"

停了停,见慕蓉支不吭声,周玉琴继续掀动两片上翘的薄嘴唇接着说:

"我是相信实惠的人,找男朋友嘛,也要实实际际。现在我们都是知识青年,别看这三年在韩家寨待着,过个十年八年,命运这股风还不知把我们吹到哪个角落里去了。支,你别看我同章国兴好,那也只是比一般同志接近罢了。再要往深发展,我却不允许哩!你、你又何必呢?就算你和程旭前段比较接近,这会儿,听到他要被捕的消息,你该赶快回头呀!"

周玉琴的话倒恰像她的性格,实实在在的。她不像有些知青那样经常发牢骚,但也不多讲大道理。她认为,讽刺、讥消生活中的某些现象,用非常尖刻的语言喋喋不休地发牢骚,表示自己见解独到、有水平,实际是最愚蠢的。同样,她认为嘴头上老是挂着大道理,开口阶级斗争,闭口政治路线,捕风捉影、想尽办法要对人上纲上线的人物,也是十足的小丑。她觉得,面对现实生活,能应付、能周旋、能解决一点实际问题的青年,才是值得敬重和钦佩的。不能做到这一点,至少也该是手脚勤快,会做点家务事的小伙子,像章国兴那样的人,才中她的意。至于那些又懒惰,又爱吹牛皮、发牢骚,大事做不来,小事又不做的人,是她最看不起的。她本着自己做人的准则,日复一日地打发着插队落户的岁月。集体户分家之后,莫晓晨和常向玲两个人首先开创了恋爱对象合在一起吃饭的"风"之后,章国兴曾经几次向周玉琴提出来,他们俩也合在一起吃饭,周玉琴断然拒绝了。她照旧和刘素琳、慕蓉支在一个锅里吃饭。只有在很少的时候,男社员收工迟了,或是章国兴为生产队出差回来晚了,周玉琴才招呼他过来吃一顿饭。人们私底下常常议论到她的精明和得体,不像对莫晓晨和常向玲那样有所非议。

可周玉琴今天这套实惠的"理论",却并没有说服慕蓉支,慕蓉支还是那副样子,一无所动地坐着。周玉琴有点急了,讨援兵似的瞥了刘素琳一眼。

从心底里说,刘素琳是不赞成周玉琴这套实惠的理论和生活观点的。她觉得,比她年龄小两三岁的周玉琴这么早谈恋爱,本身就不对。可要是真的谈恋爱,就该慎重地对待这件事,像周玉琴这种态度,也是不可取的。谈恋爱嘛,照刘素琳心底深处的想法,你认定了一个人,就得真心诚意对待他,把自己的心交给他,哪能像玉琴这样呢?

但是,今天不是讨论这个问题的时候,周玉琴也从来没在这件事情上征求过刘素琳的意见,刘素琳当然不会贸然讲这些心底里的想法。眼前,重要的是劝慕蓉回头呀!刘素琳伸出手,拉了拉慕蓉支被雨淋湿了的淡蓝色府绸衫衣,轻声细语地说:

"慕蓉,你心头很难过、很痛苦,这我知道。也许,你们之间的感情,比我想象的要深厚得多。不过,在这件事情上,你已经很对得起他了。眼前,不应该为他焦虑,而应该想想你自己该怎么办。我觉得,再沉浸在惋惜、悲痛之中,是多余的。你要恨他,不要再在小资产阶级缠缠绵绵的感情中打转转了。你想想,他要真对你好,他为什么把一切对你瞒着,从来不给你说?不管他犯的是哪种错误,现在公安部门要逮捕他了,那就证明这种错误是相当严重的!我们就要坚决和他划清界限!这不是冷酷,不是无情,更不是见异思迁,这是大是大非问题。慕蓉,你可得清醒清醒啊!别被几句甜言蜜语迷了心窍。一个人,工作上犯点过失,思想上有些不正确的看法,生活上有些坏习惯,这还情有可原,可以改正。在敌我问题上,可含糊不得呀!你说是吗?"

煤油灯焰"噗噗"地往上蹿着,照出的那一圈光影里,映出三位姑娘各不相同的脸。慕蓉支肩膀动了动,还是没有吭声。

"支,"周玉琴急得放大了点声音叫道,"看到前面是个陷阱,谁愿意往下跳啊?你就那么傻?快回头吧,要不,真把人给急死!你不知道,你刚才这一走,害得我们都不想睡了呢!"

不知怎么搞的,刘素琳和周玉琴说话的声音都很清晰,离得也很近,可慕蓉支却像是在听着隔了几层墙壁的人说话。她俩费尽口舌说的那些话,在慕蓉支的耳朵里只是一连串"嗡嗡嗡"的响声,她的耳管像出了毛病,什么也没听进去。程旭跑进了黑夜中去之后,慕蓉支的心像被一只重锤狠狠地砸了一下,她觉得,她像失去了什么贵重东西似的丧魂落魄。等她清醒过来,亮着程旭的电筒走回韩家寨,她一路上都在东张西望,希望能看到他,希望他忽然走到自己跟前来。等她走近寨边那棵百年的老沙塘树时,她才真正地失望了。程旭,像他以往那样,照着他说的话儿做了!他决定不理睬她了,为的是不连累她。他粗暴的声音,还在她耳边响着,他断然地往外一冲的身影,还在她眼前倏然地一闪一闪。可以说,从来没有一个人,这么粗暴地对待过她慕蓉支呢!慕蓉支感到一种窒息般的难受,她不是为程旭的态度痛苦啊,她是为程旭的命运焦心哪!明天,明天一早,公安人员就要来逮捕他呢!慕蓉支似乎晃晃悠悠地看到,程旭被铐上手铐,姚银章在他身后恫吓着,气势汹汹地推着他瘦弱的身子,甚至还可能对他狠狠地踢上一脚……哎呀呀,慕蓉支闭上了眼睛,不敢再想下去了。

当她再睁开眼来时,泪水无声地涌出了她的眼眶,顺着她的面颊,不断地淌下来。

慕蓉支这一流泪,引得两个友伴都发急了。她俩都明白,这样的泪,比放声大哭还揪心哪!刘素琳双手搭在慕蓉支肩头上,转过了脸,周玉琴拉长了声音喊道:

"支,你到是说话呀!你心头是怎么想的?准备怎么办?我们也可以给你出个主意,想个办法啊!"

话音刚落,外面灶屋的门"砰"一声被人推开了,七八个男知青的嗓门震耳地响了起来。有人晃着电筒,有人在擦火柴点油灯,有人在使劲蹬着雨鞋上沾的泥巴,有人在倒水。

三个姑娘一听就明白,这是陈家勤叫去找程旭和慕蓉支的那几个人回来了。三个姑娘都不吱声,竖起耳朵听着他们的说话声。

"哎呀,这一趟找呀,真应了人家常说的一句话,叫狗咬耗子,多管闲事了!"章国兴叹着气抱怨道,"又淋雨又吃风,我还险些摔一跤!"

"哎哎,你别说三道四啊!"郑钦世故作正经地扬着两条粗浓眉毛说,"我们今天这是执行政治任务!没有功劳也有苦劳,没有苦劳也有疲劳。总而言之,劳而无功也是光荣的嘛!"

沈兆强接着叫:"我老早说过了,这两个人双双私奔了,世界这么大,你抓得住他们?"

"好好好,废话少讲,"莫晓晨的声音道,"出了一天工,累死人了,快点睡吧!"

"那么,程旭找不到,怎么办?"冯令在问。

陈家勤回答说:"他逃不了!无产阶级专政的国家,跑到天涯海角也能抓回来!程旭要是真逃跑了,只会罪上加罪。小冯,你懂吗?"

"我不懂,"冯令挺老实地说,"程旭这种人,到底犯了啥罪啊?这么严重!"

……

已经睡下的姑娘和其他知识青年,听到了回来的人们在说话,纷纷从床上起来,打开门走到灶屋里,七嘴八舌地向他们打听找人的经过。二十来个年轻人,你一言我一语,灶屋里就像是在开讨论会。

刘素琳和周玉琴听着灶屋里的说话声,默默无言地相对望了一眼,待灶屋的喧哗稍稍平息下来之后,刘素琳凑近慕蓉支的耳朵,悄悄地说:

"慕蓉,你听听,人们是怎样议论这件事啊!你的头脑可要清醒些呀,再不回头,你这三年多留给大家的好印象,全完了!"

"那就不单影响你的名誉,还影响今后的上调,影响你进大学,影响你的前途。"周玉琴焦急地伸出双手,摇着慕蓉支的肩头说,"支,你拿出果断措施来吧!"

一个人在集体中给大伙儿留下的印象,一个姑娘的名誉,是很重要的。有时候,人们对你的评价,集体对你的看法,不仅影响你在生活中所处的地位,还影响到你的将来,甚至一生。一个年轻人,往往在青春时代至关紧要的问题上走错一步,摔了跟斗,以致一辈子悔恨无穷,想起来就难受。这点,慕蓉支是懂的。尤其是一个知识青年,由于她所处的特殊的生活地位,更是如此。下乡三年了,不论是碰到什么人,相识的或是不相识的,亲人还是漠不相关的陌生人,听说你是一个知识青年,人们立刻就会问:

"噢,下乡几年了?抽调了没有啊?打算怎么办?"

知识青年好像是在火车站上等待列车的旅客,在人们的心目中是即将乘车远行的旅客,一个还将走很多路的年轻人。不同的是这个旅客还没有买票,连他本人也不知道自己将到哪儿去旅行。他怀着急切期待和茫然若失的心理等着列车进站,随时准备跳到任何一列愿意载他而行的火车上去。哪怕这列车将驶得很远很远,他也不在乎。对广大知识青年来说,生活的路多得很、宽广得很,你走哪一条路,还不一定呢。

慕蓉支这三年来,听到的询问还少吗?不论是昔日的老同学,父母亲的同事,弄堂里年龄相近的姑娘们,还是亲戚朋友,甚至她的同胞妹妹慕蓉珊,听说慕蓉支她们插队的地方还没有开始解决知识青年抽调的事儿,自然而然会在信中、在闲谈中对她说,好好劳动,表现得好一点,争取早日上调,念大学也好,进工厂也好,有个着落才叫人安心。

慕蓉支当然懂得人们的这种种意思,是希望她好,希望她生活有个着落,好解决每个年轻人都要解决的一系列问题。她明白刘素琳和周玉琴关怀她的心,她也知道她们的态度,她们是完全反对自己和程旭再保持什么关系的。慕蓉支并不责怪她们,她们不了解程旭,至少不像她那么了解。说到底,她和程旭之间,并没有明确什么关系,也不用她们这么焦急。此时此刻,慕蓉支所有的焦灼、担忧、痛苦,其实都是在替程旭不安。要逮捕程旭的人,能对她慕蓉支怎么样呢?

慕蓉支是个是非观念非常明确的人,什么是对,什么是不对,在平常的生活中,她颇有判断力。有些知识青年,坐三四十里火车到远处的城镇去赶大场,时常会因为这些年来铁路上规章制度不严,小火车站上好出好进,列车上又不查票,就不买票乘火车。慕蓉支从来不这么做,她觉得,这不是三毛钱五毛钱的问题,这是道德品质问题。沈兆强曾经说过,知识青年没有固定收入,每个月不发工资,逃票是正常现象,列车员即使查到你,听到你是知识青年,也会放你一马,与对待其他逃票人不同。慕蓉支为此非常生气,在集体户的民主生活会上,尖锐地提出了批评意见。不想沈兆强满不在乎,说:"你管你在这儿提,我虚心接受。不过下一次我去赶场玩,照样不买票!非但如此,没饭吃的时候,我就坐到公社办公室去要;没菜吃的时候,我就顺手牵羊,走过哪块地,就拔那块地的菜来吃。我是个人,我有生活的权利!为什么和我同样年纪的人,有的可以留在城市享受,我却偏偏下农村来受罪呢?他妈的!"

为这,慕蓉支气得没睡好觉。沈兆强还在会后说,慕蓉支太正经,像一本四方四正的砖头书,一点也不领领现在的世面。

也许正是慕蓉支这种正直,也许是程旭说的一些话影响了她,她在感情上怎么也拗不过弯来,面对两个友伴的劝慰,慕蓉支只是觉得她俩不了解自己,而自己也无话可以同她们说。

看见刘素琳和周玉琴两双眼睛一眨不眨地盯着自己,急切地等待着自己表态,她只得仰起脸来,嘴角露出一丝苦笑:

"你们要我怎么办哪?"

"怎么办?"周玉琴立刻替她出主意道,"在逮捕程旭这件事情上表明你的态度!我们也可以给你证明嘛!"

刘素琳补充道:"立刻在感情上和程旭割断一切关系,再不能相信他啦!"

这两点,恰恰就是慕蓉支做不到的,她垂下了头,闭紧了嘴,不说话。

刘素琳温存地推了推她:"你还怕吗?"

"怕个啥哟,你怕难为情,我不怕,我代你去说!"周玉琴抢着说。

"不,"慕蓉支立刻抬起头来,睁大了双眼道,"不能这么办!"

"什么?"刘素琳和周玉琴真生气了,异口同声地问,"那你要怎么办?"

慕蓉支嘴巴张了张,眼里满是泪,欲言又止,遂又叹了一口气,低下了头。

三个姑娘的寝室里一阵静默。

不知什么时候,喧闹不休的灶屋也宁静下来。很显然,她们仨的对话,外面的知识青年都听见了。大家听清了慕蓉支的嗓音,知道她已回来,而凝神屏息地听着姑娘寝室里的对话。

初秋夜的雨后,沟渠里、石坎角、田埂上,蛙声像合唱队一样齐声鸣唱着,噪得人心不安宁。

这样一种沉默,给每个人的心头都带来了压力。刘素琳觉得,慕蓉支的行

为,越来越叫人不能理解,越来越使她气恼了!她轻轻咳了一声,严肃地说:

"慕蓉支,你不要糊涂,这是政治立场问题啊……"

话未说完,集体户大祠堂门口,一个清脆的嗓门在喊着:

"小慕,小慕,你出来一下,睡了吗?"

大家都听得出,这是老贫农袁明新的女儿袁昌秀在叫慕蓉支。要在平时,灶屋里的知青早代她回答了,可这时,没一个知识青年替慕蓉支答应。

刘素琳和周玉琴都瞅了瞅慕蓉支,慕蓉支听清了是袁昌秀在叫她,尽管时间已经很晚,袁昌秀在这个时候来找她令人有些奇怪,但她仍像被解了围一样,从板凳上站起来,搁下手中的茶杯和毛巾,几大步跨出门去,高声答应着:

"我还没睡呢,昌秀。你进屋来吧!"

"不,你出来吧,不要吵醒了大家。"袁昌秀又在门外唤。

走过灶屋的时候,近二十个男女知青都用一种近似问询的目光瞅着慕蓉支。慕蓉支理解人们这种目光的含义,两眼直视着黑洞洞的门外,目不斜视、旁若无人地疾步走出了灶屋。

集体户的知识青年们都没听清袁昌秀和她说了些什么,两个人的脚步声就渐渐远了。

"唉,你看看这个人!"周玉琴一拍大腿,蹙着眉头说,"她连嘴巴上表个态,舌头上滚一滚也不愿呢!"

"她是在变哪!"刘素琳想问题要比周玉琴远些,平时也和慕蓉支更接近些。慕蓉支在程旭问题上表现出来的一连串反常的行为,引起了她的深思,"她开始变得复杂、变得叫人不易理解了……"

刘素琳呐呐地自言自语着。集体户寝室的上面,是用一色的青竹扎成的楼笆竹,分配给大家的谷子、苞谷、荞麦、豆豆等收获物,都堆在楼上。一只耗子,正在楼笆竹上啃着谷类,"吱吱"发响。要在平时,青年们准会亮起电筒,吓走耗子,闹腾一番的。可这会儿,谁都没这么办。刘素琳思忖着,目光由板壁移到了她们寝室的门口,陈家勤和几个知青走进她们屋里来了。

爱清洁的周玉琴,平时是不欢迎不爱洗衣服的男知青进屋来的。这时候,她朝几个人点点头,招呼他们说:

"进来坐嘛!你们说说,慕蓉支是不是发了疯?"

陈家勤瞥了两个姑娘一眼，扬起两条漂亮的眉毛说："你们劝她多久了？"

"什么话都说了。"周玉琴气嘟嘟地噘着嘴巴说，"我真想不明白，她这是怎么了。平时，什么事儿她都挺随和的，只要我和素琳一说，她都赞成。可今天，唉！要怪都得怪程旭，把她引得……"

"她在变哪！"刘素琳见周玉琴动了怒，生怕她说出什么不得体的话来，忙接过话头说，"看来这次要劝得她回心转意，难了！"

陈家勤淡淡一笑，说："都是好朋友嘛，怎么就不能劝得回心转意呢？"

"你说说怎么办？"周玉琴没好气地说，"刚才她要去找程旭，你在灶屋门口拦住她，还不是碰了一鼻子灰！我看，算了，我们尽到好朋友的责任了，该怎么办，由她自打主意。说多了，反倒伤了和气呢！"

陈家勤被周玉琴抢白了几句，一点也不觉得尴尬，他瞧着刘素琳，似启发又似思忖般地说：

"能不能想点办法呢？反正，程旭马上要被逮捕，这是不容置疑的。程旭被捕走了，既成事实放在那里，她是个人，生着眼睛，不会看不见。我们几方面再帮助帮助她，不就成了。像小周说的，那就欠妥了，总不能看见一个同志要掉到泥坑里去，不伸手拉她一把呀！"

"依你看，该从何着手劝她呢？"刘素琳知道陈家勤聪明，处理的事情多，肚子里的点子像蜂窝儿，一个连着一个，用不完，便用征询的口气问。

"帮助人的途径，是多方面的。"陈家勤毫不为难地说，"组织上可以直接帮助她，同志间可以间接劝导她，还有家庭里父母亲的态度，也很重要。往往，几方面配合，就能见成效！"

"哈哈，到底是当过几天'官'的，说出话来一套一套，听起来蛮有道理呢！"沈兆强咧开嘴，半真半假地在陈家勤身后嘲笑着说，"我不管你们用什么办法帮助慕蓉支，反正慕蓉支和程旭好，是一朵美丽的鲜花插到了牛屎上。哎哎，刘大姐，你是记工员，你记一记，我们八个人，今天夜里冒雨去寻找罪犯，刚才陈家勤说了，姚主任关照，这八个人一人记一天工。嘿嘿，我一回来，就出了一天工，轻轻巧巧拣了个便宜工分。"

刘素琳对他嬉皮笑脸的说话腔调很看不惯，说声："晓得了，你还是睡大觉去吧！"便车转脸，不理他了。

084

周玉琴噘起小嘴,朝陈家勤一努:"好了好了,陈大博士,你不要在这里滔滔不绝讲大道理了。你是户长,算是领导吧;我们和慕蓉支也算得上是同志关系吧,都劝过了,不中用!至于家庭,慕蓉支的家在上海,几千里之外,她父母亲怎么帮助她呀?净讲些不着边际的话。"

周玉琴厉害得像放机关枪,一再地驳斥陈家勤的话,陈家勤就是有一股那么好的耐性,他俊俏的脸上笑眯眯的,待周玉琴说完,他一点也不生气,似是无心实是有意地说:

"唉,办法嘛,是人想出来的嘛!"

"啥办法?"周玉琴迫不及待地问。

刘素琳拉拉周玉琴的袖子,一拍巴掌说:"有了。慕蓉支的妈妈不常要我们互相帮助,并做到'互通情报'吗!一般的事儿,我们从来不说,这件事儿,事关重大,我们有必要写信告诉她。她妈妈收到信,写信一劝她,准灵!慕蓉支很听她父母亲的话!"

周玉琴的眼里闪出光来,兴奋地往高处一蹦,"咚"一声坐在床沿上说:

"对,对呀!我为啥想不到这点呢!我们说一千一万句话,不如爸爸妈妈对她说一句话呀!"

陈家勤微微笑着,嘴角露出点得意之色:"嘿嘿,我说是有办法的嘛!"

"你还会没办法吗?"郑钦世歪着脑壳,眯缝着眼睛说,"没办法还叫你陈大博士干啥?你不但有办法,而且想出了办法,总还有一套冠冕堂皇的理由。不过我就是弄不懂,程旭落难,你为啥特别起劲?"

"是啊,你们老同学,照道理应该是……"胖嘟嘟的莫晓晨接上话头说到这儿,在斟酌字眼。陈家勤严厉地扫了他和郑钦世一眼,冷冷地说道,"我奉劝你们二位,站稳立场啊!特别是你莫晓晨……"

莫晓晨出身于资产阶级家庭,被陈家勤一点,脸色陡地变了。

父亲是米店职工的冯令嘀咕着:"好好地说话,又要套帽子了,啧啧!"

郑钦世大感不平,摆出了一副和陈家勤辩论的架势,幸好刘素琳机灵,她连连摆着手道:"好了,时间不早了,大家别争吵,伤了和气。"说着,向坐在床沿上的周玉琴使了个眼色。

"陈大博士,我算是佩服你了,有一套,真有一套!"周玉琴会意地从床沿上跳下来,叫着道,"好,说干就干,素琳,我们马上联名写信。哎哎哎,我们要干我们的事了,你们也请回去吧!章国兴,你还倚在门上干什么,还不快点去洗脸睡觉,明天还要出工呢!"

男知青们被周玉琴连哄带喊,赶出了寝室,一场险些爆发的争论就此平息了。周玉琴把那盏油灯端到用两只大木箱叠起来的"桌子"上,对刘素琳说:

"你写信,我签名,快呀!这事儿非告诉她爸爸妈妈不可。"

刘素琳拿出信纸,拧开钢笔套,用她那和性格一样的字体,端端正正地写起信来。

周玉琴趴在"桌子"侧边,盯着刘素琳的钢笔尖,看着她流利地书写着一行又一行的字,赞叹着刘素琳的字比她写得好,时不时插上一句自己想说的话。

一只当地人叫作"偷油婆"的蟑螂,从墙角落里飞出来,轻微地拍着翅膀,飞到了竹壁笆抹石灰的墙上,快速地爬到箱子旮旯里去。两个专心致志地写着信的姑娘,谁也没知觉。

从其他姑娘和男知青寝室里,"叽叽喳喳"地传来一些议论声。起先还热闹,过了一会儿,就逐渐逐渐没有声息了。第二天要出工劳动,谁也没那么多精神净聊天聊下去。集体户里恢复了深夜间的安宁、静谧。

半个小时之后,信写完了。两个好朋友肩挨着肩看了一遍,周玉琴满意地签上名字,说:

"你开好信封,明天就托上中学的娃儿送到邮局去!"

刘素琳拿出一本笔记本找夹在里面的信封,抬头打量了一下屋子,皱着眉头说:

"你看,袁昌秀把慕蓉叫出去,这么久了,她还没回来。"

"是啊!"周玉琴也恍然想了起来,"袁昌秀找她,有什么事儿呢?"

九

十六岁的时候,袁昌秀就是韩家寨上出名的能干姑娘。屋里屋外,坡上田头,不论是薅草、栽种、背肥、挑担,还是洗涮、绣花、编结、缝纫,她都能做出一手巧活。这些还不算稀奇,由于袁明新大伯的教导有方,她上山能识鸟音,下河能识鱼性,到了林子里,还会寻觅草药、辨识兽踪、观察煤脉。更叫人惊奇的是,在窑场上她能打出一手好砖,做出一筒好瓦。随便在竹林里砍回两根竹子来,她能编出一只精巧美观的细篾提篮,上面有花纹,用桐油涂过,简直让人爱不释手。慕蓉支床头搁着一只这样的提篮,就是她和小慕相处得好,特意编来送她的。

现在袁昌秀二十岁,就成为韩家寨团转十来里路远近闻名的俊姑娘了。她的个儿不高不矮,身材苗条,一张黑油油亮光光的脸盘,爱微笑的两片嘴唇,总是挺逗人地噘起来。山寨上的老习惯,一个俊姑娘长到二十岁上,好事的人儿就会主动上门了。打听她相了对象没有,打听父母对幺女儿的婚姻有什么想法,打听姑娘愿到哪个地方去,打听她喜欢什么样的小伙子,是能弄点文墨的呢,还是干活实在、勤快的年轻人。

爱喝点酒的袁明新大伯,心地是好的,只要酒上了脸,他满脸都荡开了笑容,什么话儿都好说,不论对方说什么,他总是点着头,"嘿嘿嗬嗬"地一阵笑,回答人家:

"嘿嘿,好说好说,什么样的人儿都好说。你们没得见吗?我这个脾气好说话。俗话说,龙生龙,凤生凤,耗儿的子孙打洞洞。我那幺女儿,和我是一个脾性呀!好说,好说!"

袁昌秀的阿妈,一个脸容慈祥、行动缓慢的老伯妈,是韩家寨上出名的老实人,从来没在大庭广众之前说过话儿。看到是来打听幺女儿的,她像好些善心肠的老人一样,一概表示欢迎,但做不了主:

"你们晓得,现在这年月,不是我们年轻时候那年月了,我年轻的时候,嫁给这个老糊涂,硬是见也没得见过面。说实在的,我真生怕他是个跛子、麻子。嘿,出嫁的半路上,还险些遭土匪抢去呢,说起来真怕人!现在哪有这种事儿,现在第一得称我那幺女儿的心。凡是昌秀喜欢的,我都喜欢。"

一次两次,十次八次,久而久之,人们看出来了,在这个三口之家里,说了算话的,不是名义上是户主的袁明新,也不是主持家务的老伯妈,而是这个年纪轻轻的、心灵手巧的俊姑娘袁昌秀。

这就难办了,有哪一个人,敢于当着一个未出嫁姑娘的面,打听她准备嫁个什么人呢?

山寨上,四旧的风俗,差不多都破了。但在人们心理上,还有一些旧风习难于破掉。比如说,过去的规矩,未出嫁的姑娘,任何人都不能主动向她打听嫁个什么人之类的事儿,谁要开了口,谁就是犯了众怒。人们知道这是一种旧风气,但是大伙儿内心深处,还是不由自主地尊崇着它。

由于这样,二十岁的袁昌秀,既没和城镇上的年轻小伙子有什么联系,也没和远近村寨的青年社员搭上桥,这也省了她好多烦恼和不安。大姐姐出嫁早,现在已是三四个娃娃的母亲了,心思全在自己的家庭上,两三年才有机会来看一次母亲。二哥在县里物资局工作,讨了个婆娘是县城里的人,也有了孩子,很少到韩家寨来。袁昌秀懂点事了,从二嫂子的言语行动中,她看得出,二嫂看不起这个处在山旮旯里的婆家。三哥前三年参军在部队上,一两个月写回一封信来。屋头只有昌秀一个人,里里外外,也离不开她。昌秀根本还没想到自己的终身大事。

这样一个家庭,三个劳动力都是勤快人,在韩家寨是中上等人家了,袁昌秀也不愿随随便便地离开温暖的家庭。

二十岁上,她不但掌管着全家的经济大权、粮食大权,也掌管着全家的"外交"和政治大权。她的态度,也是一家三口人的态度。不过她一点也不专横,一点也不逞强,父母的话儿她都听,重一点的活儿她都争着干,在每个社员都能尽一份民主权利的群众大会上,代表她家说话的,总是袁明新大伯,她从来不出头露脸争这个光彩。在韩家寨男女老少的眼里,袁昌秀是个勤快、孝顺的好姑娘。

袁明新大伯在窑场、煤场上干活,回来迟了,昌秀总是带上一个电筒去接他。今天晚饭之后的那阵雨,来得太突然,正吃完饭捧着一根三尺长的叶子烟杆过烟瘾的袁明新大伯,"呼"地一下从板凳上跳了起来,大声叫着:

"拐了拐了,今天这阵雨要害老子了!"

说着,他笨手笨脚地披上蓑衣,急急忙忙地往外赶,边赶边在嘴巴头惊风扯火地叫着:

"我的那些砖瓦啊,要遭这阵雨冲成一摊烂泥浆浆啰!造孽得很啊。"

不等他走到院坝里,袁昌秀就从里屋跑出来,拉住父亲的蓑衣说:

"爹,我去!"

"你干不了那事!"袁明新头也不回地说。

袁昌秀笑着说:"不就是给砖瓦盖上草帘子嘛!我手脚比你还利索些!"

不等爹回答,她扯下爹的蓑衣,戴上一顶麦草帽,亮着电筒,冲出了院坝。

袁明新收住了脚,粗糙的手摸着下巴,咧开嘴,满意地"嘿嘿嘿"笑开了。他知道幺女儿能干这件事,刚才那么说,只是跟女儿客气客气罢了。

袁昌秀冒着风雨,冲到寨子外砖窑旁边的砖瓦场地上,爹白天做的砖瓦,都搁置在露天的地方。这几天,一连几个大太阳,袁明新想把做的砖瓦一口气晒干,等下一窑砖窑装窑时,就能装进去了。没料到凭空来了这一场雨,要是不及时把砖瓦盖上,只一会儿工夫,就会把这些砖瓦的泥坯通通砸成烂泥巴。

袁昌秀跑进茅棚子,把预先编织好的一个个草帘子抱出来,遮盖在砖瓦上面。她一会儿冲进茅棚子,一会儿在砖瓦边铺遮,紧张得不亦乐乎。

等她把爹这几天里做的砖瓦全部遮盖好,这阵雨正下得欢。袁昌秀决定在茅棚子里躲过这一阵雨,再回寨子去。

风吹着草帘子"呼呼"响,雨点子打在砖瓦场捶结实的黄泥巴平地上"嗒嗒"响。袁昌秀站在茅草棚子里,亮着电筒,顺手把爹的瓦筒布理好,又把杂乱的谷草束好,堆成一个可以歇气、抽烟的坐垫。姑娘可细心哩,她心里说,爹做砖瓦做累了,点燃烟,走进这儿来,就能休息一阵,也比坐在泥地上落心、舒适一点嘛!

离茅草棚子不远的砖窑里,这一窑砖正闭窑。缕缕白色的烟气,在风雨之中,袅袅地横飘过去,消散开来,慢慢地升腾上去。

雨势猛,雨点子大,下过一阵,乌云散开,雨便渐渐下小了。

袁昌秀戴上麦草帽,扯了扯蓑衣,亮起电筒,踏着泥泞的田埂路,走回山寨去。

田埂两旁的青草上挂满了雨珠子,撩拨着昌秀的裤管,一会儿便把两条裤管打得湿漉漉的。

走进了韩家寨,昌秀熄了电筒,踏着青岗石铺成的寨路往前走。二十年来,对韩家寨上的每一级石阶、每一条寨路的宽窄高低,昌秀都熟得像自己家里一样,不用亮,完全能走。

走到拐弯处,前面传来一阵喧哗,几支电筒朝坝墙、树梢、院坝乱晃着,脚步声踏得很重。昌秀一听声音,就晓得是那一帮上海知识青年,他们都在用上海话讲着一件什么事,声音大得能把睡着的人吵醒过来。昌秀刚要叫住他们,请他们嗓门放小些,几句对话陡然灌进了她的耳朵:

"今朝是白走一趟,脚也走酸了!"这是莫晓晨的声音。

郑钦世的声调里露出明显的自我嘲讽:"哈哈,这是为革命嘛!哪能叫苦叫累?我们死都不怕,还怕脚走酸了?"

"脚走酸勿要紧,"沈兆强的大嗓门在说,"程旭和慕蓉支逃走了,才是大事呢!"

"笃定笃定!"知识青年集体户的户长陈家勤接着讲,"慕蓉支绝不会跑。程旭嘛,要逃也逃不走。"

章国兴说:"逮捕了程旭,对阿拉集体有啥好处呢?我们那先进的牌子也靠不住了……"

……

本来想叫住他们的袁昌秀,像被一股辣烟呛住了,嘴巴张开来,却说不出话。上海知识青年到韩家寨三年多来,袁昌秀时常和那些姑娘接触,听她们互相之间说家乡话,有时候还取笑她们的怪声怪调,像在讲外国话一样。久而久之,尤其是和慕蓉支成了知心好友之后,图好玩的昌秀也学几句上海话。什么"阿拉"就是"我们"啰,"不来三"就是"不行"啰,"阿木灵"就是"呆头呆脑"啰,"今朝"就是"今天"啰……昌秀还真学了不少。尽管她讲起上海话咬音很不准,可他们说的话,她基本上都能听懂。

刚才从寨路上走过去的那帮上海知青说的话,她全听懂了!

她像莫名其妙遭了打一样,简直不敢相信,程旭会遭逮捕。

凭啥子逮捕他?是哪个要逮捕他?程旭他犯了什么罪?他那样一个老实巴交的年轻人,除了看书就是出工、育良种,莫非也要被投进监狱?

三年多来,程旭和德光大伯、袁明新成了气味相投、互敬互爱的好朋友。由于要育良种,程旭常到袁明新大伯的屋头去,和袁昌秀也非常熟悉。德光大伯和袁明新都很器重程旭,他们不止一次在昌秀面前说过,这小伙子踏实、本分,待人诚恳,吃得起苦,是一个好青年。昌秀也从比较、鉴别中看得出,程旭和其他一些知识青年不同。一般的知识青年和山寨上的贫下中农关系都很融洽,客客气气的。也有相处不大好的,像沈兆强、常向玲这些人,开口闭口,叫社员都叫"阿乡"。

和这些人比起来,程旭截然不同。他不是需要什么了,才去社员家里坐坐;

他也不是图好玩,消磨时间,去社员屋头摆摆龙门阵;他更不是为争一个好名声,对寨邻乡亲们笑脸相迎,有求必应,拼命在各方面逞强要能,表现自己。他是一头扎进德光大伯的事业里,泥里来、水里去,没日没夜地在研究水稻良种。衣服脏了,他顾不得洗;头发长了,他没想到去理;吃饭时间到了,他还不知道。他是专心专意地搞科学试验,一门心思琢磨怎样提高整个高寒山区的粮食产量。有一回,昌秀问他:

"程旭,你是上海知青,人家说,你们是南来的燕子北去的鸟,早晚都要飞的。你对育良种这么热心干啥呢?"

程旭既没有像爱表态的陈家勤那样,滔滔不绝地发一通誓死扎根农村干革命的宏论,又不像某些人那样,自我吹嘘一番,或者是假惺惺地谦虚几句,他睁大了惊愕的双眼,反问道:

"那么,德光大伯六七十岁了,身体又有病,受了那么多苦,他还那样埋头苦干,图个啥呢?"

"他是土生土长的当地人呀!"昌秀故意说。

"我也是新中国的年轻一代呀!"程旭很自然地说,"小袁,你想想,有了一种抗寒、高产、不倒伏的良种,全面推广出去,那意义有多大。光我们这个县,就有几十万亩韩家寨一样的高山水田,整个地区又有多少亩……"

不用多问了,昌秀知道,程旭是真心诚意地为高山人民育种。他不是想给贫下中农留个好印象,将来好早日抽调,才这么干;他也不是想巴结哪个人,指望人家推荐他,才这么干。他是从内心深处愿意这么干哪!

最叫昌秀心悦诚服的是程旭质朴、正直的个性。他不夸夸其谈,也不会嬉皮笑脸开玩笑,更不搞吹牛、拍马那一套东西。

袁昌秀很看不惯韩家寨大队主任姚银章,也直率地对一些知识青年讲过姚银章这个人的作风。可她奇怪的是,这个大队的上海知识青年,对这个大队主任都很尊敬。不论在哪种场合遇到姚银章,知识青年们都要主动招呼他。男的要敬他一支烟,女的也要露个笑脸。不知哪个最先兴的,上海知识青年回家探亲转来,都要给姚银章家送礼。有的是送大前门香烟,有的是送上海奶糖,还有送衣料、糕点、名酒、罐头、鱼松、咸肉、火腿的……厚颜无耻的姚银章,是个贪得无厌的家伙,不管是用的和吃的,只要送上门来的东西,他都收。不过他也讲点人情,每个送他礼的人,都被他留下来吃一顿便饭。事后,他就对人说,他没白拿人家的东西,他也还了礼了。这是礼尚往来,没啥关系。

袁昌秀甚至惊异地发现,慕蓉支也给姚银章送礼。她不解地问:

"你为啥送他一条香烟、两包糖?"

"这……"昌秀发现慕蓉支的脸微微有些泛红,说话也口吃起来,"昌秀,我也没办法。现在的风气就是这样……再说我妈妈……"

"你就不知道他是个什么样的人!"袁昌秀气呼呼地责备道,"你也指望他将来送你进工厂、上大学吗?"

慕蓉支尴尬地转过了脸,讷讷地说:"谁指望他……到时候,不要刁难就行了!"

"啊,你是怕他阻拦你、刁难你啊!"袁昌秀鼓起了嘴,一点也不饶人地说,"你以为他能当一辈子大队长吗?难道你不知道,行贿是可耻的行为吗?真正的共产党员是不兴这么干的嘛!你……我真有些失望。"

"……"慕蓉支说不出话来,眼圈有些红了。她内心深处,也很不愿意做这种事啊!

昌秀从来没有见程旭干过这种事。程旭从上海探亲回来,袁昌秀特别留神他到不到姚银章家去,没有,他没有去!

德光大伯请他买的育种书,他买来了。德光大伯没请他带药,他主动带来了。袁昌秀请他买的一朵塑料花,他也带来了。除了这些之外,就是几小瓶他自己备用的伤风感冒药和蛇药。袁昌秀故意问他:

"大家从上海回来,都给姚银章'烧香'送礼,你为什么不去?"

"我为什么要去!"不易生气的程旭这时候突然沉着脸说,"他是庙里的菩萨吗?是旧社会的大地主、大资本家吗?必须人人送礼,岂有此理!"

昌秀板着脸说:"你是个憨包!"

"是啊,是憨包。"

正是因为这样,袁昌秀也特别尊重程旭。她愿意帮助他洗衣服、补衣服,愿意向他请教问题,愿意在园子里掏些新鲜菜蔬给他,也愿意从坛坛里抓一碗酸菜、泡豇豆给他就早饭。事虽小,礼虽轻,可也表明了昌秀鲜明的爱憎。

当听清程旭要被逮捕的话时,昌秀惊得站住了脚,一句话也说不出来了。她怀疑自己是不是听错了,她简直不相信自己的耳朵。黑漆漆的寨路,啥也看不见。雨后的风,带着一股宜人的湿润味儿吹过来,昌秀竟觉得有点冷。直到渗透草帽的一滴雨水,滴进她的脖子里,她才清醒过来。

她一再问自己:"这事儿,到底是不是真的呢?"

平时,她总是对慕蓉支说,她能完全听懂上海话了,至少能把意思全部复述出来。可现在,她不敢相信自己了。因为她确信,程旭这样的人,是不会被人抓走的。

她决定要弄明白这个问题,打听清楚。她侥幸地想,这些上海青年,聚在一起爱讲笑话、开玩笑,也许,那是他们打趣时说的呢!这些人,不是常拿程旭来取笑吗?

袁昌秀不急着回家了。转了一个方向,她朝大祠堂集体户走去。刚才那些知青好像说过,慕蓉支也出去了。这么黑的天,她不在集体户,就是找我去耍,不会走第二家的。

袁昌秀走到集体户门外,听到灶屋里一片议论声,心知他们都还没睡,便放开嗓门叫起来。

慕蓉支听到袁昌秀叫她,欣喜她这一叫给自己解了围,急忙在灶屋知青们众目睽睽之下跑出了大祠堂。

到了门外,袁昌秀一把拉住她,就往僻静处走。

"昌秀,有什么事儿?"慕蓉支开始奇怪了,袁昌秀这么神秘干啥。

"小慕,"昌秀急促地说,"刚才,我在寨路上听你们那些男知青说,有人要逮捕程旭,是真的吗?"

慕蓉支的手抖动起来,她愁戚戚地说:"是、是真的,不过,你……"

"哎呀,那可怎么办呀?是谁要抓他?他犯了什么罪?他知道不知道?"昌秀不等慕蓉支讲完,连声地追问起来。

"你轻声点。"慕蓉支忧心忡忡地说。随后,慕蓉支便轻声细语地把事情的原委讲了一遍。

"那、那可怎么是好啊?"昌秀惘然地说,"小慕,你想过没有?"

慕蓉支抑郁不安地说:"我、我也不知道怎么办是好。"

"唉!"昌秀跺了跺脚,焦急地说,"既然是人家要害他,为啥不躲一躲?这个大憨包！"

慕蓉支没有回答，泪水又顺着她的脸颊淌下来，不由自主地抽泣着。

昌秀听到她的哭泣声，眨了眨眼，惊异地瞅了瞅她，说：

"你哭啥哟，哭没得用啊！走，找我爹去，想想办法！"

说着，昌秀不容慕蓉支讲什么，拉起她的手就往自己屋头跑。

袁明新正坐在堂屋里，眼巴巴地等着昌秀回家来。他等得有点焦急了，给砖瓦盖草帘子，要得了多少时间？一向做事利索的幺女儿，怎么还没回家来？雨都停了好一阵了。

他敲落了三尺长的烟杆上的烟灰，准备起身出门去看看女儿时，昌秀拉着满脸愁容的慕蓉支，走进堂屋来了。

袁明新见小慕哭兮兮的，以为是集体户里知识青年之间闹了架，小慕受了委屈，昌秀拉她来劝慰一番呢。他一边拉出一条板凳来，一边关切地问：

"小慕，你和哪个闹架了？"

"爹，出事啦！"袁昌秀把小慕推到板凳上坐下，急不可待地瞪着眼睛说，"公安局要抓程旭……"

"啊！"袁明新大伯惊得浑身抖了抖，手中那根三尺长的烟杆，"啦"一声落在堂屋地上，"是咋个回事？"

袁昌秀和慕蓉支愁容满面地你一言我一语，把公社传来的消息，以及程旭对这件事的态度，简单说了一遍。

明新大伯听两个姑娘这么一说，神情慢慢镇定下来。他拾起长烟杆，坐在板凳上，嘴咬着没有裹上叶子烟的烟嘴，"吧嗒吧嗒"空抽了一阵，好半天才思索着说：

"这事儿，有点搅呢！"

"爹，你快拿个主意吧，光评论有啥用？拿出管用的法子来呀！"

"管用……的……法子？"明新大伯重复着，喃喃地说，"事情连带得广，想想，我要好好想想……"

两个姑娘自然知道这件事的严重性，任何人插手进来，都要担风险的。她们双双拉着手，在板凳上肩挨肩坐下来，四只眼睛期待地望着袁明新大伯。

明新大伯今年近六十岁了，前四十年的岁月，他过的都是苦日子。十二岁开始做田，挑粪、铲护田埂、打田、栽秧、薅草、抶谷，一个小娃娃呀，一年到头，守着从地主家佃来的几亩水田，没日没夜地干。为了养活挖煤烧炭时压断了腿的父亲，为了给妈分担一点愁苦，他的眼睛，只看到租来的那几亩田。谁知道，连做了四年，年年的收成只够交租和留种，割回家来的只有几大捆谷草。袁明新这才知道，韩家寨地区的高寒水田，根本无法在产量上夺丰收。怪不得俗话说：宁栽十天黄秧，不种一夜冷田。无霜期短促，你下再大的劲儿，花再多的力气，寒霜一降，冷水一浸，结的不是黑壳壳谷，便是秕谷，能打几斤粮食？地主的租子一两不少，劳碌一年，自家吃什么呀？那不是给人白干嘛！一气之下，袁明新大伯在十六岁时，退了佃租，发誓从今往后，再也不在韩家寨做田了！他东拼西借，凑了一笔盘缠，出外学手艺去了。

三年之后，有志气的明新，学会了两门手艺回到了韩家寨。一门手艺是在青杠坡上观察煤脉，另一门手艺便是做砖做瓦烧窑子。明新大伯有了这两门手艺，满怀信心地回到韩家寨来，实指望能养活父母，过个粗茶淡饭的穷苦日子了。哪晓得，煤脉是被他一眼认准了，可挖煤老二挖出的煤，不是被山主霸了去，便是给地主包下了。在那直不起腰来的煤洞里，穷哥子们照旧要给塌方压死，给料想不到的水仓淹死，给瓦斯毒死。一件件的惨事，使得明新大伯闭紧了双眼，再也不敢去给穷哥子们看煤脉了。做瓦打砖烧窑子这门手艺，总能勉强糊口吧，累日累夜，饭是有的吃了。可经明新大伯的手，烧出了不知几百窑砖，通通给远远近近的地主、富农和镇子上的老板拖去了。他家屋头，盖的还是茅草房，砌的还是泥巴墙。

新中国成立之后，明新大伯的这两门手艺，才算是真正派上用场了。二十年来，韩家寨大队的社员，一家一家修起了宽敞明亮的砖瓦房，每幢房屋的砖瓦，都是经他的手烧出来的呀！他不但是砖瓦场的老师傅，还是大队煤场的顾问。经他认准的煤脉，架上厢枕木，确保不会坍塌了，往里一挖，准出好煤。韩家寨大队的块块煤，烧起火来无烟无味，远近闻名，连一些有名的大工厂，都想要韩家寨煤场的煤，想开大卡车来买。无奈通韩家寨大队的路，只有一条马车道，卡车开不进来。工厂催着县里和公社、大队快些修公路，社员们也一再地要求修通这条公路。嚷嚷有两三年了，只是因为没钱买炸药，没钱买钢钎、二锤、十字镐，没人组织队伍，还没动过手。

应该说,袁明新大伯烧窑、观煤脉,活路够忙的了,生产队里把他看作副业上的台柱,他要躺倒了不干,砖瓦窑无法烧,煤场开不了工,韩家寨的两大副业,都只能停工熄火啰!正因为这,队里从来也没叫他下田上坡干农活。可明新大伯一直忘不了小时候佃租地主的水田时受的气。地主早已打倒了,但韩家寨的粮食产量,总是上不去,年年要吃回销粮,摘不了穷帽子。"四清"之后,听说韩德光下决心提高水稻产量,要育良种,明新大伯满心支持,硬是抽出时间来帮韩德光当下手。"文化大革命"开始之后,姚银章上了台,韩德光挨了批,明新大伯一肚皮都是气。他愤愤不平地去责问造反当官的姚银章:

"育良种有啥错?你要这么整人?"

"大伯,这可不是我的主意,这是上头的意思。"姚银章晓得袁明新是整个大队副业上的台柱,自己要用零花钱,少不了也要到砖瓦场、煤场的出纳那儿去借支。再说这个人是一般社员,没有必要整倒他,对他也就客气一点。每次他来责问,姚银章总像买点他的面子似的迁就他,说:"现在的形势是这样啊!"

韩德光被整得死去活来,没人敢搭理他,气得明新大伯也闷闷不乐。上海知识青年到了韩家寨,姚银章向全大队的知识青年介绍情况时,把韩德光也像地主富农一样,作为牛鬼蛇神向他们介绍了。这些远方来的小青年,懂个啥呀!他们只晓得和牛鬼蛇神划清界限,还能去和德光说话?德光被姚银章整臭了!明新大伯担忧地想。

嗨,出乎袁明新意料,偏偏出了个程旭不信邪,他就是和韩德光亲热,还再次提出来,要育良种。在这个黑云盖住头的时候,他敢于这么说,就叫袁明新对他另眼看待。

这小伙子,还真有股劲,不是那种一朝热、一朝冷的小青年,三年来,他天天都保持着最初那股劲儿。明新大伯由惊讶到信任、由信任到钦佩,认定有这小伙子的聪明才智和那股钻劲,良种准能育出来。

德光不便出面,好些事儿是袁明新和程旭合着干。三年来,袁明新开始了解、熟悉这远方大城市里来的青年人了!他一点也不像陈家勤那风流小伙,说出来的话,和报纸上差不离,尽朝着大伙儿读书一样念,也不觉得腻味人。程旭这个人,说话不多,一是一,二是二,懂便懂,不懂就问。光是袁明新带着他,不知走过远近村寨多少老农的家,向人家打听天时、地利、水情、种子情况。开初,他山区话说不好,咬音不准,从来没离开过本乡本土的老农听不懂他的话,他就使劲学。他随身那个小本本上,也不知记了多少条农谚。

功夫不负有心人哪！通过三年来的摸索、试验、对比、鉴别,他们总算选出了两种各具不同优点的良种,"七月黄"和"珍珠矮",今天刚刚开始授粉,满怀希望地等待着新品种成熟,明年观察它的生长情况呢！明新大伯心里有说不出的喜悦。哪里会想到,晴天里打雷,公安局要逮捕程旭了！

"爹,你想出办法来没有啊?"昌秀忍不住这种难耐的沉默,惴惴不安地追问道。

袁明新瞥了女儿一眼,纳闷地说:"要找运输队、建筑队、供销社、老农、挖煤老二,我还有些办法。这事儿要找公社主要干部打听打听,是咋个回事。我还没那么大的面子呢!"

"那、那你说怎么办呢?"昌秀逼着自己的父亲。

慕蓉支也泪汪汪地说:"最好给公社干部解释解释……"

"只有找德光去!"袁明新"呼"地一下从板凳上站起来,拿定了主意说,"德光原先是大队长,和公社干部人头熟。我听说,前几年被打倒的公社书记伍国祥,现在又当上公社主任了。这人和德光最熟,只有让德光去找他问问,看是怎么回事了!"

"走,我和你一路到德光大伯家去。"昌秀跳起来说。

"我也去,"慕蓉支也要求道,"我和你们一道去!"

袁明新为难地瞅了瞅两个姑娘,迟疑了一下,说:"德光是遭监视的,你们去,怕……"

"爹,怕个啥哟,都快半夜了,还有谁看见。"

袁明新又瞧了瞧慕蓉支,说:"小慕,已经半夜了,你一个姑娘家,早点休息去吧!"

慕蓉支急了:"明新大伯,你、你让我去吧!"

"爹,让她去吧。她是程旭的……"昌秀不便说下去,使劲搡了搡父亲。

袁明新顿时醒悟过来,他点点头,说:"那就一齐去吧,三个人一路,脚步放轻些……"

他们仨,走出院坝,顺着寨路,朝东头德光大伯家走去。

十

韩德光老汉的身世,这几年里是一幕悲剧。

新中国成立前他是地主的长年帮工,一家几口人,都死在饥寒交迫之中。他仗着自己年轻力壮,在生死线上挣扎。清匪反霸那一年,他豁出命来跟着共产党、解放军和土匪恶霸们斗。土改时,作为韩家寨团转几个乡里头一批积极分子,他加入了中国共产党。从那以后,搞互助组、闹合作化、建立人民公社、战胜自然灾害,韩德光都是韩家寨上的领头人。他从一个大字不识的贫苦农民,变成了一个基层党组织的骨干。韩德光处处带头,吃苦在先,享受在后。党号召学文化,几十岁的德光大伯,也买来了笔和纸,坚持每天学几个字,能达到看文件、写信、读报的文化水平。党怎么说,他就怎么办,绝无二心。

解放二十多年了,他和老伴唐梅莲仍然住在泥墙茅屋里。有人对他说,寨上条件差的人家,也欠着集体的钱,先盖起了半边屋,你也盖一间砖瓦房吧。他摆摆手说,党支部有计划,这几年的砖瓦要支援迁进山来的厂矿,我不能破这个例。公社里有规定,每个大队长一年可以补贴一百个劳动日,大队会计年年给他算上这一千个工分,他年年要会计减掉。

别以为韩德光家富裕,三个女儿先后出嫁了,儿子在煤矿上干活。子女们知道老两口都在队上干活,也不帮补家里。两个老人,靠工分过日子,还得精打细算,勤俭持家。

在农村里当干部,总有那么一些人,有意无意地捧着他。来寒衣了,评给他家一件;来棉被了,评给他家一床;过年过节,远亲近邻的,有端肉来的,也有提鸡蛋来的;还有好些,说也说不清的,差不多每一个家庭都有的来往。德光大伯对所有这一切,都一概回绝。他对至亲好友说:"我要不当着大队长,你们送来的东西,我可以收。就因为当着大队长,我不能收你们的东西。"

他穿一身打着补丁的土布衣裤,在田头干活,到坡上薅土,钻进煤洞拖煤,蹲在窑子里出窑……带头搞生产。他讲求实事求是,既反对虚报浮夸,也反对瞒产私分,第五生产队的会计,就因为弄虚作假,被他撤了职。

第五生产队是个小寨子,地处那条穿峡过岭的河边,当地人也叫河边生产队。河边生产队只有二十三户人家,有十九户姓姚,家族观念还很强。这个队离韩家寨大队其他寨子都比较远,地势比较低,又是引河水灌的田,水稻产量比其他四个队高。可这个队常常仿着其他四个队报亩产量。姚银章当了三年会计,头年他搞两本账,被韩德光及时阻止,没搞成。第二年他变换花样,分了干谷子,他说分的是湿谷子,每一百斤算七十斤,居然瞒过了人。德光大伯对全大队的产量,心里都有个估量,年终统账时,发现了五队的产量有问题。他到河边生产队去住了几天,经过调查研究,发现了是姚银章玩的鬼。他要姚银章在全大队干部会上做检查,到来年发放回销粮时,按五队的实际产量,没有给五队分配回销粮。到了第三年,姚银章不但不改正错误,反而倚仗着他在五队姚姓族中有威信,又搞开了瞒产私分。事情被揭发之后,鉴于姚银章屡教不改的恶劣作风,多次欺上压下,在粮食问题上玩弄阴谋诡计,经韩德光提议,撤了他的会计职务,要他在全大队的群众会上做了几次检查。

"四清"运动时,地委的柯书记在韩家寨大队抓工作。广大贫下中农坚定地走社会主义道路,决心治山治水,因地制宜,艰苦奋斗,改变山乡面貌。柯书记临走的时候拉着韩德光的手说:

"德光同志,形势很好啊!你一辈子都在种水稻,一辈子受产量过低的气。看到没有啊,你们这一带高寒山区,主要矛盾是种子,没有适应你们山区的良种,这水稻产量还是上不去!"

"我思量这个问题,有好几年了!"韩德光点头说,"解放十几年来,先后从外地引进过十几个良种,可到了我们这儿,这些良种硬是不结谷。"

柯书记偏着头,凝神思忖了一阵,说:"看来,你们不能尽引人家的良种。要创新,要自己培育一种新的良种,毛主席号召我们共产党人积极投入阶级斗争、生产斗争、科学实验这三大革命运动。德光同志,在育种这件事情上,你也要带个头啊!"

韩德光怔了怔,迟疑不决地摊开手说:"老柯同志,你看,我识字不多,使力气干活还行,闹科学实验,那需要读过厚本本书的人呀……"

"德光同志,你见困难就止步了吗?"

地委第一书记直率的批评使得德光大伯发急了:"我啥时候见困难退过步,我……"

"哈哈哈，我知道，那不是你的脾气。"柯书记朗朗地笑着说，"德光同志，要育出了这样的良种，那就不只是提高韩家寨一个大队的产量，眼光要放得远点。全县有几十万亩这样的水稻田，整个地区有几百万亩。你想想，每亩增产一百斤，几百万亩水田能增产多少粮？怎么样，到这座火焰山上去闯一闯吧？"

德光大伯给柯书记说得眼睛明亮起来，他涨红了脸，紧紧地握着柯书记的手说：

"要得！我挑起这副担子朝前走！"

从那以后，德光大伯当真搞起水稻良种的实验来了。他召集大队里有经验的五六个老农，成立了一个顾问小组，向他们讨教；他托进城的社员，买回了一本又一本关于水稻种子的书来看；他搜集了一包一包水稻种子，本地的和外地的，装进楠竹筒里；经大队党支部讨论决定，从生产队里划出四分水田，给他做试验用。德光大伯一有空就蹲在这四分水田的窄田埂上，细细地观察着一垧一垧各不相同的水稻良种的生长发育情况。头一年——1965 年，他在四分水田里试栽的十七种外地良种，恰逢秋霜早降，到了白露谷穗还没出头，秋后只割到几捆稻草，连种子也没收上来。

这一来，引得韩家寨人说闲话了。有人道："老庄稼人，泥脚杆子，还能搞啥子科学试验？那不是鬼扯嘛！"

但也有人为德光大伯辩护："哇啦哇啦说风凉话算个啥，生个娃儿肚子都要痛哩，哪能求百事顺风？"

"我早说过！"富裕中农韩德才嚷嚷得最凶，怪话也最多，"高寒山区坡高水寒，老天爷的脾气怪，那是生成的鼻子眼，改不了相。德光他非要干，这下好，心血、劳力白花了。来来来，你们看看，那坡上长的野草草，也比德光试验田里的谷草长呢！有那么多工夫，不会去闷倒脑壳睡大觉。"

袁明新大伯常抽空来看看德光大伯的试验田，一见割上田埂的几捆谷草，也有点泄气，劝他说：

"算了吧，老哥子，我们这地方是栽一碗，收一锅。你这一搞，栽下去只见茅草不见谷，怕叫人笑话哩！"

"不怕！"德光大伯说，"一种就出好谷，还要这试验田干啥，来年再干！"

1966 年，他重又筹集了不少种子，栽进试验田里。这一次，他提前泡了谷种,赶早撒了秧,移栽的时候,他把一窝一窝秧苗小心翼翼地插进濡湿的试验田。大队的工作忙,他整天不得空,一天三顿饭端着饭碗蹲在田埂边吃;每天夜晚,他打着电筒或是提着马灯,守在田埂边,一垧一垧地察看秧苗的长势,把秧苗每一点变化记在小本本上。他这样没日没夜地干,从来没要记工员给他多记一个工分……

谷秧还没出穗,"文化大革命"开始了。

消息一个接一个地从广播里传来,报纸上发表了一篇又一篇专论,在外地工作的子女、亲属来到韩家寨,也兴致勃勃地谈论他们那儿的情况……这一切,都从不同的角度告诉山寨上的人们,"文化大革命"正在全国各地轰轰烈烈地掀起来,学校沸腾了,教育界热闹了,接着是文艺界、工矿企事业单位,然后波及各行各业。红卫兵在造反,大字报上了街,人们在串联、在辩论、在批判揭发,社会上的各种势力、各种人物一股脑儿都拥了出来,竞相表演,争着崭露头角。昙花一现的风云人物像雨后的蕈子似的冒出来。各派头头们在声嘶力竭地吼叫,跳梁小丑们在跺脚舞手地高喊。许多具有权威的人物被打倒了,许多神圣的东西被砸烂了,许多人们心目中美好的事物被泼上了污秽的墨汁。仿佛一切的一切都给颠倒了。终于,"文化大革命"的狂飙也在韩家寨团转掀起了波涛,德光大伯看到人们身上的革命热情,看到轰轰烈烈的场面,是多么的高兴啊!但是,疑惑不解的事件也一起一起发生了。德光大伯听说,人们绑架了公社书记伍国祥。这是怎么回事,别人他不了解,伍国祥他了解,难道他也犯了罪?德光大伯愤愤不平了,他要离开韩家寨,到公社去,和绑架伍书记的人辩论,问问他们,居心何在?有消息灵通的年轻人拉住他,劝他说,快莫去呀,这事儿不奇怪,不但公社书记遭斗,县委书记也在挨批,甚至地委柯竟书记也在城里被架在车子上游街呢!到省城去的人回来说,贴省委书记的大字报,街头、马路上随处可见……

这是怎么回事啊?耿直、忠诚的德光大伯不理解了。

在这场运动中,从上到下都有一伙人搞颠倒黑白、混淆是非、趁火打劫的勾当,有些人在故意地制造混乱,搅浑水,把敌我关系翻转过来。街道上,传单里,出现了"怀疑一切,否定一切,打倒一切"的口号,把斗争的矛头指向广大革命干部和革命群众。在这股阴风的煽动下,韩家寨大队以姚银章为首的一帮人,跳出来造反、夺权,把韩德光当作斗争的对象来揪斗。

全大队的坝墙、屋墙、田埂、山壁上，到处都刷满了白石灰写的大标语："打倒韩家寨走资本主义道路的当权派韩德光！""韩德光是镇压群众的刽子手！""韩德光是地、县、公社三级走资派的忠实爪牙！"

姚银章领着一伙人，冲进了韩德光家屋头，抄了他的家。他们烧毁了韩德光买的书和辛辛苦苦记下的笔记本，边烧边说："这是他积极充当走资派的爪牙，忠实执行反革命修正主义路线的铁证。""韩德光育良种呀，是奉了地委大走资派的旨意，把贫下中农的水田、劳力瞎浪费。四分地上没有一颗收成，要他赔产！"

这帮人解散了老农顾问组，把韩德光费心搜集的二十多种水稻外地良种拿出来，边牵着他在全公社范围内游斗，边连同他家应分的口粮一起装进箩筐里，对众人说：

"看哪，大队长利用职权，假借育种为名，盗窃了集体多少口粮。他是啥共产党员，明明是个货真价实的大贪污犯！"

韩德光被拖来拖去游斗，被强迫站在坝墙上勾腰垂脑壳，被挂上黑牌牌，脖子上还吊着一面破锣，让他边敲边喊："我是大贪污犯！我是走资派！我是牛鬼蛇神！"韩德光不干，唾沫、拳头、泥块、瓦片、棍棒如骤雨般击来，顷刻间把他打倒在地，脊梁背还踩上一只脚。几个月里，说不清被批斗了多少次。轮番的围攻，无耻的诽谤，恶毒的咒骂，残暴的毒打，不停顿地向老汉身上袭来。在威胁、恐吓、恶骂声中，在不了解实情的外队群众的吼声中，韩德光始终坚贞不屈地回答：

"我育良种，一不为讨好柯书记，二不为图私利，我是在为国家出力！"这声音，像金钟轰鸣、战鼓擂动。

这一来，可触怒姚银章了。他暗中要五队的一些族里弟兄和着韩家寨大队一些被德光大伯批评、教育过的人，对他进行更深一步的迫害。他们先撤销了他党内外一切职务，继而又罗列罪状，要他一条一条地承认。韩德光不愿承认这些凭空捏造的罪名，他们对他进行了令人发指的残酷迫害。拿姚银章的话来说，就是"先给这老不死的来个小青龙爬背"，"再给我用钢钎熬，看他认不认罪"。

小青龙是指麻搓的绳索。姚银章的爪牙们顿时用麻绳把韩德光五花大绑起来，抽到梁上吊起来，随后又用打炮眼的钢钎，从他反绑在背后的手臂底下塞进去往外撬。这种非人的刑罚,加上棍打、鞭抽,五六十岁的老人怎么受得了啊?他的两手被撬脱了臼,脸上头上满是血迹,几次被这些暴徒整昏了过去。

韩德光没有低头认罪,但还是被划成了专政对象。姚银章勒令他每天给队里放牛看马,还要割一挑草回来。牛是集体的,马是生产队副业组的,韩德光精心放牧着。看牛放马割茅草,一天的活也抵得一个强劳力。可姚银章命令,韩德光是专政对象,不准给记工分。老两口一年的花销,全靠唐梅莲在队里的劳动。一个老年妇女,一年到头争着做,也只能得一千多分,哪里能过得下日子去啊。姚银章派来监视他家的人,还要向他家要监视费,外加扣除监视人的工分和饭钱。唐梅莲一年参加集体劳动,不但分文得不到,而且还要向集体补钱。老伴实在无奈,想去找出了嫁的三个女儿和儿子要点钱,姚银章不许她出寨子。她想写信给儿女,信也给扣下了。左邻右舍,寨邻乡亲,都被姚银章警告说:必须与这个专政对象划清界限。怎么办呢?只有变卖屋头的家什和衣物来过日子。

姚银章当权之后,做了大队革委会主任。他高叫农业学大寨的口号,每次群众大会都喊批判"工分挂帅",在整个韩家寨大队推行按人口评工分的"革命路线"。只要出工的,每天一律评十分,不管其活路质量高低好坏。群众说,这么一来,"出工像条长龙,收工像一窝蜜蜂",到了田土头干活拉开大帮,不是光图数量,便是站着闲摆。坐下一歇气,可以休息一两个小时。韩家寨本来粮食产量就低,这一来,就变得更低了。姚银章说,这没关系,只要路线正确,产量迟早能上去,关键在提高大家的社会主义觉悟。收的粮食,交了公粮,吃到第二年春天就断粮了,群众都叫锅儿要吊起了。姚银章又成了英雄好汉,他召开全大队的社员会,叉着腰拉直了嗓门高喊:

"社会主义的优越性,不让饿死一口人。这不是解放前了,解放前遇到灾年,穷人都要饿死,现在饿不死!我不是韩德光,打肿了脸充胖子,上面拨下救济粮、回销粮还要死扣着少要。我找公社多要些,让家家户户渡过这难关。"

他把实情一报,果然拨下了几万斤救济粮和回销粮,姚银章按亲疏远近的标准,照三级发放了这批救济粮。他的爪牙和帮凶,统统得到了最高数量的救济。一般听他话的社员,愿意跟他走的人,统统得中等数量的救济。凡是和他关系不大,或他认为不敢跳的社员,都得到了少量的救济。至于坚决反对他的人,他一颗粮也不给。不但不给一颗救济粮,连一斤回销粮也不派。他头上戴顶革委会主任的帽子，又挂着纳新党员的招牌，干了这一招，既迷惑了人，又笼络了人，还打击了人，在韩家寨大队，果然树起了"威望"。

在缺粮的年成，粮食就是命啊！好些人明明知道这个人奸诈，会玩弄权术，也迫于他的淫威，不敢说话。哪一户社员，不是有老有小，要过日子啊！

韩德光这个"专政对象"，当然是得不到一颗粮食的。日子越过越艰难了，没有粮吃，老伴上坡去挖些蕨巴、野菜和着，勉强度日。一两年没扯布，老两口穿着补丁上叠补丁的衣服。当实在过不下去时，袁明新大伯有时扛一包米来，或是袁昌秀捧一小罐油来。常常一夜过后，后门口，屋檐下，会放着一碗碗白米、一小袋一小袋苞谷。深更半夜，裂开的泥墙缝里，窸窣发响，会塞进一张几元的钱来。尽管姚银章把这作为反革命事件追查过，可这样的事情还是不断地发生。

是这些，鼓舞着韩德光坚强地活下去。他虽然被压制，可他晓得，好些社员的心，是和他贴在一起的。但命运不饶人啊，艰苦的生活，精神上的重压，无偿的劳动，主要是毒打留下的残疾，终于把德光大伯逼得病倒了。

他不能上坡了，不能出门了，他躺倒在床上，再也看不到寨邻乡亲们投来同情的目光了。韩德光心里感到一种从来没有过的痛苦。在开始育种的时候，德光大伯精神上有准备，准备在科学实验的征途上，和各种困难斗，在这样一座火焰山上闯一闯。他没想到，他会碰到比闯火焰山更大的困难哪！他知道，这是斗争，这是对他的考验，他要挺身站出来呀！

太阳照进老汉的茅屋，德光大伯硬撑着病体坐起身来，望着一无所有的屋里那张毛主席的像，老泪纵横地说："毛主席呀，我韩德光要活下去，完成党交给我的育种任务……"

夜深人静，他硬要老伴扶着在院坝里轻轻走一走。月光下，这一对患难与共的老人，在一步一步沉重地蹒跚徘徊。老伴担忧地说："快进屋吧，要不，你一去，冤案就再也洗不清了……""不，我死不了，我还没育出良种来呢！我要活下去！"

韩德光想得多么远啊，他想到任劳任怨、一年四季在全公社奔波、把田埂当办公桌的伍国祥书记，被关在"牛棚"里；他想到风趣而毫无官架子的柯竟书记，也被送进了省的"五七"干校；他想到高寒山区需要良种，想到姚银章和与他上下勾搭的那一帮人的所作所为，他绝不能在这样的时候闭上眼睛，离开人世啊！

德光大伯病了,"五保"户韩四爷爷不怕姚银章,拄着拐杖来看他了;三个女儿,不怕威胁,随着弟弟,也来探望父母了;公社里回来的一个复员军人,在公社医院当院长,当年是德光大伯一手培养起来、亲自送出去参军的,带着医院里的几个医生,也赶来给德光大伯看病了……

德光大伯在他们的关怀和照料下,病渐渐好了。当他重新拄着拐杖,站立在院墙边时,满寨的社员们都用欣喜而又担忧的目光瞅着他。欣喜的是,德光大伯终于站出来了;担忧的是,他的身子太虚弱了呀!

长期的折磨,使得壮实的老汉完全变了样子。他的脸色蜡黄,浑身浮肿,风一吹身子跟着摇晃。头发老长,大半花白了,又加上一身的补丁衣裤,看上去活像个可怜的老叫花子。

唯有他的那双眼睛,反映着他内心中燃烧的火焰。光看他这一双眼睛,你准会说,这是个有着旺盛生命力的年轻人。

形势在发展,斗争在深入。广大贫下中农和社员群众,也在斗争发展中提高了认识。人们在议论,地主分子在队里干活,照样有工分,为啥德光大伯干活没工分,是要逼出人命来吗?还有没有"给出路"的政策?德光大伯算哪一号的阶级敌人?

姚银章迫于众怒,勉强答应给韩德光记工分,撤除了对他家的监视和勒索。但是,他仍不许韩德光下水田干活,继续叫他一个人放牛、看马、割草,干没有人和他接触的农活,说是"劳动改造""立功赎罪"!

看上去,德光大伯确实孤独啊,他拄着拐杖,慢吞吞地爬坡登山,撵着水牛黄牛,牵着马溜达。可他的心,还在水稻良种上面,他咬着牙说,是公社社员,却要吃国家的救济粮、回销粮,不害臊嘛!眼看着姚银章在大队里搞做活拖大帮,结党营私,严重挫伤了社员的社会主义积极性,一个共产党员能视而不见吗?不,不能让他把韩家寨的粮食产量,折腾得倒退到解放前的产量上去啊!

可怎么样搞育种呢?谁来帮助自己呢?

这时候,大队里来了上海知识青年,德光大伯心里一阵喜悦:这些年轻人都读过书,有知识,要能来育种,可好啦,我也不愁了。

姚银章给了他这种想法当头一棒,他在向知识青年们介绍全大队有几户阶级敌人和专政对象时,头一个说的就是韩德光。说这老家伙是社会主义革命时期的主要革命对象,是全大队最坏的反动分子。这批年轻、幼稚的小青年,谁还敢接近他呀！几个不晓事的小伙和姑娘,还常常在背后指点着他悄悄地说:这是个坏家伙！

德光大伯耳朵不聋,听得很清楚,回到屋头,他又一头栽倒了。他并不恨这些远方来的年轻人,他们不了解实情呀！可恨的是姚银章,他把自己作为"阶级敌人"向知识青年们介绍,手段多么毒辣,心理多么卑鄙啊！自己在知识青年们心目中是这样的一幅画像,有哪一个人还会来接近他呢？有哪一个人还会帮助他这身似朽木的老汉育良种呢？

德光大伯伤心地哭出了声。

老伴唐梅莲问他:"你哭啥呀？又想育你那良种啦？算了吧,专政、批斗、打骂、赔产,你还少受了罪吗！咬咬牙,保住你这条老命吧！等你的事情闹清了,再搞育种也不迟啊！"

悲愤难抑的德光大伯伸出一双枯瘦的手说:"我不能看着庄稼人净吃别人种出来的粮,不能看着姚银章把社会主义的韩家寨变成他的小天地,我还没被开除出党哩,只要还有一口气,我就不能等,要干！"

"哎呀呀,你少说几句吧！"了解德光大伯的唐梅莲急得满脸皱纹挤成一团,摆着手说,"你干得过姚银章那坏小子吗？他在公社、县里都有一帮人,腰杆上箍着铁圈圈,硬着呢！你过去向县委检举、揭发过的那个啥子龟儿干部薛斌,现在是县革委会主任。他们上下串通,比豺狗大猫还凶哩！"

"呸！"德光大伯上了火,脸涨得通红,跺着脚说,"我偏不信他这帮人把天也能遮住！我偏不信个个年轻人都跟着他跑！总有人,眼睛看得出个水清水混,辨得明是非黑白……"

说过这句话没几天,德光大伯就遇到了知心人,开始了他新的育种生涯。

十 一

那是知识青年到达韩家寨后没几天的一个晚上。

山头上压着层层黑云,峡谷里吹着凛冽的寒风,地面上稀渣渣的,脚踩上去,滑溜溜滑溜溜的,不小心就要摔一跤。初春返暖之后,樱花、李花都开过了,泡过的谷种撒进了秧田,已经冒出了娇嫩娇嫩的芽子,谁会想到,阴历三月初头上还会出现倒春寒,飘一夜的雪花?

凌花没全化尽,出土的娇嫩的秧芽子全部被倒春寒冻死了。

德光大伯趁着春寒之夜,一个人摸黑拄着拐杖出了寨子,来到了秧田边。看到好几亩刚出土的秧苗全冻死在苗床上,贴着冰冷稀湿的水田里,有的露了根,有的被缩成一截线,德光大伯颤巍巍地蹲下身子,忍不住伸出手去摸着冰冷的春寒秧田。

要知道,这些秧苗一死,等倒春寒过去,再泡谷种、撒秧,又要晚半个节气了。秧苗晚了节气,栽插势必延缓,成熟就更要延迟。本来年年怕秋寒早降的高寒山区,眼看又要遭一个大歉收年了,怎不叫人心急如焚啊!

想到这儿,德光大伯心痛欲裂,几年来的经历,峡谷那儿吹来的寒风,眼前的死秧,全在他身前摇晃起来。他浑身一阵发抖,血脉急涌,头重脚轻,一屁股坐倒在湿潮潮的田埂上。

"哎呀!"身后传来一声惊叫,随后,一个年轻人飞步跑来,伸出双手,使劲地扶起了德光大伯。

风吹散了空中的黑云,一弯下弦月亮悬在半空当中,洒下清冷的光辉。

德光大伯睁开双眼,眨了又眨,看清了,眼前站着的是一个消瘦的年轻人。脸是陌生的,衣着也和韩家寨的农村青年不同,他穿一身蓝卡其布服装,显得清秀而又文弱,德光大伯立刻明白了:这是个新来的上海知识青年。

"老大爷,你家住哪儿?我送你回去。"青年人诚恳地对他说,"外面冷啊。"

德光大伯心里暗暗思忖,这个远方来的年轻人,并不把我看成是坏人哩,他唤我"老大爷"。尽管这样的称呼,还是有史以来头一次,德光大伯心里却是很欣慰。他第一眼看到这青年,就留下了一个好印象,便转过了身子,让青年扶着他,走回自己家里去。

德光大伯的家,是韩家寨上唯一的泥墙茅屋,最好认,姚银章介绍情况时,也讲过。可这个青年,并没嫌弃他,顺着寨路,把他送进了屋里头。

点上油灯,青年人转身欲走,德光大伯招手叫住了他:"你,坐坐。"

青年顺从地在板凳上坐下,一双深邃的目光打量着这间简陋到极点的屋子。

"你是新来的上海知青?"

青年默默地点点头。

"贵姓？"

"我叫程旭。"

"哦,小程,"解放后一直在担任干部的德光大伯,习惯地这么称呼年轻人,他微露出笑容,问,"这么冷的春夜,你不睡,到寨外来干啥？"

"我？"程旭不是不知道对方是个"专政对象",他听过姚银章的介绍,也远远地看见过这个老农几次,要是白天在寨路上,他还不敢同这个老农民讲话呢。但眼见人家跌倒了,能不去扶他吗？再说,他不是地富反坏,是靠了边的干部。程旭内心深处自然联想到自己的爸爸。他对跌倒了自己爬不起来的老农民有一股同情感。初初和他一见面,他就觉得韩德光不是像姚银章说的那么可怕,倒是怪可怜,怪有感情的。你看他,我还没问他为啥半夜出来呢,他倒先问起我来了。程旭照实说:"我、我在想……"

"想什么？"

"想上海,想家……"

"噢,那是免不了的。"德光大伯笑微微地说,"几千里路,头一次离开家,到山寨来单独生活。吃、喝、住、行都和大城市不一样嘛！待过些天,和社员们搞熟了,你就会习惯了。"

像一股涓涓细流,流进程旭的心田,这些通情达理而又豁达的话,叫程旭感到非常温暖。老农的话,不像姚银章说的那些大道理一样生硬,对当时又孤独又不习惯的程旭来说,这是很大的安慰了。

他睁大双眼,凝望着这个满身补丁、身边无儿无女、家里穷得叮当响的老农民,忍不住问:

"那你,年纪那么大了,深更半夜,还跑到寨外田边去干啥呢？"

已经整整有三年,没人和德光大伯谈起生产,没有人这么关切地问过他了。这个小程,尽管是出于好奇,提出了问题,还是勾起了他的话题:

"我是为冻死的秧苗焦心哪！这几亩秧苗一死,节气就给误了,秋后只有到田头去割茅草喂牛啰！唉,这一年,又是大歉收,明年又要伸手向国家要粮啦,唉——"

"啊！'阶级敌人''专政对象'这样为集体的事业焦心！"在程旭的心灵上,

二者之间怎么也画不上等号。他怔怔地望着这个老农,疑惑地问:

"这是什么道理呢?"

"啥道理,没良种呗!"德光大伯一语中的地说,"我们这一带山区……"

于是,他便情不自禁地讲起了高寒山区的条件限制,由于没水稻良种,自古以来低产歉收的情况。德光大伯的声音低沉,语气诚恳,一字一句,动情地娓娓道来。程旭听得瞪大了双眼,忘记了这是深夜,坐在一个"专政对象"的屋里了。德光大伯的话,深深地震撼了他的心灵。在程旭的思想中,农村这个概念,总是同报纸上报道的先进典型,同书本上学到的课文,同画报上登的照片一样,不是鸟语花香,便是流水潺潺,河网密布,丰衣足食。电线杆一根接一根,劳动中笑声欢语,山歌不绝。没想到,这个老农民第一次用真挚朴实的语言,给他讲起了韩家寨的实际情况和关键问题。听完了,他望着满脸愁云密布、唉声叹气的老农,不由自主地问:

"那,你们为什么自己不育良种呢?"

"育良种?"这个年轻人,真有一股初生牛犊不畏虎的雄劲儿。德光大伯的心跳得快起来,眼光也闪亮起来,没想到,他会主动提出这个问题来呀!德光大伯决心进一步试探他一下,他苦笑了笑,说,"育良种,说起来容易,做起来难啊!"

"难在哪里?"

"你不知道吧?我就是为育良种,才遭了整……"

"这是怎么回事?"程旭的脸上露出一股诧异的神情,十分坦率地问,他确实想知道事情的真相。德光大伯从他的脸上,看不出其他的意思。几年来,从来没对外人讲过的经历,霎时间全涌上了德光大伯的心头,以一种从未有过的强烈愿望,喷溢出来。德光大伯叹了口气,轻轻地站起身来,从墙壁上提过一件蓑衣来,把窗子遮上,不让屋里的光招惹了别有用心的人。随后,他又在板凳上坐下,低声说:

"这话,说起来就长了……"

"老大爷,你说给我听听吧!"程旭被这一段对话深深地吸引住了,他诚恳地要求道,"我很想知道山寨上的真情实况呀!"

话语是真挚的,神情是庄重的。这些,德光大伯全看得出来,他决定把憋在心头的愿望全讲出来。他不是不知道,这样讲出去了,万一这小伙子嘴不严,漏了出去,是要加倍挨整的。但他不怕!再说,看得出,这是个正直的青年。也许,他听了自己的话,真会助自己一臂之力,挑起育种的担子来呢!德光大伯是个质朴、踏实的农村基层干部,一般地来说,他的眼光是很敏锐、很少看错人的。

一灯如豆。山寨上家家户户都安有电灯。本来,德光大伯家的茅屋里也有两盏电灯,但自从被揪斗以后,姚银章借口不让韩德光夜间搞阴谋活动,粗暴地把接到他家的电线扯走了。这些年来,德光大伯和老伴两个,夜夜都只能点起煤油灯打发时间。这时候,在油灯昏暗淡弱的光影里,德光大伯和程旭两个,促膝相坐,一个在轻声细语地讲,一个在凝神屏息地听。

春寒之夜,屋里没有生火,有一种浸骨的寒意。从一条条一丝丝的泥墙缝隙里,冷风像小刀子一样刺进屋来。夜是深沉的,风在树林子里呼号着,山谷里仿佛有一头受了伤的猛兽在怒吼。

程旭一双沉静的眼睛越瞪越圆了,随着德光大伯的讲述,他的眼里越发闪烁出惊愕的光。啊,现实生活,又给他捅开了一扇关闭着的窗子,看到了一幕从未看到过的真实景象。为了全大队人的利益,为了整个高寒山区将来夺高产育良种的老贫农、共产党员大队长,会被这样给人整得死去活来。而整他的人,现在却冠以大队主任的高位,掌着韩家寨的大权。这事儿,难道不需要思索吗?该好好想一想啊。刚刚下乡的程旭,还很幼稚、单纯。父母亲的遭遇,在他的心灵上留下了铭心镂骨的创伤。如果说,这时候,他对父母亲遭受到的厄运只是抱着一种懊丧的想法的话,那么,头一次认识德光大伯,听了他的叙述,他开始把这两件绝不相关的事情联系在一起,往深处去思索、去考虑了。

很显然,眼前这个形容枯槁的老人做的事儿,是对的。他落到现在这个地步,是受到了迫害。那么,爸爸妈妈是怎么回事呢?爸爸妈妈的事情看上去要复杂一些,有人不仅说他们是走资派,还说他们是黑帮、黑线人物、叛徒、特务。但眼前这个老人,没有历史问题纠缠,他也受到这么大的迫害啊。看起来,确实是有许多事情,该细致、透彻地好好想一想了!为什么近几年来,会出现这种人妖颠倒、是非混淆的情形呢?

程旭的身体是单薄的,他的个性是深沉的,由于他自小就有的病,他做事情都是迟缓的。但是,他是一个二十来岁的年轻人,他有一颗青年人火热的心。这

时候,内心里那青春的火焰,熊熊地燃烧起来了。他凑近老人的身旁,激动地说:

"老大爷,你做得对!这育良种的事儿,得继续干下去!你身体不好,我帮着你!"

德光大伯的眼前一阵闪亮,好似那黄豆大点的油灯光,一下变成了照亮全室的阳光。他胸怀里生起了一盆火,暖烘烘的。几年来,第一次,他眼角边皱拢了的纹路舒展开来,翘起嘴角笑了。他笑得很轻,却是很快活,很高兴。两行热泪,从他的眼眶里溢出来,沿着瘦削的双颊,慢慢地往下淌着。他翕动着嘴唇,好半晌没有讲出一句话来。真没想到,眼前这远方来的年轻人,会有这么大的勇气,这给了老人多大的安慰呀!

他又笑又哭地伸出颤抖的双手,一把抓住了程旭的手臂,重重地摇了一摇,道:

"你,这话当真?"

程旭微微一点头,表示自己拿定了主意。

初初和程旭接触的德光大伯,还不熟悉程旭沉默寡言的个性。他看这年轻人只是点点头,以为他意志不坚定,收回了双手,思忖了片刻道:

"小程,你再好好想想,育种这件事,不是像赶场逛街那样轻便,这事儿,要担风险,甚至还要像我这样,遭整哩。你年轻,还是……"

"不,老大爷,是对的事儿,我就敢一条道路走到明!不怕!"

"不怕?小程哪,种庄稼的学问大得很,难得学啊!"德光大伯一字一顿地说,"翻弄泥巴,不像翻弄嘴皮子那么轻巧。你到了我们山区,翻过大坡吗?"

"翻过。"

"累不累?"

"累得气直喘,脚弯子里打抖。"

"是啰!育良种这条路,就像爬上坡道那样,一路上弯弯拐拐,忽上忽下,是件费力不讨好的事!"

程旭听得出,老人是提醒他做好艰苦奋斗的精神准备哩!他低声有力地道:"老大爷,我一步一个脚印,踩稳实了,慢慢往上攀。持之以恒,总能攀到顶峰去!"

"要得!"德光大伯这才信了程旭,他连连点头道,"说得对啊,小程。俗话说,'一粒良种,千粒好粮''有了良种,田里有田,土里有土'啊！韩家寨要有了良种啊,准能夺高产！有你这知识青年帮着我,我就更有信心啦！"

这是一个令人难忘的春寒之夜。程旭离开这间茅屋的时候,德光大伯双手抓着程旭还没长过老茧的手,语重心长地说：

"小程,是真金,不怕在火中烧；是雄鹰,不怕在高空飞。常言道,山愈高,路愈险,景愈美。莫怕我们暂时只有两个人,到时候,广大群众自会相信,谁对谁错！良种要育成了,那意义就大啦！"

从这以后,德光大伯和程旭就暗暗地干开了。他俩在袁明新大伯、袁昌秀和另外几个山寨青年的支持下,在那几个青年社员作业组负责的水田里,搞开了新的育种试验。没有不透风的墙,事情很快被韩家寨二队的生产队长、年轻的韩忠鼎晓得了。在这个大队里,韩忠鼎是五个生产队长中最不满意姚银章的一个。姚银章把其他四个生产队的队长都换上了他所信任的人之后,几次想撤换二队队长的任职。无奈韩家寨二队的社员,一致拥护这个年轻的生产队长,几次改选都选他,姚银章也无奈何他。韩忠鼎晓得德光叔、明新大伯、程旭敢于顶着姚银章的高压,秘密搞育种试验,干脆在自己的队里,拨出了四分水田,让他们悄悄地搞。

每年要在大队里拿六七百个劳动日的姚银章,一年之中,只下过三回水田,他自然不会晓得二队在秘密地育种的事儿。

试验田是一块四分大小、瓢儿形的好田,所以叫它瓢儿块。瓢儿块夹在一大片水田之间,它的左面是一大片蒿竹林,右面是一座突兀的石山。通到瓢儿块去的,只有一条溜窄的田埂小路,平时很少有人去。德光大伯、程旭在这块试验田里育种的事儿,除了有关的人和二队的农民,其他人都不晓得。时间长了,有人看见不是二队社员的德光大伯、程旭,常往二队跑；甚至有人在坡上还撞见他俩在一起谈得亲密无间,估谙得出两人在钻研良种。绝大多数人,心眼里明白,嘴巴里不说。谁不知道,钻研良种是为了大伙好啊！也有一些人,想探根究底,弄清他们到底迷到啥子程度了,却也打听不到。姚银章和他的族中兄弟,耳朵边刮到过几句,鼻子也嗅出点气味。他想查,却查不出啥破绽来。水稻这玩意儿,不是老庄稼手,不是天天下田土滚泥巴摸索的,硬是分辨不出它是啥子品种。乍眼望去,似乎都是一个模样的。姚银章和他那些游手好闲的族中兄弟,就是站在瓢儿块田埂上,也看不清田里撒的是哪号种子。即使他要问,韩忠鼎他们也有办法糊弄他啊!姚银章比哪个也明了这一点,他很恼火,只得经常敲打程旭,说他和专政对象为伍,说他和走资派、富裕中农鬼混,不干好事,以此来出气。而育种的真相,他始终不清楚。

三年来,德光大伯眼看着程旭,不论是刮风下雨,还是烈日当空,每天都参加三队的集体生产劳动。别的知青收工回去了,有的到沟渠边洗衣服,有的在堰塘边洗脚,有的忙着做饭,有的放声唱一支歌,他却一步不停、一口气不歇,三弯两拐,穿过茂密青绿的蒿竹林,来到了瓢儿块田头。

二队的蒿竹林子里,竹枝密密簇簇,长得很是繁密,谁走过都要绕着道儿。由于程旭天天从竹林中穿过,已经给他踏出了一条狭长的小道。

三年中,德光大伯和程旭,天天在一起为培育良种付出艰辛的劳动。两个人年龄不同、性格不同,经历更不同。但在育种这一点上,有着共同的语言,相同的不屈不挠的意志。

蒿竹林子里的幼笋,通过笋鞭在泥土里吸收着养料、水分,苗壮地成长起来,长成清秀而又挺拔的蒿竹。程旭在老农的身上,学到了许多他过去没学到的知识,也飞快地成长起来。

德光大伯现在已经熟悉这个年轻人了。他不声不响,沉默寡言,有时候你同他整天在一起,他可以不说一句话,光是埋着头观察啊、记录啊、思忖啊!但德光大伯惊异地发现,这个年轻人有一股惊人的毅力和钻研精神。他在干活的时候,就是远处山岭在放炮,他也听不见。他坐下思索的时候,天下雨了他也不知道。德光大伯由衷地在心头说:这是一颗稳实的好苗苗啊!

到山岭中去割秧青当水田的肥料,坐在高大的黄桷树脚下歇气,记录老农嘴里的农谚,程旭为育种,真是废寝忘食,不顾一切。听说哪个大队的老农浸种技术好,他不顾干了一天活后的劳累,跑几里路去讨教;听说隔邻一个公社,有个老农种出的水稻产量总比人家高几十斤,他趁休息天,跋山涉水去打听;韩家寨大队有个富裕中农叫韩德才,肚皮里有几十句关于培育良种的农谚,他的自留地里,每种蔬菜都能比别人家早出半个月,拿到市场上去,总是时鲜货,价卖得高。程旭听说了,也去他家请教。韩德才这人不像其他老农,他肚里那套经,别人不问时,他会自吹自擂地说上几句,等到程旭上门去请教,他又倚老卖老地搭起架子不说了。程旭不厌其烦,头次碰了一鼻子灰,他去两次;两次不成,他去第三次;十次八次,韩德才经过私下打听,知道程旭不种自留地,也不会抢种时鲜货,夺他生意,他放心了,把一肚皮经全给程旭念出来了。说起来也怪,这样的两个人,竟然也交起了朋友,相处得比谁都还亲热呢!

这就是姚银章说的,程旭和富裕中农勾勾搭搭的真相。

德光大伯不这样看待程旭。程旭不是去学韩德才卖时鲜货、赚钱、做买卖那套东西,学的是他种庄稼的经验,有什么不可以呢?采得众人百花蜜,酿出一窝纯蜂糖。这才是高招呢!

一晃三年过去了。德光大伯最近开始高兴了,因为他听说,公社伍国祥书记现在恢复了工作,当上了公社革委会主任兼党委筹建小组组长。同时,他和程旭经过三年的苦苦探索、试验,终于确定了"七月黄"和"珍珠矮"两个品种的长处,能适应韩家寨团转的气候,只等授粉成功,明年便能观察新品种的实效了。

明年,该是个充满了希望的年头啊!良种能育成功,有多么好!伍书记恢复了工作,他了解德光大伯,准会把他的问题提出来,推翻那些诬蔑不实的捏造,重新安排工作。

到那个时候,德光大伯就可以光明正大地搞育种了!再也不用像现在这样,偷偷摸摸地搞了。

这几天,德光大伯每晚上都睡得很香。因此,当他被袁明新敲开屋门,看到同来的袁昌秀、慕蓉支时,不免有些奇怪:深更半夜,出什么事了?这几个人为什么要找他?

及至把他们让进屋头,听袁明新说了事情的经过之后,德光大伯才觉得,这件事确实很严重。

他吸着叶子烟,皱紧了眉头,默默地思忖着。

德光大伯比袁明新、袁昌秀、慕蓉支更了解程旭。因为在一次歇气时,德光大伯问及过他的家庭和父母的情况,程旭曾坦率地讲过他的父母这几年来的经历。

德光大伯从自己经历到的事情,联想到程旭的父母,也许是弱者易引起人们的同情和关切,更可能是德光大伯有一种同病相怜的感觉,最主要的当然是程旭本人的所作所为,使得德光大伯对这个年轻人愈加关怀和热爱。此时此刻,他敏锐地感觉到,要逮捕程旭,肯定也是迫害他父母的手段之一。

面临的事件是严峻的。

"老哥子,你看看,快一起拿个主意吧!"袁明新望着蹙紧眉头思忖的韩德光,小声地提醒他说,"时间就是小程的命啊!"

听袁明新的口气,德光大伯知道他此来肚里一定有主意,便从嘴里抽出叶子烟杆,俯身问:

"依你看,该打啥子主意呢?"

"前几天,我听说过去你那个老连手、公社伍国祥伍书记,又当了革委会主任。他既当了事,准定会知道这件事,你去找找他吧!"袁明新直通通地说,"顺便,你还可……"

德光大伯完全明白袁明新的意思。不过,他比袁明新看得更远、想得更多:"要是对方的来头大,气势汹,一个公社主任,怕也难抵得住啊!程旭这么个小青年,会犯哪种罪?古时候,秦桧害岳飞,挑个莫须有的罪名,就把个好端端的忠臣良将害死了。近几年来整人的手法多得出奇,防不胜防。不用挑啥罪名,也能把人往死路上逼。现在有人要蓄意害程旭,怕难得抵挡哪。"德光大伯焦愁地说。

"事情既让我们晓得了,总该出全力救他啊,老哥子。"袁明新大伯想得简单些,说话也直率,"程旭是我们韩家寨大队育良种的一根柱子,少了他,要成了的事情也成不了!"

"那是当然!"韩德光大伯带着一股风,"呼"一下从座位上站起来,拿出凛然不可侵犯的架势说,"不育良种,随便哪个想来乱捕人,也没那么简单,还得问个么二三!我是说,我们要准备好斗争,莫把事情看得太简单啊!"

两位老农在说话,袁昌秀和慕蓉支坐在一旁全神贯注地倾听。袁明新大伯家里,慕蓉支是常来常往,对大伯嘻哈连天好说话的脾性,摸得很熟。德光大伯屋头,三年来她是头一次进门,不过她一接触这个老人,就发觉他和自己心目中想象的人全然不同。两个老人的对话,深深地触动了慕蓉支。她本人听到程旭将被逮捕的消息,焦灼不宁,坐卧不安,一个劲儿掉眼泪,是因为她对程旭有了很深的感情。那么,昌秀、这两个老人,对程旭这么关切,又是为啥呢?看他们的样儿,和程旭之间,犹如肌肤之间的关系一样,在这样的事情上,为了程旭,他们都

115

可以深夜不睡,挺身而出,想办法救他,这种感情又有多么深厚哪!

也不知是为什么,悲伤过度、几乎对程旭将被捕这件事绝望了的慕蓉支,此时却从老农身上获得了新的力量和勇气。如果说,在尖锐激烈的斗争中,在错综复杂的现实生活磨炼中,一个年轻人最容易长进、成熟的话,那么,幼稚、娇柔的慕蓉支在逐渐坚强起来。她的头脑不再是那么单纯无知了,她也不再是如同弱不禁风的细树枝条那样了,她的信念在变得坚定,她的目光在变得敏锐,她的感情在不断地升华、发展。她心里在说:我没有看错程旭,他确是个值得钦佩和为之担忧的人。

"说走就走,趁着这黑夜,我马上就到公社去!"慕蓉支的思路被德光大伯的声音打断了。

袁明新大伯有点不安地说:"天黑、路远,你能行?"

"成!"德光大伯响当当地说。

昌秀把自己手中的电筒,塞到德光大伯手里,伸出手说:

"大伯,我陪你去!"

"我也去!"慕蓉支向前要求着。

德光大伯试了试电筒,特意借着油灯的光,仔细地瞅了瞅这个上海姑娘。他一摆手说:

"这条路,我走几百几千次了,误不了事。你们都还年轻,莫去!"

袁明新大伯完全懂得德光的意思,他拉拉两个姑娘,说:

"德光大伯说得对,这种事儿,不宜敲锣打鼓,引得众人注目,让他一个人去吧!"

他们把德光大伯送到寨口上,三个人伫立在粗壮高大的沙塘树脚,迎着深夜里的山风,仰起脸一直望着大伯亮着的电筒光,在山岭拐弯处消失,才走回寨子去。

十 二

送走了德光大伯,慕蓉支回到集体户门前,她意外地发现,程旭的小屋里有了灯光。

他回来了!

仿佛有一块巨大的磁石,在吸引着慕蓉支向程旭居住的小木屋子走过去。

集体户灶屋的门已经关上了,整个大祠堂里,也已经声息全无。初秋的下半夜,凉意已经很重,不知名儿的小虫子,在草丛、墙角里单调无味地鸣叫着,夜显得特别静。

慕蓉支到山寨,已经有了三年的历史,可她从来没有一夜,这么晚回到集体户来。她也从来没有在夜半三更的时分在屋外待过。此刻,她的心不由得跳动得激烈起来。

已经走到程旭的小木屋门前了,慕蓉支伸出手去,刚想推门,程旭上半夜在路旁岩洞里粗声对她说的话,又在她耳边响了起来。慕蓉支的手,伸到半空中又停住了。他不许我再同他接近,生怕连累了我,他已拿定了主意,就会那么做的。万一我敲门,他看见了是我,又对我那么厉声说几句,我、我怎么办呢?再说,敲开了门,我又对他说什么呢?叫他逃吗?刚才都对我说过了,他不会逃。告诉他韩德光老汉已经去公社问询了吗?那还不知有没有效呢,说了也没用。

慕蓉支转过身,又向集体户门口走去。当她刚掏出钥匙,要开灶屋的门时,又忍不住向小木屋子望了一眼,灯光还亮着,这个人,明天就要被逮捕了,他在做些什么呢?

一种强烈要知道他在干啥的愿望,像陡涨的潮水般涌了上来,撞击着她的胸怀,支配着慕蓉支,又走到小木屋跟前来。但是她又不敢敲门,只得再走回来。就这样,她在大祠堂和小木屋子之间,踟蹰着、徘徊着,来来回回不知走了多少趟。

表上的指针告诉慕蓉支,现在已经是下半夜的四点半钟了。要不了两个小时,天就要亮了。天亮之后,那一天……

慕蓉支不敢往下想。突然,另一个念头跳了出来,天快亮了,如果自己还不回去睡觉,第二天一早,素琳和玉琴发现自己一夜未睡,会说些什么呢?集体户的知青们,又将说些什么呢?以后传开一些不堪入耳的流言蜚语,将怎么洗刷得清呢?

她不再犹豫了,她实在禁不住,非得看他一眼,才能回屋去睡觉。她几大步走到小木屋侧边,确定了身后左右都没有人,她凑近板壁,透过缝隙,向小木屋里望去。小木屋里，一切依然如故。程旭用墨笔写的贴在墙上的农谚、煮饭吃的煤油炉子、几只碗、一双筷子、一只箱子架得桌面那么高，上面铺一张厚塑料布，权当"桌子"，桌子上放着几叠书、一支黑杆钢笔、一瓶墨水、一只用长瓶子自做的小油灯，煤油快燃尽了，灯焰在扑闪扑闪地跳跃。

这一切，都在煤油灯光里，呈现在慕蓉支眼前，唯独不见程旭。慕蓉支换了一个位置，看清了，程旭睡的那张床上，白纱布帐子已经放下了。显然，他睡了，忘记吹熄油灯。

慕蓉支心里一阵酸楚难忍，转过身子，回到集体户里去。

悄悄地扑倒在床上，她连衣服也没脱，就无声地、身疲心碎地把头埋在折叠着的被窝里。

一天一夜的疲倦、劳累、困顿，浑身上下筋骨酸痛，脑神经在突突地跳动，深沉的悲痛涌上心头，慕蓉支仿佛是一个濒临深渊的人，四肢发凉，睁大了双眼瘫在床上。

黎明的灰蒙蒙的晓色刚刚进了她的寝室，她就惊骇地感觉到了。她翻过身背靠着没有打开的被子，愣怔怔地盯着床架子，等待着这可怕的一天里将要发生的事件。

像所有天晴气爽的秋日的早晨一样，小雀儿在大祠堂后面的树枝、竹梢梢上跳上蹦下，叽喳啁啾，百鸟的清晨大合唱从寨外的林子里传来。勤劳的老农，肩扛着扦担，手持着镰刀，上坡割草去了。醒过来就要出来玩的小娃崽，在露水还没干的寨路上逗狗、撵鸡、追鸭子。有人去水井边挑水，有人到园子里掏菜，有人在堰塘边洗布片。鸡公车从寨路上"吱嘎嘎吱呀呀"地响着。满寨的公鸡，长一声短一声地啼叫着。

刘素琳醒来，伸手撩开帐子，看到慕蓉支面容憔悴，头发凌乱，满身衣服皱得扭成一团斜躺在床上，一双大眼睛红肿红肿，像熟透了的桃子，白皙的脸上显出迷离失神的模样。她吃惊地望着慕蓉支，低声讷讷地问：

"你、你一晚上都没睡？"

慕蓉支像不认识刘素琳一般，痴呆呆地凝望着自己的好朋友。要在往常，她的泪水又会夺眶而出了。但经过了昨晚那一系列的遭遇，她不哭了，只是把眼睛睁得出奇地大，直瞪瞪地瞅着刘素琳。

刘素琳的心也像被什么蜇痛了一样。她明白,慕蓉支受到的打击太大了,看她那副模样,完全变了样子。刘素琳脸上露出同情的神色,赶紧穿上长袖衬衣,床也顾不得叠,就坐在慕蓉支床沿上,轻声安慰道:

"别难过了,支,事已至此,赶快吸取教训吧!"

慕蓉支的眼波一闪,瞥了刘素琳一眼,眼前的刘素琳,面庞模模糊糊的,她的声音像从遥远的地方传过来一样。

"一晚上没睡觉,你今天别出工了,"刘素琳见慕蓉支瞅了自己一眼,接着轻声细语地说,"在屋里好好睡一觉,起床之后,把过去的事情一刀割断它。"

"是啊,慕蓉,该有个明确的态度了!"周玉琴被刘素琳的说话声惊醒了,也从帐子里探出头发蓬乱的脑袋说,"你昨晚上到哪儿去了,老等你不来。"

屋里的两个姑娘在说话,整个集体户的知青也在山寨清晨的喧嚣中起了床,灶屋里开始热闹了。男知青挑着水桶去水井边担水,女知青忙着捅灶,扫灶屋,煮早饭。有人站在门外伸懒腰,有人到山墙边的沟渠旁刷牙,有人在灶屋门口梳头,把一块圆镜子挂在门搭扣上。初来一看很宽敞的灶屋,这时候就显得拥挤了。

今天的情形和往日有所不同,没有人互相开玩笑,也没人故意拉开嗓门,有意吵醒还没睡醒的知青,连平时最爱听半导体的冯令,也没把收音机打开。大家说话都压低了嗓门,轻声轻气的。周玉琴在灶屋里养的几只鸡,主人没及时把它们放出去,憋在窝里"咯咯咯"乱叫。章国兴刚从床上起来,赶紧来把鸡窝门打开,几只母鸡拍着翅膀跳出了灶屋。

慕蓉支面对两个好朋友的规劝和询问,半句话也说不出来,她胸口好似堵上了一块什么坚硬的东西。把刘素琳和周玉琴在程旭这件事情上的态度,同德光大伯、袁明新大伯、昌秀三个人的态度相比,明显地看得出很大的差距。真可以说是"天壤之别"呢!

慕蓉支想到这儿,肚子里有一股莫名其妙的怨气,她随手撩了撩鬓发,一用劲,坐直了身子。

"你不想睡了?"刘素琳看慕蓉支这副样子,关切地问。

"嗯。"慕蓉支嘴巴里哼了一声,随即站起来,走到桌边去拿木梳梳头。

周玉琴也从床上起来了,她急促地说:"你一夜没睡,还想去出工吗?昏倒在山上怎么办?"

慕蓉支脸对着镜子,解开了头发。凝神向镜子里一望,她自己也吓了一跳,脸上的红晕消失了,白皙的光彩也找不到了,脸皮有点黄,眼圈黑黑的,眼皮肿得吓人,额头上,推出了几条细细的皱纹。这就是我吗?她不禁在心里自问道。

"慕蓉支,"刘素琳和周玉琴一左一右站在她身旁,刘素琳目不转睛地盯着她,说,"你到底打个什么主意,跟我们说说吧,我们是你的好朋友呀!"

慕蓉支左右望了望两个好朋友,嘴一张,说:"我……"不等她说出口来,山寨上响起了一阵"突突突突"的声音。这声音自远而近,响到寨子中间来了。

寨路上,不知哪个爱热闹的小娃崽尖声叫道:"摩托车来了!摩托车来了!"引得一帮小娃儿跟着"嘻哈"乱叫。

整个集体户所有的声音都不响了,里里外外的知识青年们都伫立在原地不动了。

在偏僻的韩家寨,除了隔两三天有一个步行的邮递员来送信送报之外,骑自行车的外来人都很少,莫说是摩托车了。山寨上的娃儿,只有在赶场天,才能在大公路上看到这种跑起来飞快的车子。

灶屋里,一个男知青叫道:"公安局来人了!"

"快去看看!"沈兆强高声叫着,带头跑了出去。

慕蓉支的脸色"唰"地一下变得煞白,她非常敏锐地意识到,生死攸关的时刻到了,到了!对程旭是如此,对她也是如此啊!她刚好举到头边的木梳,随着手一阵颤抖,"咯笃"一声落在地上。她像一根竖立在那儿的木头一样,呆如岩石一般,站着不动了,唯有微微隆起的胸脯,一阵比一阵剧烈地起伏波动着。

灶屋里一阵嘈杂的脚步声,响到外面去了。刘素琳和周玉琴互相望了一眼,刘素琳说:

"我们去看看。慕蓉支,你不能到外面去。"

不等慕蓉支回答,两个姑娘先后跑出了寝室,冲出了灶屋。

慕蓉支只呆立了片刻,耳朵里听到那"突突突"的摩托车声越驶越近,一直拐着弯儿开到了大祠堂边,才停了下来。慕蓉支依稀觉得,那摩托车是停在程旭的小木屋旁边的。她只觉得浑身上下一阵发冷,脚弯子里在打抖,仿佛站立不稳似的,整个头脑好像要胀裂开来一般。

可怕的事件终于发生了。

心痛难忍的感情陡地翻腾而起,慕蓉支又一头扑到床上去,抑制着自己,不掉下泪来。

大祠堂边挤满了韩家寨的男男女女,有些人在窃窃私语,互相询问,有些人在叫着:不要挤、不要挤嘛!可以想见,不论是寨上的老人还是娃崽,人们都扔下手头的活,拥到这儿来了。

猛然间,像一根尖利的针插进了穴道,一个念头跳出来:再不出去看一眼,程旭被捕走,将来就不容易看到他了!

慕蓉支以一种断然的动作伸手抹了抹脸,"噌"的一声从床上跳起来,疯了似的扑到门外去,使劲地往人群中挤去。

沿着马车道开进韩家寨来的,是一辆有拖斗的摩托车,宽宽绰绰可以坐三个人。这时,正从摩托车上走下来两个穿着淡灰蓝色制服的公安人员,他们辨认了一下方向,就朝集体户这儿走来。

慕蓉支好不容易挤到稍前面的地方,向程旭的小木屋子望去。

小木屋子的门"吱呀"一声打开了。程旭穿一条藏青色的卡其布裤子,一件长袖白府绸衬衫,脚上穿一双球鞋,镇定地走出来。只有慕蓉支看得出,他的眼光中闪现出一丝恍惚不安的神色。

这一夜,程旭屋里的小煤油灯光亮了整整一夜,慕蓉支悄悄地从壁缝中窥探他的时候,以为他已睡了。其实,他只是躺在床上,并没睡着。他的两眼睁得大大的,一直在思忖着、斗争着。

爸爸曾经说过的,严酷的考验已经来了。迫害爸爸的毒手,果真像爸爸说过的一样,不会放过程旭。从这一点上来说,程旭对这件事,是有思想准备的。但是,他确实不明白,这只毒手为什么会有这么大的力量?而且,他本人究竟触犯了这只毒手一些什么?他怎么想也想不通。

程旭毕竟是个二十多岁的年轻人啊,他的身体虽然不好,可他照样有年轻人的烈性和正义感。想到自己将要被当着众人拖走,蒙受不白之冤,然后被投进监狱或是漆黑的小屋时,他的心上起了一阵阵的惆怅和不安。他感到愤愤不平,想要伸出双手来呼喊。一股被压抑得透不过气来的感觉胁迫着他,仿佛空气中充满了窒息人的气息。

慕蓉支告诉他这个消息之后,他像一个头次坐船过海而晕船剧烈呕吐过的人一样,脑子里"嗡嗡"发响,腹内在翻腾,其他的一切感觉都麻木了。

狠下了决心离开慕蓉支之后,他跌跌撞撞地沿路走着,自己也不知是怎么回事,走进了竹林子。竹叶撩着他的脸,他不知道;竹根戳着他的脚,他感觉不到疼痛;浑身上下被雨打湿了,头发上绞得下水来,他也不晓得,只觉得脑子里热烘烘的。

雨后的竹林子是黑暗的,他在竹林子里什么也看不见。直到竹根把他绊了一跤,跌倒在地,手掌被竹刺划破了,淌出血来,隐隐作痛,他才拖着沉重的脚步,走出了竹林子,辨别着方向,回到了自己的小木屋子里。

脱下湿透的衣服,不吃晚饭,也不觉得饿,一头倒在床上,大睁着双眼,凝望着白布蚊帐顶,一动也不动。

上海来人要逮捕他,这消息比任何打击都大,他还能感到什么呢?申诉吗?爸爸的事情无法申诉,我又向谁申诉呢?逃跑吗?不,我没有罪,决不逃跑!等待着他们把我捕去吗……

捕去以后的生活,怎么样呢?程旭好像在一条漆黑无一丝光的野路上行走,既不晓得前面是哪里,又不明白他将被怎么处置。

心"怦怦"地跳动着,那声音听去很清晰。往事,二十来年短暂的往事,在他的眼前晃晃悠悠地闪过。爸爸受到那样的迫害,为啥能那样镇定呢?我为什么不能呢?即使提醒自己沉着些,沉着些,为什么心里还是那么慌呢?他们要捕我,妈妈她知道吗?还有,姐姐哥哥他们是不是知道呢?

程旭只觉得自己的心在往下沉,往下沉,沉到无底的深渊里去。这是一种急迫的、不由自主的、可怖的惶恐,一种撕碎人心的忧郁。为了克服这种心理,他翻过一个身,用被子紧压着自己跳动激烈的心房,可脑子里,还在野马狂奔似的思想着。

三年的插队落户生活是艰苦的,精神上的压力是沉重的;但是和贫下中农在一起劳动,和德光大伯在一起育种,给他精神上卸去了很多负担。他渐渐习惯了体力劳动,习惯了孤独的小木屋生活。在这几年中,由于父母亲的问题,由于陈家勤在集体户中时时压着他,贬低他,程旭摒弃了一切的希望和欲念,把自己的整个身心,放到育种中去,放到适应山寨的体力劳动中去。别以为程旭没有理想,沉默寡言的程旭,自小少活动,更加爱幻想。只不过,这几年中,他幼年时代的幻想,变成了较为现实的理想。他的理想既实际,又远大。看着社员们天天挑担、背背篼,每天每日和社员们一齐参加山寨的集体劳动,程旭深感山区要实现机械化、水利化、电气化的重要性。他想着,要是有一天,这所有的劳动,都用现代化的机器、电力来完成,效率该提高多少倍,山区的出产又该提高多少倍啊!程旭不是一个空头理想家,他从未因天天的体力劳动像其他知青一样抱怨过,他知道,要实现那样美如画面似的理想,就得靠他们这一代年轻人共同来努力奋斗。眼前,在韩家寨,第一步就需要育出能适应本地气候的良种来,第一步迈不出去,理想,只是一句空话……

可是,眼看育种刚刚有了一点眉目,他就遇到了这样的事情!

要离开韩家寨了,离开这儿的农民,离开待他亲如家人的德光大伯、明新大伯、袁昌秀,离开韩家寨的山岭、田土、树林子、小鸟,离开那块每一寸泥巴上都留下了他的脚印的瓢儿块试验田,还要离开这两年中待他特别亲热的慕蓉……

当程旭度过这三年难忘的岁月时,他掐断了自己心灵上每一次自然生长出来的感情的萌芽。如果说,爱情之花会因为逆境而不生长的话,那未免太幼稚了。尽管程旭残酷地极有自制力地压抑着自己的感情,不允许自己往这个方面滑行一步,但生活之花照样对他灿然开放了,而且是开得格外鲜艳。青春的火焰,以一股狂猛的气势燃烧了起来。

当慕蓉支的脸庞头一次在他眼前非常清晰地显现出来之后,这个姑娘的一切,便随着一次一次的接触而愈加明朗、生动起来。

程旭是个少言寡语、个性深沉的人,不是不了解他的人所说的呆子。他完全明白,慕蓉支的性格和形象,在集体户中,在他们公社来的一百多个上海知识青年中,甚至在和他们年龄相近的一辈人中,都是数一数二的。集体户的男女青年,私底下说她是公社上海知青中首屈一指的姑娘;韩家寨大队的社员,在工余歇气中闲摆,也说她是个百里挑一的好姑娘。连沈兆强都背后议论说,慕蓉支是一朵有刺的玫瑰花。

谁都明白,这不单是说慕蓉支的相貌动人,这是说慕蓉支心地善良,为人正直,朴实中显出她的娇美;平凡中显出她的与众不同;在劳动和生活中显出她的勤恳和诚挚。她是我们这一代年轻人中,健康地成长起来的一位出众的姑娘。

光是漂亮,像常向玲那样,爱慕虚荣,喜欢出风头,崇尚吃好穿好,是不会给群众有好印象的;光是精明得体,像刘素琳那样,总是要求跟上形势,相信人们嘴上说出的话,以对方的职务、地位来看人,也给人以不踏实的印象;光是讲究实惠,像周玉琴那样,做任何事情都把自己放进去算计算计,不免给人太实际、自私的看法。

慕蓉支和她身旁的这几个姑娘都不同,只要是身边的同志,托她办一件事情,她答应下来了,就会认认真真、一丝不苟地像为自己办事一样去给他办好。也许,她做得并不称你的心,但是你知道,她尽到了自己的责任,你也觉得满意。

程旭深深地理解这一切。

正因为在不断的接触中,发现慕蓉支是这样一个姑娘,程旭才愿意和她接近,逐步逐步有了感情。

像程旭这样一个年轻人,做任何事情,都要检验检验自己的行为和动机,都要问一问自己做得对不对。当他发现自己对慕蓉支已经有了感情,当遇到什么事情的时候,他先想到的就是讲给她听;当几天看不到她的时候,他心里会有一种莫名其妙的烦恼和不安;当自己高兴的时候,尤其是像育种有了眉目之后,他头一个想到的,就是应该尽快让慕蓉支知道,让她也和自己一样高兴。当他意识到这一切正是堕入情网的表现时,联想到父母亲的情况和自己的处境,他就努力克制自己,不让这种感情恣意地发展,而把它深深地埋藏在内心之中。他爱慕蓉支,正因为他认识到慕蓉支的与众不同和可贵之处,他才爱得那么深沉、那么强烈,这种强烈和深沉的感情,加上他对慕蓉支的尊重和敬慕,使他的态度显得含蓄、谦恭,甚至羞涩。他克制着自己,不让自己随意流露出热情,更不让自己对慕蓉支表现出过早的亲昵。

眼下,很快就要被捕走了。程旭回想往事,觉得自己并没有做错。但在心灵深处,他还是觉得有一种别离的、难言的痛苦。他爱慕蓉支,恰恰是在他遇难的时候,他比以往更加爱她。他为什么不能跟她说啊?他为什么没有权利说啊?他是被命运逼的呀!"爱情"这个词,确实是有它的神秘性的。用理智的语言,是绝难把它表达完全的。程旭内心深处那炽热得如同火样的恋情,在这种情形里灼灼地焚烧,不就是人生中最痛苦的煎熬嘛!

他是一个二十多岁的年轻人啊!

初秋的夜本来并不长,加上他回到木屋子里来,已是下半夜了,到天明的时候,显得就更快了,快得使他都有点惊异。仿佛只是小睡了片刻,田野里就已经曙色鲜明,日光也刺进了小木屋子。

摩托车的"突突突"声在寨子上响起来的时候,他急忙起了床,为了不致使自己最后给韩家寨人留下一个狼狈的印象,他穿上了唯一的一身新衣服,沉着地走出了小木屋子。集体户门前站着那么多人,程旭一个也认不清,他的双眼,只是盯着两个公安人员。

两个公安人员还没走到灶屋门前,大队主任姚银章就急急忙忙从人群里挤到他们跟前,眯缝起一对眼睛,堆起满脸谄媚的笑容,招呼道:

"两位同志,是公安局来的吧?我是这个大队的革委会主任,姚银章……"

"姚银章同志,我们正要找你!"其中一位公安人员说着,伸出了一只手。

姚银章一把抓住对方的手,热情地摇了摇,另一位公安人员递过来的介绍信,他接在手里,看也不看,便说:

"我知道,我知道。你们要的人,他就在……"

姚银章抬头向四处张望了一下,一眼看到了程旭,伸出手指着他,刚要说话,一个公安人员说:

"我们想找一找韩家寨大队的上海知识青年沈兆强,了解一点情况……"

姚银章惊愕地瞪大了双眼,急促地问:"你们是找……"

"找上海知青沈兆强,他在吗?"另一个公安人员重复道。

"啥子?"姚银章大吃一惊,连忙拿起介绍信看,介绍信上写得清清楚楚,外县公安局的两位同志,来韩家寨大队找沈兆强,了解有关云天峰发生案件的情况。姚银章一时间怎么也扭不过弯来,怎么搞的,昨天明明看到公社接到公函要逮捕程旭,结果来的公安人员却是找沈兆强的,真是张冠李戴了。

他见两个公安人员盯着自己,连忙摸了摸下巴,点头道:

"找小沈了解情况啊,行,行啊!他在集体户呢,小沈,沈兆强……"

两个公安人员和姚银章的对话,围观的人们都听见了,人堆里,这个在说:"找小沈了解情况的。"那个在说:"小沈在外面干了啥呀?"大家都在猜测。

这个意外的消息,叫知道程旭案件的上海知青们都大大地吃了一惊。看着沈兆强应声走出来,阴沉着脸,眼色惊惶地和两个公安人员走到一边去,集体户的知识青年们都面面相觑,不知说什么好了。

唯有知情人明新大伯和袁昌秀父女俩,显得格外高兴,昌秀拉了拉父亲的袖子兴奋地说:

"爹,你听见了吗?是找小沈的!"

"听清、听清,我一字一句都听清了!"明新大伯咧开嘴,"嗬嗬"笑着,高声说,"昌秀,快、快回屋头去,给我到下伸店打一斤酒!"

袁昌秀朝着小木屋前的程旭嫣然一笑,答应一声,飞快地跑了。

神情紧张的程旭顿时松了一口气,脸上毫无表情地望着寨外绕着田坝飞的一只白鹤。这时候,他既不觉得兴奋,又不觉得轻松。相反,一种极度的疲倦袭了上来,他只觉得自己又困又饿,头脑里在隐隐作痛,几乎站立不稳了。

最最高兴的,要数站在人群前面的慕蓉支了。当她怀着满腔悲愤凝望着脸色苍白的程旭时,乍然听到公安人员要找的是沈兆强,而不是程旭,慕蓉支的眼睛"唰"地一下明亮起来,一种从未有过的狂喜袭遍了她的全身。她的一双手不由自主地紧紧地握在胸前,十个手指绞在一起,心在"扑通扑通"地跳动着。怎么也抑制不住,眼睛里又噙满了欢喜的泪水。她的眉毛耸动着,嘴角翕动着,头也情不自禁地偏到一边去了。当这种万万没有想到的喜悦之情再也控制不了时,柔腻的感情一涌而起,她几步冲到程旭跟前,满脸荡开悲极生喜的笑容,喃喃地低语道:

"程旭,程旭,不、不是、不是找……"

程旭的眼里倏地掠过一道满蓄着感激之情的亮光,但很快便消失了。他朝着毫无顾忌地洋溢真情的慕蓉支略略一点头,脸上一丝笑容也没有,转身回到小木屋里去了。

"这是怎么回事?"周玉琴毫不客气地问陈家勤,"你带回来的究竟是不是确切的消息?"

郑钦世立即接着道:"是啊,你陈大博士到底是在造谣生事,制造紧张空气呢,还是开玩笑?这种玩笑也能随便开的吗?"

陈家勤尴尬地摊开双手,耸了耸肩膀说:"消息肯定不假,就是不知道,这件事怎么……"

话未说完,姚银章的亲信,整日跷着双腿在大队革委会办公室里值班的大队

保管员姚银丰气喘吁吁地跑了来,叫道:

"三哥,三哥!你们看到我三哥没得?"

"姚主任陪公安人员到那边去了!"陈家勤转过脸笑微微地殷勤地答道,"有什么事啊,姚银丰?"

"公社打来电话,叫三哥赶紧去木瓜树一次!"姚银丰一弓腰,边说边往陈家勤手指的方向跑去。

这到底是怎么回事呢?

明明说好要逮捕程旭的,结果来的公安人员,却是来找沈兆强的。程旭还会不会遭逮捕呢?

这问题,不论是集体户的知识青年也好,还是关心程旭的明新大伯、袁昌秀也好,谁也说不上来。

十 三

从韩家寨顺着"四清"那年新修的马车道,一路下坡,走十四里路,就可以到达公社的所在地木瓜树。

木瓜树这地名,是因为好些年前,在这个低坳的山地里长着五棵木瓜树而命名的。自古以来,木瓜流传着这么一句老话:

看不见的木瓜树,走不拢的上坡树。

由于木瓜树地处在四面的大山环抱之中,初初到这一带来的人,想到木瓜树去,无论从哪一个方向走,都看不见木瓜树的所在地。直到你走得不耐烦了,拐过垭口,才会意外地发现,哈,木瓜树已经到了!

同样,上坡树也是一个地名。它是和木瓜树人民公社田土相接的一个公社所在地。到上坡树去的人,由于它的地势比周围都高,在几十里地外,远远地就可以看到一片百年的老树之间,掩映着一幢一幢房屋。这时候,同行的人就会告诉你,那就是上坡树,看着似乎很近,要不了多久就能走到了。可是,等你走啊走啊,顺着盘山绕坡、拐弯抹角的山路走了几十里,上坡树还在那儿,还没走到。因此,就引出了那么一句老话。

韩德光大伯打着电筒,离开韩家寨,一步一步走到木瓜树的时候,天色已经微明起来。

山区的小镇,笼在拂晓时分的气氛中,别有一番静寂宜人的风味。小镇上的几百户居民,比起山寨上的社员来,要晚起一些。这时候,除了一两个清早担着水桶去石井挑泉水的居民之外,石板铺就的镇街上,还是寂寥无人。

德光大伯好几年失去行动自由,很久没到木瓜树来了。他睁大眼睛,对新盖的几幢住房没多加注意,径直往公社院坝后面的一溜矮平房走去。

德光大伯记得,这一溜矮平房是公社化后的第二年新盖的。十几年来,木瓜树又盖了好几幢新的平房,都比这一溜最初盖的房屋漂亮些,气派些,规模也大些。但是,伍国祥书记一直居住在这里。听袁明新说,最近他复职之后,县革委会主任薛斌要他搬到木瓜树今年上半年盖的三层楼房里去住,伍书记没有搬。这座三层楼房,现在分配给百货店、供销社、邮电所、兽医站、卫生院、小饭店的职工住着。

德光大伯轻轻敲着那两扇合起来的老式门板时,心里感慨万千。这些年,在韩家寨,独有他居住在简陋的泥墙茅屋里,本家一些小辈,有时候对他老伴说,大叔图个啥呀,辛辛苦苦干了十几年,家家户户住上了砖瓦房,他还住这个屋,还要遭人批斗。此刻,看到老连手伍国祥仍住在这样低矮的小屋里,他心里说,只有我们这些解放前当帮工的人,才真正懂得啥叫甜、啥叫苦啊!

没敲几下门,里面就有人应声了。两扇门板一打开,门槛边出现一个穿身蓝布服、戴一顶布工作帽的老人。德光大伯定睛一看,不是别人,正是老连手伍国祥,同他一起当过帮工、睡过牛圈、在草堆里宿过夜的公社书记,现在的革委会主任。几年不见,他变多了,原先结实的身架子,现在看去有些虚弱;原先饱满的脸盘,现在满是皱纹,皮肉有点浮肿;变化最大的,要数他那一头黑发,现在两鬓都有点花白了。

望着过去的老连手,德光大伯百感交集,情绪激动,不知说什么是好。

伍国祥看他一眼,微笑着问:"老同志,你找哪个?"

韩德光一怔,粗声说:"国祥,你不认识我了?"

"你!"听韩德光一说话,伍国祥猛地伸出双手,细细地瞅了德光大伯两眼,惊喜交加地说,"德光哥,是你啊!你变多了,变得连我都认不出了!啊呀呀,要在街上碰到,你不喊我,我肯定不认识你啊!德光哥,快、快进屋里坐,来来来,坐这儿,坐这张椅子上!"

怎么能责怪伍国祥呢!过去的韩德光,红光满面,精神抖擞,老当益壮。可今天的韩德光,老态龙钟,一副病态,面黄肌瘦。背驼了,眼窝凹了,头发全花白了。伍国祥把德光推在屋里唯一的那把椅子上,颤抖着双手,眯缝着双眼,上下左右,久久地凝视着,眼眶里泪光闪闪。

韩德光在屋里坐定,回避着伍国祥同情、惋惜还带点哀怜的目光。扫量了一下屋头,屋里除了一张单人床、两条长板凳、一个三屉桌和零星杂物之外,空空如也,啥也不见。

韩德光惊疑地问:"国祥,我那弟媳妇和几个侄儿呢?"

"唉,一言难尽哪!"伍国祥回身找了只搪瓷杯子,拉开抽屉,倒了点茶叶,泡了杯茶给德光说,"批斗我时,把一家人都迁到华莲她老家那儿的山寨上去了。"

"啊!"韩德光过去只听说伍国祥一家被下放了,不知道这么详细。伍国祥比韩德光小十来岁,解放前打光棍。土改之后,他先在乡里工作,后来调到区委办公室工作,那时候结的婚。他妻子石华莲,是上坡树石家寨上一个穷篾匠石安根的女儿,解放后初中毕业,进修了一年,派到木瓜树当小学教师。婚后生了两个儿子,一个女儿。伍国祥被批斗时,一家人都被下放到上坡树公社的石家寨生产队里去了。

韩德光忍不住问:"那我弟媳妇要不要再回来教书呢?"

"正扯皮呢。"伍国祥皱了皱眉头,不想继续谈这个事,他指指茶杯,"老哥,你喝水。我正寻思,交代一下工作就去韩家寨找你呢!我听说你的事了,都是姚银章那小子瞎胡扯,快、快讲讲你的事儿吧!老嫂子怎么样?身体还好吧?"

"先不谈这些,"伍国祥这一说,韩德光顿时想起了此来的目的,他摆了摆手,压低了嗓门道,"我到这儿来,是想跟你打听个事儿……"

"什么事?"

"听说上海方面发来公函,要逮捕韩家寨大队一个知识青年,有这回事吗?"

"你摸黑跑了来,专为这回事啊,老哥子。有这回事,这儿派出所的同志收到这封公函,因为关系到千里迢迢来插队的知青,便来征求我的意见。我刚接手工作,对这些小青年还不熟悉,正巧县革委主任薛斌在这儿,他说姚银章这几天都在公社开会,问问他。昨天,我们和派出所的同志就找了姚银章和集体户的户长,那个叫小陈的上海知青了解情况,这两个人,都说那个要被逮捕的知青表现很坏……"

"呸!"德光大伯狠狠地唾了一口。

"薛斌立刻做了决定,要姚银章和那个小陈注意程旭的行动。等上海公安局的人一到,立即让他们把人带走。怎么,老哥,这事儿……"

"姚银章的狗嘴里吐得出象牙来?"韩德光十分气愤地说,"程旭从来不给他送礼,又常和我在一起,他就把人家往坏里说。这家伙,是珍珠也要给他说成泥蛋蛋。国祥,实话同你说,我韩德光还是个'专政对象'哩,这也是姚银章定的案。不知是上头哪个瞎了眼的混蛋批的!今天我不顾一切跑了来,为的就是这件事,你得给我问清楚,程旭犯了什么罪要被捕?"

韩德光一激动,眼睛瞪大了,脸色涨红了,太阳穴边上的青筋,也突出来了。

伍国祥思忖着,点点头,拍拍韩德光的肩头,安慰地说:

"老哥,你莫激动,听我说啊!这件事,人家的公函上写得明白,说是这个知青与上海六月份发生的一起抢劫案子有关……"

"啥子啥子?"韩德光从椅子上"呼"地一下站起来,大声嚷着,"你再给我说说清楚,说程旭和上海六月份发生的一起抢劫案有关吗?"

伍国祥点点头,肯定地说:"我一点也没记错,公函上就是这么写的……"

"胡说八道,完全是陷害人!"韩德光厉声斥骂起来了,"姚银章这个龟儿,硬是个黑心烂肠的家伙。他为什么不跟你们说,程旭五月份已经回到韩家寨来了?"

"噢!"韩德光这一说,伍国祥也怔了一怔,"这个……你记得清楚?"

"别的事儿我记不住,程旭探亲这回事,我记得清清楚楚,他回去陪父亲看病,超了两个月的假,五月份回到生产队,姚银章还在全大队的群众会上骂了他。姚银章他也该记得。"韩德光愤懑地说,"满大队的群众都能证明!"

伍国祥的目光闪了闪:"老哥子,你倒是和我说说,程旭的事,你为啥记得那么牢?他和你……"

"这可是个好苗苗,我的国祥兄弟,他天天和我在一起干一件大事呢!"

"啥大事?"

"育种!"

"你……"伍国祥惊喜地扬起两道眉毛,"你被整成这样,还在育种啊?"

"我不能白吃饭,不为群众办事啊!"

"老哥子,你、你……"伍国祥两片嘴唇一抖一动地说,"你比我还硬气啊!我得向你看齐哩……"

韩德光连连摆摆手说:"莫讲这个了。我跟你说,都是程旭这年轻人帮着我、促着我,把这件事干起来了。跟你说,现在已经有眉目了!我们大队育种,离不了程旭!现在有人要陷害他,你得想法救他啊!"

伍国祥的眼里闪出雪亮的光来,眉头皱拢来,脸上现出一股睿智的表情,拉着韩德光的粗手说:

"老哥子,你莫急,既是你说的那样,就有办法挽救,有办法……"

"你用啥办法救他呀?"韩德光急不可待地追问道。

"听我说嘛,你在这儿待着,这件事交给我来处理。我,你总该相信吧!我去处理这件事的时候,你就待在我屋里,我先去给你打点饭,你吃了,就在我铺上睡觉,好好歇一歇,看你这身体,比我的还差。可不能上街去到处乱窜,薛斌昨晚上住在木瓜树。这个人,你还记得吗,就是你当年顶撞过、后来又向县委检举揭发过的农水局干部。他要见了你,怕要惹出不少麻烦哩!你就别出我这屋子了吧。等我处理完这件事回来,还有好些事要同你谈谈。首先是你自己的事,你不来,我都要去找你谈呢!还有其他的事儿,多着呢!好吧,你等等,我去打饭。"伍国祥说完,拉开一个抽屉,拿出两个大搪瓷碗,去公社食堂打饭了。

吃完公社食堂的楠豆米饭,伍国祥把门从外面反锁上,把韩德光关在里面,到公社的办公室去了。

韩德光待在这个简陋的小屋里,闲着没事儿,他先给伍国祥理了理屋内的杂物,又把地扫干净,看看再没事可干了,坐在椅子上,拿起桌上的几份报纸看。

好久没看报了,报上的每一条新闻都吸引着他,但也有些文章,空喊口号、说大话,他看不进。在一张报纸的第三版上,他忽然看到一篇讲到批修整风的长文章,一口气把它读完了。

根据过去的经验,韩德光知道,报上登这样的文章,便说明我们的党内正在批修整风。韩德光遭批斗、挨整,作为"专政对象"之后,有四五年没参加党的组织生活了。实际上,上半年整党建党的时候,姚银章根本没通知韩德光,韩德光连一点风声也不知道。所以,党内批陈整风①的精神,韩德光一点也不知道。

由报纸上的文章,韩德光联想到自己这些年的经历,情不自禁地义愤填膺,愤愤不平。他捏紧了拳头,搁在桌子角上,心里说:等伍国祥回来,一定要问问,姚银章这样的家伙、为啥能纳新入党,领导上为什么会信任这样的坏家伙。

打定了主意,韩德光闲坐着,瞌睡袭上来了。他离开座位,倒在伍国祥的床铺上,没一会儿便睡着了。

太阳的光从矮平房的窗户上射进来,渐渐地缩小着光块的面积,移动着位置,最后,明亮的光线又从屋子里消失了。这表明,太阳升到了当空,已经是中午了。

一声门响,把多少年来没有在白天这么酣睡过的德光大伯惊醒了,他翻身坐起来,揉揉眼睛,伍国祥已经笑吟吟地站在他跟前了:

"看你,老哥子,睡得多香甜,嗬嗬!"

韩德光也不好意思地摆摆头一笑,迫不及待地说:"国祥,你快说说,那事儿怎么样了?"

"吃饭吧,吃了饭再说。"伍国祥安详地笑笑说。

从伍国祥脸上的笑容,韩德光预感到事情有了好转,但他还不放心,急巴巴地道:

"不,你先说吧,说了我能多吃你一碗饭!"

"看你急的。"伍国祥拗不过韩德光,坐下来说,"情况很好。我先到公社,给韩家寨打了一个电话,叫姚银章来一次。随后,我又找了派出所的两个同志,再把上海发来的公函看了几遍。上面写得很明白,说你们寨上的程旭与上海六月份发生的抢劫案有关,要我们这儿先监视或拘捕他,我把你反映的情况先给两个派出所的同志讲了讲,他们也赞成先问问姚银章,看程旭是不是五月份回山寨的。我们三个人到招待所找到县革委会主任薛斌,这位主任还在睡大觉哩。等他起了床,刷洗完毕,吃了早饭出来,姚银章倒也赶来了,他说接到通知,赶紧坐马车跑来的。五个人坐定之后,派出所的两个同志详细地问了姚银章,程旭是什么时候回上海探亲的,共在上海住了多少时间,回到生产队是什么时候。姚银章

---

① 九一三事件之前,党内批判陈伯达,整顿党的作风,见报时一律为批修整风。

132

记得很清楚,说程旭在上海足足待了四个月,五月份才回到生产队,超了两个月的假,回到生产队他还狠狠地批评了程旭一顿……这些话,正好和你说的相同。"

"这龟儿,这次他倒不胡编乱造了。"听到这里,韩德光笑了,插了一句。

伍国祥补充说明道:"昨天我们找姚银章和那个小陈的时候,并没拿公函给他俩看,只把事情讲了讲,主要是了解程旭的现实表现。听姚银章这么一说,派出所的两个同志才把那公函给姚银章看了……"

"他怎么说?"韩德光打断话头,着急地问。

"看来姚银章对这个小青年是有成见。"伍国祥收敛了笑容,低声说,"姚银章看了公函,拼命说这个程旭表现不好,什么插队三年不会挑担啊,和富裕中农、'专政对象'明来暗往啊,是集体户的一只坏螺丝啊,话多了。派出所认为,这些表现和公函上说的抢劫这件事无关。既然全大队贫下中农都见到他五月份已经回到生产队,和上海方面的公函上说的情况有出入,为了保证破案的准确性,也为了对上山下乡知识青年的政治生命负责,有必要给发函单位回一封急信,说明事实真相。"

"这才像话呢!"韩德光咧开嘴笑了,"后来怎么样呢?"

"我对派出所的意见表示赞同。姚银章当然也无法反对啰,话是他自己说出来的嘛,哈哈。"伍国祥笑了笑,加添道,"面对这一局面,薛斌也点头同意派出所这么做。不过,他又补充说,看来这知青确有问题,为什么千不错万不错,独独会错在他头上呢? 联系他的表现看,不能不对他加强注意。因此,他又指示姚银章,必须对程旭这个知青严加管教,像他超假两个月这类事,光是批评一下不够,还得要他写检查。如果他再和'专政对象'、富裕中农勾勾搭搭,就叫他停工反省。姚银章欣然同意!"

"岂有此理!"韩德光"咚"地擂了一下桌子,愤怒地说,"世上还有这种理? 叫这位县官老爷到韩家寨看看,程旭到底是个怎么样的人?"

"哎哎,德光哥,你轻点声。"伍国祥把食指放在嘴上,提醒他道,"这年头,隔墙有耳啊! 要有人把你在我屋头这么嚷嚷的事儿捅给薛斌,这位大主任非追究不可。你不知道吧,自从薛斌造反当了权,威风着呢! 你起先不是说,不知哪个人批准了姚银章定了你的案吗? 就是他! 他对你当年检举揭发的事儿,一直耿耿于怀呢！"

"文化大革命"前，农水局干部薛斌带了几个人到韩家寨大队促"双抢"，整日东游西逛，吃喝玩乐，一天也不下田土干活，反而还要大队给他们吃喝花去的钱报账。韩德光气不过，当面顶撞了薛斌不算，还到县委去检举揭发了他们的行径，弄得薛斌灰溜溜夹着尾巴离开了韩家寨。伍国祥今天提起这件事，德光大伯的火又升了起来，他气冲冲地道：

"这龟儿，歪德行不改，还专门想整人哩！人家外来知青碍他什么事？"

伍国祥向韩德光连连摇手："德光哥，你别发脾气啊！我倒是要详细问问你了，这个程旭的表现，到底怎么样啊？你像是豁出命来保他的驾呢！是不是想把他招为女婿啊，哈哈！"明明知道韩德光三个女儿都已结了婚，伍国祥故意这么说句笑话，是想缓和缓和情绪。

哪知韩德光一本正经地说："我是没有姑娘了，我有姑娘的话，倒十分愿意嫁给他。说正经的，国祥，这个小伙子，就是好！听我细细地摆给你听……"

"好好好，"伍国祥看了看表，说，"到开饭时间了，我先去打饭，吃了饭，有两个小时休息时间，我和你细细地摆一摆。可惜没什么好饭，天天是楠豆拌米饭，但望你育良种成功，把我们这一带的粮食产量突上去，我就有白米饭招待你了！哎，你不是说，程旭和你在一起育种吗？就凭这一点，我估量，这小伙子就是有点志气……"

伍国祥一边找饭碗，一边唠唠叨叨地说，很显然，几年不遇老相知，他也很兴奋。

韩德光摆摆手说："你先去打饭吧，就那楠豆拌米饭，坐在你这儿，我吃着也喷香。吃过饭，我们好好摆，我还有事儿问你呢！"

"我还不是有一肚皮话要对你说！"伍国祥认真地道，"不过，德光哥，你的嗓门要放低一点。我不是说了吗？那个薛斌和姚银章都在木瓜树。看神情，薛斌要留姚银章吃饭。不是我国祥怕事，为了解决你的问题，我还得和他们上上下下、左左右右好好斗一阵呢！"

"……"韩德光嘴张了张，没说出话来。啊，最了解他的老连手伍国祥恢复了工作，当了木瓜树公社第一把手，要解决自己的问题，还需要斗啊？看来，事情真不简单哩！

伍国祥向韩德光意味深长地眨了眨眼,安慰道:"不过,你也莫焦心。有党有毛主席,有广大贫下中农,你老哥子这样的人,准能把事情澄清。"

说完,伍国祥打饭去了。

望着伍国祥走出门去的背影,韩德光老汉心里头怎么也不平静。不过,他还是舒心地喘了一口气,经他走这么一趟,程旭这个小青年,不会无故被抓走了,这就是一个大收获啊!

尽管对程旭来说,今后还要经历更多的斗争和挫折。

十 四

上海。下午的秋阳已经不像炎夏那样灼热烤人了。

一辆电车在北京西路上行驶。

还不到下班时候,电车上并不挤,慕蓉支的妈妈一个人坐在电车中间的香蕉座上,随着电车的前行,身子一摇一晃,她并不觉得不舒服,只是蹙着眉,聚精会神地看着手中的病情证明单。

"休息三个月。"她一直在重复着病情证明单上的这几个字。工作了近二十年的那个医院的老大夫和她的对话,又在她耳边响了起来:

"……血脂很高,严敏同志,你还需要好好休息……"

"已经休息了三个月,还要继续……"

"是啊是啊,这是没有办法的事情。休息对你的身体有好处。"

"不是已经不传染了吗?我自己感觉上也挺好……"严敏还要辩驳。

老大夫双手插进白衣的大口袋里,笑眯眯地说:"严敏同志,你怎么啦?有些人想休息得不到,你倒是不要休息,实话跟你说吧,考虑到你的工作,我也盼望你早日回院来。但是,你确实需要再休息这三个月时间。连工宣队的头头也这么指示。"

……

严敏还有什么话讲呢?她确实不想再休息了。入夏的时候,她患了急性肝炎,在隔离病房里待了一个半月,回到家里,又待了一个半月。每天是躺着、坐着,只在早上报纸来的时候,才稍稍觉得有点兴奋,可以看点新闻。但其他时间,她能干什么呢？丈夫慕蓉康和女儿慕蓉珊上班，儿子慕蓉松去中学念书，家里的事，都由近七十岁的婆婆一个人摸摸索索地做了。她不怎么会做家务，婆婆也不让她插手，她更闲着无聊了。

看小说嘛，现在小说都难找到。再说，她也不是看小说的年龄了。近二十年来，她天天都在医院里上班，在大医院里，当一个护士长是很忙碌的。她已经习惯了和护士们谈心，习惯了接触病人，给病人做思想工作，每天，医院里那药水棉花和碘酒的气味，闻来叫人舒服。相反，不在医院的走廊里来来回回走动，从这个病房走到那个病房，闻不到医院里那熟悉的药棉味，接触不到医院里的一切，她倒觉得闷愁。

在严敏的内心深处，继续休息还有一个不安。几个月来，这不安像一块硬东西那样堵塞在她的心头。那就是她休息久了，回到医院去，不会再当护士长了。

自从工宣队进驻医院以来，那个三十几岁的头头一再地来找严敏，要严敏给他介绍来看病的人一点照顾。起先，严敏碍于面子，给他办了，对方是医院的头头嘛！但是，没想这头头那么不自觉，一而再，再而三地来找麻烦，且提出的条件非常苛刻、无理，严敏要是照着他的要求办了，其他病人准会尖锐地批评院方。终于，工宣队头头厚颜无耻的所作所为使得严敏都不耐烦了。她在心里说：干脆，把医院当作你的家算了，可以随便安置亲人。因此，她婉言拒绝了这位头头的要求。几次以后，这位头头对严敏就不满意了。但是，无奈严敏业务熟悉，群众关系很好，工作上从来不出岔子，这位头头也无法调她的工作。这次生肝炎，休息半年时间，回院之后，上面只要说一句，"为了照顾你的身体"，轻而易举就能把护士长工作调动了。借关心、照顾这些动听的字眼为名，给人穿小鞋，这样巧妙的打击报复严敏还能看不出来？

事实上，那个爱迎合工宣队头头的护士金莉，不是已经接替了自己的工作了吗？难道说，自己休息了半年回到院里，金莉还会下去？

严敏不由得叹了一口气，老大夫好心地说："……连工宣队的头头也这么指示。"反而加重了严敏的思想负担，使得她好一阵闷闷不乐。

电车到站了，刹车时"叽嘎嘎"的声音，提醒了严敏，她抬起头来，发现自己到站了，急忙把病情证明单揣进衣袋，下了电车。

离车站不远，有一条笔直的水泥铺的弄堂。严敏家就住在这条弄堂的第三幢房子里。

走到后门口,严敏习惯地往信箱里看看,有信。她打开提包,取出钥匙,拿了信。

奇怪,信是慕蓉支插队的地址发来的,信封上的字迹却是陌生的,这是怎么回事?

严敏打开后门,上了二楼,进了自己的家,把提包往写字台上一放,用剪刀剪开信封,拿出信看了起来:

慕蓉支妈妈:

您好!

你一定还记得我们吧,我们俩是慕蓉支的好朋友刘素琳和周玉琴。回上海探亲的时候,我们到你家来玩过。你说过,要我们常和你"互通情报"。

最近,我们集体户的一个男知青,因在上海犯了罪,很快要被逮捕了。公安局已经发来了公函。可是,不幸的是,恰在这个时候,我们发现,慕蓉支和这个知青恋爱了。事情已到这种地步,慕蓉支今天晚上还同他一齐出去散步,真把我们急坏了。

作为好朋友,我们已经费尽口舌劝过她了。但是,看来我们的话作用不大,急得我们俩都不知怎么办是好。

慕蓉支妈妈,我们想到了你的叮嘱,决定给你写信,把情况如实告诉你。你收信之后,千万写信来劝劝她,快点写,快点!我们的话她听不进,妈妈的话她总是听的。

已经是初秋了,山区正要进入秋收大忙的季节。我们都生活得很好。

不多写了。

不及看下面的署名,严敏只觉得一阵眩晕,眼睛里直冒星花,拿着这封短信的双手如秋叶般地抖动。她腿弯子里一软,全身无力地跌坐在写字台边上的藤椅里。

这是怎么回事?究竟是怎么回事?慕蓉支,她钟爱的女儿,做出了这种事情！竟会做出这种事情?！真正地想不到啊！

三年之前,慕蓉支要去插队落户了,严敏陪爱女到南京路去买帐子回来,在弄堂里碰到一个抱着婴儿的邻居,寒暄过后,严敏指着她的背影对慕蓉支说:

"看,她是几年前到新疆去的。二十二岁就结了婚,生孩子,年纪轻轻的,已经有了两个小孩子！负担很重,经济上非常拮据,听说生活得也不愉快,经常和丈夫吵嘴。回到上海来,父母亲对她都有意见。"

"多不好啊！"还很幼稚的女儿怜悯地望着那个女人的背影,叹了一口气说。

严敏点点头,婉转地提醒即将出远门的女儿:"一个姑娘,到了外地,各方面都要谨慎小心,千万不要随随便便交朋友。恋爱、结婚这类事,还远着哪！"

当时的慕蓉支,是多么诚恳真挚地向妈妈保证的呀！可现在,偏偏发生了这样的事,才只不过三年时间啊！慕蓉支,我的女儿,我的女儿！你怎么能把妈妈的叮嘱,妈妈的信赖,都一齐抛在脑后,做出叫家人极为担忧恐惧的事儿呢？

严敏拿着信的左手,无力地靠在膝盖上；支着椅把的右手,托着垂下来的头。她的胸怀里起伏翻腾,脑海里有如惊涛骇浪在狂啸。怎么办,怎么办？面对这样骇人的事件,必须立刻拿出主意来呀！写信,刘素琳和周玉琴这两个姑娘让我快些写信,对严敏来说,她觉得写信太慢了,太慢了！每次慕蓉支的来信,严敏都要细细地看几遍,连信封上的邮戳也不放过。一般来说,一封信从生产队到家里,快一些五天,慢一些六天。同样,上海的信写到山寨去,也要五六天甚至七八天时间,而女儿身旁发生的是这样重大的事,家里的意见,她要五六天之后才能知道,这怎么能行呢？必须快,快啊！

"妈妈！"随着这一声欢叫,和慕蓉支只差二十分钟生下来的双胞胎姑娘慕蓉珊,肩头上扛一辆轻便自行车,用富有弹性的轮胎轻轻撞开门,喜气洋洋地走进屋来。她蹲下身子,小心翼翼地把崭新的自行车放在地板上,然后一个轻巧的弹跳,走到床边,把乌光闪闪的人造革两用包从肩上除下,放到床上去。

和慕蓉支长得一模一样的慕蓉珊,从面容上看要比姐姐活泼些。她穿着一件短袖的湖蓝色的确良衬衣,新式的小衣领上加着蝴蝶翅膀样轻柔的尼龙花边,袖口也做成时新的圆口式,一条湛蓝色的的确良百褶裙,脚上穿一双肉色的丝袜子,黑色的中搭扣皮鞋。浑身上下,给人一种青春的活力和美感。

严敏用一种近乎呆滞的目光望着女儿,心里在说:要是慕蓉支在身旁,两姐妹肯定穿戴得一模一样,站在我面前。从小到大,她俩的穿戴,都是由我亲手选裁的。可现在,看,妹妹生活得多么健康、愉快,而慕蓉支呢,唉!严敏不由得重重地叹了一口气。

"妈妈,"慕蓉珊从毛巾架上抽下一条414毛巾,边擦着额头上细小的汗珠,边亲热关切地走到母亲身边,惊异地张大双眼,俯下身道,"妈妈,你怎么了?是不是哪儿不舒服?今天到医院检查,大夫怎么说?我陪你再去看,好吗?"

严敏抬起困惑得略带红肿的眼皮,目光有些昏乱,对女儿热心的问候,一句也没回答。

这一来,慕蓉珊可急了:"妈妈,你到底怎么啦?"她放大嗓门问。

严敏略一踌躇,举起左手,把信递给慕蓉珊。

慕蓉珊拿起信,睁大双眼,迅速地看起来。

五点已过,弄堂里传来自行车铃声和一阵阵说话声,楼房里的自来水龙头和楼梯也不时地响着。人们都陆续下班回来了。

"啊,姐姐,这怎么可能?"慕蓉珊看完信,尖着嗓门叫起来,"她怎么这样笨哪!妈妈,你说,怎么办,怎么办呀?"

"你说呢?"严敏反问着,又嘱咐女儿,"轻点。"

"我说,我说,赶快写信!"慕蓉珊着急得像碰到火灾一样,急促地在房里来回打着转转说。

母亲摆了摆手:"太慢了。"

"是啊,写信太慢,那就拍电报!"

"电报上能写多少字啊?"

"叫姐姐接到电报后先回来呀!回到家里就好了!"

"嗯,"严敏思忖着,慢吞吞地点点头,"这倒是个办法,等你爸爸回来,商量一下,马上去发电报。"

楼下的厨房里,传来好几个煤气灶上炒菜的声音,油香味和着红烧带鱼的味道,一齐飘到楼上来。隔壁屋里,独生儿子慕蓉松又在摆弄着唱机,放着一张密纹唱片。那音色挺美的如泣似诉的旋律,一听就晓得是外国哪个音乐家的名曲。什么贝多芬、门德尔松、森桑、莫扎特、威尔第、布拉姆斯、施特劳斯……这个儿子,不用功读书,也不知从哪儿借来的这些唱片。要在平时,严敏准会走过去干涉,告诉儿子,现在这类唱片都是禁止演唱和欣赏的,不能听!给里弄里的民兵小分队知道,或是给其他人反映上去,不论是反映到家长单位或是学校里,都不好。现在,严敏竟一点心思也没有,她被刘素琳和周玉琴的来信,搅得心都乱了,哪里还顾得上这些小事!

慕蓉珊觉得这些声音吵人,走去把门关了。母女俩相对而坐,严敏坐在写字台边的藤椅里,慕蓉珊坐在床沿上,一手拿信,一手拿毛巾。一抹西斜的太阳光,从开着的窗子上反射进屋里来。看得出,这是一个幸福安适的家庭,从屋里新添置的一套人造革沙发,五斗橱上放着的电扇,床边柜上放置的一台九寸电视机,写字台边上一个装着磨砂玻璃的书橱,都能看出这是个近几年来经济条件越发好转的家庭。本来,慕蓉康和严敏的工资,要抚养婆婆和三个子女不困难,但也并不很有节余。自从慕蓉支和慕蓉珊两个女儿分配之后,情况就全面好转了。慕蓉支是个很自爱的姑娘,她不像有些插队知青,经常伸手向家里要钱。出去三年了,只回家探亲一次,车费都是她自己劳动和生活费里积攒下的。家里给她添置了几件衣物,每隔两三个月,给她寄个邮包。严敏的收入和支出都是记账的。慕蓉支插队之后,她一共只在女儿身上花去一百零几元。所以,每当医院里的同事抱怨自己插队的子女花销大,给家庭增加负担的时候,严敏常自豪地想:我的女儿不这样,她很懂事。

可现在这个懂事的女儿,竟然干出了这么没有理智的事情!怎不叫人揪心般痛苦、难受啊!

"妈妈,"慕蓉珊耐不住这样难堪的沉默,她忍不住说,"姐姐不是还没抽调吗,她谈什么恋爱呀!头年她回来探亲,不是还说,从来没想过这个问题嘛!"

严敏默默地点了点头,看见珊仍凝目望着她,等待她的答复,她吐出一口闷气,说:

"人是会变的呀!快两年不见了,唉,多么漫长的两年,谁知道她变得好还是坏?单靠一两个月通封信,是看不出什么的呀!你不也经常在单位里听说,去插队落户的姑娘,才两三年时间,就胡乱恋爱上了,出了事……唉。"严敏眼圈一红,说不下去了。

"可姐姐她是个明白人啊!"慕蓉珊眉头蹙成一团说,"插队落户,有多少收入?像她这样的人,只有争取表现好一点,早日进大学,或是上调,才能谈到恋爱、结婚呀。她怎么连这点也看不清楚?"

严敏深有同感。当初,双胞胎姐妹双双从同一所中学、同一个班级分配的时候,根据分配方案,姐妹两人中,要有一个人去农村。严敏和丈夫都做不了主了,两姐妹中,哪一个下农村呢?姐妹俩一齐来问父母,父母模棱两可地表了态。是慕蓉支主动提出,她是姐姐,比妹妹懂事些,应该让妹妹留在家里,她到广阔天地里去。父母亲同意她这么做,在他们心目中,也认为支要比珊沉着些、稳重些,也更懂事些,出门让人放心。现在看来,全不是那么回事啊!

严敏皱着眉头,费劲地说:"光是和男青年接近些,也未尝不可。可是她,为什么偏偏要去同一个犯罪的青年搞在一起呢?"

"是啊!"慕蓉珊猜测道,"肯定是这个知青会讲话、会玩弄手段,千方百计讨好姐姐。我知道的,越是这种犯罪的青年,越是滑头,他看到姐姐生得漂亮,家庭条件也不错,当然要想尽办法向姐姐献殷勤啰!要我碰上这种人啊,还他个横眉冷对,话也懒得和他讲。可姐姐的心地好,又重感情,她的脾气我最清楚,人家待她三分好,她要对人家七分好呢!现在这种脾气,最容易上当了!在社会上也吃不开。"

珊的话不全对,但也有她的道理。严敏是知道支的个性的,这孩子就是心地善良,太古板,太正直。同样,分配在进出口公司当仓库打字员的珊,和她就有所不同。严敏认定了,支做出这种事来,肯定是上当受骗了,只要有一个亲人对她分析、启发一下,她是会回头的,而这样的分析、启发,最好是同她当面谈谈。珊的主意不错,打电报叫她回来!

拿定了主意,比起刚收到信的那一刻,严敏要镇静一些了,她对珊说:

"你姐姐本来是个很有理智的人,难道她就不知道对方的犯罪行为?"

"哎呀呀,妈妈,要提问题可提一百个、一千个,姐姐在几千里之外,你知道她心里想些什么呀?"慕蓉珊站起身来说,"叫她回来了,一切事情就没有了!等她回来,我和她睡在一起,天天晚上跟她讲……"

"说什么事情,这么激动?"慕蓉珊刚才关上的门被推开了,门口站着一个身材高大,宽肩厚胸,年逾五十的人,笑吟吟地指着珊道,"又是你,纠缠着妈妈,不让她好好休息了!"

141

"爸爸,你看!"慕蓉珊迎上来,递上刘素琳和周玉琴的来信,"这件事真可怕!"

"噢,这么严重啊!"慕蓉康接过信,展开看起来。

读了一遍,他的眉头锁紧了。

读了第二遍,他的脸上阴云密布,眼里闪出了惊骇的光。他拿着信问严敏:

"刘素琳、周玉琴你们都熟悉吗?我想,支是个懂事的孩子,不至于做出这种事来。"

一听这话,严敏生气了,她甩手说:"你只知道厂里的事,女儿的事你从来不管!已经出了事,你还说不至于!这刘素琳、周玉琴到这儿来过几次,我见过,都是稳重、懂事的姑娘!"

"爸爸,我也认识她们。"珊插嘴说,"你想想嘛,她们是姐姐的好朋友,没有的事,怎么会写封信来造谣生事吓我们呢?"

"是啊,可能是我太相信支了。"慕蓉康抱歉地说,"既然看起来真有这么回事,你们俩想出什么主意来没有啊?"

"我和妈妈都说打电报叫她回来!"

严敏摊开双手:"只有这个办法了!"

"这么干,好处在哪儿呢?"慕蓉康不动声色地问。

慕蓉珊抢着说:"姐姐一回家来,那个犯罪的知青也被抓走了,她也可以死心了。到了家里,我们全家都劝劝她,她就会回心转意的。"

慕蓉康瞅着女儿,沉思不语。

严敏征询地问丈夫:"你看好不好?"

没等慕蓉康表态,看到儿子回家的婆婆来招呼一家人吃晚饭了。进门看到这情形,婆婆瞪大双眼,用一口宁波话问:

"出啥事体了?"

严敏望望丈夫,丈夫望望女儿,珊三言两语,把姐姐的事告诉了婆婆。婆婆一听,急得满脸都皱起了皱纹,唠唠叨叨地说:

"格小娘,格小娘,格咋弄弄啦,格咋弄弄啦!大家快想办法呀!"

("这小姑娘,这小姑娘,怎么办是好,怎么办是好!我们快想办法呀!")

一家最宠的慕蓉松走到门口,听见婆婆的唠叨,也走到屋里来了。他才十七岁,长得快和父亲一样高了,只是单薄一些。从父亲手里接过信,他仔细地看完,把信折起来,一句话也不说。

"阿三头,你讲怎么办?"珊问弟弟。

松摆了摆手:"我不相信支姐会做出这种事,她是最有头脑的人。"

"你只相信你的小提琴,"珊鼓起嘴巴说,"一点也不关心姐姐,她还是最关心你的呢!每次来信都希望你好好学习,别中'读书无用论'的毒。可你……爸爸,"珊转过脸来,双眼瞪着父亲说,"你到底同意不同意打电报叫姐姐回来?"

"回来,回来!好,好!"婆婆满口赞同。

严敏抬起头望着丈夫。

慕蓉康从儿子手里接过信,展开来,看了两眼,思考着说:

"从信上写的情况看,事情确实很严重。不过,打电报叫支回来,我觉得不够妥当……"

"为什么呢?"珊着急地问。

"你们看,信上写着,秋收大忙快到了,在这种情况下叫支回来,影响可是不大好吧……"

慕蓉康的话又给女儿打断了:"爸爸,那你说怎么办才好呢?"

一家人全望着慕蓉康。

"这些天,厂里的生产不算忙。我这个工程师,在车间劳动,也派不上什么用场,又有十几天补休,干脆,我到支插队的地方去看看吧!"慕蓉康伸出一只手,有条不紊地说,"这样,既不影响支参加秋收,又能实地看一看青年们究竟在怎样一种情况下生活,"他把脸又转向严敏说,"我们不是说过多回,争取到支插队的山寨去看看吗?我看这次机会就很好,你们说呢?"

这个意外的意见,使得全家都怔住了。一时,谁也不说话。

隔壁,传来慕蓉松没有关掉的电唱机里响起来的施特劳斯圆舞曲的很轻的旋律。弄堂里,一个小孩子在尖脆地叫着:

"打开收音机,听听样板戏……"

还是慕蓉珊先打破了沉默:"爸爸,同样花车费,还是叫姐姐回来吧。谁像你想得那么多?管它什么秋收大忙,少劳动几天,也没什么不可以!"

严敏瞥了女儿一眼,没有吭声。

慕蓉康也严厉地瞪了珊一眼,欲言又止。女儿已经二十三岁了,自尊心一向很强,直率地批评她,效果不一定好。再说,珊自从进了进出口公司的仓库上班之后,一直一帆风顺。她聪明,很快地学会了打字;她热情活泼,爱参加社会活动,也讨人喜欢;几个月前,她递了入党申请书,公司里的领导,也已经跟她透过这层意思,等她三年期一满,马上调她到公司业务组去。在这样的时候,仍像过去一样地批评她,是不妥当的。

慕蓉康是个明智的父亲,他晓得,这些年来,年轻一代的思想,和他的青年时代很不相同。贸然地批评,会在父女的感情之间遮上一层阴影。他曾经读过屠格涅夫的《父与子》,不希望女儿和自己分道扬镳。于是,他只是淡淡地说:

"倒不在乎一点车费,珊,我们考虑问题,眼光要放得远一点。"

"我看要放得实际一点,我早说过了,姐姐在山区农村,我们该给她通通路子,想一点办法,可你们就不同意。现在好,出了这样的事!"珊噘起嘴,不满地嘀咕着,"社会上谁像你这样,还是满身知识分子气。"

"你……"慕蓉康有些震惊了,"你怎么能这样说?"

严敏急忙插进来说:"好了好了,别争了。要去,我来去,女儿的事,我当母亲的说起来方便些!"

"你……"一家三代人全盯着严敏,惊疑地异口同声地说,"你在生病呀!"

"病已经全好了!"严敏故意坦然地说,隐瞒了血脂很高这一点,"正好,老大夫又给我开了三个月病假,要我好好休息,散散心。这是工宣队那个头头的主意,他想要金莉当护士长呢!我刚才还在为这生闷气,这下好了,倒反而成全我到支那儿去一次。"

慕蓉康似信非信地说:"这行吗?"

"妈妈,你干吗……"珊仍不同意妈妈走,"不让姐姐回来?"

婆婆也扭转了脸,不赞成儿媳妇的决定:"做啥,做啥不叫她回来呢……"

"好了,别说了,就这么定下来,我去!"严敏断然地站起身来,做出了最后决定,"我准备一下,明天就动身。"

全家人都不说话了。

以往任何事情,只要严敏打定了主意,家里是没有人能再反对她的。她是整个家庭的主宰。

十　五

"慕蓉支,你妈妈来了,快、快回去看看呀!"

常向玲站在苞谷土边,朝着绿色闪光的苞谷丛丛里,扬着手,兴奋喜悦地高叫着。

没有人答应她,她又睁大双眼,跑到一个更高的土坎上,向正在掰苞谷的社员们喊道:

"看见慕蓉支没得?快叫她出来呀,她妈妈来了!"

苞谷土里就像是吹过了一阵秋风,宽大长溜的苞谷叶子一阵"沙沙"作响,传来男女社员们的招呼声、议论声:

"看见小慕没得?快叫她回寨上去!"

"小慕的妈妈来了!"

"这可是上海知识青年们的喜事啊,几千里外来客人了!"

"哎,小慕的妈妈来山寨干啥呀?不是听说,她妈妈是当医生的嘛。"

……

一传十,十传百,顷刻间,慕蓉支妈妈到来的消息,韩家寨的社员们都知道了。

紧挨着山脚一块马蹄形的苞谷土里,袁昌秀正和慕蓉支站在一起,各人负责掰一畦的苞谷。慕蓉支用一支裹着塑料玻璃丝的竹签子,划开苞谷壳壳,把一个个苞谷果果掰下来,扔到背在身后的背篓里去。她做得专心一致,没有听见远处的叫嚷和人们的议论。

袁昌秀像听见了什么,她一撩长辫子,停下手头的活,对慕蓉支说:

"小慕,你听,像是有人在喊你!"

"喊我?"慕蓉支还有些奇怪,在劳动中,谁会找她呢?她正抬起头来张望,常向玲已经跑到她的土头来了,她气喘吁吁地叫着:

"慕蓉支,快、快回去,你妈妈来了!你妈妈从上海来了!"

慕蓉支怔住了,妈妈来了,妈来干啥呢?上个月,她来信说,患了急性肝炎,在家里养病,她怎么可能到韩家寨来呢?常向玲平素爱开玩笑,肯定是她在哄

我。慕蓉支仍旧划开一个苞谷壳壳,说:

"别开玩笑了,向玲,我妈妈怎么会到这里来呢!快一起来掰苞谷吧!你已经迟到了。"

这一来,可把常向玲说急了,她不顾苞谷土里绿叶撩人,几大步跳到慕蓉支身旁,拉着她的手臂说:

"真的,慕蓉支,这一回我绝不开玩笑,是你妈妈来了,我都看见她了!绝不哄你,哄你是小猫、小狗好不好?快回去吧,不要让你妈妈等急了!"

"真的?"常向玲一脸的认真,慕蓉支信了,她的脸骤然一变,忽地转过身来,显得很激动,"我妈妈在哪儿?"

"集体户里!周玉琴正招待你妈妈呢,快去吧!"常向玲帮慕蓉支卸下背上的背篼,说,"哎,是我给你报信的,你妈妈带来好吃的,可别忘了我呀!"

袁昌秀也连声催促:"不会错了,快去!"

慕蓉支脸上一乐,转身就跑,跑了几步,她又回转身来说:

"昌秀,你给妇女主任告一声假啊!"

"要得!"

慕蓉支从土头跑上小路,顺着弯弯拐拐的小路,往韩家寨方向直跑。

这里的苞谷土,是离韩家寨最远的田地。足足有五里多路。每年,这里的一片田土,总是最先开犁、最先播种,入秋之后,这里的苞谷和豆豆、葵花子,也最先成熟,最先收获。以往,苞谷土的活儿都是妇女劳动力干的,但由于这块田土离寨子远,队里总是集中了男女劳动力,在几天之内,一口气干完。生怕已经成熟了的果实,被人顺手牵羊偷走,或是被野猪、猴子糟蹋。

慕蓉支顺着田土边的小路,一会儿就跑离了正在劳动的社员们。急匆匆地跑了有半里多路,气喘得粗,心跳得太快,她由疾跑改为快走。

山区午后的秋阳照在她的脸上,两行汗水,像小溪一样顺着她丰腴的脸腮往下淌去,由于急于要见到妈妈,她连汗也顾不得擦一擦。

妈妈,空闲时候经常想念和提及的妈妈,一晃,快两年没见了。突然之间,妈妈已经来到了自己身旁,她坐在集体户里,正和周玉琴聊天呢!怎不叫慕蓉支大喜过望呢!这时候,慕蓉支才发现,自己是多么渴望见到妈妈,妈妈,对她曾经那么亲热和关怀的妈妈呀!慕蓉支有多少话儿要对她讲呵!

只是,慕蓉支稍稍有点疑惑,妈妈到山寨来,怎么这样突如其来,事先讲也不讲一声呢,连信也不写一封,电报也不打一个。

不过,高兴过度的慕蓉支,自己给妈妈寻找着理由。也许,妈妈已经痊愈了,这次有机会出差到山区来。集体户里那个小冯令,他的舅舅,不也是在今年春天插秧季节到韩家寨来过的吗?他舅舅是出差路过,来的时候也是突如其来,叫人料想不到。妈妈肯定也是这样的。

乐不可支的慕蓉支这样想着,顿时疑云全消,显得满面春风,喜出望外。

一只黑白鱼鳞花纹的大蝴蝶,从她眼前飞过,她没有去注意。一只美丽的黄雀儿,在她身旁掠过,她也不去留神。秋天了,山野里、草丛间,到处是青松果、红子檬、吃上去怪甜的怪枣和剥出来喷香的毛栗,慕蓉支什么也看不见。

天是蔚蓝色的,一片纯净;群山是翡翠色的,一片葱绿蓊茏;山间的泉水是碧色的,清澈得映得出人影子。慕蓉支感觉到,这层峦叠嶂的山区,是多么美丽,多么叫人心旷神怡啊!一定要请两天假,陪着妈妈到山头上去看看,到树林子里去走走。这样的景致,在上海是怎么也找不到的呀!看,连迎面吹来的风里,也是香味扑鼻。

慕蓉支记得,前面有一条小路,穿过韩家寨二队的水田,到韩家寨上,可以少走好些路,她张开双手,蹦蹦跳跳沿小路跑去。

田间的小路溜窄溜窄,一个人在田埂上走,还得留神,才不会跌到田头去。田头的谷穗出齐了,正在灌浆呢。慕蓉支留神看看,今年的谷子长得不差,只要不碰到秋寒,看来收成要比前几年好一些。自从知道程旭在育种之后,她虽然不干水田的活,也开始留心起水田里水稻的长势了,甚至还学着程旭的样,暗暗记下老农嘴里的农谚背诵着。什么"春耕忙忙,打田栽秧;过了季节,误了日光",什么"谷现吊,四十朝"等等,等等。哎呀,前面那是谁呀?

只顾埋头思忖着急走,慕蓉支没发现田埂小路上有人正蹲在前面,挡住了她的去路。

她抬头望去,心不由得"咚咚咚"擂鼓一样敲打着,脸上火辣辣地发烫。

蹲在田边观察水稻长势的,正是程旭。哈,他顶着烈日像个傻子似的看什么呀?

自从遇到那件可怕的事情以来,已经过去十来天了。慕蓉支记得很清楚,当她从袁昌秀那儿听说了德光大伯打听来的消息之后,她是多么欣喜若狂啊!虽然她答应昌秀,对消息的来源保密,免得惹来其他的祸事,可她的脸隐瞒不了这样兴奋的消息!她曾经兴冲冲地去找过程旭,甚至有两晚上,她故意看书看得很晚,倾听着大祠堂外程旭回到小木屋子去的脚步声。但是,十来天里,慕蓉支几乎没有和程旭照过面。那天,她在寨口上远远地看到他,便迎面向他走去,可他拐过一个弯,避开了。还有一天晚上,他总算回到小木屋子来了,慕蓉支听到他开小木屋子门的声音,便合上书,轻手轻脚走出集体户,走到小木屋子门口去。奇怪,她走出灶屋时,还听到小木屋子里有声音,可等她轻轻走到他门口,屋内已经没有声音了。慕蓉支低低地叫了两声,只听见屋内传来不自然的鼾声。她知道他是故意装假,伸手推了推门,门已经从里面闩紧了,推不开。

慕蓉支一阵心酸,自尊心受到了伤害,她赌气地转过身,回集体户去了。她知道,程旭是在故意回避自己,尽管他将被逮捕的危机已经过去,但他仍在照着说过的话办事,毅然割断和慕蓉支之间的接触和联系。像他坚决说过的一样:一刀两断!

如果这是一般的恋爱,那就好办了。程旭如此孤傲自负,女孩子碰了一回钉子,便会断然回头;即使以后他想重温旧情,女孩子也要照样狠狠地报复他之后才原谅他。

可现在恰恰不是这么回事,慕蓉支很明白,程旭为什么要这样做,他是怕自己身上的麻烦连累到她,才这样做的呀。

世界上的事情就是这个样子。如果程旭自己身陷危局,还死赖活缠地要同慕蓉支好,那慕蓉支倒要考虑考虑了,和这样的人好下去有没有必要。而程旭采取目前这种果断的措施,相反,慕蓉支越发觉得他高尚和正直,越发想接近他。往往,为他的这种冷淡和故意回避的态度生气,只是几分钟的事。过后,慕蓉支总想和程旭有一个机会,好好地谈谈一切。偏偏,机会真是难得。

也不知他为什么这样忙,慕蓉支总是看不到他。前几天,姚银章在吃饭的时候,找到小木屋子门前,气冲冲地把程旭叫出来,粗暴地要他停工反省。姚银章的声气,把整个集体户的人都吸引得跑出来,男女知青看着姚银章,把手指到程旭的胸前,厉声厉色地说:

"你不知已过,一犯再犯,总是和大走资派的黑爪牙混在一起,和自发势力的代表人物——富裕中农混在一起,根据你的表现,上级指示,勒令你停工反省,队里不记工分。限你交代几方面的问题……"

姚银章唾沫飞溅,盛气凌人地说:"一、你和韩德光混在一起,明来暗往,在搞些什么阴谋诡计;二、你回上海去四个月时间,做了些什么见不得人的勾当;三、你和富裕中农韩德才打得火热,搞过哪些投机买卖。一点一滴,都给我老老实实写出来,不交代清楚,不许你出工!"

看着姚银章气势汹汹的态度,慕蓉支为程旭暗暗地捏了一把汗。她在心里说:为什么像程旭这样的人,人家要一而再,再而三地整他、打击他呢?不要说他爸爸还没最后定性,就算他爸爸确实是反动分子,党的政策还是鼓励他们与家庭划清界限,为革命出力、为人民服务的呀!

晚上,躺在床上,她在为程旭感到难过,不知他怎样来对付这新的打击;也不知他究竟怎样写这些交代。她真想问问他,讲几句话,安慰安慰他呀!

一直没机会,没想到,今天却在这儿碰到了。姚银章让他停工反省写检查,他还到田头来干啥呀?

慕蓉支看到程旭并没发现她,便放轻了脚步,向他走过去。

眼看,越走越近了,她能清楚地看到他了。他瘦多了,长久地在太阳下晒,脸色黑红黑红的,那双炯炯有神的眼睛,好像在眼窝里陷得更深了。这么热的秋老虎天,他穿着一件洗淡了的卡其布学生装,背脊上被汗水浸透了一片,他穿着也不觉得难受。男青年都是不爱清洁的。

慕蓉支暗暗思忖着,一直走到他身旁,他竟然还没察觉到自己身后有人!简直到了如呆如痴的地步了。慕蓉支心里感动地想着:三年来,他大概天天都是这样忘记一切地沉醉在育种中吧!她看清了,他正手捧着一束谷穗,在全神贯注地数着谷粒。

慕蓉支不知如何招呼他才好,直等到觉得他数完了,她才"扑哧"一声笑起来。

他惊惧地抬起头来,看清了是慕蓉支,他窘迫地淡笑着,急忙直起身子,一步跨进田头,给她让道。

慕蓉支伫立在那儿,伸手捋捋鬓发,笑吟吟地问:"你在干什么?"

"数……数谷子。"程旭因为没想到会在这儿碰到慕蓉支,有点不知所措的尴尬样,嗫嚅着答道。

"十来天过去了,你们育的良种,有眉目了吗?"慕蓉支决定不放弃这个机会,趁着四野上都没人,好好问问他,"听昌秀说,你们忙得没日没夜……"

"有眉目了!"这一次,程旭爽快地回答道,"我们把'七月黄'的雄花粉授到'珍珠矮'的雌花上,进行杂交试验。今天授粉的'珍珠矮'壮浆了!"说到这儿,程旭神情兴奋激动,两条眉毛扬起来,显得很高兴。

"真的,祝贺你呀!"慕蓉支看到程旭这副模样,衷心地给他道喜,"花了多少工夫和心血啊!"

程旭笑了,露出一排雪白整齐的牙齿。慕蓉支很少看见他笑,可他真笑的时候,笑得多么甜啊!慕蓉支觉得,他笑的时候,脸上显得更生动和漂亮些。只听他轻轻地说:

"还得继续干哪!"

"嗯,"慕蓉支郑重地点点头,连忙问,"姚银章要你写的检查,你写了吗?"

程旭脸上的笑容忽地一下消失了,他蹙起眉头,轻蔑地哼了一声道:

"我没那么多时间……"

"那、那怎么办?你不写检查,他不让你出工,也不记你工分。到秋后,你拿什么参加分配呀?"

"我能面对他的高压手段,胡乱诬赖人吗?"程旭反问。

慕蓉支讷讷地说:"僵下去,也……也不是个办法呀!"

"他停我的工,正好!"程旭坦然地说,"这些天,我正愁无法照料那些杂交种子呢!"他瞥了她一眼,岔开话题,提议道,"你,要去看看那些壮了浆的种子吗?"

"好,"程旭这么主动提议,使慕蓉支很高兴,她点点头答应着,又迟疑了一下,"不过……"

"今天大家都去远处掰苞谷,没有人,正是机会,可以去看看,快走吧!"

"不,程旭,"慕蓉支想到母亲在等她,便为难地说,"我一定去看,不过不是今天。你听我说,我是有原因的。现在你告诉我,什么时候有空,我……"

"干什么?"

"我想好好地和你谈谈……"

程旭的眼睛烁烁地亮了一亮,正要答应啥,忽又想到了什么,他的脸又"唰"

地阴下去了,他勉强抑制着自己,声音低弱地说:

"不、不要……"

"为什么不要啊?程旭,你为什么……"

"慕蓉,你听我说,听我说。"程旭声音喑哑,可非常恳切真诚地说,"我已经说过了,这样不好……"

"有什么不好的?"慕蓉支有点局促地说,"你不是因为我不去看你的良种而生气吧?我是有原因的呀,告诉你,我妈妈来了,妈妈!"

"噢,你妈妈来了!"程旭两眉一展,立刻找到了措辞,截住慕蓉支的话说,"那好,那你快回去呀,快回去看妈妈。"

说着,程旭用手指慌乱地一指,跳上田埂,像躲避什么似的,快步如飞地在田埂上跑远了。

"程旭……"慕蓉支追了几步,站定下来,她嘴巴张了张,没大声喊出口来。程旭的背影远去了,慕蓉支愣怔怔地瞅着他的身影在竹林那边消失,心里像猫爪抓似的难受。

慕蓉支因为妈妈到来的一腔欢乐,被与程旭的狭路相逢冲淡了。程旭的举动,像一盆冷水,浇在她火热的心上。她蹒跚地沿着田埂走去。

走了几步,陡地想到妈妈还在等她,她又加快了脚步,穿过了窄窄的田埂,就不顾一切地往韩家寨上飞跑而去。

"妈妈,妈妈!"还没跑进大祠堂,慕蓉支便放声叫了起来,"妈妈。"

听到屋里周玉琴用上海话说了一声:"慕蓉回来了!"慕蓉支一头冲进灶屋,正巧,周玉琴和严敏也从里屋走出来,慕蓉支看清了,正是妈妈,正是妈妈!

妈妈穿件浅灰色的两用衫,一条深咖啡色的的确良裤子,乌黑的头发梳得齐齐整整,两年没见,妈妈还是那样端庄,慕蓉支很难从妈妈的面容上发现她有点苍老的痕迹。她只是觉得,大概是由于旅途劳累的关系,妈妈的脸色略微有些苍白,眼圈边有点儿浅黑。见了妈妈,她又亲亲热热地叫了一声。

严敏淡笑着、亲切地向女儿点了点头,用审慎的目光,细细地打量着这几天让她日夜焦心的女儿。

从苞谷地里劳动回来,慕蓉支的脸膛儿给太阳照得绯红绯红,额头上沁出一片细密的汗珠。她在太阳下劳动,没戴草帽,上身穿着的那件浅绿小圆点子中式对襟罩衫,还是严敏二十世纪六十年代初随医疗队下乡时穿的。下身那条裤子膝盖上打了两个大大的长方形补丁,针脚缝得很密。严敏记得,三年前女儿来插队时,这条卡其布裤子还是八成新的。女儿脚上那双黑鞋面白绠边的搭扣布鞋,塑料底已经磨得很薄,白绠边已经起了毛毛,侧边也补了补丁。严敏心里说,这样的一身打扮,叫珊来穿,那是硬捺着她的头她也不会穿的。当母亲的,头一次从两个命运截然不同的双胞胎女儿身上,发现了她们俩的不同之处和差别之大。

慕蓉支笑得很真诚、坦率,从脸上看得出她见到母亲之后心里的快乐。她比在上海的时候健壮一些,原来白皙秀丽带些娇柔的面庞,现在红黑红黑的,好羞涩的神态也改变了很多。唯有那双眼睛,一点也没变化,还是那样明朗温和。

头一个印象,严敏觉得女儿是在劳动的生活中变了。但究竟变了多少,她说不出来。

"快,你陪妈妈坐坐,我去下面条,你妈妈一下火车直奔生产队而来,还没吃饭呢!"周玉琴热情地对慕蓉支说着,就动手张罗起来。

严敏忙伸手阻止:"你可别忙啊,我不饿。"

"没关系,妈妈,我们在这儿像一家人一样,让她煮吧!"慕蓉支拉着妈妈的手,笑眯眯地走进寝室里去。

母女俩走进寝室相对坐定,互相目不转睛地打量着,笑容一直挂在脸上。

严敏的头脑里,由于乍到陌生的山寨,装了满脑子新鲜的印象,她有很多话儿要问,有很多话儿要说,可是面对钟爱的女儿,她一句话也说不出来。刚才和周玉琴已经聊了一阵子,她大致已经知道了慕蓉支这几天里的情况,也知道了程旭并没被逮捕的情况。尽管周玉琴一下子便猜到了,严敏是因为收到了她和刘素琳写的信才赶来的,但严敏嘴上并不这样说。看到女儿和他们的集体户之后,她觉得,女儿的事情不像想象的那么严重和可怕;但是,得知程旭并没被逮捕之后,她又觉得事情有些复杂和不好办。刚刚见面,不便于马上谈这个问题。况且,母女俩谈这个问题,需要时间和条件。所以,面对着近在咫尺的女儿,严敏一时觉得有些语塞。

慕蓉支并没看出母亲的这些内心活动,她被妈妈的到来这一阵高兴的迷雾遮住了双眼,只是一个劲地问着:

"妈妈,你累吗?累的话吃过面条就睡觉!"

"我不累。"

"妈妈,火车上挤不挤?你怎么会找到韩家寨的?山区的路七弯八拐,很难找的呢!"

"火车上不算挤,我睡的卧铺。"严敏只得照实回答女儿热情的有点唠叨的问候,"今天真巧,下了火车,我在车站上打听韩家寨在哪儿,正巧你们队上有个叫韩德才的社员拖砖瓦到火车站去,他听说我是你的妈妈,就把我拖来了!这个老农民,真够热情的。"

"哎呀,真巧呀!"慕蓉支笑得"咯咯咯"的,好清脆,"妈妈,这次你是出差路过这儿吧?"

"不,"严敏不露声色地摇摇头,解释道,"我的肝炎已经全好了,可医院还让我休息三个月。好久以来,我就说来看看你了,这次有那么好的机会,和你爸爸商量了一下,把决心一下,说来便来了!你感到有点突然吧?说真的,你离开我几千里,一个人独自在外生活,我心头总是不放心。特别是这几个月来,病假在家,到了晚上,更惦念你了!也不知你生活得怎么样,亲自来看一看,可以放心一些!"严敏露出了一点话意。

"妈妈,你还把我当小孩子呢!"慕蓉支一点也没听出母亲的弦外之音,她很相信母亲的话,噘着嘴道,"我都二十三岁了!你二十三岁那年,不已经生下我们了吗?"

严敏摇摇头:"我的青年时代,怎么能和你们相比呢?时代完全不同了!"母亲说得很认真,"现在二十三岁的姑娘,还不到谈恋爱的年龄呢!"

慕蓉支愣怔了一下,没有立刻接母亲的话。当严敏刚要捕捉女儿脸上疑惑的表情时,慕蓉支又笑开了,说:

"那当然,妈妈,你们那时候根本没有插队落户啊!"

"嗯。"严敏点点头,"在插队落户期间,主要是好好接受贫下中农再教育,在劳动中锻炼自己,争取尽快地补充到工作岗位上去,对吗?"

慕蓉支点点头。

严敏继续说:"我在上海参加过多次上山下乡的家长会议,可以说,这是绝大多数当家长的心愿。只是……有些子女,并不像家长所希望的那样,你大概也知道的。去年,经过几年的'文化大革命',大学又重新招生了,你们这儿听说没有?"

"嗬,这消息,还着实震动了整个集体户呢!那一晚,大家议论纷纷,好些人通宵没睡着觉。"慕蓉支回想着告诉妈妈,"只是,名额太少了!听说,整个专区十一个县,只有几个名额。名牌大学,一个县还分不到一个名额。现在上大学,又不兴考试,怎么轮得到我们呀!妈妈,听说,要上大学,就得通路子。我们这些远离上海几千里的知青,在山区有什么路子啊?表现再好,也是白搭!"

严敏蹙起了眉头,思忖了片刻,没有马上回话。女儿说的这种现象,她不是不知道,医院里那个工宣队的头头,几次三番介绍来看病的人,不就是凭着路子嘛!金莉和工宣队头头打得火热,不就是想利用他通路子嘛!这是一种不良的社会现象,可要是像女儿这样的青年,净往这上面想,就会自暴自弃,不求上进,对她显然是没有好处的。也许,她变得这么快,正是受了这些坏风气的影响呢!

想到这儿,严敏只能回避慕蓉支正面提出的问题,劝慰道:

"这是大学招收第一批工农兵大学生,名额确实很少。但随着形势的好转,会逐渐增加名额的,只要确实表现好的知识青年,我相信总是会有机会的。关键还在于自己的表现!你说的'通路子''开后门'这种现象,不是没有。但是,要坚信,我们是社会主义国家,不会允许这种不正之风败坏社会风气。从目前看来,这种现象还是少数嘛!"

母亲的正面劝告和解释,使得慕蓉支点点头。自小,她是相信母亲的。

寝室里,母女俩在交谈;灶屋里,例假在家的周玉琴边下着面条,边竖耳细听着她们的对话。慕蓉支的妈妈突然到来,周玉琴还是有些隐隐不安的。她很怕,严妈妈立即告诉慕蓉支,她的到来是由于接到了她们的信。这样,慕蓉支会对她有很大意见的。偏巧,今天陈家勤和刘素琳去公社开会了,要到晚上才回来。要是刘素琳在家,她会感到轻松些的。

不过,听了一阵,她开始心安了。显然,严妈妈是很讲策略的,她一字不提慕蓉支和程旭的事,只是在和支随便聊天。她确信,严妈妈是相信刘素琳和自己的,她们给她写信,也是为慕蓉支好!等严妈妈说服了支,再告诉她,信是她们俩写的,慕蓉支自会明白,她们也是为了她好!那样,她和刘素琳就不会为这事和支有矛盾了。

听着听着,周玉琴由不安变得羡慕了。她羡慕支有这样一个有知识的、通情达理的妈妈。周玉琴的爸爸是上海一家大商店的营业员,妈妈是里弄生产组的工人,他们的文化水平都不高,说话做事,从来都是直来直去的。在家里,孩子做了错事,妈妈只会大叫大嚷地责骂;爸爸更干脆,抡起巴掌,就朝孩子打过去。

要是自己做出了慕蓉支这样的事,和一个有犯罪嫌疑的知青谈恋爱,爸爸妈妈赶到集体户来,劈头就要厉声责骂她了,哪里会像严妈妈那样,不露声色地和女儿平心静气地交谈呢!

水滚沸着,泛起阵阵白沫。面条已经煮熟了。周玉琴挑起一碗面条,加上佐料,试了试咸淡,给严妈妈端进去,客气地说:

"严妈妈,有话慢慢说吧!先吃碗面条……"

十 六

慕蓉支的妈妈严敏的到来,是韩家寨的一件大事。

集体户里笑语欢声、热闹非常,来来往往的人络绎不绝。

和慕蓉支、刘素琳、周玉琴关系密切的贫下中农和社员们,有的端来豆腐,有的送来新鲜蔬菜,有的留下一把豇豆……收工之后,只片刻工夫,灶屋里的那个小桌上,西红柿、嫩辣椒、小瓜儿、白菜秧秧,五颜六色,堆了一小堆。和慕蓉支特别要好的袁昌秀,还拿来了一块腊肉和几个鸡蛋,忙得周玉琴一下子炒了七八个菜。

晚饭前后,韩家寨上家家户户都有人来看"上海来的伯妈"——慕蓉支的妈妈。尤其是那些和严敏年岁相仿的伯妈,进来之后,总要亲亲热热地扯住严敏的手,端详了又端详,当面称道她生了慕蓉支这么个好闺女,当面表扬慕蓉支在山寨有了很大的进步,把严敏的心,说得热烘烘的。

天黑了,已是晚上七点半钟,和陈家勤一起去公社开会的刘素琳还没回来,队里又通知开会,讲一讲秋收大忙时的劳力分配。周玉琴决定不再等素琳了,催着严妈妈和支吃晚饭。

晚饭后,集体户里又热闹了一阵,知识青年们和社员们和严敏笑呵呵地寒暄了半个多小时。队长又在吹哨子喊大家去开会,人们纷纷赶到会议室去了。周玉琴临走的时候,劝慕蓉支不要去开会了,陪着妈妈好好地谈谈知心话。

严敏巴不得有这么个好机会,可以和女儿单独地畅畅快快地谈一谈,她也点头示意支不要去开会了。

慕蓉支陪着母亲留了下来。

从收工以后一直热闹嘈杂的集体户,骤然间静了下来。大祠堂外,蟋蟀在使劲地鸣唱,叫蚂子的连续不息的鸣奏更有耐性。慕蓉支关了寝室的门,免得各种飞舞的小虫子看见灯光扑进屋来。

严敏喝了一口茶,看见慕蓉支拿起抹桌布,又要擦"桌"面,便柔声招呼她:

"支,你来。"

慕蓉支觉得妈妈的声音有点异样,放下抹桌布,走近母亲身边,轻声问:

"妈妈,怎么了?"

"来,在这儿坐下。"

支温顺地在母亲身旁坐下来。严敏把一只手搭上女儿浑圆的肩头,凝神细望了一阵,淡淡地笑了笑,说:

"支,妈妈想问你一件事……"

慕蓉支的心敏感地"扑通扑通"跳起来了。下午,她和妈妈东拉西扯地谈了好一阵话,从过去讲到将来,从家庭里的事儿讲到亲戚朋友之间的近况,从上海的生活讲到山寨生活……在上海家里的时候,慕蓉支很少跟妈妈闲扯,扯得这么多,这么广。起先,她觉得,自己离家久了,妈妈把她当成大人了,和她可以谈谈正经话了。但是,随着谈话的进展,慕蓉支隐隐约约地感觉到,妈妈总像是在规劝她,启发她什么。她联想到母亲抱病到山寨来,来得这么突然,这不会是没有原因的。她又联想到,自己从苞谷地里赶回来之前,周玉琴已经和妈妈讲了一个多小时话了,周玉琴肯定会把她和程旭之间的事情告诉妈妈的。一想到这儿,她就觉得,这次母亲到山寨来,总是要问起程旭的事情的。唉,要是妈妈问起来,我怎么说啊?慕蓉支有些犯愁了。

作为母亲,严敏和女儿谈了一下午的话,也在思忖,在等待。她希望支主动和自己谈谈这件事,然后针对她的想法,进行说服教育。但是,谈了一下午,女儿一点也没提及这件事,看来,她也不想跟妈妈讲这件事。只要严敏不提出来,她就可以一直不讲。这使严敏觉得,问题不像她原先想得那么简单了。支毕竟已是二十三岁的人了,这样的年龄,在母亲眼里,是似懂非懂的年龄,最难办。你说她是小孩子吧,她长得比你还高,独立生活也有三年了;你说她真懂事了,她却做出了那样的傻事。在教育子女这件事情上,严敏是有耐性的,她本来想,你不讲也好,我就等,总会有个适当的机会的。

正巧,今晚生产队开群众大会,没有社员来,集体户里二十多个知识青年也都去开会了,可以和女儿谈一谈。所以,确信人们都已走了,她便挑起了话头。

慕蓉支的脸微微有些泛红,略觉不安地说:"妈妈,什么事?你问吧!"

"刚才,我看出来,你们集体户里,那个长得挺漂亮的常向玲,和长得矮矮胖胖的小莫合在一起吃饭。他们俩挺要好,是吗?"母亲婉转地提起这件事。

"嗯。"

"我看周玉琴和那个瘦高个儿章国兴也很接近,是吗?"

"妈妈,你真会观察。"

妈妈摇了摇头,而后定睛瞅着女儿,停了片刻,好像在思索怎么开口,慕蓉支预感到母亲要问什么话,脸色腾地涨红了。

严敏心里已明白了几分,她只装作没看见女儿的脸色,低低地关切地问:

"你呢?"

"妈妈……"

"妈妈很关心这件事。你有接近的男孩子吗?"

这话怎么回答呢?慕蓉支犯难了,她的心跳得激烈起来,脸色越涨越红,一双眼睛,瞪得大而亮。要在程旭将被捕这件事发生之前,妈妈问起这个事情,慕蓉支会坦率地告诉妈妈,"有的"。可现在,她和程旭的来往,比任何人都来得少;程旭又固执地认为,慕蓉支不能继续和他在感情上发展下去。她怎么能再说"有的"呢?但是,话又说回来,又不能说没有。在程旭将要被捕的那天晚上,她当着集体户所有的人去找过程旭,母亲早晚是要知道这件事的。再说,从她心灵上来说,程旭确实是占有一个位置的。

慕蓉支为难地说:"妈妈,这话怎么讲呢?"

"实说吧!"

"现在还不能说有……"

严敏摇头了,她觉得,女儿对自己是不够诚实的,不管女儿是由于羞怯,还是由于害怕谈到这个问题,这样回答总是不诚实。话已经说到这儿了,严敏觉得没

有必要再闪烁其词、含含糊糊地说下去,可以坦率地讲一讲了。她略微一笑说:

"那么,我听到的程旭,是怎么一回事呢?"

像一层薄薄的窗户纸,原来隔在母女两个之间,过去,她们一向把这层薄纸看得很神圣,不去碰它,不去触及它,现在一旦戳破,母女俩都面对着这个现实问题了。

尽管思想上有所准备,一经母亲直率地提问,慕蓉支的脸还是红到了耳朵根,心跳得更激烈了。她避开母亲的目光,说:

"我们只是一般的同志关系……"

严敏的心里已经隐隐地不快起来。女儿一躲再躲,就是想避开这个问题。和其他人,觉得不够亲近,不能谈这个严肃的话题,但是和当母亲的,有什么不可谈的呢?她不愿谈,就是想隐瞒;向母亲隐瞒着的事,被当母亲的看来,都不会是好事。她进一步问道:

"仅仅是同志关系吗?"

"是的。"

"一般的同志关系,为什么要避开众人,到树林子里去呢?"

"妈妈,那不是……"慕蓉支想说,那不是谈恋爱,可不知怎么的,在母亲面前,她说不出这个话来。

严敏的脸色是郑重其事的:"支,你先说说,有没有到树林子里去过?"

"去过。"慕蓉支的声音非常低。

"去过几次?"

"两次。"

"怎么会去的?"

"一次是他找我,一次是我找他的。"

"噢。"严敏仰起了脸,目光移到旁边去了。作为母亲,她是怜悯女儿,尊重女儿的自尊心的。女儿不想承认是恋爱关系,她也尽可能避开这个字眼。只是想多了解一些真情实况,从这几句对话看,支回答得都还算坦率。下面该怎样接下去谈呢?严敏要好好地思索一下。

作为女儿,慕蓉支已经感到被母亲的话逼到了一个死角落里,她觉得呼吸急促,空气令人窒息,入夜之后很凉爽的大祠堂,仿佛一下子闷热起来了!她为什么不坦白地向母亲承认自己和程旭都是有感情的呢？那也是自尊心在作怪。在母亲的追问和逼视之下,她几次都想承认自己的初恋之情,但几次话到嘴边,都咽了下去。程旭确实和慕蓉支比较接近,但他从来没有向她表示过自己的感情呀！慕蓉支曾经怀着焦渴和火灼般的感情等待他的表白,可他到底没有说过。一个姑娘,即使是当着母亲的面,她也不能承认没有发生过的事啊！她怎么能首先承认,他们之间有爱情呢？

屋里出现了沉默,一种难耐的沉默。仿佛有一股无形的压力,在向母女俩身上袭来。慕蓉支从来没有和妈妈进行过这样的谈话,觉得很不自然。严敏呢,也是第一次感到,和钟爱的女儿说话,是很困难的。但是,事情很明显,话题必须进行下去。

"支,我听说,公安局要逮捕这个程旭。"严敏终于开始接近了话题的中心,"有这样的事儿没有？"

"有。"

"我还听说,这个大队的姚主任,对他印象很不好,是吗？"

"是的,妈妈。"

"前几天,刚刚勒令他停工反省,玉琴没有胡说吧？"

"没有。"

"下乡三年了,这个青年从来没有挑过担,这事儿也确实吗？"

"确实。"

女儿什么都承认了。严敏直起了腰,闭了闭嘴,舒了一口气。她觉得,只要女儿承认这些,话就好说了。她往女儿身旁靠靠,拿过支的手来。这双手,经过三年的劳动,不像原来那样纤细、白皙、细嫩无力了。严敏在支的手背上轻轻抚摸了一下,思索着说：

"程旭的表现这个样子,你都知道。你为什么还要和他……和他在夜晚出去呢？"

"妈妈,不是那么回事,远不是那么回事！"慕蓉支察觉到,妈妈也同自己一样,初次听到程旭的表现,对他的印象很不好。妈妈哪里会知道,这是别有用心的人给程旭画的漫画啊！慕蓉支必须给妈妈解释一下,"妈妈,你听我解释,程旭是一个好人,好人！他、他在……"

"别说了!"严敏有些不耐烦地打断了女儿的话,对程旭这样一个坏青年,支竟然还敢于为他辩解,这怎不叫当母亲的生气呢!"支,你听我说,听妈妈说,你现在所处的环境,不适宜谈恋爱。特别是和程旭这样的人,你将来会觉得受骗上当的。你听妈妈的话,从此以后,和程旭割断一切感情上的联系,也不能再和他接近下去。你知道,你所处的地位、环境,都要求你这样做。从刚才贫下中农和社员们来看我时的情形,我看出来,你留给大家的印象还不错,这是很不容易的呀!你必须继续努力,争当一个积极要求上进的青年,懂吗?孩子,听妈妈的话,不能再和程旭好下去了,好吗?你答应吗?"

说完,严敏双手扳住女儿的肩膀,凝神定睛地望着支的脸,等待她的答复。严敏总算费劲地说出了要说的话。

听妈妈终于直通通地说出了这么一段话,慕蓉支双眼里噙满了晶莹的泪珠。妈妈一点也不了解程旭,就武断地做了决定,提出了要求,这、这叫她怎么回答呢?这是她的心灵上通不过的啊!这些天来,她之所以渴望和程旭见面,想和他开诚布公地谈谈,就是要想同他好下去啊!可突然来了母亲,坚决反对她这么干,不允许她这么干!这些话,要是换一个人说出来,慕蓉支尽可以不表态、不答应,可说这些话的,是亲爱的妈妈呀!是从小钟爱她的妈妈呀!

慕蓉支矛盾的心情,完全显露在脸上了。她的嘴唇哆嗦着,脑袋偏到一旁去,脸上难受得揪成一团,泪水在眼眶里面打转。

严敏万没想到,慕蓉支听了她的话,会这么动感情。这样炽热的感情,叫严敏愈加担忧了。她怀着既怜悯女儿又毫不让步的感情说:

"支,这些话,不是我一个人的意思。这也是你爸爸、婆婆、你妹妹和弟弟的意思。你告诉妈妈,能答应我们提出的要求吗?"

全家人的要求!爸爸、婆婆、弟弟、妹妹,事情更复杂,更严重了。不及细细思索上海家里是怎么知道这件事情的,慕蓉支的牙齿咬着嘴唇,连连地晃着头说:

"妈妈,妈妈,你们不了解情况,我不能答应,我、我不能……妈妈!"

严敏惊惧地瞪大了双眼:女儿这样干脆地回答她的话,使她感觉吃惊!这难道就是那个从小对母亲百依百顺的孩子?这难道就是那个温顺体贴的女儿?严敏的心头肝火直冒,有点难以忍受了。从女儿敢于公然表示不能听妈妈的话,严敏看出来,女儿对那个表现很坏的青年已经有了深厚的感情。这种狂热的初恋之情,严敏是知道一点的,过去的诗人们,写过许许多多年轻人爱看的讴歌爱情的诗句,许多小说里,也描写过这种爱情,无非是眼泪、热恋、失眠,又是什么山盟海誓,向对方宣称,为了他而活着,也为了他而死去,在那些戏剧、电影里,不也是常常说,为了爱情,可以牺牲一切嘛!完全是胡编瞎造,一派胡言,小孩子的玩意儿。现实生活要比这一切实在得多了!实在的生活里哪来的这么多浪漫情调啊!

在严敏这样的年龄,对任何问题都有了自己的看法,而且是很难更改的看法了。她觉得,这些东西,写在诗歌里、小说里,编进戏剧、电影里,倒是挺好看的。不过也只是好看而已,她已经不怎么相信诗歌、小说、戏剧、电影的力量了。

要是生活中的矛盾和斗争也这样收场,要是生活中的爱情也像戏剧、电影里的演员一样,只是在做戏,那倒还可以。可生活不是这样,狂热的感情,留下来的往往是令人痛苦的回忆!

严敏清楚地看到这一点,她怎么能眼看女儿陷入这种盲目的热情中而不干涉呢,这不是看见女儿往火坑中跳而不拉她吗!严敏不能这么干,她忍了忍心中之气,缓缓地说:

"我和你打开窗户说亮话吧,支!请你原谅妈妈的直率,也请你原谅我干涉你的私事。支,你是我的孩子,我辛辛苦苦抚养长大的女儿,当妈妈的,不关心自己的女儿,还有哪个关心?你将来也要生儿育女,也要抚养你的女儿,到那个时候,我相信,你一定知道,不论你做什么,目的总是希望子女幸福。"

"嗯,大概是这样的,妈妈。"慕蓉支抑制着内心的悲哀,点着头,字语不清地说,"只是我永远不会不了解实情就管教她,也不会勉强做她认为不愿做的事情,更不会强迫她……"

"这个……"严敏怔了一怔,喉咙里像堵着一口浓痰,女儿虽然在点头,可她说出的话,还是很顽固。她加重了语气,"这也只不过是说说罢了,如果有一件事刺激你的神经,日日夜夜折磨着你,叫你吃饭不香,睡觉不安,你又怎么能不说呢?"

"妈妈……"

"妈妈,你叫我时还那么亲热。支,我和你爸爸都已老了,我们都是普通的、平凡的人,希望正常地生活,正常地劳动,平平静静地过日子。不指望做出什么惊天动地的事了。在我们这样的年龄,还指望什么呢?我们的全部希望,不就是寄托在你们几个孩子身上嘛!我们的全部心思,不就是想着你们嘛!珊和松都在上海,在我们身旁生活,我们看得到他们的变化,知道他们的心思,能把握住他们。可你……最近我常常想,要是你在这样年轻而又关键的时候走错了路,永远留在山寨,过着艰苦的农村生活。那么,我们就是安安逸逸地生活在上海,心里头也是不得安宁的,孩子,到死也不得安宁的,你懂吗……"

说着说着,严敏也动了感情,眼圈红了起来。

"妈妈,"慕蓉支拄了拄鬓角的一绺头发,勉强抑制住自己的感情,说,"你听到了些什么呀?莫非你不知道,在生活中,做任何事情,都会遇到些不负责任的议论吗?在不负责任的议论面前,人也该动摇吗?那么,还能做些什么事业呢?妈妈,你听我解释,听我解释完,你再说,好吗?你听来的一切事情,都是有缘故的呀!"

严敏看女儿激动起来,决定耐下心肠,听听女儿的解释。

于是,慕蓉支给妈妈讲起来了。她说,起初和程旭相识的时候,她也像妈妈现在一样看待程旭,甚至还公开给他提过意见,对他非常不满。后来她怎样发现,他在干一件踏实而又艰辛的育种事业,没日没夜,默默无闻地苦干、苦钻着。她给妈妈解释,程旭三年没挑担,是什么原因;大队姚银章,为什么对他印象不好;公安局又为什么要逮捕他;他本人又是怎样对待这些事情的……

大祠堂外,叫蚂子和蟋蟀还在鸣叫;从寨子中心的会议室里,传来主持会议的生产队长在高声地宣布什么决定;哪一家的婴儿,在"哇哇"啼哭。

严敏听着女儿的解释,不时地点着头,一双眼睛瞪得老大。女儿心目中的小青年,遇到这样的厄运,也叫她大大地吃惊了。"文化大革命"对严敏来说,确实是一场很大的运动,她在医院里,看到人们造反、炮轰党委、揪斗领导、刷大幅标语,有时候敲锣打鼓,有时候突然出去抄家,有时候在医院里批判专家路线,在绿茵茵的大草坪上辩论。南京路上的大字报、小字报、传单、标语,把每一家橱窗都刷满了,外地来的人,根本别想知道商店的名称。游行的队伍,电线杆上的高音喇叭,从北京、从外地、从各省传来各种各样的消息……没有一场运动,像这场运动一样规模宏大,气势磅礴。没有一场运动,像这场运动一样尖锐复杂,混乱嘈杂,更没有一场运动,像这场运动一样,千变万化,令人深长思之。昨天的老革命、党委书记,一夜之间变成了"叛徒""特务""走资派",被关进"牛棚",去扫走廊、打扫厕所;昨天的大流氓、捣蛋鬼,造反上台,突然变成了革命派、大主任,还能坐上轿车。怪事百出!严敏看得多了,想得多了。但作为她个人,她每天仍在医院里忙忙碌碌地工作,护士长每天有做不完的琐事,她的群众关系很好,又从来不在公开场合表态,亮明自己的观点,医院里根本没人想到写她的大字报。她自己呢,在好些别人起草拥护重大决定的大字报上签过名,在好些大是大非问题上像绝大多数群众一样表过态。她也有过担忧的时候,那就是丈夫被厂里的人作为走资派的"掌上明珠"陪斗的那些天里,有人到家里来刷了大字报,慕蓉康被逼着写检查,下放到车间里劳动……好在慕蓉康的家庭出身好,本人又是工人出身的工程师,事情很快地烟消云散了。那些造反派的注意力,很快转到比他更重要的干部身上。这几年来,慕蓉康在车间里劳动,回家来,他还想要看书、画图纸、记笔记,被严敏狠狠地说了一通,把他的书籍、图纸、笔记通通锁进柜子,钥匙她保管着,慕蓉康才算死了心。嗨,这么一来,丈夫反而胖了,精神比以前常常没日没夜地钻研、熬夜时好多了。几年来,家庭的生活是幸福和安宁的,有时候,夫妻俩也有些牢骚和不满的地方,比如严敏对医院里新来的工宣队头头看不惯啊,丈夫对中小学生不爱学习的现象看不惯啊……怕被有些人说"攻击工宣队""对教育革命不满",他们的牢骚也只是互相之间发发而已,甚至在子女面前,也很少说。

是不是严敏没有看见过"坐飞机""体罚""游斗""毒打"呢?她也看见过。因为事情见得多了,离她本人又那么远,她只是在当时愤愤不平地觉得,这么做不符合政策,过后也就算了,也不能随便同什么人讲。要是多讲,会有人说你对"革命行动"攻击诬蔑,惹来不少麻烦。

可今天的情形不同,女儿说的事情,那么具体,又那么直接和她本人有关系。要知道,女儿讲的,是她钟情的青年啊!

严敏从慕蓉支的每一句话里,从女儿的言语、神态和声调中,都听得出她对程旭的感情。尽管支一点也没说到他们俩之间的感情和恋爱,可严敏知道,这比公开承认"我们确实在恋爱"还要危险。这就是说,他们之间的感情,不是一般的恋爱,而是具有很强烈、很厚实的思想基础的。他们之间有共同的语言,有精神的共鸣;他们之间性格协调,感情势必将发展得非常和谐,思想更可能取得一致。这就更棘手啦!通过女儿的讲述,严敏觉得,对方这个小青年,可能确实是很无辜的,甚至可以说有点儿可怜,是值得同情和关心的。但是,女儿毕竟还年轻啊,她不懂得,同情和关心是可以的,与之恋爱却是不行的呀!这不是把麻烦找上身吗?这不是把自己套进束缚人的绳索中去吗?严敏决心从这方面来启发、开导女儿。慕蓉支刚刚讲完,严敏就接上话头道:

"支,也许,妈妈了解到的情况,确实是有偏差的。你说的情况是真实的。妈妈完全相信你……"

"是真的,妈妈,一点也不会错,他不会骗人。"听妈妈这么说,慕蓉支显得高兴起来,她激动地截住妈妈的话说,"妈妈,你不觉得他是个好人吗?"

"好人,什么叫好人呀?"严敏苦笑了一下,喃喃地说,"支,你毕竟是个孩子,不懂事啊!你知道不?跟上这样的好人,是要吃苦受罪的。你想想,因为他父亲的问题,连累到他,你和他好,是不是要连累到你?你再想想,你们大队的主任,明着要整他,你和他好,是不是也要整你?支,我不是不准你谈恋爱,妈妈也是个开通人。可你现在,必须停止和他的一切接触,完全割断你们之间的联系,从此之后,一刀两断!"

啊!慕蓉支呆痴痴地瞪大了眼,脸色"唰"地变白了。起先她想,只要自己把程旭的真相告诉妈妈,妈妈一定会支持她的。从小,妈妈不是常给她说,要坚持真理,要向革命先烈们学习,要做一个革命的硬骨头吗?爸爸不是也一再地说,做人要有志气,要有骨气,要敢于顶得住风暴的袭击吗?慕蓉支和慕蓉珊双双朗诵裴多菲的名句"生命诚可贵,爱情价更高。若为自由故,两者皆可抛"的时候,爸爸妈妈不都说这是一首绝妙的好诗吗!爸爸不是还特地给两个女儿讲过文天祥的《过零丁洋》诗"人生自古谁无死,留取丹心照汗青"吗……可是现在,妈妈为什么说出这种话来呢?程旭做的是对的呀!他是一个正直的好人,为什么不能和他接触、和他好,非要去向不对的迫害他爸爸的势力,非要去向姚银章这样的人妥协呢?刘胡兰面对国民党反动派的屠刀,卓娅面对德国法西斯匪徒的严刑拷打,她们都能视死如归,坚贞不屈,为了真理而献出宝贵的生命。小时候,爸爸、妈妈、老师,还有那些伴随着慕蓉支一起成长的《小朋友》《儿童时代》《少年文艺》《中国青年》杂志和许许多多书籍,都说她们是每一个人学习的榜样。可此刻,还不是要去牺牲,仅仅因为可能影响上大学、影响抽调进工矿,母亲为什么就要说出这样的话呢?

慕蓉支像不认识妈妈似的,凝视着她,说不出一句话来。

严敏并没猜到女儿此时此刻心头在想些什么,见女儿不回答,她又坦率地补充了一句:

"和程旭一刀两断,是你爸爸和我的要求,也是你爸爸和我的强迫命令!支,实话说吧,妈妈这次不远千里,抱病到这儿来,就是为了这件事!这件事关系到你的前途,甚至影响你的一生!听见没有?"

"妈妈,"慕蓉支看到母亲严峻的脸色,听到一句句不容置疑的话,她有些害怕,不由得拉长了脸,伸出发颤的双手,哀求般地说,"妈妈,不成,我不……不,我想不通啊,妈妈……"

"什么?"苦口婆心的严敏,已经很难控制自己被激怒起来的感情了,她竖起两条弯眉,瞪大气愤愤的眼睛盯着慕蓉支。这个姑娘,现在为啥这样不懂事、不听话啊!从她固执地对待自己的态度上,可以看出她受了那个程旭很大的影响,连爸爸妈妈的话也不听了。严敏真恼了,她气呼呼地说,"你就这样回答爸爸妈妈的要求?你连细细想一想爸爸妈妈的话也不愿意?你究竟想干什么?事情明白地放在那儿,有什么想不通的?你倒是说话呀!"

慕蓉支心头"怦怦"地跳着,她惊惧地瞪大了失神的双眼,瞅着发脾气的妈妈,看清母亲怒气冲冲地瞪着她,她惊骇地一头扑在被窝上,两个肩膀不时地耸动着,一句话也说不出来。

严敏见女儿闭紧嘴不肯答应她的要求,觉察到她的内心仍然很坚决,不由得一阵心酸,含着泪,拖长了声音道:

"支,是的,从小我就爱你,爱得太过分了,所以到了现在,要受这样的罪。不,这一回我无论如何都不能依你,原来,你主动要来农村,我还以为你懂事,相信你不会辜负爸爸妈妈的希望。没想到,你到了农村,竟表现得这个样子,眼下,连爸爸妈妈的话也不听了。支,爸爸妈妈不能眼看着你走歪路啊!你、你为什么还不愿吭气呢?你的表现,叫我们多么伤心,叫我们当父母的,多么为难啊!支,你说话呀!"

"妈妈!"慕蓉支陡地从被窝上仰起脸来,她脸色惨白,呼吸急促,胸脯在幅度很大地起伏波动,眼神也有些错乱,她的头发在被窝上拱松了,有几绺乌发垂到脸前来,"妈妈,你们的心我知道。可我觉得,我没有做错,我没有走歪路!我做得对,我走的是一条正道啊!我不怕为此受苦,我也不怕那些不负责任的背后议论,我愿意……"

"别说了!"严敏真正地气恼了,她"呼"地一下从床沿上站起来,厉声说,"现在只有一句话,你愿不愿答应我们的要求?"

慕蓉支失神地望着勃然大怒的妈妈,从小到现在,妈妈从来没有用这样的态度对待过自己,她很伤心,脸部肌肉抽搐般颤动着,但仍然固执地摇摇头,说:

"妈妈,我不能……我不能说我的心灵上通不过的话,妈妈,请……"

"你!"严敏怒气冲天地指着女儿,"你还坚持这个态度?"

"妈妈……"

"太不像话了!支……"

"妈妈,难道你……"

"别讲了,我不要听你的话……"严敏扯直了嗓门,正要怒形于色地斥责女儿,猛地意识到自己已经气恼得忘形了,她张着嘴巴,一时竟说不下去了。一阵悲恸,狂风乍起般袭了上来。听着女儿意志不愿稍移的表示,看着女儿目光中闪射出的那股固执劲儿,严敏的内心像撕裂般痛苦。

她呆如木鸡般站着,浑身的血脉急涌,一齐涌汇到她的心脏,压迫挤胀着她的胸廓。她难受极了,痛苦极了。昏黄的电灯光从她头顶上照射下来,使她的脸呈现出又疲惫又困惑的老态,许是旅途的劳累疲倦,许是心灵上受了刺激,她额头上、眼睛旁的皱纹,都显露了出来。两行失望伤心的泪水,溢出眼眶,顺着面颊淌下来。终于,她忍受不住了,她呼吸局促,头脑在一阵比一阵地剧烈疼痛,发晕发转,好像头发一根根都竖了起来,长叹了一声,她一屁股坐在板凳上,伸出双手捂住了脸。

看到妈妈痛彻肺腑的神态,慕蓉支只觉得万分惊愕,她失神地睁大双眼,望着妈妈,一句话也说不出来。

……

屋内母女俩在争执,处在矛盾的旋涡之中,谁也没察觉,大祠堂外慢慢走来的周玉琴,正巧听见了她俩的最后几句话。

在生产队的群众大会热闹喧哗地纷纷争着发言的时候,心神忐忑不宁的周玉琴一直惦念着集体户屋头,好像那里有一根线,牵扯着她的心。一下午,慕蓉支和她妈妈都在东拉西扯地闲聊,没有触及"程旭"的问题。现在,人们都散尽了,她们该讲起这个问题了吧!母女俩会不会因这个问题争执起来,发生冲突?和刘素琳一起给严妈妈写信的周玉琴,很是不安。偏偏刘素琳今天和陈家勤一起去开会,到现在还没回来!会开到一半,周玉琴就坐不住了,她想来看看,刘素琳回来了没有。周玉琴急于要和素琳商量一下,怎样来给慕蓉支解释,为什么没跟她说,就给她家里写了信。否则,慕蓉支在心头会对她俩有意见的呀!

没想到,还没走进大祠堂,周玉琴就听见了母女俩的最后几句对话,还清晰地听到严敏怒不可遏的追问声。周玉琴猛地收住了自己的脚步,浑身发凉,呆愣愣地立在那儿,心里说:坏事了,坏事了!严妈妈这么好的脾气也发火了!慕蓉支啊,你怎么这样不懂事,这样固执己见啊!我们的话你不听,你妈妈的话你也不听啊!真正想不到,一个人竟然会变得这么快!

震惊之余,原先想跨进门去的周玉琴,只得打回转了。不知怎么搞的,屋里这一阵什么声音也没了。在这样的场合走进去,是很不适宜的呀,能说些什么呢?

周玉琴悄悄地转过身,慢慢地仍向会议室走去。会议室里,还在热烈地发言;寨外的山野里,月色洒下一片清辉。周玉琴望着通往公社的那条马车道,心里焦急地说:面对她们母女俩的这种矛盾和冲突,我该怎么办呢?这个刘素琳,为什么到现在还不回来呢?

十 七

刘素琳和陈家勤的关系,在"程旭将被捕"的事件以后,大大地前进了一步。这一点,陈家勤看得更加清楚一些。

在姚银章勒令程旭停工检查的那天晚上,姚银章把他们两个叫到家去,要他们在集体户里,留神住在小木屋里的程旭,看他每天干些什么,做些什么,有异常情况,及时向他报告。

两个人都答应了大队主任的要求。

姚银章很高兴,当面表扬他们俩,是二十四个知识青年中表现最好的年轻人,还叫老婆炒了瓜子招待他们。

从姚银章家出来,夜已深了,两个人亮着电筒,走回大祠堂集体户去。走到韩家寨的烘房、磨坊和停放集体马车的棚子这一带僻静处时,陈家勤把电筒揿灭了,并且停了下来。

"你的电筒坏了?"刘素琳转过身来,用电筒射了一下陈家勤的手。陈家勤的手插在裤袋里,他匆促低声地说:

"素琳,你等一等,我有话说!"

"有话就说嘛,偏要站停下来。"

"你也把电筒熄了。"陈家勤轻声热烈地说。

"怪事,讲话还要关电筒。"刘素琳被陈家勤反常的要求弄得也心跳急促起来,不过她还是站停下来,揿灭了电筒,"好,"她壮着自己的胆说,"你快说吧,什么事儿?"

陈家勤左右环顾了一下,二三十步内都静悄悄、黑洞洞的。他什么话也没说,从裤袋里忙乱地摸出一样东西,塞到刘素琳的手里。

信!

一摸到信封里那厚厚的信纸,刘素琳立刻明白过来了,这是陈家勤写给她的信。整天在集体户里住着,他写什么信?刘素琳没费什么猜测心头便明白了,这是人们通常所说的"情书"。这个人,终于向她开始明确地表态了。好多天来,刘素琳已经感觉到,陈家勤在向她献殷勤、讨好她。平时,在集体户的灶屋里,大伙儿聚在一起闲聊天、吹牛、开玩笑,他的眼光时常有意无意地瞟到她脸上来。她思想上有准备,他向她提出这个问题的时候,该怎么回答他。但她没有想到,他会在这种没有什么前奏的突如其来的情况下,给她写上这厚一沓纸的情书。刘素琳手里捏着信,好像捏着一团火,心"怦怦"地跳着,脸上也火烫起来。尽管刘素琳干练、豁达,处理事情落落大方,可是对她来说,这样的事情,还是头一次碰到啊!在理智上,刘素琳常常告诫自己,现在是插队落户,不能谈恋爱,不能和男知青太接近。可是她毕竟也上了二十三岁,有时候,躺在床上,要想一些不该她现在想的念头。漂亮又爱招摇的常向玲,不管知青们私底下怎么议论她,老早就和家庭条件甚好的莫晓晨合在一起吃饭了,她不一样在生活,一样过得很愉快、自在嘛！特别是和她很要好的周玉琴、慕蓉支都谈起了恋爱,唯独她,算起来比她俩都要大上几个月,但还从来没有谈过恋爱呢！当然,她即使要谈,也不会像慕蓉支那样傻,去找程旭那样的人,把一根绞索套在自己脖子上。她看到了周玉琴和章国兴之间的恋爱,觉得讲究实际的周玉琴,把这件事处理得很好。玉琴有什么心里话,可以和章国兴谈谈;平时,章国兴又能帮玉琴做一些事情,关鸡、放鸡、做小板凳、做小柜子。周玉琴除了得到一定的安慰和温暖,什么也不缺。像这样谈恋爱,又有什么不可以呢？况且,陈家勤无论比程旭、比章国兴都要聪明、英俊得多。他家庭出身好,本人政治表现过硬,插队落户三年了,他在生产队、大队、公社三级领导班子里,都兜得转。这三年间,无论是招工招生,公社和大队都没轮到名额,要是有名额,第一个肯定是他！和他好有什么吃亏的呢？

刘素琳对陈家勤有这样一种估价,并没把信退还给他,相反紧紧地捏着信,揣进了衣袋。

陈家勤怀着恍惚不安的心情,留神着刘素琳的一举一动。见她没有把信退还给他,他心里闪现了一丝希望,高兴起来。

几天来,陈家勤一直在等待着这封长达十页之多的信的回音。可是,没有回音。既没有回信,也没有回话。刘素琳本人的态度呢,对他还是那个样子,既不比原先疏远,也不比原先热情。

陈家勤的内心焦灼如火焚,简直像在发高烧,不知如何是好。陈家勤的父亲在解放前摆过摊摊,卖过糖粥、豆腐干、做过小买卖。解放后前几年,也一直以此为生。直到一九五六年,他父亲才进了上海郊区一个机器厂当工人。他母亲和他父亲一样,三年困难时期的时候,还卖过花生黄豆,自己熬制过五香豆,当过小贩。一九六三年才由里弄安排进了街道工厂。出生在这么个家庭里,陈家勤就格外羡慕那些家庭经济条件好的孩子,他们穿得好、吃得好。他呢,父母亲做小生意赚到钱了,能快快活活吃几天;赚不到钱时,只能吃蔬菜、米饭了。"文化大革命"以前的好些年,陈家勤家在上海住的是普通的弄堂房子。这种黄砖绿瓦的房子,比起闸北、南市那些自己修筑的小屋小楼强多了,可比起那些煤、卫设备齐全的洋房来,又差得远了。离陈家勤家住的弄堂不远,就有好些这种带花园的洋房,和他们这一带形成鲜明的对比。从小,陈家勤就渴望自己有朝一日也能有很多很多钱,坐小轿车,住高楼大厦,过过舒服享受的日子。因此,他就发奋读书,努力追求上进。他的模样儿长得俊,学习成绩好,只要是老师说的话,不管他内心觉得对不对,他都做出一副非常爱听的模样,并且照着老师说的去做。

如果他真心听从老师的教导,时间长了,他能逐渐成长为一个好青年的。无奈家庭里小商小贩那种唯利是图的气氛太浓,父母亲的思想又时时影响着他,使得他高人一等的思想,随着年龄的增长也愈加隐蔽地增长起来。

年龄渐渐大了,社会主义社会不允许个人发财致富的法令限制着他的思想。他开始学着观察社会,窥探另外一条出人头地的途径。这是不困难的,社会上本身存在的差别使他很快地就明白了,要过舒服日子,要比别人吃得好、穿得好,就得要求进步,争取当干部。干部当得大了,一切享受就合理合法地都有了。

地下阴河的水,通过科学的普查和勘探,是不难弄明它的走向和流经的地域的;人头脑中的思想的阴河,却是不容易发现的。陈家勤善于隐瞒自己这种内心深处的思想本质,他知道,他跟任何人吐露自己的真实思想,便会断送他的前途,给他自己前进的路上添置障碍。他是不做这样的傻事的。不要说老师没有发现他的这种思想,把他当作一棵好苗子来培养,就是他父母亲本身,也没发现第三个儿子思想深处的阴河。

魔鬼有时候也会得逞。

陈家勤自然很容易受到人们的信任和重用了。他五官端正,英气勃勃,最易讨人喜欢;他俯首听命,会察言观色,投人所好,使得人愿意培养他;他聪明伶俐,能言善辩,凡是交办的事,他总能完成得很好,总给人留下一个良好的印象。只可惜,没有人指出他根深蒂固的腐朽思想,相反,有些人助长了他这种思想的恶性发展。这也难怪,在欣赏一个人的优点时,人们往往会忽略这个人的缺点。

陈家勤有两个哥哥,他的大哥娶了一个资产阶级家庭的女儿做妻子,结婚的时候,还真热闹排场了一阵,婚后哥哥嫂嫂也过着安静康乐的生活。当然,由于他大哥娶了这样的一个妻子,政治上还是有所损失的。"文化大革命"前大哥填了入党志愿书,和他一道填写的人,都批复下来了,他大哥没有批下来。结果,"文化大革命"开始了,至今为止,他大哥还没有入党。

二哥大骂大哥是傻瓜,是要了老婆丢掉前程的笨蛋!他走的是截然相反的道路。"文化大革命"开始时,二哥就是造反派的头头,几经冲杀、百般串联,二哥已经杀上了局一级的领导岗位。他上和市里面的头头关系密切,下有一批

"赤屁股兄弟"捧场,不管哪一个单位,他都有人认识。原来二哥的熟人、朋友,现在都叫他"路路通"!来插队落户之前,陈家勤眼看着自己的家从弄堂的三层阁楼,搬进了有整套卫生设备、煤气的洋房。二哥原来是个普通工人,工资很低,可是沙发、电视机、进口手表以及厚厚的绒窗帘,什么都拿进了家里。

陈家勤那时候也在学校里"复课闹革命"!他把二哥作为自己心目中的英雄,是他崇拜得五体投地的偶像,他想要实现的理想,二哥全给他实现了。他的家里常常有鸡鸭鱼肉了,他穿得也整整齐齐、漂漂亮亮了,他住进了高楼大厦(他家住在一幢洋房的四层楼上)。可陈家勤并不觉得过瘾。

人的欲望是无止境的!

二哥坐的那辆闪亮的小轿车,陈家勤也"揩油"坐过两次,他觉得真是舒服至极。可惜那是二哥的,不是他的。他在学校里写大字报啊、辩论啊、刷大标语啊,到最后,仅仅只是学校红代会的头头、红卫兵团的团长、校革委会的常委,到毕业分配的时候,因为他的大哥、二哥都在上海,他理该务农。班主任老师对他说,你是学校的领导成员,学生中的头头,又理该务农,还是积极带个头吧!按照他二哥的路子,陈家勤是能留在上海的。但是他考虑再三,还是在学校里打出了第一面上山下乡的旗帜。他权衡过,毕业分配到上海的工厂里,还是要当三年学徒,随后满师转正当工人。工厂里上班下班,纪律严一些,周围又满都是老师傅,现在又不是造反的时候了,要跳也跳不出来,那一辈子就算完了。干脆,到外地去闯一闯,能闯出条路子来最好!实在闯不出了,再叫二哥想办法调回上海去也一样。

就这样,陈家勤带头插队落户了。

现实生活是严峻的。

山寨的插队落户生活,不像陈家勤想象的那样充满了诗情画意,他内心深处非常看不起的"阿乡"们,也并不像他原来想象的那样愚笨。山区农村的生活,是以劳动为主要内容的。陈家勤是一个聪明人,他出工积极,劳动带头,不计较工分,很快地熟悉起韩家寨的一切。他懂得,集体户、韩家寨是他的"基地",他的人生的第一步,就要从这儿迈出去,为了美好的将来,必须在这儿打好基础。

不上一年,他的肯出力、待人随和,很快得到了一些社员的好评。大队主任姚银章,也对他另眼相看,觉得这上海来的知青对他百依百顺,是他在集体户里的一个好帮手。于是,山寨上的大批判,姚银章指名要他搞;公社里通知集体户派代表去开会,姚银章指名要他去;大队里,总有一些具体事情,比如大队的小学校需要老师代课啊,统计各生产队春耕、秋收大忙时的各种数字啊,写汇报写总结啊,到大队的煤场上查账啊,陪着县里、公社里各部门下山寨来的干部走走啊,等等,所有这一切,被一般的社员叫作"轻巧活儿"的,姚银章都要陈家勤来干。久而久之,热心于干这一切的陈家勤成了姚银章的"红人",成了韩家寨大队的"风流人物"。郑钦世常要半开玩笑半讽刺地嘲弄他几句;而莫晓晨、章国兴、沈兆强这些男知青,常常羡慕他能有这么多机会得到"轻巧活儿",都说他和姚银章关系好,有福气。但干得挺欢的陈家勤,对这一切心头是很不满足的。他向往的,哪里会是干这一类杂务事呢?他向往的要远大得多呢!

三年时间就这么过去了,"远大"的理想连一点影子也见不到。在陈家勤的内心深处,对山寨生活已经开始慢慢厌倦起来。在大上海成长起来的年轻人,哪里会不经过刻苦锻炼就热爱上山寨农村啊?去年探亲时,陈家勤向二哥抱怨过插队落户生活干不出大事业来,请二哥帮忙想办法。二哥让陈家勤先回来,仍旧好好干,切忌暴露自己厌恶农村的真实思想,弟弟的出路他留心着。

回来之后,陈家勤仍旧像原来那么干着,每月给家里写一封信,要求二哥快通路子,想办法把他调走。哪怕是上海的大学来招生,把他招回去也行。现实生活使得他放弃想当干部、坐小轿车的五光十色的理想了。

在这样一种等待中,陈家勤由于无聊,也非常想谈恋爱了。他早就留心过,在集体户里,慕蓉支、常向玲、刘素琳三个姑娘比较漂亮。常向玲的父亲是上海老虎灶职工,这姑娘爱吃零食,自小待人接物都很随便,喜欢花俏打扮,喜欢和男知青聊天。和集体户所有的女知青比较起来,她最好接近,也很容易交谈,但是她已经和莫晓晨好了,合在一个灶吃饭,陈家勤设想过,"撬"掉莫晓晨,由他取而代之。但经过细致分析,他没有这么干。莫晓晨虽然出身于资产阶级家庭,"文化大革命"中,他家也被抄了。但由于他是家庭中最小的一个,他的哥哥姐姐们都已出去工作,他父母亲又非常宠爱这小儿子,时常给他汇钱来,他在集体户里还是最阔绰、大方的一个。陈家勤不像莫晓晨那么有钱,觉得在这方面和他"别苗头",是"别"不过他的。于是,陈家勤只得自认晦气,暗暗承认,动常向玲的脑筋,不行。慕蓉支呢,他偷偷地写过一封长达七页的信给她,但是碰了一个钉子,无法接近。剩下的只有刘素琳了,刘素琳的爸爸是上海一家什么机械厂的科级干部,共产党员,母亲是一家不大不小的饭店的门市部主任,她上面的两个哥哥、一个姐姐都已工作,她下面有个弟弟,中学快毕业了,家庭条件是不错的。回上海探亲时,陈家勤到刘素琳家去过,她家的房屋虽不十分新式,是二十世纪三十年代建造的老式石库门楼房、但一间前厢房,一间亭子间,布置得非常整洁、素净,从屋内家具的摆设看,她家的条件在上海也是属于中上的了。再说,这姑娘个儿高挑,容貌端庄漂亮,很吸引人。平时,你和她说话,她总是笑吟吟的,对你很客气。看准了这一切,陈家勤决定要向刘素琳"发动进攻"了。好些日子以来,陈家勤一直在留心观察刘素琳,有意无意地向她献上几分殷勤,讨好她。他看到,所有这些,刘素琳都是接受的;而且,每一次开会,或是饭后工余的闲谈,他说出的意见,刘素琳总是表示赞成和支持。于是,他大着胆子,抽了一个晚上,洋洋洒洒写了十大页信纸,表示了自己的爱慕之心,趁姚银章叫他俩去开会的机会,给了刘素琳。

慕蓉支曾经给过他的回条使他尴尬、恼怒和生气,使他的自尊心受到了很大的刺激,他害怕刘素琳也给自己来这么一下。

没有,刘素琳不像慕蓉支那样对待他。但是,好几天了,她一点也不表态,既不同意,也不反对,这算个什么态度呢?

陈家勤用了很多时间去猜测,却怎么也猜不出来。他只在心头说,这个刘素琳,显得真老练啊!

几天来,陈家勤一直想候机会,单独地直截了当地问问她,看她说些什么。只是,机会难得,刘素琳差不多日日夜夜都和其他女知青在一起,无法和她说上悄悄话。

又是姚银章成全了他们,县里面有人召开知青工作汇报会,每个集体户要一男一女两个代表参加。姚银章通知他们俩随他到公社去。

去的时候,他们是搭韩德才的马车去的。马车上四个人,不好说话。

到了公社,开知青工作汇报会时,全公社的知青济济一堂,坐在一起,也没有机会说话。今天的会开得很热烈舒畅,除了公社和县知青办公室的干部参加了会议之外,县革委会主任薛斌和上海派来的学习慰问团的几个干部,也参加了会议。陈家勤在汇报会上,一个人滔滔不绝地谈了一个多小时,讲他接受贫下中农再教育的体会,控诉旧的教育制度对他的毒害,盛赞贫下中农的质朴伟大,表示扎根山寨闹一辈子革命的决心。他的话,有大道理,有生动的生活细节,也引用了列宁和毛主席的话,有条有理。和那些不善于在大庭广众之前讲话的知青比较起来,和那些觉得很难讲述自己的表现、三言两语不上五分钟结束自己发言的人比较起来,陈家勤讲得头头是道,吸引了满场的干部和知青,在他讲话时,不少人在点头称是。刘素琳还在一旁给他补充了几条。陈家勤的发言顿时得到了大家的重视,有的知青表示要向他学习,知青办的同志请他把发言整理成书面的文字稿,上海学习慰问团的干部勉励他再接再厉。最后,在公社吃过晚饭之后,薛斌单独把姚银章、陈家勤、刘素琳三个人叫去谈了一席话,给他们交了底。在他蹲点木瓜树公社期间,除了各样工作要有起色之外,他想要把韩家寨上海知识青年集体户树立为典型的先进集体户。

他热情地表扬了姚银章、陈家勤和刘素琳,又随便问了点情况,要他们回去之后,搜集材料,由陈家勤执笔,写一份全面的综合性的总结,他要上报。他还特地说明,总结绝不能光是抄报纸,绝不能弄得干巴巴的,要写得像陈家勤刚才的发言一样,有文采,有吸引力。

大队主任明早还要继续在公社开会,陈家勤和刘素琳先一齐回韩家寨去。陈家勤心里高兴地想:这下好了,总算有机会了!

几天来,他一直想有个和刘素琳单独说话的机会,没想到,机会竟这么突然地来到了眼前。从木瓜树公社到韩家寨,一路都是上坡,十四里爬坡路,快走也要一个半小时,慢慢地走,要两个小时。在两个小时里,有多少话儿可以谈啊!

陈家勤今晚上显得特别潇洒自如,风度翩翩,一天之间,他感到踌躇满志,神采焕发。固有的自豪感在他身上抬头了!生活、美好的生活,那奇幻的远景,以及五光十色的理想都在他心灵上活了转来!他感到一切都有望了,一切都有实现的可能!为什么不可能呢?他也是个人,一个年轻力壮的年轻人,他并不比二哥笨!他二哥不是把一切都争取来了吗!

说起来也奇怪,陈家勤英俊的脸上,去公社路上还挂着一层郁郁不乐的神情,仿佛心事重重的样子,回来的路上,他显得满脸喜气,一双明亮的眼睛里闪耀着强烈的愿望和顽强的意志。走起路来,也显出了他的得意之情。

"看你,显得多高兴啊!"刘素琳走在他左侧稍后一点,看他那副神态,瞅着他的脸,满意地笑着说,"县革委会主任叫你写一份总结,你就这么高兴啊?"

"高兴,当然高兴。"陈家勤走得慢些,让刘素琳走上来,和她并排走着说,"今天我遇到了好几件高兴的事儿……"

"好几件?"刘素琳不解地说,"不是就一件吗?"

"不,有好几件,你听我说嘛!"陈家勤偏着头,伸出左手,右手一个指头一个指头地扳着,数说给刘素琳听,"头一件,在今天的知青工作汇报会上,见到了上海派出的学习慰问团,他乡遇亲人,当然高兴啰!你想想,以后我们上海知青就有人引荐,有人宣传介绍了呀!"

刘素琳点点头说:"所以,你今天的发言那么热烈、精彩!是吗?"

从刘素琳的话音里,陈家勤听得出她对自己的发言是满意和赞赏的。尽管他发言讲了一个多小时,不单是因为来了上海学习慰问团,没有慰问团来,他也要讲这么多的。但他还是说:

"对,一高兴,话就多了嘛!"

"那第二件呢?"

"第二件令人高兴的事是,木瓜树公社的知青工作,原来抓得不够紧,现在,由蹲点的县革委会主任亲自抓,肯定会有起色。"

这一点刘素琳还没有想到,她不由得点头赞同道:"对对,由县里第一把手抓,有了问题就容易解决了。那你说说,第三件令人高兴的事,是什么呢?"

"第三件,你也知道。我们插队落户已经三年了,从来没有人来给我们总结了解一下。现在,我们正可以借薛主任叫写总结的时候,把我们的要求和希望提出来。你说是吗?"陈家勤虚心地问道。

"哎呀,你想得太好、太全面了!"刘素琳不由得拍着手,眉飞色舞地赞扬着,"你这个人,看一件事总比别人看得深、看得远!"

"哪里!"陈家勤不动声色地摇摇头,说,"还不是天天生活在集体户,看得多、想得多了。有许多,还是受大家的启发呢!"

刘素琳这一回没吭气,心里说:他真谦虚。嘴里还在问:

"那么,还有没有第四件叫你高兴的事啊?"

"有啊!"陈家勤脱口而出。

"是什么?讲出来听听嘛!"

"是、是……"陈家勤望了刘素琳一眼,迟疑了片刻,说,"这是一件私事,是我今天接到了二哥的来信……"

"你家有什么喜事呀?"

"我二哥当上了局里面的第三把手。"陈家勤平平淡淡地说。

"哟,局级干部,那是高干了!"刘素琳惊讶地说,"你二哥一定是个造反派头头吧?"

"嗯,纳新入党之后,他是局党委副书记、局革委会副主任。今年春节,二哥要结婚了!问我能不能回去。"陈家勤叙述着二哥信中的一部分内容。

刘素琳笑嘻嘻地说:"那真是双喜临门了,又升'官',又结婚。你今年春节回上海吗?"

"你呢?"陈家勤故意反问一句。

"我?"刘素琳一怔,继而摇摇头说,"我不想回上海去。插队落户三年了,回到上海,不管碰到什么人,亲戚、朋友,或者不相关的人,每个人都要问一句,你现在怎么样?叫我怎么回答呢?唉,说起来下乡光荣,可是人家听说你是插队青年,拿工分的,没有固定收入,脸上不是露出股同情的神态,便是轻蔑的眼色,碰上了真戳人的心,好不舒服!"

"是啊!我也不回上海去了。"陈家勤一摆手臂,大言不惭地说,"让那些伪君子、小市民看不起我们吧!我们这一代年轻人,一定要在上山下乡运动中,做出成绩来,用事实狠狠地回击他们。二哥也在来信中鼓励我,要我坚持山寨闹革命。他说了,坚持就是胜利。好好地为党为人民奋斗,用自己的实际行动,为上山下乡知识青年争气,为我们这一代年轻人争气!素琳,你也不用悲观,前途是光辉灿烂的,只要我们努力工作,接受贫下中农再教育,准会有光明的前途!"

在陈家勤这些朗诵诗一样的语言面前,刘素琳年轻的心也被鼓舞得激动起来。她默默地点着头说:

"你说得对,对!"

"素琳,你每天在田地里劳动,是不是很累?"

"累是有点累,不过也习惯了。"陈家勤的话由抑扬顿挫、铿锵有力一变而为温柔关切,刘素琳走离了他一步,淡淡地回答他说,"我倒不是怕体力劳动……"

"你别误会。"陈家勤还是很客气温存地说,"我有事儿和你商量。"

"什么事儿?"

"我们大队的小学校,换下来一名教师,是二队队长韩忠鼎的弟弟韩忠文,姚主任说他随意打骂学生,用修正主义教育路线对付贫下中农子女,把他撤换下来了。"陈家勤说起了一个刘素琳还不知道的情况,刘素琳听得专心起来,陈家勤见她注意在听,继续说,"小学校急于要补充一名教师去上课。姚主任要我去接替韩忠文,我想、我想……"陈家勤又偷偷睨了刘素琳一眼,踟蹰了一会儿,往下说,"我想我是男的,又胜任农业劳动,这个教师工作,还是你去吧!你看好不好?"

刘素琳的心头,感到一股从未有过的被人关心的温暖,她瞥了陈家勤一眼,说:

"人家叫你去,你就去吧!怎么能叫我去替你呢?"

"没关系,你去吧!"陈家勤看刘素琳心下愿意,愈加兴致勃勃地说,"我把情况向姚主任说明,他一定会同意的。我说你比我胜任教师工作,脾气好,又有耐心,字也写得好,又会唱歌又会跳舞……姚主任对你印象也很好,他一定会同意,一定!"

被陈家勤拼命说了一阵自己的长处,刘素琳憋不住"扑哧"一声笑了,她说:"你说,将来招工招生,当了教师会不会有影响?"

"这怎么会有影响呢?姚主任也对我说过,当教师做出了成绩,抽调起来更快些!"

"要是这样,就好了!"刘素琳放心地说。

陈家勤双手一摆说:"那就这么决定了,噢?"

刘素琳低下头,默默无言地点点头,感动地接受了陈家勤的提议。她慢慢地往前迈着步。

初秋的夜,凉爽宜人。在山路上走,晚风习习,送来一阵阵成熟了的谷子香味。蛐蛐儿叫,蝈蝈儿唱,山路旁的沟渠里,山泉水在淙淙潺潺地流淌。小溪的水,"叮叮咚咚"作响,仿佛也在唱着一首年轻人的歌。

刘素琳仰起脸来,望着墨紫色的天幕上那些闪烁的星星,不由得深深地吸了一口气,心中说:

"夜,多么美啊!"

她的一阵比一阵跳跃得剧烈的心,陶醉在这样一种美景里,陶醉在初初感受到恋爱的蜜酒里。陈家勤主动地把去当小学教师的机会让给了她,使她深受感动。她觉得陈家勤又高尚,又体贴。他把艰苦的工作留给自己,把相对说来比较轻松的工作,让给了她。要是换一个人,谁都要争着去干哩!下乡三年了,既没招工,又没招生。在山寨,比较适宜于知识青年干,而且能胜任的工作,无非是赤脚医生、卫生员、会计、记工员、教师这几种工作,而在这几种工作中,最好的要算教师工作。陈家勤心甘情愿地把这种工作让给她,证明他对自己的感情……刘素琳的脸,火辣辣地涨红了。

在陈家勤这一方面,要去当小学校的教师,姚银章好几天以前就征求过他的意见,他答应考虑考虑,并且已经做好了准备,到小学校去"混一混"了。他心里说,去教书比每天到田地里干活强多了,又不费劲,又能得满勤,对外说起来,他是天天坚持出工的。况且,当教师又有很多"活络"时间,可以供他充分利用。他觉得这是大队姚主任对自己的信任和重视,同时这也是一种荣誉。当他不下田土干活,而突然跑到小学校去任教时,准会叫二十多个知识青年大吃一惊,羡慕眼红。那时候该多么得意啊!为了取得这种强烈的效果,所以,他对谁也没有讲过这件事。

今天,是他心血来潮、感情冲动,把这个工作慷慨地让掉了吗?不是,他有他的考虑。在知青工作汇报会上一发言,就得到知青办、慰问团,尤其是得到县革委会主任薛斌的重视,他们接二连三地催着他写总结、写材料。以他的聪明和敏感,陈家勤立即感到,好机会来了!他仿佛已经看到了自己前面架好了一架往上爬的梯子,等待着他顺杆儿爬上去。这架梯子,就能通到他那梦寐以求的理想生活中去。

二哥曾经对他说过:"现在这个形势,要在社会上吃得开,要往上爬,就得靠'嘴头子'和'笔头子'这两个'头子'。而这两个'头子'的运用,完全得看机会,凭运气。一个笨蛋,机会在他面前,他会白白放过;一个聪明人,就会想尽办法创造机会、利用机会!"

这些话,这些年来成了陈家勤的金科玉律和座右铭,他牢牢地记在心头。

领导重视,薛主任要把他的材料往上报,这就充分证明,机会已经来了,绝对不能放过。再有,二哥给他的来信中,除了讲那些他对刘素琳复述过的话之外,还跟他透露了一点：市委的领导很重视上山下乡慰问团这个形式，最近，正在准备抽调强有力的干部，参加上山下乡学习慰问团。二哥准备叫他的"赤屁股兄弟"、造反时的"亲密战友"参加陈家勤所在地区的慰问团，担任省团一级的领导工作。为此，二哥特地关照陈家勤，一定要在农村的各项工作中，艺术地恰如其分地充分表现自己，等到他的"亲密战友"来了之后，便可以抽适当机会，向当地提议，把他选拔进领导班子。二哥向他交底说，现在的形势，老、中、青三结合的领导班子，就是要加强青年的力量，以青年带动中年；老年的，只能是少数，起个"顾问""参谋"作用。

在这两种情况下，再去当一名山寨小学教师，束缚住自己的手脚，那就太不划算了！教师的工作，虽然轻松，每天有空闲时间，却也是必须每天去上课的！而要参加当地的各种活动，出外开会，这是不适当的。所以，陈家勤毅然决然地下了决心，把这个工作让给刘素琳。这样，既轻而易举地摆脱了束缚，又能争取刘素琳的感情，还能提高自己在集体户里的威望，真是一举多得啊！

看到刘素琳已经答应了自己的提议，陈家勤心中感到暗暗高兴，他望了刘素琳几眼，说：

"你当了教师之后，集体户有了什么事儿，还请你多加帮助。"

"那是当然。"刘素琳带着感激的心情，爽快地一口答应，"只要你开口，我保证能配合你搞一点工作。真要被薛主任看中，当作典型报送到省里面，集体户确实还有不少工作要做呢！"

陈家勤默默地点点头，心里说：看她，也是挺有眼光的哩！他嘴里在说：

"那就太谢谢你了！我在想，整个集体户，还是容易拧成一股绳的，你们女生中，几乎没什么问题，就是那个慕蓉支，她和程旭的事儿有些难办。还得靠你多帮助呀！"

"是啊！"刘素琳一步一步迈着上坡路，思索着说，"程旭没有被逮捕走，她的情绪好起来了，不过最近，没看出她和程旭有什么接触。依我看，问题还在男生中，只要把程旭和沈兆强这两个人管住，劝劝郑钦世，少发点牢骚，少来点冷嘲热讽，我们集体户真够得上先进集体户了！"

"沈兆强好办，我来同他讲。他还是听我话的。"陈家勤蛮有把握地说，"就是这个程旭，很难办，也不知他净和袁明新、韩德才、韩德光那些人在干啥。我问了好些人,都说不清。"

刘素琳自告奋勇地说:"要解决他的问题,我看像姚银章那样压他也不行。还得摸清他的思想,对症下药。我来好好打听打听,看他在干些啥。"

"那太好了!"陈家勤喜不自胜地说,"太感谢你了!"

刘素琳瞥了他一眼:"这有啥谢的,这又不是你我的事,这是整个集体户的事情!"

"对,对,说得对!"陈家勤见和刘素琳说得顺畅起来,撩起衣袖,用电筒照了照手表,已经九点过了,再有一个小时,就要走到韩家寨了。事不宜拖,该问问她对自己表白的态度了。陈家勤往刘素琳身旁紧走了两步,轻声说:"素琳,我想问问你……"

"问什么?"刘素琳顿时警觉起来。

"我写的信,你看了吗?"

刘素琳转过脸去,没有回答。

陈家勤等了片刻,呼吸局促起来,他又问:"你看了没有?"

"没有看!"刘素琳坚决地摇摇头,既像生气又似嗔怪地回了一句。

"为什么不看呢?"陈家勤有些失望。

刘素琳猛地转过身来,板着脸,眼里烁烁地闪着嬉戏的光,一本正经地说:

"这样的书信,我不要看!"

陈家勤一看刘素琳那故意装出来的严肃脸相,再一听她的口气,心里头,像有一朵恣情怒放的花,迸然张开了娇艳的花瓣,他什么都明白了,顿时感觉到一阵愉快。他狡猾地反问了一句:

"你没有看,怎么会知道是'这样的书信'呢?"

刘素琳憋不住,咧开嘴"嘻嘻"地笑了。

陈家勤写给她的信,她不但看了,还连着偷偷看了好几遍。陈家勤是从和刘素琳刚相识写起的。他写道,刘素琳像一块磁石那样,一天比一天地吸引着他。他呢,也一天比一天愈加清楚地看到了她的崇高的情操和优秀的品质。他发现,刘素琳的身上,处处都有闪光的东西,这些闪光的东西,像黑夜的大海洋上的灯塔一样,在他远航的生命旅程中,照亮了他的心,使他觉得,活着就有希望,有奔头。陈家勤运用他那富有文采的笔墨,寻找了许多五光十色的形容词,追述插队落户三年来一件一件细小的往事，说这些往事怎样深深地刻印在他的心头，激发起他那年轻奔放的感情。他当然没有忘记用一种闪闪烁烁的笔法来表现自己，在字里行间，他告诉了她，他家在上海住的是洋房，家庭条件非常好，人人都在工作，经济上就不用谈了。他还讲到自小就有的崇高的理想，要为共产主义奋斗终生。他引用了奥斯特洛夫斯基那段"人活着要怎样为共产主义奋斗终生而不懊悔的"闪光的名言。他又谈到爱情，他抄录了自己记在笔记本上的普希金、拜伦、雪莱的诗。总之，他在信上充分地又不很做作地炫耀了自己，显示了自己的博学和才智。最后，他开始表白了，他说这些天来，看到素琳就心跳，晚上失眠，总是热烈地不可遏止地思念着她，这种感情折磨得他日夜不安。他又说，但是，他考虑到自己身为户长，不应该这么做，他要给大家做出好的榜样。可青春的感情，像火焰一般烧灼着他，逼迫着、强压着他要向她表白。他还具体描写到自己怎样心跳，怎样不安，他还引用了两句他自己也不知是外国哪个诗人写的诗，来说明他的惶惶不宁：

爱情正像一首优美的歌曲，
但这首歌却不容易谱写。

总而言之，信写得很通顺，像一篇抒情散文，又长又华丽，充分地表现了陈家勤这个年轻人的个性。如果换一个老年人或是稍有理智的中年人，细细地一看，会在他这封长信中发现自相矛盾的地方，找到几个小漏洞。比如说，他花了许多形容词渲染的个人感情，和他前面写到的欲为共产主义奋斗终生，永远不考虑个人的私事是撞车的。

沉浸在初恋的感情中，戴着有色眼镜看这封信的刘素琳是发现不了这些矛盾和漏洞的。作为一个姑娘，她豁达、干练，很有理智，可她也是个年轻的从未恋爱过的姑娘啊！她也有自己的丰富的感情呀！收到自己心中暗暗满意的人写来的这么一封信，已经够使她的心狂跳不已了，加上她看到信上那么多美妙的形容词、动人的诗句、令人激动的豪言壮语。所有这一切，在她眼前变幻出一幅奇丽的、色彩绚烂的远景，使得她一读到这些语句就惊喜，就心跳不已。

当然，刘素琳也不完全相信，所有这一切都能实现，所有这一切都是永久不变的,所有这一切都出自他的肺腑。可陈家勤能这么对待她,写给她,已够使她喜悦、兴奋了!看一个人,当然不能凭一封又动人又华丽的情书,还得看这个人。三年来,陈家勤在刘素琳的眼里,表现是很好的、得体的。在韩家寨大队二十多个知识青年中,在本公社、本县那些男知青中,他无疑是出类拔萃的一个。这才是重要的一方面。

看陈家勤圆滑地反问自己,刘素琳又收敛了自己脸上的笑,冷冷地说:

"谁叫你写这种信的?"

"我!"陈家勤知道了刘素琳的心思,胆子大了起来,"我的心叫我写的!"

刘素琳又憋不住嫣然一笑,似真非真地说:"假的!"

"不,素琳,是真的,信上的每一句话,都是我的真心话!唉,我真恨,掏不出我的心来!"陈家勤极力表白自己纯正的心迹,"素琳,你不能这样冤枉我啊!你说,我们能好起来吗?"

刘素琳的脚下像装了滑轮,甩打着双手,急忙地往前走去,不说话。

陈家勤慌忙地追上去:"素琳,你说一句呀!"

刘素琳仍旧不说话,走得飞快。

陈家勤一皱眉头,狠狠地咬了咬牙,心头下了决心,非得问出个究竟来。他拉开腿,一鼓作气冲到刘素琳前面,拦住她的去路,哀求一般地说:

"素琳,素琳!你说呀,是成是不成?你干脆一句话!为什么不说话呀?"

阴历七月中旬的那个明晃晃的尚未全圆的月亮,被天空中一朵云彩遮住了小半边脸盘。另外半边脸盘儿,羞答答地露出来,俯视着人间。

秋风儿轻吹,小虫子低鸣,山野里比原先晦暗了一点。苞谷那阔长的叶子,在风声里"沙沙"发响。

"素琳,你为啥不说话?"陈家勤再次急迫地追问。

刘素琳转过了半个脸,她的心跳得像擂鼓,脸涨得绯红绯红,偷偷地瞥了一眼焦灼不安的陈家勤,她又低下头去,耳语一般地说:

"有时候,不说话也是一种态度……"

"是真的?"陈家勤狂喜地往起一蹦,双手一拍,喜气洋洋地落在刘素琳身前,故意偏着头说,"你不说话,是什么态度呢?我不懂!"

"不懂就算!"刘素琳一甩手,露齿一笑,趁陈家勤不备,一个箭步插过去,又飞快地在山路上跑开了。

"素琳,素琳,刘素琳!"陈家勤张开双臂,撒开腿,朝刘素琳追去。

这一次,陈家勤怎么也追不上刘素琳。他不知道,个儿高高的刘素琳,在小学、中学里,还是个赛跑运动员呢!直跑了有十几分钟,气喘吁吁的刘素琳才放慢了步子,一步一步困难地往前走着。

陈家勤好不容易追到了刘素琳的身旁,"呼哧呼哧"地喘着粗气。看到刘素琳跑过这一阵,上坡很费劲儿,耷拉着肩膀,双臂无力地下垂着,头也略微歪到一边去,像快要走不动的样儿,陈家勤机敏地跨前两步,勇敢地伸出手去,大胆地扶着刘素琳往前走。

山野里的秋夜是安宁和恬静的,四周围什么人也没有。高耸的群山,兀立在远远近近的地方,在朦胧的月色里勾勒出一道明晰的山脊。唯有夜空中晶亮晶亮的星星,在不停地眨着眼睛。

刘素琳的脸像喝醉了酒一样发红发烫,两眼入了迷似的凝视着前方黑黝黝的树林子,微微隆起的胸脯,在不停息地起伏波动着。

刘素琳并没有拒绝他的扶持,陈家勤心里感到一阵狂喜。直到此时,他才完全明白,刘素琳愿意和他好,从今以后,他也开始有一个女朋友了,一个漂亮的女朋友。陈家勤不由得沾沾自喜、得意扬扬。原来,看去是那么复杂那么困难的恋爱,事实上却是这样简单、容易啊!陈家勤为自己高超的手段自豪了,他的胆子大了起来,精神也显得沉着镇定些了。

两个人谁也不说话,两个人都很惊喜和激动,两个人都能听到对方的呼吸。陈家勤小心翼翼地拉着刘素琳的手,缓慢地往前走。刘素琳像一棵柔软无力的小树枝那样,倚靠着陈家勤,跟着他走去。

走了将近百来步,陈家勤凑近刘素琳的耳朵,低语着问:

"素琳,你在想什么?"

陈家勤温柔体贴的询问,像琴弦低低地抖动了一下,震动了刘素琳的心房。初恋的激动、青春的热情,触电般地融汇到全身上下。她同样轻轻地耳语着:

"我在想,今天晚上,多么美丽,多么值得留恋,多么有意义啊!"

刘素琳这纯洁的姑娘的激情,也感染了陈家勤,他默默地点着头。心里思忖着:看来,她比我更加激动。

刘素琳见陈家勤不吭气,稍稍转过了头,说:"不是吗?你看呀,这夜色,多么好!"

陈家勤匆匆忙忙地向前方瞥了两眼,赶紧答道:"是啊,是啊,这样的夜晚真是美妙动人,令人难忘。"

刘素琳仔细地倾听、辨别,会听出他的话语中缺乏激情。可是,沉醉在自己初恋泛滥的潮水般感情中的刘素琳,是不会这么细心、留神的,她只是偏着脑壳,跟着陈家勤的话音,长长地叹了一口气。

路拐弯了,朝韩家寨去,不必尽沿着马车道走,穿过一大片苞谷地,路要近得多。

苞谷地中间的小路,只有两人宽。结着茁壮的苞谷果果的高秆儿苞谷,没到了两人的头顶。一片片碧绿生翠的苞谷长叶,把月光摇成一小块一小片的,洒在小路上,很是好看。苞谷土边的小草上,已经起了露水,碰在裤管上,凉飕飕的。

陈家勤还是扶着刘素琳往前走,轻风吹过来,把刘素琳头发上的芬芳吹进了陈家勤鼻子里。陈家勤全身颤抖了一下,借着月色,他打量着刘素琳。这时候,他发现刘素琳比以往任何时候都漂亮动人。刘素琳身材颀长,差不多快和陈家勤一样高了,从侧面望去,她脸部五官端正,轮廓分明,不论是眉毛、眼睛、鼻梁、嘴巴,都配合得那么恰如其分,显出一种撼动人心的美!陈家勤还从来没有在这么近的地方凝神细望过一个和他相同年龄的姑娘。这时候,新的欲望又在他贪婪的心里升起来了。

两个人走到了苞谷土的中间,这儿,弯弯拐拐的小路正曲曲地折了一折,两旁又有密密的苞谷林遮住,四边都看不见。陈家勤的双手突然放开扶住的刘素琳的手臂,出其不意地捧住刘素琳的脸,把自己的脸凑上去,想接一个吻。

沉浸在自己泛滥的激情中的刘素琳,正打量着身旁的苞谷叶、马兰草、星空、群山,感觉到生活充满了诗意。万没想到,陈家勤会来上这么一手,她像看到身旁正燃起一颗烧着导线的炸弹那样,惊骇地瞪大了双眼,气冲冲地盯着陈家勤,用出全身力气,伸出双手,狠狠地推了他一把。随后,她伸出手指,指着陈家勤的脸,疾言厉色地斥责道:

"你!你怎么可以这样……"

话没说完,她极力忍住自己涌上来的失望的热泪,把手愤愤地一甩,大步朝前走去。

陈家勤瞪直了双眼,怔了一怔,脸色一变,心乱如麻,连忙赶上去,压低了嗓门追着刘素琳求告道:

"素琳,素琳,请你原谅,请你务必原谅!我实在太爱你了,控制不住自己,素琳,请、请你……"

刘素琳放慢了点步子,仔细地倾听着他这些哀求般的解释。最初的狂怒发泄之后,她也在暗暗问自己:

"我既已同意了他,这样做是不是过分了?不,一点儿也不过分,他太胆大了,我们才刚刚好起来呀,怎么能头一天就做这种事情!这回非狠狠惩罚他一下不可,看他将来还敢……"

想到这儿,她呼地一下转过身来,对还在那里哭丧着脸,一迭连声解释的陈家勤冷冷地说:

"别讲了!从现在起,我们就维持这个样儿,再也不许你前行一步!"

说完,刘素琳望也不望陈家勤,转过脸,甩开双手,一个劲儿地往前走去。

陈家勤连声唤着素琳追上去,刘素琳一直没回转身来。陈家勤讨个没趣,碰了几次壁,只得怏怏地随在她身后走去。

他勾倒了脑袋,心里感到极度的沮丧和不满,高傲的自尊心受到了极大的损伤。

换一个年轻人,在这种时候,一定会在检查自己的感情冲动和莽撞、粗鲁等不当举动的同时,也高兴地看到,对方并没因自己的鲁莽行为表示一刀两断,因而也暗暗感到宽慰。陈家勤却不往这方面想,他不是内心感到自己做了错事而不安。他只是愤愤地想:哼!你不允许我吻你,归根结底,因为我还是一个知识青年,毫无地位、权势和金钱。我要早有了这些东西,你还会拒绝我吗?肯定不会的!好吧,现在你嫌弃我,走着瞧吧,到我有了这些东西的时候,看你还嫌不嫌弃我!

陈家勤瞅着刘素琳的背影,心里既颓丧又不满,气恼地想着。

刘素琳人在往前走,耳朵在听着身后的脚步声,是不是随她走来了。她害怕自己一怒之下,把陈家勤骇住了,以后不睬她了。听到他的脚步声在跟来,她才放了点心。她一直在惴惴不安地自问:我这么做,过分了吗?会不会影响今后的感情？对他发了脾气，以后怎么办呢？

俗话说：鸡犬之声相闻，老死不相往来。这说的是生活中常见的一种现象。但像陈家勤和刘素琳，认识已经三年了，互相之间自认为是挺了解挺熟悉的，其实却一点也没真正了解对方。可是他们已经匆促地跨过恋爱的第一道门槛了。

这样的初恋，会是幸福的吗？

十　八

严敏来到女儿插队落户的韩家寨，已经是第六天了。和集体户的知识青年们，她渐渐地熟悉起来。她能叫得出这个是小陈，那个是小莫，还有另外一个是小常。二十几个人，她差不多都略知一二了。

独有女儿慕蓉支相中的对象程旭，她还没有见过面。

说起来也挺奇怪，刚到韩家寨来的时候，她根本不愿意见这个年轻人。就是他，害得女儿在不该恋爱的时候谈起了恋爱，忘记了父母的嘱咐；就是他，使得对父母百依百顺的女儿，公开不愿听父母亲的话。在这样一种感情支配下，她怎么会愿意见程旭呢？她曾经在心里说，待碰到这个青年的时候，她要好好地给他一点颜色看看。

但是，事实却不像严敏原来想的那样。她不想见程旭，程旭也从来没在她眼前露过面，好像他也在故意避开她一样。

六天过去了，她提出的要求，慕蓉支仍然没有应允。在这六天里也没一个好好地让她们母女俩说话的机会。白天，女儿和周玉琴随着女社员们去出工，严敏在集体户为这两个姑娘煮饭、炒菜。刘素琳从公社开会回来之后没几天，就到小学校任教去了。她比出工的两个姑娘们要早一点回来，回来之后，也帮着一起做点儿事情。严敏发现女儿的这两个伙伴都很好，很懂事。到了晚上，整个集体户的知识青年们都回来了，那就别想安静了，唱歌的、拉琴的、做事的、整吃的、说闲话的、讲趣闻的、争论各种问题的，热闹得严敏也觉得自己回到了年轻时代。在这六天里，她只给家里写了一封信，讲了讲到达山寨以后的情况：拜访了一下姚银章，送了点礼给这位大队的一号人物，其他的什么也没干。秋天的韩家寨，天晴气爽，气温适中。严敏来了之后，只在晚上下过一场雨，其余都是阴天或晴天。

韩家寨周围的环境,有山,有水,有树林,有田坝,景色宜人。对一辈子生活在热闹喧嚣的上海的严敏来说,真有空气新鲜、别有风味之感。要是没有女儿的事情,她真可以在这儿度过一个轻松愉快的病假期。

可慕蓉支顽固地不向母亲妥协,这件事就像一块石头那样横鲠在严敏的喉头,使她很烦恼。

她曾经叮嘱周玉琴,留心慕蓉支在白天出工时的一举一动。周玉琴忠实地履行自己的义务,六天来,只见支默默地不发一言地劳动,什么异样的行动也没有。

晚上回到集体户来,严敏也没发现女儿像其他的恋人一样,总要想方设法偷偷摸摸地幽会、商量。相反,女儿丝毫没有想出去的愿望,更别说找借口出去和程旭见面了。

有一次,严敏故意提议,夜晚出去走走。女儿把母亲带到了自己的山寨好友袁昌秀家,说说笑笑地谈了一阵,见过了慈祥而没主意的昌秀母亲,见过了客气而时时挂着笑脸的袁明新大伯,在无意识的谈话中,严敏头一次在这个质朴的贫农家里,听到了赞扬程旭的话。

当着女儿的面,严敏没把话题扯下去,可这一家三口称赞程旭的话语,却时时在严敏耳畔回响着:

"这个小伙啊,拿我们山区的话来讲,忠实得很!比集体户里那几个浮根草,要好得多哩!"这是老实巴交的昌秀妈妈说的。

"这个小伙子,硬是好!好马看的是腿劲,好小伙看的是心劲。程旭的心,踏实、诚恳哪!"这是乐呵呵的袁明新大伯说的话。

略知一点严敏来意的袁昌秀,说得更有倾向性:"我们全公社几百个各地来的知识青年,要有赶得上程旭的,我敢赌自己的脑壳。"

……

严敏明知道,这一家人并不明了她此来的目的,因此,从他们口中听来的这些话,使她第一次产生了想见见程旭的念头。

她想过,自己不愿改变主意,女儿又不肯妥协,僵持下去,是很不好的,总要想个转弯的办法。自从有了想见一见程旭的主意,这想法一天比一天明朗了。如果程旭真像袁家说的那样,严敏觉得,和他说通道理,是能间接地达到自己的目的的。

她单独地问过刘素琳,为什么来了快一星期了,从来没有见过住在小木屋子里的程旭。

"这个人哪,鬼得很!"刘素琳噘着嘴巴说,"严妈妈,我们和他相处了这么几年,他都是早出晚归,不容易见上一面,不知他在搞啥名堂?"

一个被大队主任勒令停工检查的知青,还忙成这个样子,不由得使严敏暗暗吃惊,她不明白,这个小青年从哪儿来的那么大的胆量。这就愈加增强了严敏想见一见他的念头。

大祠堂集体户里没人的时候,严敏走到程旭住的屋子前面看过。小木屋子确实破败得不成样子,板壁上一条一条缝隙,风大的时候浸骨,雨大的时候渗水,这是可以想见的。严敏是三个子女的母亲,她蹙着眉头说,要是程旭的父母亲,知道自己的儿子来插队落户,过的是这样一种生活,该如何想呵!听说,这小屋子里还没接电灯,小伙子天天点煤油灯。在这样的环境里,他还能坚韧不拔地生活下去,精神倒是非常可贵。严敏暗忖道,也许,就是他的这种精神,吸引着自己的女儿吧。

严敏曾经早起、晚睡过,想见一见程旭,和他约个会面谈话的时间,但是从来没如愿过。这小伙子,迷育种,真的迷到了这样的程度?

第一次见面,是在双方丝毫没有思想准备的情况下碰到的。那天的晚饭吃得早,严敏要慕蓉支陪她沿着韩家寨散散步。母女俩趁着暮色,刚刚转过清澈明净的大堰塘,慕蓉支的脚步停了一停,迟疑地左右顾盼了一下。严敏顿时感觉到了女儿的不安,她瞅了女儿一眼,随而又顺着女儿惊骇的目光往前看。

韩家寨外的黄土山路上,走来了一个风尘仆仆的年轻人,像有急事在赶路。严敏定睛一看,不由得扬起了两道惊异的眉毛,叫出了声:

"是你……"

神色畏葸的慕蓉支听到母亲说这句话,也奇怪地站住了。妈妈来了一个星期,从来没有见过程旭,她怎么会认识他的?是不是妈妈本能地猜测到对方就是程旭呢?妈妈将怎样对待他呢?可别对他太凶啊!慕蓉支蹙着眉头,暗暗求告着。

程旭已经走得很近了,他一眼看到严敏,也像认出了熟人一样,脸上绽开了

笑容,喜盈盈地向她走来:

"护士长,你就是慕蓉丐的妈妈呀!哎哟,真没有想到,有这么巧的事儿。"

啊,妈妈果真认识程旭,慕蓉丐既惊又喜地想着,她也微笑了,这是个好兆头呢!她望着程旭,发现他头一次这样热情地招呼人。

严敏也是做梦都没想到,女儿相中的对象,自己这几天很想见一见的青年人,竟然就是在医院里陪伴他那个被监护父亲的沉静的小青年。事情来得这么突然,叫严敏这个很善于接待、招呼人的老护士长都有些不知所措了。

她勉强镇定自己,只是淡淡一笑,微微朝程旭点了点头,说:

"你、你在韩家寨插队?"

"是啊!"程旭的神态自若,落落大方,沉静中显出他的热情,"不知道是你,要是早见一面,我就跑来看你了!"

曾经在脑子里好多次地猜想过的这个人的容貌,全部都被这个活生生的年轻人赶跑了。很显然,他的脸是生动的、引人的,有一种别具一格的美;他的神态是沉着、镇静的;他脸上的表情是坚毅,甚至严峻的。在他陪伴他父亲的那四个月时间里,严敏从来没有见过他笑,现在看到他的笑容,也是非常含蓄的。总之,这个小青年具有一股潜在的吸引力,不是用青年人的健壮的体魄,有力的双臂,来显示青春的力量,而是用他深邃的目光,陷入沉思般神情的脸和他的镇定安详来表明自己的力量。

严敏第一次发现,女儿爱上这样一个人,不是没有道理的。女儿所说的话,显然也是对的,人们加在他身上的漫画色彩,只要一见了这个人,就可以不抹自消的。要说这样一个人参加凶杀案件,净和"专政对象"搞阴谋诡计,确实是很难叫人相信的。

严敏是她这一代人中间的知识分子,凡事都有她自己的主意和想法,她从来不是人云亦云,或是会感情用事的人。已经形成的世界观,也绝不会因某一篇报纸社论、某个什么人物的一个报告而改变,青年人的激情和冲动,她是绝不会有的。但是,应该实事求是地说,要不是程旭和女儿在恋爱,她真会对程旭更加客气和热情一点。

程旭的父亲,是一个严格不许人接近的隔离对象,医务人员给他护理的时候,工宣队头头严格禁止护理人员和他说话,平时不能随便进出他的病房。严敏亲眼看到,那间病房门口每天有人监视着,陪伴父亲的程旭,除了照料父亲,领取三餐饭,也从来不和医院里的人交谈。关于他们父子,医院的医生和护士们私底下作过很多猜测,有的说,他们肯定是高级知识分子,犯了严重的错误;也有的说,他父亲是混进党内的叛徒,"文化大革命"中才被揪出来;更有人说,他父亲原来是个大干部,犯了不可饶恕的走资派罪行。从金莉那儿得来的比较可靠的消息说:他父亲的罪是很难洗刷的,将被终身监禁。

严敏只是从他父亲的病情考虑,从人道主义的观点出发,在她负责分发营养饭菜时,总是按规定给程旭领取一份他父亲那种病人该领的饭菜。在当时,看不出这小伙子有什么感激的表情,现在从他对待她的态度,可以看出他是有感情的,对严敏按规定做出的人道行为,他是衷心感谢的。

面对这个曾经见过的小青年,女儿的意中人,严敏的责难心理减轻了一点,她也轻松了一些,她觉得,自己和这样一个年轻人,是能说通道理的。

暂时,当着女儿的面,严敏找不到什么话和程旭谈,她只是随便问道:

"你很忙吗?"

"也不算忙,"程旭自然是从心底里感激曾经在医院里照顾过爸爸的护士长的,尤其是在那样一种特殊的环境中,人要坚持原则,不是那么简单的事。他坦率地说,"过了这几天,就空闲一些了!"

"吃饭了没有啊?"严敏又问。

"还没吃,我这马上去煮饭。"程旭想起了什么,"吃了晚饭,还有点事儿。护士长,等有空的时候,我来看你。"

说着,程旭又笑笑,快步走回山寨去了。

严敏默默地点着头,凝望着这个年轻人的背影。

妈妈对程旭的和蔼态度叫慕蓉支满意,从程旭和妈妈的对话中,慕蓉支也略知了一点,程旭和妈妈是在医院认识的。她忍不住说:

"妈妈,没想到你认识他……"

"认识,他父亲在我们医院监护过。"严敏点头思忖着说,"听金莉护士说,他父亲的问题非常严重,将要被一辈子关在黑屋子里。"

"啊!"慕蓉支大吃一惊,"妈妈,你知道为什么吗?"

"除了犯过极端严重的罪,还能说为什么呢?"严敏看到女儿这么关心程旭的事情,心头又有些不满了。看来,这个女儿是很难死心的呀!

这次偶然相遇之后,严敏更打定了主意,要尽快和程旭谈一谈。

小伙子说过,要来看望她的,严敏希望他快些来。但是,耐心等了两三天,程旭根本没来,还是像原来那样,见不上他的面。

严敏决定一个人去找程旭。她考虑了半天,决定仍然趁晚饭后的薄暮时分,在寨口上等他。看见了他,约他往寨外去。这样,寨上人不会知道,他们也可以把问题摊开来痛痛快快谈一谈。

见过程旭以后第四天的傍晚,严敏借故散步,一个人来到上次碰见程旭的大堰塘旁边。天快黑了,远处山峦的上方,飘浮着几朵云彩。寨外的田坝里,谷穗正在开始勾头。山坡脚,一匹矮壮的川马,不耐烦地昂起头,嘶叫了几声,好似在催促主人,快把它牵回马厩去。身后的韩家寨上,家家户户传出吆鸡、呼唤娃儿的声音。正是吃过晚饭休憩的时候,山坡上、谷地里、田坝间已经没有忙碌的社员了。

严敏伫立在一棵大沙塘树下,眼看着灰黑色的黑幕渐浓渐深,慢慢地把整个山区都笼罩在黑夜中,树木、草丛、岩石都模糊了,只有那条黄土路,还依稀可辨。

"严妈妈,你咋一个人站在这儿?"袁昌秀背着尖耸耸的一背篓猪草,走回寨来,看见严敏站在那儿,笑吟吟地打招呼说,"天黑了,风大得很,小心吹凉到了。"

严敏也客气地答了几句,仍然站在那儿,略觉焦急地向黄土路上望去。她不知程旭为啥还不回寨子,这小伙子今天还会从这儿过吗?莫非他不要吃晚饭?她几乎已经失望了,正准备随袁昌秀走回寨子去,程旭又像头一次见到时一样,急匆匆地走来了。

严敏从沙塘树下走出来,迎着程旭走过去。还是程旭先同她打招呼:

"护士长,散步啊?"

严敏点点头,问道:"你吃晚饭没有?"

"还没有。"

"哟,还没吃晚饭呀……"

严敏略觉不安的口气引起了程旭的注意:"有事儿吗?"

"有、有点儿事,想和你谈谈。"严敏说,有些拿不定主意,"等你吃了晚饭,我们谈谈吧!"

"有事儿现在就说吧!"程旭爽快地说,"我不饿。下午明新大伯给我吃了两个番薯哩!"

"那……也好!"严敏觉得,机会难得,天在黑下来,寨外的山野小路上没啥人,时间地点都很好。干脆,和程旭谈谈吧,谈好了,也了却一件心事。她提议说,"我们边走边聊吧!"

程旭欣然同意。

两个人朝着黄土路那头,慢慢走去。

关于这次谈话,严敏已经细细地思考过好多次了。并没多拐弯儿,她便开门见山地问道:

"你爸爸离开医院之后,身体还好吧?"

程旭以为这是开场白之前的寒暄,便照实说:"爸爸离开医院之后,就和家里失去了联系。我马上回来了,也不知他现在情况怎么样。"

"家里和你通信,谈起过吗?"

"一点也没有。"

这是严敏意料中的事儿,在程旭的父亲离开医院之后,工宣队的头头特地找医院有关人员开过一个会,会上严禁医护人员给别人谈起这个被监护的坏家伙。还说过,谁走漏了消息谁负责。当时,严敏从上面的这种语气,猜想到这个人将受到更加严密的关押,也估计到他的案子的严重性。此刻,她当然不能把这些东西给程旭讲啰。严敏只是不露声色地问道:

"对你爸爸的事情,你怎么想呢?"

程旭低下头,一句话不吭地走了几步,随后抬起头来,轻声说:

"护士长,这话怎么说呢?爸爸的问题,涉及的面是很广的。你是上一辈的人,一定知道,人们对生活的认识,总是有一个过程的。特别像我这样的年轻人,更不可能一眼就看到每件事情的实质。近来我想得很多,从看到的、听到的、经历到的事情中,我觉得,该开始冷静地检点检点自己的思想和行为,分析分析我们看到的许多事情了。无疑的,这几年来,既有许多值得珍贵,又能需要继续发扬的东西,那正是我们这一代年轻人该珍惜、学习的,但是,你一定也看得到,这些年来,也有不少令人遗憾、发人深省的教训,那就是我们这一代年轻人该批判、该引以为戒的了。我自己觉得,我们这一代年轻人,仍要继续保持一股旺盛的革命激情,也必须在身上增长更多的理智。对爸爸的事情,就必须用这种理智的、实事求是的眼光去看待。"

真没想到,这是眼前的程旭说出来的话。他只有二十出头一点啊,可他显得出奇地成熟,想到的问题,令人惊愕得深远。这些话,就连严敏和慕蓉康都还一下子说不出来呀。很明显,这是他特殊的经历和好思考的个性造成的。严敏没有料到,自己的一句问话,会引出他这么长一段议论。她想了想,接着问:

"你说的令人遗憾、发人深省的教训,是些什么呢?能不能讲得具体一些?"

这是不困难的。

程旭闭了闭嘴,毫不费力地说:"只要细细一想,就能回想起来的。前几年,搞什么'大树特树''绝对权威''三忠于''四无限'。又是颂'天才',又是事事'高举',步步'紧跟',鼓吹'手举语录背警句''死记硬背老三篇',还有什么'早请示,晚汇报,做了错事快请罪'。有些饭店里,坐下吃饭之前,还要搞'敬祝'。护士长,你没看见过吗?"

这些情形,严敏都见过,她不由得点点头说:"是有过这种现象……"

"这些现象说明了啥呢?真是忠于毛主席吗?"程旭讲着讲着,有些激动起来,语气中满含着雄辩的口味,"既是忠于毛主席,为啥又把毛主席领导全国人民从新中国成立到'文化大革命'那段历史,说成是教育部门被修正主义统治,文化部门是黑线专政,这里是什么专家路线,那里又是什么洋奴哲学……"

哟,严敏惊疑地睁大了一双眼睛,她不能再听这个人说下去了。这个小伙子,思想上有一股危险的情绪,他的这些话,和当前报纸上、广播里、大批判专栏中的口径是相违背的,随时随地会被人揪住辫子。照这样发展下去,这个知识青年会像他父亲一样遭整的。绝对没有想到,他的思想会是这么复杂!

严敏是这样一种人。她每天在自己的岗位上工作,兢兢业业,一丝不苟,很少会出些什么差错。她有自己的生活准则,把理该自己干的事情,尽可能地干好。与她无关的事、不该她管的事,她是不多问、不多管的。在任何运动中,她是随大流的,在所有随大流的人中间,她又是有理智的,而不像一些人那样盲目地随大溜。因此,多少年来,在她身上从来不会出什么事情。在她的职权范围之内,在她可以运用的权利和掌握的时间里,她尽可能地使自己生活得舒适一些、安宁一些,以便创造更好的条件。

对程旭说出的这些话,她是惊惧和害怕的。如果是只就一个问题,比如说雷打不动地早请示、晚汇报,或是什么"大树特树",她也会提出一点疑义。可是像程旭那样,把这么多问题堆在一起提出来,随后还要问个为什么这么干,这在她看来,情形就不一样了。这是很危险的,严敏在心里重复说,这小青年是碰到我,他要碰上一个激进的人,当场会把他揪到众人前面去的呀!

她不能再让程旭滔滔不绝地讲下去了,便婉转地截住了他的话头,回到最初的话题上说:

"你爸爸的情况这么严重,你采取什么态度呢?"

"等,"程旭只吐出了一个字,停顿了一会儿,他才充满着信心说,"等到水落石出的一天。"

严敏不叫人觉察地叹了一口气,程旭还不知道,他父亲将被终身监禁呢。她逐渐把话题引上了正题:

"小程,你看噢,你父亲的问题悬而未决,你的家庭情况又这个样子。你本人是个知青,在韩家寨又受到大队主任和一些人的蔑视,前不久,还发生了可怕的要逮捕你的事儿。那么你想想,在这样的情况下,恋爱是合适的吗?"

严敏的话是轻柔温顺的,但是话意很明白。一直不知道自己尊重的护士长、慕蓉支的妈妈找他干什么的程旭,听了这段话,开始猜到她找自己的真正用意了。他估计,护士长到了韩家寨之后,大概听到了其他知青说的,慕蓉支和他的一些什么事,生了疑心而来找他的。程旭只略略愣怔了片刻,便明确地摆了摆手说:

"很不合适。"

严敏可以说是凝神屏息地等待着他的回答。听到他这句话,严敏心头踏实了。只要他也认为不合适,后面的话就好说多了! 这年轻人,毕竟是很有教养的呀。严敏的口气亲切多了,她坦率地说:

"一个知识青年早早地谈恋爱,本身就不合适。我听说,前段时间,慕蓉支和你很接近,其他的人有些风言风语,是吗?"

程旭点点头,没有说话。

严敏接着说:"既然有些流言蜚语,我就有些不安。相信你是能正确对待的,我就来找你,把事情摊开来谈谈,你不会见怪吧?"

程旭摇摇头说:"不会。"

"那太好了。"严敏想不到事情会谈得这么顺利,她轻轻一笑说,"我的要求很简单,为考虑到你们各人的影响和前途,我希望你们从今之后,不要太接近,也不要闹什么——像有些人说的恋爱。而是在韩家寨好好劳动,接受贫下中农再教育,争取早日上调。你能做到吗?"

"能,完全能做到。"程旭转过身来,面对着护士长,严肃而诚恳地说,"护士长,你完全可以相信我,我一定这么去做。像我这种人,是根本不配谈恋爱的。"他没有告诉护士长,从碰到要逮捕他那件事之后,他已经果断地这么做了。他内心想:兴许,护士长没有同慕蓉支讲过这件事,所以不知道他们俩现在实际上已断绝了联系。

严敏心中感到一阵轻松,一个很大的难题,终于被她如愿解决了一大半。她懂得,恋爱是男女双方的事儿,只要程旭这男的一方表示不谈,女儿那一头也就热不起来了。一般地说,恋爱嘛,总是男方主动。程旭不主动了,慕蓉支自然也会慢慢地冷下去的。不过,严敏是个细心人,她从程旭那最后一句话里,还是听出了他那隐隐的悲哀。她觉得,还是该安慰他几句:

"小程,听到你这么说,我就放心了。我相信你是个有思想、有理想的青年人。你也不必太悲观了,还是该鼓起勇气来。我们党对出身不好的子女的政策,历来是有成分论、不唯成分论,重在政治表现的。只要你虚心接受贫下中农再教育,真正站在广大革命人民一边,还是会有前途的。"

"你说得对,护士长。"程旭淡淡地回答说。

严敏一点也没看出来,程旭此刻内心复杂的感情。既没注意到他那深沉的悲哀和惶惑不安的神情,又没留神他的气恼。她只是相信,像这么个性深沉的年轻人,说出的话是算数的。

严敏望着漆黑一片的山野,心头欣慰地想:幸好,我想到找他谈谈。要不,还不知这个问题什么时候解决呢!只要程旭这么决定了,女儿那边,我就好做工作了。

想到自己总算没有白到韩家寨来一趟,好几天来一直忧郁不乐的严敏,心情开朗一些了。一眼看到程旭垂着头,木呆呆地伫立在自己身旁,严敏不由得对他

有些可怜起来。想起他还没吃晚饭呢,严敏立刻走近一步,说:

"小程,天完全黑了,你还没吃晚饭呢!快回去煮晚饭吃吧!"

两个人,一前一后,沿着走过来的黄土路,急急忙忙向韩家寨上走去。

十　九

严敏心中的计划,顺利地实行着。

和刘素琳、周玉琴细细地谈了谈,做出了周密的计划之后,第二天吃晚饭时,刘素琳兴致勃勃地向严敏、慕蓉支、周玉琴三个提议:

"我到小学校教书已经几天了,你们还没去小学校玩过呢!严妈妈,今晚上,到小学校去看看吧!"

严敏瞥了女儿一眼,问:"今晚上你有空吗?"

慕蓉支听妈妈的口气,知道母亲愿意去,便答应道:"吃完饭,我陪妈妈一道去!"

"我也早想去看看素琳的新环境是什么样儿呢!快吃饭,吃完就走!"周玉琴快速地拨动着筷子,兴冲冲地说。

晚饭后,一行四个人,走出集体户,说说笑笑地向小学校走去。

韩家寨大队的小学校,建在离开寨子两百来米的那座小山窝窝顶上。平时在寨口上,一眼就能看到它那绿砖黑瓦顶的平房和平坦的三合土操场。白天劳动中,也常能听到小学校上课下课时摇得清脆的铃声。不过,上海知识青年们没事却很少到那儿去。

从寨子上沿着马车道一样宽的沙土路,不用五分钟,就能走进小学校。

小学校的环境还很幽雅,五间教室周围,栽种着稀疏的柏枝、松树、几丛钓鱼竹,校园后面还有一小片茶树。刘素琳当向导,领着三个人挨个地看了看几个教室,站在可容百多人排成体操队形的操场上,向四外的田坝、坡土看了一阵。天黑了,韩家寨上亮起一片灯火,很是好看。团转的山岭田坝,静静地横卧在那里,有一股深沉寥廓的感觉。议论了一番山区的夜景,刘素琳提议进办公室去坐坐,四个人便走进办公室,在几张办公桌旁坐了下来。

刘素琳关上了门,点起一盏铮亮的煤油灯,把满是作业本、粉笔、教具的小办公室照亮了。慕蓉支打量了一下四壁，没发现电灯，才醒悟过来，小学校离山寨两百多米，晚上又不读书，大队节约电线，没往这儿牵电灯。她看着墙上的宣传画、课程表，觉得刘素琳的新岗位，还是挺新奇的。单纯、善良的慕蓉支一点儿也没想到，这是母亲故意把地点安排在小学校，来对她进行说服教育的。

三对一的局面，已经形成了。严敏注意到，小学校四周没有其他人。她不愿意多耽搁时间，便笑眯眯地对刘素琳说：

"小刘，当教师工作挺不错，你安心在这儿教几年书吧，山寨上还真需要你呢！"

"她才不愿意长期待在韩家寨呢！"周玉琴伸手一指刘素琳，用非常熟悉她的口气说，"她还有更加远大的志向！"

"这工作比起在田土里干活，强多了吧？"严敏征询地问，"为啥还不满足呢？"

"满足，嗨，事情明摆着嘛！"周玉琴用不屑的口气说，"自从去年大学招收了第一批工农兵学员，尽管我们公社没有轮到名额，可大家都盼着有第二批、第三批招生呢。像我们这些人，读书的时候就向往上大学，为祖国做出点贡献，谁不希望去啊？尤其是刘素琳，她是常常念叨着的呢！"

刘素琳点了点头，并不否认周玉琴说的情况："教书比在田地里干活轻松些，业余时间也多一些，我计划着温习点功课，做做代数、几何，背背英语单词。不过，这还不是主要的，听说，今后几年招收工农兵大学生，要由贫下中农和本单位推荐，履行个人报名、群众评议、领导批准、学校复审的手续。讲来讲去，关键还是个人的政治表现和与领导的关系。一个人表现不好，领导看着不顺眼，就永远别想出去。"

"是啊，每一个人的现实利益放在那儿，谁不想给贫下中农、给领导留个好印象呢？"周玉琴接着说，探询般地瞥了慕蓉支一眼。

"不但是招生，"刘素琳补充道，"以后工矿企业招工、商业部门吸收新同志，听说都要履行这种手续。"

"噢，"严敏点了点头，把脸转向慕蓉支说，"这些情况，我还不怎么了解呢！支，你想过没有，该怎么办呢？二十三岁了，对自己的前途、未来、将来怎样生活，该细细想一想了！"

慕蓉支的目光从刘素琳的脸上，移到周玉琴的脸上，又从玉琴的脸上，移到母亲的脸上。她们三个人都睁大了眼睛，全神贯注地盯着她，期待地等着她讲话。这姿态，这神色，都有些不同于平时的闲聊。慕蓉支心里明白了，今天晚上到小学校来，是有意识的安排，很可能是妈妈和两个好朋友商量好了，来劝阻她的。妈妈问到自己头上了，慕蓉支不得不答，她拿起办公桌上一支半截头的粉笔，无意识地在桌面上画着，说：

"要是某个单位的领导本身就有问题，是个坏家伙。那么，这个单位的优秀青年，永远别想抽调啰！"

这话再明白也没有了，说的就是韩家寨大队的一把手姚银章。

慕蓉支的回答是出乎意料的，严敏、刘素琳和周玉琴不由得交换了一下目光。

"哎呀，你为啥管这么多啊！"周玉琴拿过自己桌面上的一本书，"哗哗哗"地翻着，眼睛并不看书，朝着慕蓉支说，"我们是上山下乡知识青年，接受贫下中农再教育，是接受人家教育的地位，不是要我们去教育人家、评判人家。可以说，和处在任何情况下的年轻人对比，我们更像学生，贫下中农的小学生。既是小学生，你管那么宽干啥？"

"可我们不是生活在真空里呀，是生活在社会中，复杂的社会中。"慕蓉支辩驳了一句。

刘素琳拿起一把教学用的大三角尺，晃了晃说："我们是生活在复杂的社会中，但我们必须看到，我们生活的是社会主义社会，周围的同志、朋友，绝大多数都是好的。我们的领导，尽管有这样那样的缺点，但大多数干部也还是好的和比较好的。怎么能说某个单位的领导是个坏家伙，这个单位的优秀青年便一定出不去呢？还有群众嘛，群众的眼睛是雪亮的嘛！"

小小的办公室中，出现了片刻的冷场。慕蓉支瞅了刘素琳一眼，没有答她的话。

严敏坐的位置，正可以望到三个姑娘。女儿说的几句话，仿佛在她的神经上碰触了一下似的。昨天刚和程旭谈过一次话，程旭语气中那批判的口吻，她还清楚地记得。支刚才说出的话，和程旭的口气，是多么相似啊！严敏断定，女儿之所以变成这样，是和程旭已经给了她的影响分不开的。她思忖了一下，心平气和地说：

"我觉得素琳的话很对。一个年轻人,总喜欢用挑剔的目光看待周围的一切,这种敏感性,是好的;但是,更主要的,倒不是批判别人,而是要积极靠拢组织,好好劳动,争取上进,多为国家为人民做些有益的事。支,分别两年,这次我见到你,发觉你的变化很大。特别是在思想上,消极的东西多了,积极的东西少了。所以,你才这样自暴自弃,和大多数知青想的不一样。"

"在我们集体户里,自暴自弃的人是有的。"刘素琳见严敏支持她的话,连忙接着道,"像郑钦世,出身于工人阶级家庭,整天发牢骚、讲怪话,不求上进。韩家寨上、集体户里,发生任何一件事情,他都要发表一通观点,表明自己见解独到,聪明过人。事实上呢,他出工劳动不是早退便是迟到,做任何事情吊儿郎当,对任何活动都抱着冷眼旁观的态度。家里寄钱来,他不是买烟抽,就是同沈兆强、莫晓晨几个人'劈硬柴',凑钱买鸡买鸭买酒,大吃大喝。人弄得邋里邋遢,衣服两三个月不洗一次。谁见了他,都要往旁边避避。像他这么生活,有什么味道呢?我们正当青年,对自己的现状和未来总该有个现实的考虑吧!"

"对呀,"周玉琴像开机关枪一样快地说,"年龄大了,每一个人都在想,我怎么办,留在韩家寨扎根呢,还是争取出去,进工厂、上大学,或者转点到离上海近一点的地方去。美好的理想和憧憬,谁不曾有过?我还想过驾着宇宙飞船上月球去玩呢!可我们已经不是头脑发热的年龄了。支,生活的现实放在那儿,每天出工劳动,靠赚工分过日子,这一带山区粮食产量低,我们又不习惯吃苞谷,身上由于水土不服发块块,这都是现实。因此,我们想问题、做事,包括谈恋爱,都得从现实出发!"

说到这儿,周玉琴望了慕蓉支两眼。慕蓉支双手交叉搁在办公桌上,微垂着头,一句话也不说。煤油灯那跳跃的光芒,把她的脸映得一会儿明,一会儿暗的。周玉琴见她听得专注,继续摆着手势,"呱呱呱"喋喋不休地讲下去：

"支,人人都从实际情况出发看问题。谁看不见,城市比山寨好,工厂比农村好。不说劳动强度,就讲用水、走路这些最日常的生活吧,也大不相同。更别说看电影、看戏这些最基本的娱乐了,你莫非看不到?你也是知道的呀。我真想不通,明明看见铁一样的事实在那里,你还要做出那么不现实的事来。和程旭好,他像个什么呀?他有什么吸引你的地方呀?你为啥偏要让人家对你印象不好，自己给自己的前途上搁一只拦路虎呢？"

果真是针对这件事来的，慕蓉支心里说。她咬了咬嘴唇，仍旧不吭气。对与程旭一点也不熟悉的人，她能说些什么呢？况且，程旭的事儿，复杂到这样的程度，慕蓉支就是生三张嘴巴，也讲不清的。干脆保持沉默吧。

看慕蓉支久久地不吭气，刘素琳以为今晚上她们仁的一番话起了点效果，她接着玉琴的话说：

"慕蓉，我们都是好朋友，讲话都直来直去，不打弯儿。说实在的吧，每个年轻人，自己心目中都有一个努力的目标，特别是我们这一代知识青年，年纪还轻，未来的日子还很长，人人都有前途。像郑钦世、沈兆强那种人，毕竟是少数。你说对吗？"

慕蓉支不置可否地点了点头。

刘素琳见她点头，加大了点声音往下继续说："想上大学的，有人在暗暗准备；想进工厂、单位的，有人在候着机会；想转点到别处去的，有人在托亲戚、朋友走路子；即使愿意留在山寨上，像我们集体户比较进步的陈家勤，也在忘我地工作。不论今后怎么样的，每一个人在今天，都愿意和贫下中农，特别是和领导搞好关系，连沈兆强这种人也不例外，他也知道要和姚主任搞好关系呢！你为什么偏要和程旭在一起，而情愿与领导闹别扭呢？姚主任真是那么坏吗？要真是很坏，他怎么能当上大队主任呢？退一万步说，即使大队主任确实是坏人，他现在当着官，掌握着推荐我们的权利，我们也该现实一些呀！全大队有几百户人家，两三千个人，这么多贫下中农，他们都不说，独有你偏要和程旭、和个别几个人说，有什么好处呢？举个例子说，等你走的时候，他在你的档案材料上写一笔，今后总是个麻烦事。或者，他干脆卡住你，不让你走，你真能一辈子待在韩家寨吗？慕蓉，韩家寨是你全部的理想吗？"

讲究实际的周玉琴和看得较远的刘素琳，在这件事情上的观点这么一致，倒出乎支的所料。她们两人为慕蓉支所思所想以及讲出的这些话，确实也触动了慕蓉支的心弦。来插队落户的时候，支虽然做好了长期待在山寨的思想准备，但是，随着年龄的增长，特别是客观现实中有上大学、进工矿的实例，慕蓉支也想过，人类是进步的，社会是发展的，一个人的一生变迁是巨大的，她离开农村，走上另一个工作岗位的可能性是很大的。无论从哪方面讲，和同来的姑娘们相比，慕蓉支在山寨上的表现是不错的。她相信自己,只要有机会,准能被推荐。可玉琴和素琳这一说,也不是没有道理的,姚银章恨程旭,我要和程旭好,他同样会恨我,我还能出去吗?

慕蓉支愣怔地瞪大了双眼,目光中透出惊愕和些微的不安。

素琳和玉琴以及从上海赶来的妈妈几次对慕蓉支劝阻时,都没有像今天这样讲得透彻、明白,都没有像今天这样把她和程旭好这件事和她的命运放在一起来分析。前几次,她们都或多或少地讲到了这一方面,因为慕蓉支当时的全部精神,都集中在程旭将被逮捕这件事上,她的整个心灵,都在为程旭担忧、焦虑、不安、痛苦。同时,程旭所思所讲的一切,深深地吸引着她,也强有力地感染了她、影响着她。

今天晚上,在学校小小的办公室里,在摇曳的煤油灯光影里,妈妈和两个好朋友说的话,硬把她的思想拽回到现实生活中来,要她面对着自己的前途、未来,面对着眼前活生生的生活环境,面对着严峻的事实和人与人之间的关系,冷静地设身处地地想一想!

慕蓉支的思想被震撼了,她不由得有些恐惧和惊讶。仿佛她突然之间被带到了一个孤零零的小岛,伫立在小岛那嶙峋峥嵘的岩石上,四面都是狂啸的惊涛骇浪,疾旋的暴风雨和着吞噬小岛的巨浪,一阵比一阵强烈地在向她袭来。就在这样危险的处境里,要她立刻做出抉择。

慕蓉支不由自主地缩了缩肩膀,两只手紧紧抱在胸前。身前妈妈和两个好友的三对目光,像几把剑一样在逼视着她,探询着她斗争激烈的内心世界。那摇摇晃晃"噗噗"跳跃的煤油灯光,恰如那遥远的汪洋大海上的灯塔。

屋外起风了,从峡口那边刮过来的山风,把小学校周围的松树、柏枝、钓鱼竹一齐吹得摇晃飘舞起来,坐在办公室里,还能清晰地听得出那"沙沙"发响的呻吟声。

这是天气将变的征候。在山寨上住了近三年的上海知识青年们,也已经摸到老天爷的一点脾气了。

慕蓉支吃过晚饭只穿了一件衬衣出来,更觉得冷飕飕的。她匆促不宁地扫视了身前三个人一眼,低低地带着点儿怯懦地问:

"我本人表现好,姚银章……他也会那样整人吗?"

"嗨,支,你太幼稚了!"周玉琴首先叫了起来,"你以为生活真是画出来的条条框框吗……"

玉琴不及说完,刘素琳就抢着道:"谁像你这样一本正经地看待生活,死死板板的,净干傻事!你刚才不也说,社会是复杂的吗?"

严敏听到女儿问出这句话来,知道这是转机了。她觉得,自己插话的时候到了,便向玉琴和素琳两个轻轻摆了摆手,说:

"支,本来我不想告诉你了,我也不愿意净来干涉你的事了。现在你既然提出了这个问题,我应该明确地对你说清楚。那天,我到你们大队主任家去。你还记得吧,叫你去,你不愿去。就是那天,姚银章亲自对我说的,你本人的表现,三年来都很不错。但是,如果你不同程旭划清界限,是要影响你的前途的。支,我的女儿,那是你们主任对我客气才这么说。他这句话既然说得出口,就说明他做得到。人家是把你这件事,作为政治态度来看的!"

慕蓉支的腰猛地一直,仰起脸来,两眼直勾勾地望着对面墙上的一张宣传画。画面上,京剧里的杨子荣竖起眉毛瞪起眼,也严峻地盯着她。慕蓉支不由得打了一个寒战。

"这是早就料得到的。"刘素琳接着严妈妈的话说,"独有慕蓉,前段时间像被鬼迷了心窍,两眼一抹黑,什么事儿也看不到。"

周玉琴用重重的教训口吻说:"这下该看明白了吧,支,快拿主意还来得及。说呀,你准备怎么办?"

"我……"慕蓉支像被人扯着头发似的昂起了头,两眼略微惊慌失神地说,"我、我想想,我考虑考虑、考虑考……"她的声音低弱得几乎听不见了。

千万不要奇怪。

我们这一代年轻人,都是从正正经经的书本、窗明几净的教室、琳琅满目的展览会和杂志、报纸上来理解我们这个时代的。他们通身没有一丝伧俗气或是油滑气,他们脑子里想到的东西绝大多数都是美好的。现在,他们正在"文化大革命"一个回合接一个回合的搏斗中,他们正在社会生活的实践中,逐步地理解人与人之间复杂而微妙的关系。根据自己的认识来决定自己该怎么办,走怎样的路。

在这样的十字路口,产生彷徨、犹豫、不安、矛盾的心情完全是正常的。

"哎哟哟,这不是煤炭和白纸这样非常明白的事情吗?你还要想想,还要考虑点啥呀!"周玉琴不客气地把手一劈,拿起粉笔盒里一支长粉笔,"嗒"一声折成两截,往办公桌上一摔。两半截粉笔在慕蓉支面前骨碌碌滚了滚,各奔东西了:"依我看,给他来个快刀斩乱麻,干脆一刀两断!"

刘素琳从座位上站起来,手指在办公桌上一敲,说:"我赞成!慕蓉支,程旭到底有什么好呀?你还那么舍不得?他整天弄得像个泥人样,总是和坏人混在一起,一天到黑,也不知他在搞什么鬼名堂。领导对他又是那么见不得。拿句当地老乡的话说:这个人呀,长不像茄子,矮不像冬瓜,就你喜欢!"

"他、他没有什么罪呀!"慕蓉支听好友把程旭说成这个样子,哭丧着脸辩驳说,"他、他的表现不是很好嘛,为什么……"

严敏冷冷地瞅着女儿说:"在眼前这个情况下,他的表现再怎么好,你也必须和他割断一切联系。况且,他本人……"严敏迟疑了一下,在斟酌着词句。

慕蓉支的两眼,紧张地盯着母亲。严敏舔了舔嘴唇,垂下眼睑说:

"况且,程旭对你,也没什么好。他自己已经决定,不再和你来往了。"

"妈妈,你怎么知道?"慕蓉支陡地睁大双目,眼神近于疯狂地闪烁出雪亮的光彩来。

严敏说:"他亲口对我说的。"

"他怎么会来对你说的?妈妈,你、你去找他了吗?你对他说了些什么呀。妈妈?"

这时候,严敏才像被针刺一般地感觉到,她的估计和放心是错误的。程旭对女儿有着一股多么大的刺激力量啊。她尽可能平淡地说:

"我没说什么。为了对他好,也为了你好,我在碰到他时给他分析了一下你们俩的具体情况,说明了我的要求。他比我想象中要开通得多,他毫不迟疑地答应了照我说的去做。事情很明白,这对你是有好处的,你完全不必沉浸在一时的感情……"

"妈妈,你、你怎么可以……怎么可以不经过我,就去找人家呀?妈妈,你干了些什么呀?"慕蓉支像被火烫着了似的跳起来,强含住满腔的悲恸、怨愤,抽搐着脸,伤心地说完,不等人回话,她"呼"地一下转过身,跑到门边,打开办公室的门,一股风似的冲了出去。

刘素琳着慌地叫着:"慕蓉,慕蓉,你到哪儿去?"

"快回来,快回来呀!唉!"周玉琴连连地跺着脚,尖着嗓门喊道,"真像是疯了!"

严敏就好像被女儿当头击了一棒似的,惊惧地睁大了双眼,痴呆呆地盯着女儿跑进黑夜中去的影子。半晌,她才醒悟过来,伸出手以命令的口吻厉声喊:

"支,支,你给我回来!"

三个人追出门外,急急地跑到三合土操场上,向山路上张望着,慕蓉支的身影已经看不见了。比擦黑时大得多了的风,一阵紧一阵地吹过来,把她们的衣襟都吹得撩了起来。

看得出,慕蓉支对母亲做出的事儿很不满意。三个人连着喊了好几声,也不见答应。这姑娘,会跑到哪儿去了呢?

她们都有点担忧了。

二 十

"咚咚咚,咚咚咚!"

一阵急骤的敲门声刺耳地响了起来。

晚饭后,铡完马草、喂过猪潲的袁昌秀,刚刚坐定下来,拿起袜垫绣了几针,就听到这阵不同寻常的敲门声。她仰起脸说:

"用劲推门吧,没得闩上的。"

门"砰"的一声被推开了,慕蓉支脸色惨白、头发蓬乱、气喘吁吁地冲进了屋子。

袁昌秀吓了一大跳,她放下袜垫,一撩两根长辫子,站起身来问:

"小慕,出什么事了?"

慕蓉支的胸脯还在急剧地起伏着,她摇摇头,勉强镇定自己,喘着气问:

"昌秀,见程旭没有?"

"怎么啦!"昌秀也大惊失色,以为程旭又碰上了什么厄运。

"我要问他……"

"问他什么?"

"问他、问他……"慕蓉支抖动着苍白的嘴唇,轻声急促地重复着这两个字,见昌秀睁大眼睛盯着自己,她张开嘴巴,扑在昌秀身上,"哇"一声哭起来。

"告诉我,你怎么了?小慕,你碰到什么事了?和程旭有什么关系?"袁昌秀扶着失声痛哭的慕蓉支,慢慢地走进里屋自己睡觉的小间里,开了电灯,坐在床沿上,抚摸着小慕的肩头,柔声细气地问。

慕蓉支擦了擦脸上的泪水,抽抽搭搭地翕动着嘴唇说:"没什么,我、我要去找程旭……"说着便想站起来。

昌秀按住她:"你别动,吃饭时,爹说了,程旭今晚要到我家来借圆桶,他会来的,你就在这儿等他吧。告诉我,你碰到什么事儿了?"

听说程旭要到袁家来,慕蓉支赶紧拭了拭泪,用手拢起散乱的头发。昌秀从桌上拿了一把塑料梳子给她,她边梳着头,边把母亲找过程旭的事儿,告诉了袁昌秀。

昌秀眨着一对晶亮如水的眼睛,听着慕蓉支说完,她又去倒了一脸盆清水,绞起毛巾,递给小慕说:

"你妈妈是昨晚上找程旭的。我碰到她在寨口沙塘树脚站着,还给她打了招呼呢!"

"你听他们说了些什么?"慕蓉支边洗脸边问。

袁昌秀摇摇头,说:"我不晓得。一会儿,程旭来了,你自己问他吧!"

"我怕他……"慕蓉支犹豫不决地说半句就住了口。她怕程旭见了自己回头便走,像有几次故意回避她一样,但又说不出口,只得改话说,"我怕妈妈说了他什么,他误会了,不理我。"

"这不要紧,我来办!"袁昌秀自告奋勇地说着,朝慕蓉支诡秘地一笑。

话音刚落,院坝里就传来程旭的叫声:"明新大伯,明新大伯在屋里吗?"

慕蓉支的脸色一变,急忙把毛巾扔进脸盆里,又捋了捋自己的鬓发。袁昌秀悄悄地对她说:

"莫慌,我喊他进来。"

门外,程旭又叫了两声。昌秀连忙答道:"是程旭吗?快进来,爹到砖瓦场上去了,他叫你等一等。进来呀!"

门"吱呀"一声推开了,程旭走进了外间屋。袁昌秀端着脸盆走出里屋,迎

着程旭,笑吟吟地说:

"到里面坐吧,爹一会儿就回来。"

程旭一点也没看出破绽,他信步走到里间屋门口,一眼看到慕蓉支坐在袁昌秀的床沿上,不由得一怔,收住了脚,慌忙中略一思忖转身就要走。

慕蓉支看程旭脸色"唰"地涨红了,转身要退出去,连忙站起来,轻声道:

"程旭,进来,进来坐嘛!"

程旭勉强地苦笑了一下,随便点点头说:"你、你坐,我也就是来、来借一个圆桶桶……"

说着又要走。

慕蓉支急了,她拉长脸叫道:"我有话跟你说呀!"

"有话以后说吧,"程旭想起了护士长与自己的谈话,镇定下来,冷淡地说,"今晚上我有事……"

"你有什么事呀?"袁昌秀倒了洗脸水走进来,堵住程旭的退路,直通通地说,"不就是借一个放谷子的圆桶吗?圆桶桶在屋檐下,爹早给你备好了!你就在这儿坐一会儿吧!"

"不,不,"程旭坚决地摇摇头,伸出手比画着,郑重其事地对袁昌秀说,"昌秀,你知道,天在变了,几天之内,怕有寒潮和大风雨,你是晓得的,那些谷子……我不能耽搁……"

听程旭这么一说,袁昌秀也左右为难了。她瞟了慕蓉支一眼,鼓起嘴说:

"那爹让你等他呀!"

"不要紧,我去砖瓦场找明新大伯。"说完,程旭利索地转过身去。

"程旭……"慕蓉支用异常的嗓门放声叫着。

说来也真奇怪,慕蓉支这一叫,程旭全身像触了电似的回过身去,袁昌秀还看到,他的手在微微地颤抖。程旭回转身,看到慕蓉支双手揪着衣边,两眼泪汪汪的,含怨不满地瞅着他,那目光中,似在哀求,又充满了感情。她的脸,纸一样发白。很显然,她的精神上非常痛苦,确是有很多话要对自己说。

程旭额头上的皱纹明显地露了出来,他张了张嘴,刚要说几句什么,旋即想到护士长的话,他硬性抑制着心灵深处翻腾起来的波涛,又转脸去,像对自己说话似的低语道:

"不好、不好,这样不好……"

话未全部说完,他就猛地转过身子,什么人也不看,像头发了怒的牯牛般冲出门去。待袁昌秀紧随着程旭追出来,程旭已经提着屋檐下的圆桶桶,跑出了院坝。

起风了,院坝里那几棵樱桃树、李子树的叶子被吹得"沙啦啦"发响。袁昌秀纳闷地回进里屋,慕蓉支头埋在她的被窝上,在哭泣。袁昌秀挨着她坐下来,伸出劳动惯了的粗糙的双手,在小慕抽动的肩头上抚摸着。她嘴巴里没有词儿安慰自己的好朋友,但在这种时候,又必须说几句什么规劝规劝。

"小慕,"她把嗓门压得很低很轻,像害怕惊动了谁似的,"小慕,莫哭。有什么事儿,结成个大疙瘩放在心上,总是不痛快的。爹常说,世上有千重山,世上有万条路,不怕事难成,总想得出办法的。真的,他就是这么对德光大伯说的。你要放宽心,想办法呀……"

院坝里,又传来一个人的询问声:"小袁,小袁,慕蓉支到你家来了吗?"

袁昌秀连忙推了推慕蓉支的肩膀,急促地在她耳边小声说:

"小慕,快、快别哭,你妈妈来了!"

慕蓉支坐直了身子,顾不得泪流满面,双手慌乱地推着昌秀,说:

"去、去对我妈妈说,我不回去……"

说完,她又扑在被窝上放声哭起来。

门外,严敏又在叫问了,袁昌秀无可奈何地瞥了慕蓉支两眼,硬着头皮走到院坝里。黑影中,袁昌秀看清楚来了三个人,一个是慕蓉支的妈妈,另外两个是刘素琳和周玉琴,她堵住门,招呼道:

"严妈妈,小慕在我屋头哭呢。也不知为什么,刚才她慌急慌忙冲进来,好伤心噢,一直哭到现在。"

听说慕蓉支在袁昌秀家,三个人都放心了。严敏吐了一口气说:

"让她歇歇吧。小袁,你和她是好朋友,好好劝劝她,待她不哭了,麻烦你陪她回集体户去。"

"要得,要得。"袁昌秀一口答应,连连点头说,"严妈妈,素琳、玉琴,你们不进屋耍一会儿了?"

三个人都没心思闲谈,和袁昌秀敷衍了几句,告辞走了。

袁昌秀再次回到自己的里间小屋,推了推正在用手帕抹眼泪的慕蓉支,嗔笑着问:

"你们这是搞的啥子名堂呀?程旭对你是那个鬼样子,你对自己的妈妈又是这副样子。你们是在演啥子戏呀?还不给我讲讲。"

慕蓉支的泪水又无声地淌了下来,她倚靠在袁昌秀的身上,边流着泪,边给袁昌秀讲起妈妈来山寨之后,围绕着她和程旭发生的一切事情来。要在以往,再亲近的人,慕蓉支也不好意思讲她和程旭的关系。她把自己珍贵的初恋,深深地埋藏在心底里,不让任何外人触及这个角落。可最近以来,慕蓉支心头沉闷、痛苦、忧虑不安,憋了满满一肚子的话,总是找不到亲近的人可以倾诉。给昌秀一讲开,怨情和忧愁就一股脑儿涌了出来,怎么也控制不住。

袁昌秀圆睁双眸,惊愕而又不平地听着环绕程旭和小慕的恋爱引出的这么多事情。听完之后,她愤愤不平地说:

"我真不明白,他们为什么要把程旭说得这样坏?就因为姚银章贬他吗?姚银章算个啥子东西?贪污他有份,挪用公款他有份,韩家寨大队变成这个样子,十桩坏事九件有他的份。他的话就那么管用吗?呸哟!"

"是啊,我就为这想不通!"慕蓉支听昌秀这么旗帜鲜明的一番话,心里一阵畅快,点头应道。

"你说,你想怎么办?"袁昌秀一把紧紧地抓住慕蓉支的手臂说,"我帮着你!"

"我想……我想找程旭,好好问问,妈妈和他说了些什么?他打算怎么办?"慕蓉支坚定地说。

"走,说走就走,找他去!看他还敢往哪里躲!"袁昌秀腾地站起身,拉着慕蓉支的手叫道,"这个程旭,也真是根木头,人家对他那么好,他还装聋作哑的。小慕,走啊,你还拖个啥?"

"你晓得他在哪儿?"

"我知道。你跟我走吧!"

"他现在在哪里呀?"

"在二队瓢儿块田土旁,近几天他在那儿搭了个小棚子,天天晚上睡在那儿、守夜熬更。到了那儿,准找到他,走吧!"袁昌秀边说边把慕蓉支拉了起来。

她显得比慕蓉支更急。

"啊!"慕蓉支听到这情况,又惊了一惊。怪不得,这些天来,总不见他的小木屋子里有灯光。入秋以后,夜里的气温是很低的,睡在茅草小棚里,多冷啊!

袁昌秀从枕头边拿了只电筒。两个姑娘肩并着肩,顺着寨路向韩家寨二队的田土走去。

出了寨子,袁昌秀凑近慕蓉支的耳朵,未说话先"嘻嘻"笑了两声:

"小慕,你心里对程旭……嗯……对程旭那个……是不是?"

慕蓉支的脸上火烫起来,幸亏她是在黑夜里,昌秀看不到她脸上飞起的红云。她没有答话,只是用手指,在昌秀的手腕上重重地捏了一下。

说实在的,和程旭逐渐接近的两年多来,尽管在最秘密的内心深处,初恋的萌芽已经钻出了土,吮吸着甜甜蜜蜜的甘露,不知不觉地生长着。但是,慎重严肃地思索一下这件事情的意义,想一想这件事该向哪儿发展,会引出一种什么样的结果,慕蓉支还没有想得那么深远,考虑得那么成熟。

是程旭将被逮捕引起的震动,是周围人们的惊讶哗然,是妈妈的到来和她的几次谈话,逼着慕蓉支不得不撕去一切虚幻和憧憬的帷幕,现实地对待这个问题,认真地去考虑、去思索、去想了又想……

对于爱情,每一个已经晓事、到了年龄的姑娘,总有她自己一整套一整套的想法,爱一个什么样的人,嫁一个什么样的人,组织一个怎样的家庭,追求一种什么样的未来生活。一个年轻的姑娘,她的心底里会有多少美好的希望和理想啊……

不管哪种性格的姑娘,她总会想象,自己将来要过的是一种合乎自己脾胃的、愉快的生活。她们追求的,总是幸福。

幸福,怎样理解这个概念呢?

在年轻的姑娘们头脑中,幸福当然是不尽一致的。

有的姑娘爱一个青年,是因为他体魄健壮,喜爱运动;有的姑娘爱一个青年,是因为他的家庭条件好,今后与他生活在一起,不必为房子的拥挤、金钱的拮据操心;有的姑娘爱一个青年,又是因为他生性活泼,和蔼可亲;又有的姑娘爱一个青年,是因为他生性老实,愿意服从自己;也有的姑娘并没细细想象过自己的对象该是个什么样儿,在极偶然的情况下,突然之间碰上了,经过接触、交谈,互相熟悉了,姑娘发现,这个人就很不错,他可以成为自己的对象;还有的姑娘一直在选择,选择来选择去,老觉得对方不尽符合自己心目中的标准,因而总是矛盾着、犹豫着,不知怎么决定为好……世界上有的是一代一代年轻的姑娘,拙笔当然是概括不尽的。但有一点可以肯定,姑娘们选择的对象,总是自己心目中认为美好的……

那么,像慕蓉支这样一个姑娘,她在内心深处爱上程旭,是因为什么呢?是程旭相貌堂堂、一表人才吗?是程旭的经济条件阔绰,有很多钱吗?是她看出程旭前程远大,将来能当个什么显赫的人物吗?显然都不是的。那么,是程旭穿一身补丁衣服、外表朴实吗?是他的面貌生动、个性深沉、做事情踏实诚恳吗?类似这样的年轻人多着呢,慕蓉支为啥看上他呢?看来也不是这些原因。

有人说,爱情有时候像一个人发病那样,来得突然、强烈,而又叫人分析不出原因。慕蓉支是这样吗?肯定也不是。

仔细地观察和分析,还是能找到原因的。

严敏从女儿的举动中看出,程旭对女儿有一股强有力的磁石般的吸引力。这种吸引力来自何方呢?

说出来,有人很难相信。最初,慕蓉支对程旭仅仅是一种怜悯、同情的感情,在这种感情中,根本还没有一丝爱的成分。但是可以说,这是恋爱的基础。为什么其他的女知青,看到程旭那副样子,并没产生同情心呢?这就可以肯定地回答了,一来是她们根本没注意到程旭的神态,二来是程旭很少在她们面前露出可怜相。而主要的,是心地善良、生性正直的慕蓉支,自小而大养成的纯真的个性。从小,爸爸对她说,要实事求是,表里一致;妈妈对她说,要老实、忠诚,不要学耍花招的人。学校里的老师,我们社会主义时代的社会风气,都在熏陶着她,感染着她,像阳光雨露一样哺育了她,使得她成长为现在这样一个具有自己独特个性的姑娘。

由对程旭的同情,而联想到自己做错了事情之后的懊悔,使得她产生一种补"过"的心理。就在补"过"的过程中,她逐渐地发现了程旭思想性格中闪光的东西,又因此得出了一个结论:原来,他完全不是人们嘴巴上所议论的那种人!他比议论他的那些人,都要好得多。

不是吗?当知识青年们人人都抢着搬进新修整好的大祠堂,占一个好位置的时候,他一点也没想到自己的腰脊椎有炎症,吹不得风,受不得寒,相反,甘愿在最不好的风口的位置上安下铺位;不是吗?当知识青年们因为已经习惯了山寨的体力劳动,业余时间谈笑风生、消磨光阴的时候,他默不作声地和贫下中农一起,顶着危险开始了育种试验;不是吗?当陈家勤和一些人嘴巴上高唱扎根调儿,事实上一听抽调消息就跃跃欲试的时候,从不唱高调的他却在脚踏实地地劳动、劳动,用汗水浇灌着韩家寨的田土,培育适应高寒山区的新谷种;不是吗?当逮捕、勒令这一系列高压手段施到他身上的时候,他仍然不屈不挠、坚强地经历了这一切风雨的洗礼……在细细地关切地注视着程旭一举一动的慕蓉支心中,装着无数个"不是吗"。就是因为发现程旭身上有那么多与众不同之处,慕蓉支才逐渐了解了程旭,知道他有大无畏的勇敢精神、坚定不移的刻苦钻研劲儿、忠诚无私的高尚品质、深沉真挚的感情。只不过,所有这一切,程旭都是用他特有的表现形式,含蓄不露地从一件一件具体的事情上显示出来的而已。他不是那种锋芒毕露、叱咤风云、顶天立地的英雄,他是一个有血有肉的活生生的年轻人。

慕蓉支曾经像一个淘金者那样,一点一滴地扒开泥土、灰尘、沙砾,终于发现了光熠闪闪的珍珠。一当她真正认清了程旭的本来面目,她怎能不为之倾心呢!

如果仅仅是慕蓉支一方热情,事情就要简单得多了。实际上,对程旭已经了解得非常深刻和透彻的慕蓉支完全明白,程旭也像她一样,非常热烈、真挚,始终不渝地爱着她。

尽管他在得知将被捕的消息之后,断然地割断了和自己的关系,尽管他几次都回避着她,尽管他和妈妈谈话之后,对她在表面上更冷淡了,她还能够从他的神色、姿态甚至眼神、举动中,看出他对自己深厚的感情。正是坚定不移地相信这一点,她才鼓足了勇气,要去找程旭,把事情说清楚。

黑夜中,袁昌秀带着慕蓉支七弯八拐,穿过茂密撩人的一片蒿竹林子,来到了瓢儿块试验田旁边,悄悄地对她说:

"小慕,到了!你看,那边的茅草棚子就是。亮着灯光,程旭肯定在那儿。你去吧,我在这儿等你。你放心大胆地谈吧,畅畅快快地谈完了,我陪你回集体户去。"

慕蓉支感激地望了昌秀一眼,迟疑地停步不前。她看到,这儿是一片低凹的水田,非常幽雅宁静。蒿竹林旁,一块瓢儿形的水田,水田的右面,是一座突兀的石山。石山的坡脚,亮着一盏玻璃灯似的玩意儿,无数的小虫子,正围着这盏灯飞舞盘旋。慕蓉支明白,这盏吸引小虫子的灯,肯定也是程旭搞的。他为了育良种,花去了多少心血啊!

"快走吧,你还等个啥哟!"袁昌秀捅了捅她的腰,催促着说,"快走,田埂窄,你小心一点。"

慕蓉支转过身,轻轻地推了推袁昌秀,说:"昌秀,竹林边冷,你先回家去吧。我和他谈完了,再来看你,我们一起到集体户去。要不,你要给冷坏的,看,风好大哟!"

"要得!"袁昌秀爽快地一口答应,转身朝韩家寨方向走去。

目送着昌秀走进了蒿竹林,慕蓉支才沿着溜窄的田埂,朝瓢儿块水田旁的茅草棚子一步步走过去。

茅草棚子是三角形的,秋收季节,在苞谷土边、山头上、岭腰间,到处都可以看到这种茅草、竹篾、树棍扎成的小棚子。那是为了防野猪糟蹋苞谷而守夜的人住的。在这儿,程旭却是扎来守着杂交的稻种过夜的。

也许是渐渐走近的脚步声惊动了茅草棚子里的程旭,他手里拿着一个笔记本儿,探出头来,问:

"是谁?"

正在溜窄的田埂上行走的慕蓉支,冷不防听到这一声问,心里一慌,脚下一滑,身子歪了歪,一只脚踩进了田头,发出"啪嗒"的溅水声。她不由自主地惊叫一声:

"哎呀!"

茅草棚子里的程旭,听到人落了水,三脚两步跑过来,伸出手拉起了慕蓉支:"这么黑的天,你来干什么?快,到那边去坐下,摔痛了没有啊?"

慕蓉支担心的最初会面时的尴尬情形由于摔这一跤而消失了,她随着程旭,跟跄着走进了茅草棚子。

茅草棚子不过一张双人床那么大,三根粗壮的楠竹成三角形支起一个架子,架子上横插着一些蒿竹,茅草就用柔韧的竹篾扎在蒿竹上。慕蓉支蹲下身子,细细打量了一下。棚子里还挺干燥,靠里边地上铺着一层草帘子,草帘子上铺一张席子,席子上放着一条薄薄的被子、枕头,枕头边放着几本书,两个笔记本儿,一只人造革两用包,一盏马灯。靠外面这边地上是一层沙土,角落里放一只背篓,背篓上搭着一件塑料雨衣和一顶草帽,还有一只低矮的小板凳。

"坐吧。"程旭指指小板凳,自己在席子上坐下,捻了捻马灯,火焰跳跃了一下,小棚子里亮堂一些了。他又转过脸问,"摔痛了没有?"

"没有。"慕蓉支低头看看自己左脚鞋子上沾满了湿泥巴,狼狈地苦笑了一笑,伸出手去,摸了摸席子上的薄被子,问,"你就睡在这儿?"

"嗯。"

"晚上潮气重不重?"

"有一点,不重。"

"冷吗?"

"下半夜很冷,用草帘子遮起来,就不冷。"程旭用手指指背篓,表示挡风的草帘子放在背篓里。

"你为什么要睡在这儿呢?"

"我们人工授粉的谷子快饱米了,得时时注意它的变化,一晚上要观察好几次,睡在这儿方便。"程旭耐心地说,"再说……也得防止有些人来捣乱。"

慕蓉支蹙起了眉头:"那,睡在野地里,你的脊椎骨不会受寒吗?"

"我想是不会的。"程旭垂下眼睑,声音低弱了许多。慕蓉支进了这小小的茅草棚子之后,棚子里仿佛一下子亮堂多了,也温暖多了,空气中,好似弥漫着一股奇异的芬芳,那是从慕蓉支的头发、脸庞上散发出来的。嗅着空气中弥漫开来的幽香,程旭的心也随之奇怪地"扑通扑通"跳起来,他略微有些惶然,又有些兴奋喜悦和莫名其妙的感激心情。要知道,自己心灵深处暗暗热恋着的人,主动到茅草棚子来找他,给他带来的是多么巨大的激励啊!那证明,慕蓉支是多么支持他的育种事业啊!最主要的,慕蓉支一进小棚子问的话,句句都很真诚,每一个字都显出了她对他的不同一般的关切。在程旭住进小棚子以前,这些话,韩德光和袁明新也一一问起过,他们有时候甚至也来陪他过夜。但这些话从慕蓉支嘴里说出来,又不同别人所问,程旭感到心里很温暖。但他羞于表示自己的感激,只得垂下了头,说,"脊椎骨的病与寒气无关。"

"也要注意啊!"慕蓉支望着程旭说,"你要再病了,怎么办呢?"

只一会儿工夫,慕蓉支在茅草棚子里就掌握了主动权,她说一句话,他才答一句。而这样,反而使她难以启齿问想问的话了。她在暗忖着,怎样来转变话题。

茅草棚子里出现了一刻静默。山野里,一种俗名叫大油黑的蟋蟀使劲地振翼鸣叫着。哪一块田的缺口挖开了,一小股水在"咕噜咕噜"流出去。秋夜的山野里,地上的潮气、空中的雾气都在无形地浸透人的肌肤。风把蒿竹林里清秀挺拔的竹子摇得"哗哗"作响。

气温下降了。

程旭抬起头来,凝视着慕蓉支,说:"我感觉到,天好像要下雨了……"

"嗯。"慕蓉支嘴巴里哼了一声,不知道他为什么这样说。

程旭见她并没理会自己的话,便又垂下头,低声讷讷地说:

"慕蓉,今夜的雨不会小,时间也不早了,你回去吧。要不,你会被淋湿的。"

"那么你呢?"慕蓉支突然用响亮的声音问。

程旭的心"咚咚"跳着,他的脸上感觉到痒痒的,不敢抬起头来看慕蓉支。慕蓉支到茅草棚子里来,他情不自禁地感到温暖和幸福,心里很快慰。在好些个孤独的夜晚,程旭曾暗暗祈望着,他能和慕蓉支相对而坐,娓娓叙谈。此刻,她当真出其不意地来到了他的眼前,他怎能不欣喜愉悦呢!在他的心里,憋着有多少话儿,想跟她讲呵!但是,只要联想到自己的命运和护士长严肃坦率的谈话,他就觉得,在这种时候,和慕蓉支待在茅草棚子里,是不妥当的。他压抑住心底的温情,用平静的语调请慕蓉支回去。但一当他把话讲出口,他又觉得非常的惆怅和无限的茫然,心在矛盾的浪涛上,忽起忽沉,起伏不已。他张了张嘴,回答不了慕蓉支的责问,也不敢抬起头来看她。其实,他真巴望慕蓉支能在茅草棚子里,多待些时候啊。

也不知过了多久,水田里、石山上、蒿竹林子里"沙沙"地响起来了。豆大的雨点,闷沉沉地落在铺得厚厚实实的棚子顶上。风呼吼着从峡口、树林里穿出来,山野里响起一阵阵的狂啸,蟋蟀慌慌张张哀鸣了几声,便一点声音也没有了。只有不知从哪座山林里,传出一只孤鸿几声可怜的呼救声。

当真下雨了。程旭正想往茅草棚子外面望望,他忽然听到一声哽咽的低哭,这呜咽声,在小小的茅草棚子里响得这么突然、这么叫人料想不到。程旭仰起脸来,惴惴不安地向慕蓉支望去。慕蓉支的手在不断地抹着从眼眶里泉涌般流出来的泪水。泪水流得太凶,把她的手臂也浸湿了。

程旭陡然一惊,慌忙躲避什么打击一样,身子往后一靠,声音颤颤悠悠地问:"你呀……慕蓉,你怎么了？这是为什么呀？"

他非常恼恨自己,怎么问出这样的话来！但其他的话,他又不知如何说起,他只得呆痴痴地凝望着她。他根本没有料到她会在自己面前伤心地痛哭,她的眼泪好像不是水,倒像是火一样地烧灼着他的心。他浑身都不安了,像被人打了一样火辣辣地灼痛。

慕蓉支待程旭一说话,才猛然醒悟到自己的失态,她忙乱地擦着泪,但是刚一擦去,新的泪珠又涌了出来。她觉得不安和害臊,竭力想忍住伤心的泪,不叫程旭看见,可是不行,泪水像冲破闸门的潮水一样,根本无法控制住。她只得边哭边说:

"你呀……你只晓得避开我,催着我走,也不知晓,呜呜……也不知晓我的心……多么慌乱不安;……也、也不管我,呜呜,为了同你的事,遭了多少罪,呜呜……大家横着眼睛瞧我,妈妈责备我不算,还、还逼着我、我……啊……"

慕蓉支泣不成声,再也说不下去了。程旭一而再,再而三地避开她的行为,深深地刺伤了她的自尊心,她差不多在感情上无依无靠,孤苦无告了！

她的话是含含糊糊、断断续续、连哭带抖地说出来的。可程旭全部都听明白了,他的神经战栗了,不安地惶惶悚悚地盯着慕蓉支。他这时候才明白过来,这一段时间以来,不仅仅是他本人在痛苦和难受,还有一个关心他的人,也在不安和焦愁。在这些话里,程旭听出了蕴蓄着多么深的感情。他像泥塑木雕一样呆住了。

事实放在那儿,要想回避是不可能的。

这一个平凡的真理,从来没有像此刻一样明白地告诉他。必须迎着这个事实,解决这个问题。

程旭的内心深处,对慕蓉支热恋的感情和冷静的理智在激烈地斗争着,交织在一起,难分难解。一会儿感情压倒了理智,这时候他真想扑过去,扶着她的肩膀,给她抹去眼泪,劝她不要哭,对她说些热烈忠诚的话,用亲密体贴的语言抚慰她受伤的心灵;一会儿理智又控制了感情,不允许他这么做,要是这么做了,结果会更糟糕。程旭像一个在深夜里误入迷途的人那样,踉踉跄跄,不知所以。他在同不可知的前方和黑夜拼力地作着斗争,直到精疲力竭、懈怠无力、晃晃欲倒。他的头脑里犹如千军万马在驰骋纵横,一个幻境接一个幻境交替出现,使得他神经紧张、心荡神迷。他愣怔怔地呆坐着,两只手发凉。

"你说,你说,妈妈和你说了些什么?"慕蓉支淌着泪,催促着,"我、我们到底怎么办?"

这一句话,顿时提醒了程旭,使他一下子从迷蒙混沌的幻境里回到现实生活中来。他镇定了一下自己,搓了搓双手,思索了一刻,亲切而冷静地说:

"慕蓉,你、你别哭,听我说呀。你妈妈找过我,是的,她是对的,我们不但不能……不能恋爱,连互相多接触,也是不好的,对你是不好的,对你的前程是有影响的。你要看明白这一点!你妈妈她……她是一个好人,任何一个母亲,听到自己的女儿接近的是我这样一个人,都要反对的。我知道,我、我懂得这一点,你要听你妈妈的话,不要再惹你妈妈生气。你要想想,你妈妈不远千里,急匆匆赶到山区来,不就是为了你的将来,你的前途嘛!慕蓉,你该明白啊……"

听了程旭呜咽动情的一番话,慕蓉支的眼泪掉得更厉害了。她再也抑制不住,便把双手紧紧地捂住脸,埋下头去,抽咽起来。随着程旭说出的一句句话,她越哭越厉害,最后,竟至放声大哭了。

好在三角小棚子外面,急泻的风雨正在肆虐,山坡上,田地里一片风雨奏出的喧哗,远远都不会有人听到她的哭声。

铁弹弹一样的雨点子击打在地面上,溅起片片雨花、水沫,扑打进三角草棚子来。程旭见风雨差不多打在慕蓉支身上了,急忙起身,从背篓里拿出一大块草帘子,挡在棚子口上。外面的风雨声不像原先那么清晰了,小棚子里慕蓉支的哭声更加响了。

程旭惊恐地凝望着她,一双深邃的眼睛里目光灼灼闪烁,慌乱不安。他的嘴唇扭曲着,见慕蓉支的哭声一直不停息,他也抑制不住自己的眼泪,颤抖着声音说:

"慕蓉,请你原谅我,我、我也是没有办法啊!"

说着,他也伸手抹了抹眼角边的泪水。

"我明白了,我彻底明白了!"

慕蓉支突然间哭叫一声,跳起身来,伸手一撩草帘子,就要冲出去。

程旭惊慌地一把拉住她:"这么大的风雨,你要到哪儿去?"

"你不要管我!"慕蓉支费劲地挣脱了程旭的手,"让我回去!"

程旭拉住慕蓉支的手臂说:"等风雨停了再走吧!"

"我要走!"慕蓉支顽固地说。

"慕蓉,"程旭动情地喊了一声,双手紧紧地拉住慕蓉支的一只手,紧蹙着双眉,糊满泪水的眼里闪出热情坚定的光芒说,"你记着,我们都还年轻,今后的日子长着呢!"

说完,不容慕蓉支挣扎,便从背篼上把自己的塑料雨衣拿过来,"哗"一声抖开,披在慕蓉支身上,关心地叮嘱道:"天黑路滑,你慢慢走!"

慕蓉支揿亮手中的电筒,撩开草帘子,两眼里满是泪,躬身走出了三角小棚子。

程旭随后走出来时,她已经像在平衡木上跳跃的运动员一样,飞快地跑过了溜窄溜窄的田埂。

"当心,别摔倒了!"程旭双手做成喇叭状,担心地提醒着她。

她既没回头,也没停顿,只顾疯了似的往前飞奔。那一圈手电筒的光,腾跃着在黑暗中向前晃去。

程旭发了呆似的伫立在草棚子门口,任凭秋夜急骤狂泻的滂沱大雨,把他浑身上下打得透湿透湿。

二十一

倾盆大雨足足地下了一夜又一整天。雨水从岭巅、山顶、树林子里淌出来,汇聚在山水沟里。山水沟里一股一股的水流,带着山坡上的落叶、枯枝、尘埃、草屑急泻下来,几股山水形成一股大的水流,几股大的水流又汇成一股奔泻的洪水。洪水吼叫着,从山坡上冲下来,淹没了田坝里的水田,溢出了一条条沟渠,冲垮了田埂,冲倒了高秆儿的"七月黄",只一天工夫,入秋以来最大的一场雨,把韩家寨周围的山路、通道、田坝、坡地上都灌满了水。

雨大水涨,雨停水消,这是自然规律,倒也不叫人愁。叫人愁的是随着一场秋雨,韩家寨这高寒山区的气温急剧下降。从公社的有线广播里,自从大雨之后,每天的最低温度,报到了十度以下。山区的老百姓并不管它是几摄氏度,他们只凭感觉添衣服。大雨下过以后,一早一晚走出屋门的人,都要穿上夹袄、带着棉衣,年轻的小伙和姑娘,也得穿上两件毛衣才能御寒了。

高寒山区,一年中半年是冬季。历来都是秋后一场大雨冷一阵,自古以来居住在这儿的人们,早已习惯了。只是这一场乍然而至的大雨,叫韩家寨人都愁死了。

为啥呀?

庄家人看年景而喜乐。

今年的庄稼,除了坡地上收的苞谷之外,水田里的谷子,全部叫天灾人祸糟蹋了。

要在往年,本地人栽水稻,都是选的"早稻""八力""七月黄""长脚号"这一类谷种。这些谷种,产量是低一些,也容易倒伏,但是成熟期早,入秋之后,常常是不等寒流、霜降来临,已经挞进了谷仓,多少都能收获一些。

可是今年情况不同,薛斌当上了县革委会主任之后,把生产队、大队、公社、县的四级干部通通集中到县里面,开了三天大会,说是搞通思想,下了一道命令,全县所有的水田,通通都要栽上外地传来的优良品种"珍珠矮"。

珍珠矮是良种,报纸、杂志上都宣传过,这个人人都相信,一些没有做过田的干部信了薛斌的话,还帮着他四处宣传,要是有谁提出异议,他们还理直气壮地反问:"国家的报纸、杂志还会骗人?"弄得人不敢与他们对答,生怕再讲下去,弄一顶"破坏新生事物"的帽儿戴起来。

可当地的老庄稼人,都对它持怀疑态度。"珍珠矮"在外地是良种,到了高寒山区,还能是良种?因此,好些公社、大队和生产队的干部、社员,开了会回来,一边给群众传达,一边说明自己的态度,叫群众来表态。广大群众的态度是鲜明的,"珍珠矮"既是良种,栽个一亩二亩试试,等亲眼见到了,明年再推广也不迟。各级干部有群众撑腰、支持,也顾不得薛斌的指示了。有的人只栽了一亩半亩,有的胆子小一点的干部,在大路旁、和邻队相接的田头,栽下了一些"珍珠矮",以遮耳目。绝大多数公社、大队、生产队,结果在百分之八十的田头,栽的还是本地品种。

独有韩家寨大队,春耕开犁撒种的时候,姚银章叫齐了五个生产队长开会,明确表态,栽不栽"珍珠矮",是对新生的革命委员会的态度问题,是对县委薛主任这个新干部支持还是反对的问题。开过了队长会,姚银章还要造声势,召开了全大队男女老少都必须参加的群众大会,做给公社、县里头的干部看,表明他贯彻落实薛主任的指示雷厉风行。他开了会还不算,到撒种之后,他还带着姚银丰等一个队一个队地到秧田中检查,看到哪个队没有撒"珍珠矮",就立即叫把已经撒下的本地良种犁掉,重新撒种。有些老贫农,硬是一边犁掉本地秧苗一边掉眼泪。姚银章还借此机会,把不称他心的队干部撤掉。只有检查到韩家寨二队,韩忠鼎队长领着全队男女老少和姚银章顶,有几个老贫农,甚至躺在田头,说哪个要犁掉已经撒的本地品种,就从他们身上犁过去。姚银章看到二队人心齐,韩忠鼎又是个声望很高的人物,拿他也无奈何。

结果,韩家寨大队百分之八十的水田,栽上了"珍珠矮",这一场暴雨下来,气温骤降,所有的"珍珠矮"虽然还直挺挺地生在田头,可是谷穗还没灌足浆,全部都是瘪壳壳谷。当地一句老话讲:寒潮到来不勾头,秋后割来喂老牛。韩家寨大队的贫下中农,看到满片的田坝里都是不结谷的水稻,气愤地说:"这'珍珠矮'短短的谷草,割来喂老牛,老牛也不吃!""啥子良种,明年喝风吧!"

正在大家伤心哀叹、背地里大骂薛斌和姚银章的时候,在韩家寨二队,却出现了一桩奇迹。

德光大伯、明新大伯和程旭搞的瓢儿块试验田里,四分地的谷子,虽然也遭风刮,也遭水淹,也遭到骤降的气温袭击,不但不像本地品种那样倒伏在田头,沾在泥地上,也不像薛斌"强"令引进的"珍珠矮"一样,通通都是秕谷。相反,这些水稻秆壮叶绿,高矮适中,谷穗满簇,颗粒饱满。它们一株株、一簇簇挺立在田头,经历了风雨寒潮的考验,仍然是那么逗人喜爱,充分地显示了杂交水稻的优势。

水稻长在田头,当然引起了二队全体社员的注意。喜讯包不住,只两三天时间,韩家寨大队的男女老幼,都先后到瓢儿块旁边来看这些真正的优良品种了。连上海来的知识青年们,也闻讯跑到这块二队的水田边,惊异地睁大了眼睛,啧啧有声地称奇了。

富裕中农韩德才,当众拉着程旭的手,摇头晃脑,手舞足蹈,提高了嗓门,叫得半个寨子都听得见:

"小程啊,这回我算是服你啰!实话同你说吧,你一个上海娃娃育良种,我在心里讥笑你说,算了吧,你这个娃崽,开啥子洋荤。千年百代,我们韩家寨人种水稻,都是种一盘,收一碗。哈哈哈,哪晓得你真干成了,志比天高,志比天高啊,小程!往常,你跑来向我讨教,从今往后,我要向你讨教,拜你为师!唉,一言为定!哈哈哈,我们韩家寨种谷子,也要夺大丰收啦!"

岂止是韩德才一个人高兴,全大队几百户人家,几千口人,个个都在称道程旭,人人都在传颂这好消息。

韩家寨优良品种育成了的消息,比风刮还快地传出去了。顿时间,邻近的大队,邻近的公社,都知道了这件事儿。有好些人,拄着拐杖,丢下手头的活儿,跑来看个真假虚实呢!

这样一件大事,自然也震惊了整个集体户,有好几天,知识青年们都在议论这件事儿。

这天赶出早工回来,常向玲把肩上的背篼扔在墙角,一屁股坐在板凳上,噘着嘴说:

"这回啊,程旭这个阿木灵,倒成风流人物了。你们看看,今天早上社员们又朝我们赞扬程旭了,叫我们向他学习呢。叫我向他学习啊,倒霉啦!"

她轻蔑地撇着嘴,见大家忙着撬火、擦脸、淘米、洗菜搞饭吃,没搭理她,又一个人自言自语地叹口气道:

"唉,没想到,这阿木灵,修地球的事儿他干得这么专心,比科学家研究尖端项目还入迷呢!只可惜,现在不同于'文化大革命'之前啦,那时候,有了发明创造,研究出了新玩意儿,有荣誉,有奖金,钞票多得用秤称。如今有啥,屁也没有。叫我啊,有那么多时间、精力,乐得搞点吃的喝的,谁愿流那么多汗水帮阿乡出力?只巴望快点招工招生,把我招走吧!"

"我早说过了,"和她吃一锅饭的莫晓晨,撬开了火,热上了冷饭,边拿一把蒲扇"唰唰"地扇着炉子,边答言道,"程旭这个人,默默无言,胸有大志,早晚做得出点事情来。现在你们看,他一下子在远近的生产队出名啦!依我看啊,这件事的影响要比我们估计的大得多呢。你们看看贫下中农们的高兴劲儿,都像拾到了金元宝一样哩!"

出早工回到大祠堂赶忙去挑水的章国兴,挑了满满两桶山泉水走进灶屋,直起了腰杆子评论道：

"这就叫不鸣则已,一鸣惊人啊！我们这些人,平时尽管时常议论人家,看不起人家,说长道短,现在程旭一下子把我们比下去了。瞧,接受贫下中农再教育做出了成绩,比说什么大话都强！"

"有啥稀奇！"沈兆强嘴里叼一根烟,挺起胸脯,昂起头说,"他做得再好,出身不好,等于零。"

"就是讲啊！"郑钦世扬起两道粗浓的眉毛,又来做他那带有哲学味的总结了,"世界上的事情,就是这样怪。辛辛苦苦埋头苦干做出了成绩的人,因出身不好可以一棍子打进十八层地狱。而那些什么事也没做出来,只会玩弄两张嘴皮子,搞拍马溜须的人,却总是能青云直上,真他妈的浑哪！叫我们这类人,怎么会不觉得处处都没劲道呢！程旭育出了良种,除了引起一番胡哄,谁会真正了解他呢？唉……"

"那也不一定呢。你没看全大队贫下中农见了他时的那股亲热劲儿。"小冯令羡慕地说,"反正我很佩服程旭。可以公开地讲,到目前为止,我已经根本改变了对程旭的看法,我认为他是一个大有作为的年轻人,是我们学习的榜样。老实讲,我要做出了这样大的成绩啊,给爸爸妈妈写信劲头也大点！严妈妈,是不是啊？你们当妈妈的,是不是最希望听到出外的子女传好消息回家来？"

正在给三个姑娘炒咸菜的严敏,入神地听着青年们无拘无束的议论,冷不防听到这话,愣了一愣,连忙点头敷衍道：

"是啊,是啊！"

其实,程旭育成良种这件事,也给了严敏深刻的印象。就是这个自己认为思想危险的青年人,一下子成了人们交口称赞的人物,怎不叫她吃一惊啊！要是她在上海,听到这件事,也无非随口称赞几句而已,不会有多大的印象。可是她也生活在韩家寨,散步时亲眼看到,一批一批外队、外社的贫下中农、干部跑到这偏僻的寨子上来,参观优良品种,脸上露出满意的笑容。她怀着好奇心,也跑到瓢儿块田头去看了看。不看不知道,一看吓一跳。把瓢儿块田头的谷子和它周围田里的水稻相比,无论是本地品种,还是外地引进的"珍珠矮",差劲儿就太大了。真如一个外来观看的老农说的："两下里一比啊,真是俊姑娘和丑八怪并排,差个千儿八百里！"

严敏的神经也被震撼了,她暗自思忖,在这一点上,女儿慕蓉支并没看错人啊! 看来,女儿很像自己,自己年轻的时候,不就是看到慕蓉康一个普普通通的工人,实在本分、钻研劲强,就不顾舆论的压力,嫁给了他嘛! 不过,程旭和慕蓉康太不同了,他出身不好、思想意识复杂、沉默寡言,看上去太深沉了。而丈夫当年呢,家庭出身好,积极要求进步,年纪轻轻就入了党,又很腼腆。他在"文化大革命"中受冲击不大,不就是沾光出身于贫苦的工人家庭这个光嘛!

不管严敏心中怎么想,这几天来,她和女儿说话很少,倒是一个明显的变化。那天雨夜,严敏正和小刘、小周焦急地猜测着,慕蓉支为什么久久不回家来,是不是在赌气? 三个人正想再次去袁昌秀家找她,昌秀陪着淋得透湿的女儿,回到集体户来了。严敏记得很清楚,女儿的脸色苍白,满脸都是雨珠,她脱下从昌秀家披来的蓑衣,顾不上擦一擦湿透了的脸,紧闭的嘴唇抖动了几下,出乎意料地颤声说道:

"妈、妈妈,我、我听你的话,和程旭割……割断……我……"

话没说完,她就扑在母亲怀里哭开了。

严敏搂着女儿,轻轻地抚慰着她。她在心里想:支经过激烈的思想斗争,总算想通了。她总算答应了妈妈的要求,悔悟过来了。严敏的心里一阵轻松。

这些天来,女儿的话是很少的,少得叫人觉得她像在生病。她看人的神气,也是愣怔怔的,眼睛直勾勾地盯着人。母亲心里说:这是经过剧烈思想斗争遗留下的一些感情上的痛苦。严敏尽力照顾着女儿,把上海带来的罐头开给她和两个好友吃,三个姑娘出工去了,严敏尽可能把她们的饭菜做得好吃一些。饭后,她们四个人还一起去寨边、小河旁、稀疏的林子里散步。

程旭育成良种的消息传开之后,对这件事议论最少的,要数她们四个人了。慕蓉支对这件事一字不提,只是她的眼光,要比原来深沉些了。刘素琳和周玉琴只是私底下讲讲,当着慕蓉支的面,她们从来也不谈这件事。几天来,这几乎成了她们四个人的默契。

生活是不由人的。她们四个人越是不谈这件事,在集体户里,在生产队上,谈这件事的人越多,越厉害,仿佛是和她们作对似的。男男女女、老老少少的嘴巴上,都挂着"程旭"这个名字,这名字已经和韩家寨大队的生活,和山区的人民紧紧地联系在一起了。

对这件事议论得较少的,还有一个人,那就是集体户里的头号人物陈家勤。

他不说话、不表态,不等于说这件事对他无动于衷。相反,这件事给他的刺激太深了。眼看着整个集体户最不显眼的人物程旭,几天工夫名扬四方,这种名声,不是在报纸、杂志上发表一篇文章,登了个名字;也不是在公社、县或是地区发的铅印文件上,做了一下表扬;又不是在什么画报、橱窗里有一张相片。说实在的,偏僻村寨上的老百姓,很少看到这样的东西,更记不住偶尔一瞥中看到的人名、照片了。程旭的名声,是深入人心的,在陈家勤看来,这样名声最扎实、最有利了。不是嘛,随着越来越多的男女老幼称道他,领导就会重视;良种真管用,整个高寒山区都将推广。一提这样好的良种,人们就要讲程旭的名字。甚至很有可能,人们会把这个良种,题名"程旭种"呢!做梦也在想着出人头地的陈家勤,是多么妒忌成功了的程旭啊!程旭取得的成绩,他的巨大的成功和由此带来的声誉使得他陈家勤的名声大大逊色了,他怎能不耿耿于怀呢?可他又对此无可奈何。要知道,程旭这件事的影响,是不能把它封在坛子里,用盖子严严地盖住的。

当下,见冯令羡慕地询问严妈妈,陈家勤马上沉着脸说:

"小冯,你别四处炫耀了。程旭这件事,还得看看是站在什么路线上的呢!"

"好了好了,你别发怪论了!"莫晓晨平时就看不惯陈家勤趾高气扬的劲儿,他不满地斜了陈家勤一眼说,"说程旭要被逮捕,是你带回来的消息。结果怎么样,准确率等于零。现在人家把成绩做出来了,你又说些妒忌话,这未免、未免也太……"

"未免什么,你说呀!"陈家勤被莫晓晨几句话说得有点恼怒,愤愤地变了脸,用威胁的口吻道,"我早说过了,出身相近的人,说话总是站在一个立场上!"

莫晓晨听了这话,脸立即涨红了。他出生在资产阶级家庭里,平时总觉得比人低一等,怕人提起来。现在陈家勤出口就把他和程旭划在一类人里,还故意刺激他,他也火了:

"出身不好怎么样?程旭照样受人尊敬!你说好了,我出身资产阶级,大不了抽调比你晚几年,死不了……"

"又来了,出口就把人分类划档,算啥呀!"小冯令也嘀咕道,"好在普通老百姓都不戴有色眼镜……"

"冯令,你别丧失阶级立场,把屁股坐歪了!"陈家勤见年纪最小的冯令话音里也透出了对自己的强烈不满,怒气冲冲地以压制的口气道,"你要滑过去,对你没好处!"

"你管不着!"小冯令也火了,把眼一瞪说,"我爸爸是米店职工,家庭出身不比你差,你神气个啥?开口就训人!我不买你的账……"

沈兆强拍着巴掌咧嘴笑着,粗声怂恿道:"冯令,有种!跟陈大博士干,阿哥撑你的腰!你要我帮忙,阿哥不要你摆酒包①,也不要你出熏条②!"

陈家勤脸涨得通红,狠狠地龇了龇牙道:"好啊,你们串通一气……"

常向玲一看争吵起来了,摆着手叫道:"好了好了,为个阿木灵,吵点什么!快吃饭吧……"

不等她打圆场的话说完,姚银章一步跨进了集体户灶屋,咧着嘴笑道:

"嗬,还争得很热闹,是吗?争些什么呀?"

集体户的知识青年们纷纷向他招呼、点头、请他坐下,他摆摆手说:

"不坐了,我找小陈有点儿事。休息时间,你们也不要光是争啊,也该讨论讨论嘛!"

"讨论什么呀?"冯令插嘴问。

"哎,不是有现成的问题嘛!你们集体户的程旭,上山下乡做出了成绩,讨论一下,你们怎样向他学习呀!"

这句话出自姚银章的嘴巴,叫全户的知青们都大大地吃了一惊,大伙儿都用惊愕不解的目光望着姚银章,怀疑这话是不是他嘴巴里说出来的。不但是郑钦世、莫晓晨、章国兴、常向玲、冯令吃惊,就连陈家勤,也像不认识姚银章似的瞅了瞅他。已经进了寝室端着饭碗的周玉琴、刘素琳、慕蓉支都竖起耳朵,听着灶屋里姚银章的话。今年四十六岁的严敏,也大大地愣怔在那里,不拨动筷子了。几天以前,这个姚银章还亲口对她说,要女儿和程旭划清界限,现在怎么又要知青们向他学习呀?这也太颠三倒四了!

冯令仗着自己年少幼稚,哑巴着嘴问:"姚主任,前些天,你不还勒令程旭停

---

① 酒包——摆酒席请客。
② 熏条——香烟。

工检查吗?怎么……"

"哈哈哈,你这个尖嘴小猴子,还真会钻空子哩!"姚银章坦然自若地大笑着说,"那是我不了解情况嘛!你不常常看见外面大标语刷着:受蒙蔽无罪吗?这回啊,不但要免去他的检查,还要补足他的工分,好好地表扬他一下呢。你们都是知识青年,好好议议吧!小陈,走,我们谈个事儿。"

知识青年们都面面相觑,不知姚银章念的是什么经,都眼巴巴地盯着陈家勤随着大队主任走出灶屋去。独有郑钦世,拖长了嗓门,不明不白地嚷了一句:

"是好肉啊,谁都想伸嘴咬一口!"

陈家勤的心里也好纳闷,他和姚银章走出韩家寨,站在一个土坎子上,随手扯了一根草叶,不解地问:

"姚主任,这是咋个回事?莫非就为程旭育出几颗种子,他就能变成红人了?"

"心头闷闷的,拐不过弯来,是吗?"

陈家勤点点头。

"莫说你拐不过弯来,我也拐不过弯来呢!我亲口当众勒令他检查,现在又要说他的好话,这不是拆我的台吗?"姚银章咧嘴骂道,"妈的,是要老子出洋相啊!不是,不是出洋相,薛主任昨晚上来电话把我叫去,整整讲了一宿,我算明白过来了!"

事情牵涉到县革委会主任薛斌,陈家勤知道关系重大,入神地听着。

姚银章把一只手搭在陈家勤肩头上,轻轻地拍了两下说:

"程旭的良种育成了,就生在瓢儿块田头。你说说怎么办吧?"

"先不要看现象啊,调查调查他的根子看,"陈家勤在姚银章面前说话,一向都很坦率,这回又把自己脑子里的想法讲出来了,"我听说,程旭育良种,和韩德光缠在一起,抓住这一点,就可以把他们治住。刨树要刨根,这回啊,把韩德光和程旭两个人一起刨倒,不让他们翻身。"

陈家勤晓得韩德光是姚银章的死对头,说话当然无所顾忌。

姚银章盯了陈家勤的俊脸一眼,又向四面环顾了一下,把他往自己身前拉了一拉,压低了嗓门道:

"老弟,这想法,同我前两天想的一个样。不过,薛主任他不赞成哪……"

"他怎么说？"

"他说，程旭的良种，现成的放在那儿，队内队外、社内社外的好些人都看见了。我们要是这么一整，群众心里会不服的。要是他育败了种子，田头无收成，我们整他们，群众无话说，像前几年整韩德光一样。这一回他把种子育成了，我们再整人，就会失去群众。懂了吗，小陈？"

"怕什么，你一个堂堂的大队主任，还怕他一个大走资派的狗腿子？"陈家勤虽觉薛斌的话有理，但他一向相信权力的威力，气咻咻地说了一句。

"问题还不在于此啊！"姚银章皱着眉头说，"程旭这次育成良种，事出突然。团转远近的大队、公社都晓得了，影响大得他自己还不晓得呢！公社书记伍国祥，几个月来几次提出，要解放韩德光这个老土改根子，他派着人内查外调，把当初我们整上去的材料都否定了。这次，良种育成的事儿传到他耳朵里，他拿着核实的材料，又以育良种的事情为铁的证据，找到薛主任，证明韩德光不但无罪，还有大功。薛主任过去被韩德光告过，心里记恨这老家伙。当初我们整韩德光的定案材料，就是他批下来的。公报私仇，他不能摊到桌面上来呀！再说，薛主任又完全知道韩家寨的领导班子情况，他倒拿这件事左右为难了。同意韩德光恢复工作吗，我们这个大队将来就有戏唱了；不同意吗，人家把事实摊在公社常委会上，又逼着他表态。小陈，这回你知道事情的症结了吗？他妈的，程旭的良种，和我们都休戚相关呢！你不是要吃政治这碗饭吗？吃政治饭，就得学会顺风扯帆，将弯就拐。俗话说：劈柴要看纹理，做事要找窍门呢！"

姚银章这些赤裸裸的话，陈家勤完全能心领神会。他二哥也亲口对他说过，你要吃政治这碗饭，就得学会把脸当屁股，屁股当脸，随机应变。二哥和姚银章虽然风马牛不相及，可他们都是一帆风顺蹿上来的，他们说出的话，字眼不相同，意思可是一个样的。听姚银章这一讲，他的心里由对程旭的不满、妒忌和气恼，变成了恐惧和不安，要是韩德光真又上了台，当了大队干部，程旭自然是他的红人了。而自己呢，肯定要遭他的压，那对他将来从这块基地上蹦出去，是多么不利啊！想到这儿，他急忙扯住姚银章的袖子问：

"姚主任，这个弯怎么拐呢？"

"你不用急嘛，哈哈，薛斌主任，他比我们更急呢！"

"为什么？"

"前两天,薛主任闲着无事,走到离木瓜树不远的一个山寨上去,想去听听群众对今年大面积种植'珍珠矮'的意见。进了寨子,社员们都出工去了。他走进了一户社员家,正巧那家有个七十多岁的老奶坐在堂屋里搓麻绳。薛斌搭讪着坐下了,询问他们队种'珍珠矮'的情况。你猜怎么,他一提'珍珠矮',那七十多岁的老奶就怒气冲冲地骂开了:瞎了眼的薛斌,真是个狗禽的,他今年把我们老百姓害苦了。他只管钻在县城头发号施令,不顾我们的死活。叫他下来看看我们团转的田头,他就晓得那些'珍珠矮'是啥子了!同志啊,看你像是县里下来的,你回去务必把这些话讲给他听。嘻嘻,薛主任听了这一番骂,气恼得脸色发紫,又不敢暴露身份,支支吾吾地退出了那间屋头。到了寨路上,一帮小学生,放学回寨,正在那里有板有眼地唱着:木瓜来了个薛斌,硬向老百姓下令,逼着大伙儿改种,说是'珍珠矮'特灵……"

姚银章有声有色地说着有关薛斌的笑话,陈家勤听得也忍不住笑了起来。他截住话头问:

"后来怎么样?"

"经过这一次不快活的私访,薛主任晓得,他的'珍珠矮'计划,不但没给他脸上争来光,还丢了他的脸。他倒不是怕老百姓骂,他怕的是自己掌权以来,收成不好,粮食不够吃,不能向上头报功。这次,听说程旭育成了良种,他巴不得一把抓过来,往自己脸上贴一块金子呢!"姚银章唾沫飞溅地对陈家勤说,"他不愿放过这次机会。我给你透个信吧,过两天,到韩家寨二队挞谷子的时候,薛主任、伍国祥、公社的领导、各大队的干部,听说还有报社的记者,都要到瓢儿块实地看看这块良种,称一称那四分地,打下多少粮呢!"

"啊!"程旭的良种震动竟然这么大,使陈家勤内心暗暗惊讶不已,他着急地追问,"那、那我们这台戏怎么唱呢?"

"叫你别急嘛!"姚银章见一番话把陈家勤完全说服了,得意地眯起眼睛、咧开嘴笑道,"主意,薛主任早给我们出好了。我们只要照着他吩咐的去干就成!"

"怎么干啊?"

姚银章把大嘴凑到陈家勤的耳朵根上,把嗓门压得像蚊子叫那么低,"叽叽喳喳"地说了起来。边说边比划着两只手。

一只乌鸦,"呱呱呱"叫着,拍着翅膀飞到离他俩不远的一棵枫橡树枝上,探颈伸头地张望着。一对从粪池里孵育出来的黑蝴蝶,也扇动着黑得比煤炭还厉害的翅膀,飞到棘藜丛上去。

姚银章瞥了那一对黑蝴蝶几眼,问:"明白了吗?"

"这么一来,"陈家勤迟疑地眨动着一对眼睛问,"不是把程旭这个大叛徒的儿子,捧到天上去了吗?"

"哈哈哈,小陈,你真是聪明一世,糊涂一时啊!"姚银章粗野地笑了几声,道,"捧捧程旭,没什么关系,他在韩家寨掀不起浪头来。再说,今年这良种,才栽了四分地,明年要大面积推广,我们要成立一个科研小组,大队革委会出个任命,组长由你来当。时过境迁,到时候,这育出良种的功劳嘛……哈哈哈。"

"嘻嘻嘻。"陈家勤经姚银章这么一指点,也高兴地扬起眉毛笑了。

姚银章笑了几声,又想起了什么:"噢,还有,你的入党申请,大队支部已经研究了。薛主任又指示,要抓紧纳新工作。你把这张表填一填吧!"说着,姚银章从衣袋里掏出一卷纸,递给陈家勤。

陈家勤怀着抑制不住的喜悦,展开那卷白纸,山野的阳光下,五个清晰端正的黑体字,像闪烁金光一样欢笑着跳入他的眼帘:

入党志愿书

陈家勤心里急骤地跳动起来了。他暗暗说:党票,我终于把二哥说的至关重大的党票拿到手了。他那俊俏的脸上,绽开了满意、兴奋的笑容。生活,想象中的五光十色的未来生活,又以更加浓艳绚烂的色彩在他眼前展开了。他的思想,又张开了振翼飞翔的翅膀,未来奇丽的情景在他头脑里闪现出来。

看到他脸上的笑容,姚银章用手捅了捅他的腰,诡秘地说:"怎么样?抓紧时间,完成任务去吧!"

陈家勤收起入党志愿书,展开双眉,双手握成拳头,有力地充满信心地晃了晃,高声道:

"是,我马上去办!"

二十二

奇怪的事情发生了。

午饭后,知识青年们有的拿着锄头,有的带着镰刀,有的扛着粪篮,有的提着背篼,都站在大祠堂前,下伸店门口,三三两两地闲聊天,等待着下半天的出工哨子响。

程旭穿着一身蓝卡其布服,裤管挽到膝盖上,向小木屋子走来。试育良种的初步成功,人们的盛赞和夸奖,一点也没改变他的外貌。大家都看到,他好像比原先更加瘦了一些,长长的头发足足有半寸厚了,他也没空理一理。他像平时一样,走得有些匆忙,垂着眼睑,从大伙儿身旁走过去。

现在,没有人在他走过之后冷嘲热讽了,也没有人用轻蔑或是怜悯的目光望着他了,相反,瞧着他的人,不是眼里露出羡慕之色,便是显出同情的脸色。

远远地看见他走来,慕蓉支便车转了身,装着去看下伸店橱窗里放着的雨鞋。自从雨夜断然地离开他,回到集体户向母亲保证答应她的要求之后,慕蓉支内心一直处在矛盾和不安之中。她很想看见程旭,但真见了他,又羞于同他照面。瓢儿块良种试验田的巨大成功,像一枚烈性炸弹,炸开了慕蓉支眼前罩着的浓雾和屏障,使她愈加清晰地看到了程旭所干的事业的正确性。这铁的事实,使得被涂满漫画色彩的程旭,正在为大伙儿所理解和认识,她是高兴的。但是联想到恰巧就在这时候,她在感情上离开了他,她便懊悔万分,忐忑不安。可事情已经做了,懊悔也已经来不及了。她的脸皮薄,好羞涩,再也不好意思去把断了的线再接上,即使接上了,还是会有一个疙瘩留在那里的。因此,看见程旭走过来,她就不叫人察觉地转过了身子。

就在这时候,一桩叫所有的知识青年都不能理解的事情发生了。

和几个知青在闲聊着的陈家勤,起先一直频频地转脸向寨路上望着。看见程旭走过来,他便停止了闲扯,两眼盯着他,直到程旭走得很近了,眼看几步就要擦身而过,走到小木屋子那边去了。陈家勤果断地跨出两步去,站在程旭的前头,挡住了他的去路,叫了他一声:

"程旭!"

不讲所有了解他们之间关系的知识青年们吃了一惊,连程旭也惊了一惊,他收住脚步,用严峻的目光打量了一下身前的陈家勤。陈家勤今天穿了一条米黄色的卡其布裤子,上身一件铁灰色的崭新涤卡制服,领边露出白衬衫的硬领。知青们这才发现,他这身衣服并不是出工的劳动服。原来,陈家勤今天下午不想出工了。程旭用戒备的神色瞅了他几眼,警惕地问:

"干什么?"

陈家勤露出两排整齐的牙齿笑了:"我想请问你,今天下午有没有空?"他显得特别客气。

"有什么事?"程旭并不笑,冷冷地问。

陈家勤还是相当热情和蔼,挺随便地摊开一只手说:"我想和你谈谈,可以吗?"

程旭又一次用深邃得有点逼人的目光瞅着陈家勤,沉吟了片刻,他一点头说:

"行,什么时候?"

"如果不打扰你,就是现在。"陈家勤早有准备,利索地说。

"好,开始吧,你有什么话说?"程旭一动也不动地伫立着,平平静静地说。

这一着,把陈家勤弄得有些尴尬了,他有些不自然地赔笑道:

"程旭,我们是老同学了。有些话,这个……总之,我想和你单独谈谈。"

程旭听明白了,陈家勤不想让他所说的话给大家听见,他低低地说了声:"好吧。"便带头向寨子外面走去。

这两个同班同学,站在一起的时候,给人的印象太深刻了。

无论从衣着、谈吐、气质、容貌、个性哪方面来说,他们俩都太不相同了,不同得叫人都感到别扭。从陈家勤主动招呼程旭那一刻起,二十来个知识青年的脸都朝他俩转过来了,包括慕蓉支在内,所有的人都听着他们的对话,看着他们脸上的表情,注视着他俩的行动举止。震惊之余,又带着疑惑和好奇,他们都在自问,陈家勤和程旭将谈些什么?是什么促使他想出这样的主意来的?

在人们的记忆中,插队落户三年的时间里,陈家勤和程旭这两个同班同学,比素不相识的人还不好。他俩从来没有说过一句话,连招呼也从来没有打过。今天,是什么原因,促使陈家勤主动打破情面,找程旭谈话的呢?

带着感情看这件事的刘素琳,心里在说,陈家勤早上拿到了入党志愿书,用一个共产党员的标准严格要求自己,下午就主动做人的思想工作了。绝大多数知青都敏感地意识到,程旭扬了名,好出风头沾荣誉的陈家勤,也想插一脚了。

大家都一句话也不说,眼瞅着这两个人一前一后地走出了寨子,走上了山坡。

到了一座草坡的山脊上,程旭转过了身子,站定下来,瞥了陈家勤一眼,意思是说,这儿没有人,你可以说了吧。

陈家勤四处环顾了一下,在这儿说话,确实没有第三者知道,他放心了。咽了一口唾沫,他含笑说:

"程旭,我应该向你祝贺,你在三年插队时间里,为贫下中农,为集体,也为党为祖国做出了成绩。作为当年的老同学……"

程旭觉得陈家勤的这些话与他以往的态度相比,太虚伪了,便皱起眉头,截住了他的话说:

"你找我,仅仅是为了这样的祝贺吗?"

"当然不是,"陈家勤俊俏的脸上露出谄媚的笑容,连忙说,"这只是一个方面。我找你,除了个人方面的原因,还有更加重要的原因,我是代表组织来找你的。是的,代表组织。因为我快要入党了,今天早上我拿到了入党志愿书。"陈家勤郑重地向程旭宣布了这个好消息,为了在这方面压倒程旭,他必须把自己先武装到足以对付程旭的地步,"可以说,插队落户三年来,我们俩在不同的方面努力,都取得了进步。"

程旭听陈家勤用扬扬自得的口吻说了这一段话之后,马上明白这也许是一次事关重大的谈话,要不,陈家勤绝不会这么坦白地向自己摊牌,说是组织上派他来的。他镇静了一下,把对陈家勤的不满暂时压下去,静待着陈家勤说具体的事情。起先他以为,这只是自己育种成功之后,陈家勤想来同他表示和好,拉拉关系,所以他准备给陈家勤碰碰钉子。但他宣布了是代表组织之后,程旭觉得不能感情用事了。

陈家勤却并不急于把所谓组织上的意图给程旭讲讲,相反,他亲热地扯了扯程旭的袖子说:

"程旭,你还记得我们的中学时代吗?"

"记得。"

"对啊,中学时代是多么美好的岁月啊!"陈家勤仰起脸来,稍稍偏西的阳光射在他脸上,泛出一层闪光的霞彩,他用充满了诗意的感情说,"我们憧憬,我们向往,我们充满了力量,要张开翅膀,投身于生活,投身于伟大的火热的斗争中去……"

程旭当然忘不了他的中学时代。他和陈家勤读的中学,是市里面的重点中学。在这所重点中学里,他们俩又是分在重点班里面。所谓重点班,就是高考大学录取比例非常高的班级。好些人都说,进了重点中学的重点班级,就等于一只脚跨进了大学校门,可见这个班级的质量之高。而程旭和陈家勤两个学生,又是这个班级里数一数二的学生。尽管这样,在"无产阶级文化大革命"中,两个人的命运和个性又是多么不同啊。想起"文革"开始之后班级里、学校中的一些往事,程旭不禁叹了一口气。

陈家勤听到这声叹息,以为是自己的话勾起了程旭的感情,引起了他对往事的回想,便潇洒地把手一摆,用更有感情色彩的语句说:

"你还记得吗?六年以前,1965年秋天,我们在华莹家里复习功课之后,十多个同学一齐登上她家的晒台,坐在栏杆边凭栏远眺,纵谈着理想、未来和我们如火的革命青春。那一夜,正是中秋,圆月高悬在空中,苏州河上也不像以往的夜晚那样忙碌、喧嚣。从华莹家晒台上,正可以望到苏州河的流水,波光粼粼的河水,把倒映在水中的月亮摇碎了又聚拢,聚拢了又摇碎。小舢板船上,有人在唱着歌,沿岸的高楼大厦上,霓虹灯在忽亮忽灭地闪烁,时而一声汽笛,高鸣着划破河面上的寂静。远处的黄浦江上,万家灯火星星点点……"

看来,陈家勤在拼命地用劲讲那些往事,来引起程旭的联想,沟通他们之间的旧有的联系。

陈家勤讲的这一切,程旭怎么能记不得呢?他记得,完全记得。那时候,虽然他讲得最少,显得最沉默寡言,但是他的心,也和同学们的一样火热、跳动得一样激烈。思想,也随着同学们富于想象力的纵谈,飞到了远方,飞到了戈壁沙漠,飞到了大小兴安岭,飞到了南国的前哨,飞到了祖国的高山大河之间……同学们一个个都谈了自己的理想。华莹向往着,自己考医学院,将来当个出名的白衣大夫;说话才华横溢、滔滔不绝的夏定宪,想当一个学识渊博的大学文科教授;英语成绩名列全班第一、讲英文如同讲中国话、整天戴一副黑边眼镜、被同学们取绰号叫"小洋鬼子"的顾叶，希望自己考进外语学院，当一名外语教授；长得粗壮结实的鲍敏荣，整天念叨要考体育学院，将来当个运动健将；写作文时写着自己想当个外交人员的成惠芳，决心要在将来为毛主席的革命外交路线奋斗终生，在国际上与现代修正主义和帝国主义作坚决的斗争；做数学难题时点子最多的郎刚毅，说自己愿当一名工程师或是飞机机械师；长得英武的马观尘，最后一个说，他想去参军，当一名解放军战士……这些相好得无话不谈的同学，程旭还记得多么清楚啊！他们现在都在哪里，干些什么呀？由于家庭的遭遇，程旭后来和他们的联系断了，他情不自禁地说：

"老同学们，都在哪些单位工作啊？"

"我知道，我都知道。"陈家勤听程旭这么发问，感到他这个办法很好，终于通过回忆往事把程旭的感情唤起来了，他兴致勃勃地说，"华莹理该下乡，她没有下，留在家里，吃老米饭。这样，她一辈子都别想当大夫。想当大学文科教授的夏定宪，分配在饭店当服务员。顾叶到崇明农场去了，最近被抽到上海师范学院进修，进修完出来当中学英文教师，他算是达到了一半理想。一门心思要当运动健将的鲍敏荣，分配在煤球店扛煤球。想当外交官的成惠芳，分在造船厂，听说当了妇女干部。小聪明郎刚毅，在东北插队落户，最近入了党。当年只希望当一名普通战士的马观尘，进步最快，入伍两年入了党，现在已经是排级干部了。还有，还有就是我们俩了……"

程旭听陈家勤对这些老同学的近况熟悉得了如指掌，暗暗有些惊奇。他估计，陈家勤还和他们中的一些人保持着联系。对了，在学校里，后来"文革"初期，同学们都传说华莹与陈家勤很好，甚至都说他们恋爱上了，最后又怎样了呢？程旭忍住了好奇心，没有问，他知道，他要是一问，陈家勤又会不厌其烦地说上一大通的。那么一来，还要不要谈正经事呢？他垂着头，不吭气。

陈家勤还在那儿自言自语："唉，六年了，仅仅是六年啊，变化多么大啊！想起六年以前，真是又美好，又幼稚可笑……"

程旭被陈家勤这一番话，确实勾起许多忘怀了的往事。其实，他们这一帮同年龄的年轻人，早就在几年之前就显出了差异，有了分歧。不是吗？"文化大革命"刚刚开始，陈家勤就和那个外号叫"麻子"的女教师谢金琤最先批判什么旧的教育制度,批判什么"黑板上开机器,试管里种黄瓜,作业本上栽庄稼",引起了学校里全校师生的哗然。而陈家勤和谢金珵的名字,也一下子为全校所知,成了响当当的"革命造反派"。

想起陈家勤在"文革"初期的表现,想起他和华莹的关系,想起自己和陈家勤关于"老子英雄儿好汉,老子反动儿混蛋"那副对联的辩论,程旭又对陈家勤愤愤然了。他已经无心和陈家勤继续进行这种"叙旧"的谈话了,巴不得快点和这个人分开走。

陈家勤还陶醉在自己辞藻华丽的回想之中:"……'无产阶级文化大革命'的狂飙,涤荡着旧社会带来的污泥浊水,真正地锤炼了我们这一代年轻人。我们中的一些人,有的被推上了领导岗位,有的成了积极分子,有的做出了成绩,有的被历史所淘汰……"

"也有一些人,利用这场疾风暴雨,乘机把他们反动的黑货,掺和成一盆盆臭秽污浊的脏水,泼向我们的党和社会主义制度,泼向广大干部和群众,"程旭忍不住打断了陈家勤的话,字字如铁弹一样,铿锵有力地说,"以图制造混乱,达到自己不可告人的目的。"

"嗯,这个嘛,嘿……"陈家勤一听程旭的话音,立刻察觉到话不投机,他侧转脸一看,只见程旭脸色严峻,目光炯炯,知道不能朝这个方向谈下去,便转过话题说,"涉及对'文化大革命'的评价问题,不要多讲了。程旭,不是我教训你啊,作为老同学,我得提醒你,这类话题,你可不能随便乱谈了。谈歪了,要犯……"

陈家勤硬装出来的知己模样,叫程旭厌恶得直想呕吐,他把手从上往下一挥,说:

"好了好了,你不要提醒我了,也不要'叙旧'拉友情了,有什么话,畅快地说吧!"

迂回曲折的谈话方式没有取得预期的效果,陈家勤心里有点儿恼怒,但他表面上还很爽快地说:

"好吧,也不多聊了,谈正经的吧。程旭,你知道吗?你的良种,取得了意外的成功,简直可以说是轰动了整个高寒山区,引起了各级领导的重视。"

程旭并不说话,他知道,喜欢高谈阔论的陈家勤,每说一件事,总要用文学手法把它烘托、渲染一番。把这一套运用到谈话中去,实在令人作呕。他淡淡地说：

"陈家勤,你还记得吗……"

"记得什么?"以为程旭又要刺他,陈家勤神经质地反问。

"你当年说,你的理想,是当个演员。"

"是啊,那都是年轻时候的梦……"

"不,不是梦想。你仍然有希望当一个好的演员。"程旭一字一句地说,"不过,在同我讲话时,请你不要使用演员的腔调……"

"程旭,你千万不要误会,我对你说的话,没有一点虚情假意,完完全全是实际情况。"陈家勤郑重地声明,"难道你不知道,周围的大队、公社、公社伍主任、县革委会薛主任都很重视你的良种,甚至连省报都要派记者来采访呢!"

陈家勤说的这一切,程旭果然都不知道。他仰起脸来,向前望去。韩家寨上,出工的哨子已经响了,人们男男女女成一字单行,沿着寨路走到坡脚下来。远远地,知青们都能看到,程旭和陈家勤站在山脊上,后景是一片郁郁葱葱的远山,背衬着蓝天白云。这情景,真像一幅逼真的剪影。

陈家勤见程旭把目光投向远方去,以为自己说的情况引起了程旭的重视,他接着道：

"你为党为人民做出了贡献,党和人民就会给你很高的荣誉。将来,出席先进知青代表会、科学试验小组的情况交流会、优秀的知青代表,甚至作为农业专家的资格写论文……一系列荣誉便会接踵而至,这是可以想象得到的。程旭,你的前程无量,未来可以说是光辉灿烂啊!"

"很遗憾……"

"请别打断我的话,"陈家勤见程旭要插进话来,伸出一只手摆了摆,继续说,"正因为预见到这一点,有些别有用心的人,也盯上了这一试验成果,想利用它,标榜自己,来搞翻案,为自己重新上台做根据……"

"噢!"这种事,程旭倒没有想到,他紧锁双眉,两眼紧盯着陈家勤,忍不住问,"有这种事?"

陈家勤挑起一条俊眉说："不要吃惊,真有这样的事。我今天要和你谈的正经事,就是这件事。"

"你说,那是谁想这么干?"程旭似信非信地问。

"韩德光。"

"德光大伯，"程旭叫出声来，他振振有词地说，"他本来就是育良种的领头人，怎能说他别有用心呢？……"

"你不要激动嘛！"陈家勤显得冷静镇定地说，"听我讲完。是的，韩德光在'文化大革命'之前，秉承地区大走资派柯竟的旨意，确实搞过育种。可那是在反革命修正主义路线之下搞的，和你不同。你今天在毛主席革命路线的指引下，在毛主席指引的上山下乡道路上，虚心接受贫下中农再教育，在农村广阔的天地里有所作为，和当年的育种是两条路线、两种后果。事实不正是这样吗？他的试验失败了，你的试验成功了！试想想，如果你不走上山下乡的道路，不到韩家寨来插队落户，仍旧留在上海，能育出良种来吗？"

"一派胡言乱语，谁不知道，今天的成功，正是在过去失败的基础上取得的呀！"程旭在心里说。他没有说出口来，因为他从陈家勤的态度和话语里面，已经预感到，今天这场谈话，不但涉及自己，还涉及德光大伯，甚至涉及这些年里在大队、在公社里的斗争。事关重大，绝不能感情用事。真没想到，培育出了良种，还会有人趁机大做文章，借此耍奸弄滑哩。一般地来说，程旭是深沉、含蓄，有自己的信念。但育种刚刚成功，马上就出现这样的事，还是令他感到骇然。看来，事情绝不是那么简单的呢。眼前的陈家勤，很可能仅仅只是个抛头露面的，他的背后，是有人操纵着的呀！操纵着的是谁，他们究竟想达到什么目的，这些都还不清楚呢。程旭很快控制住了自己的感情，静待着事态的发展。至少，他得把对方的意图摸清楚啊。他不想和陈家勤争论，也不想和他打嘴仗了。他用征询的语气问：

"你特地向我说明这一点，是为了什么呢？"

"为了你和你的前途，也为了保卫'无产阶级文化大革命'的胜利成果，更是为了捍卫社会主义的新生事物不受玷污。"陈家勤一本正经地说，"因为考虑到你的事迹很可能上报，所以组织上要我向你把这点讲清楚。你总不至于要我们的党报，去宣扬走资派狗腿子的事迹吧！"

程旭内心十分愤怒，但为了彻底弄明白对方想干什么，他照旧抑制着自己，平平静静地问：

"为了做到你所说的那些、那些要求，我应该怎么办呢？"

"必须一口咬定,"陈家勤见程旭态度和缓下来,几次都用征求意见的口吻说话,心中暗暗得意,他立刻用上级对待下级的语调说,"培育出水稻良种,是你在贫下中农再教育下,一个人坚持不懈地搞出来的,和过去的育种,决然无关。尤其和韩德光无关!对于任何人提出来,说水稻良种是韩德光参与搞的,你要据理驳斥。你要记住,你的行动是受到组织上支持的,你的身后有千百万人民。懂吗?"

啊,原来他们想借我的嘴,来打击德光大伯。好卑劣的伎俩啊!程旭为这样在光天化日之下搞阴谋,真有些吃惊不安了。

"你能做到组织上的要求吗?"陈家勤见程旭不说话,有点急了,他俯下身子,侧转脸盯住程旭的脸,呼吸都有些紧迫起来。

程旭的牙齿紧紧地咬着嘴唇。

陈家勤认为他仍在犹豫不决,耐心地劝说开了:"当然啰,我知道,你和韩德光的关系一向不错,甚至他确实在某些方面启发、帮助过你。但是,你是一个聪明人,可以权衡一下嘛,在党和人民的利益与私人感情之间权衡一下,怎么做是对的。况且,有一点我必须向你说明,如果你固执地要把韩德光拖在这件事情里,那么,领导上就不会把你作为典型,至多只能把你说成是一个、一个没有头脑的螺丝钉……"

"螺丝钉?"程旭问。

"正是,没有头脑的螺丝钉,那就是只顾埋头干活,不会抬头看路线的政治糊涂虫!"陈家勤比着手势解释着,"你想,这样的人,怎么能送他去参加先进知青代表大会?怎么能把他树为典型呢?省报当然也不会登载这样的青年的事迹,作为社会主义新生事物来歌颂啰!你说是吗?"

陈家勤竟然敢在自己面前,厚颜无耻地把这样卑鄙阴险的手段用堂而皇之的语言讲出来,真叫程旭大大地吃惊了!是的,看来他对陈家勤的估计还是不足的。这些年来,曾经是老同学的陈家勤的个性,也已经大大地向前发展了!他的变化之大,必须重新加以估计了!

陈家勤还在往下说:"程旭,尽管我们有这样那样的分歧,但毕竟是老同学,而且在中学时代,有过友谊。我给你说句知心话吧,在这件事情上,最厉害的冲突和竞争,就是你和韩德光。他得了育种的荣誉,你的功绩就要大大逊色;而你得了荣誉呢,他当然也别想翻案了!在眼前这时候,你的条件是有利的,你有发言权,党和组织,还有贫下中农都支持着你。在有关个人利益得失的重大关头,你何必讲究感情呢?在这种时候,必须拿出魄力和勇气来。再说,退一万步讲吧,韩德光算什么?一个被斗臭了的阿乡。你呢,你有着辉煌的前程……"

程旭已经非常清楚地看到了陈家勤这次找他的目的,他是接受了他那一帮人的指示,专门来说服、收买自己的,他们出的价钱并不低,有地位,有荣誉,还有所谓的前途。真会耍弄一套资产阶级政客的手腕啊!

赫鲁晓夫修正主义集团篡夺最高领导权时运用过的惊人的无耻手段,现在竟然在程旭的眼前出现了!他们想打击韩德光,不正是为了巩固姚银章这样的人在大队里夺得的权力吗?程旭逐渐看清陈家勤是在扮演一个什么角色了,这个家伙,在把一切都当成生意和买卖哩。怪不得,他能充分得到姚银章的赏识。程旭已经看得到,在培育良种这初步的成功后面,正在酝酿着一场斗争,可不能等闲视之,感情用事啊!应该看到,平时沉默寡言的程旭,他的思想也是在发展着的。如果说,在下乡以后,程旭把自己的整个身心都献给了育种事业的话,那么,这种献身也是由多方面的原因造成的,家庭的遭遇,在集体户里的孤立,为德光大伯的事迹所感动,尤其是深切地感觉到高寒山区的水稻急需良种,感觉到青年人应该为山区的建设出一分力,发一分光;还有,废寝忘食地投进培育良种的事业中,能够撇开许多烦恼、忧悒和个人的悲情愁绪,甩开那些虚假的时髦的"政治"。但当育种事业在发展,尤其到今天育种出了成效的时候,程旭看到,他想甩开的、回避的东西,都不能撇开。反而,这些东西又主动找上门来了。他本想借着育种这事业,避开韩家寨上一切复杂琐碎的人事纠缠,却不料,此时此刻他正是处在韩家寨政治斗争的中心地位上。比以往任何时候都鲜明地意识到这一点时,他的思想更加深邃成熟了。面对陈家勤的挑战,他自然知道自己该怎么办。毫不犹豫地,程旭已经做好了投身于这场斗争的准备。他又恢复了自己性格中沉静、镇定、不露声色的风采,淡淡地问道:

"这样干,我有什么好处呢?"

"噢,我一时忘记了,"陈家勤听着程旭连续发出的几个问题,发现他已经动了心,愿意照他说出的话办了,便改用一种纯粹的"外交"口吻说,"你按组织上的要求做了之后,组织上当然会正确对待你过去的一些事情和你家庭的问题,我也可以帮你做些解释嘛！首先，姚主任会宣布撤销对你停工检查反省的决定；然后，将在全大队的群众大会上公开表扬你，给你在大队里安排一个很适宜你干的轻巧活儿，既能继续搞试验，又有高工分，还有好荣誉；再有，由大队、公社出面，向群众解释，上海公安部门要逮捕你的事儿纯属误会；将来，一有招工招生，优先推荐你出去。当然啰，你的家庭问题，组织上也会全面考虑的。怎么样，都给你想到了吧？"

"想得真周到。"程旭嘴角露出一丝微笑，轻声说。陈家勤有些捉摸不透，他的这丝淡笑是满意呢，还是讥诮？他以干干脆脆的语气问：

"怎么样，你干不干？答应干的话，马上随我一起到姚主任那儿去，他还要和你详细地谈！"

程旭的目光闪烁了一下，从远处收回来，落在陈家勤俊俏的脸蛋上。这张脸上的表情是急切期待的，眼睛里露出的神色是蛮有把握的。程旭把手向前一挥，断然地说道：

"好，我答应干。走吧！"

二十三

"姑娘们，请问你们，韩家寨上的程旭住在哪儿？"

慕蓉支、刘素琳、周玉琴三个姑娘刚从寨子边上一个小温泉池旁洗头回来，梳洗着披散的头发，冷不防一个穿着绿军装、头上扎两个短辫儿的姑娘，操一口流利的北方话，向他们问道。

三个人都怔了一怔。程旭从来没有这样一个亲戚、同学或是朋友，那么她是谁呢？她找程旭干什么呢？三个姑娘都仔细打量着身前这个陌生人，只见这姑娘年龄稍比她们仨小一两岁，脸色红润，一双闪闪发光的大眼睛热情地瞅着她们，说话的时候，笑嘻嘻的，露出两排整齐细小的牙齿。她的嗓门尖而脆，她的身材中等偏高，体态匀称，一身都穿着洗得发白的绿军装，只是没有领章、帽徽罢了。一看她那模样，就晓得是个热情而又爽朗的人。

"你们没听见吗？"姑娘又焦急地问开了，"你们寨上的程旭，住在哪儿？"

"随我们走吧！"刘素琳朝她一笑，端着脸盆扬了扬说，"他住在我们隔壁。"

"行啊,"那姑娘笑吟吟地点点头,直率地说,"我一眼就认出来了,你们都是和程旭一道来的上海知识青年。这下把人认准了,嗨!"

看她那高兴劲儿,好和人攀谈的周玉琴插进来问:"你和程旭认识?"

"哪里认识呀,还不是慕名而来!"那姑娘一仰脸,热情洋溢地说,"韩家寨的程旭啊,可真了不起,在高寒山区育出了良种,我来拜访他,向他学习呀!哎,你们还不知道吧,我是上坡树公社来的,我姓潘,叫潘解放,解放那年生的。来,我们认识认识吧!"说着,她大方地伸出手来。

啊,这个爽朗活泼的姑娘,就是大名鼎鼎的潘解放啊!三个上海姑娘都又惊又喜地望着她,在本县、本地区、在整个山区,差不多都知道优秀知识青年潘解放,省报上以《火红的青春》为题报道过她的事迹,远远近近的知识青年和贫下中农都啧啧称道地讲起过她。潘解放是一个老红军战士、军队高级干部的小女儿。红军长征路过上坡树公社石家寨的时候,她爸爸受了伤,在石家寨一个叫石安根的贫农家里养过半个多月伤。石安根精心地护理红军伤病员,半个月后,解放的爸爸伤愈归队,随着后续部队继续长征。二十世纪六十年代初,解放的爸爸因公到山区来视察,曾到石家寨探望过石安根,还把老贫农石安根接到北京去玩了两个月。这件事,在上坡树周围的公社,一时间传为佳话。毛主席发指示,上山下乡运动在全国形成高潮的时候,潘解放正中学毕业,她爸爸通过组织和上坡树公社取得联系,把解放送到红军长征走过的山寨来插队落户。解放到了山寨之后,虚心接受贫下中农再教育,在劳动中吃苦耐劳,和贫下中农打成一片,几年来,她把自己学到的知识和空闲时间,都用到为集体,为贫下中农、社员群众服务上去。她参加了开垦荒地变茶园的艰苦创业劳动;她提议修了一条长渠,引出龙洞水,使得生产队增加了几十亩水田;她和公社、县里的水利员一起,设计了大队里一个小水电站……她干的都是平凡的劳动,就在这些平凡的劳动中,显示出她崇高的精神境界和吃苦在先的优秀品质。《火红的青春》那篇报道结束的时候,曾说她经过几年锻炼,深知良种在高寒山区的重要性,正准备在科学试验的征途上迈出新的一步,不知她的育种搞得怎么样了。

慕蓉支、刘素琳、周玉琴都高兴地和她握手。这一来,潘解放更欢了,她直率地说:

"哎呀,我搞了两年育种,怎么也摸不到门,总是失败、失败,真叫人伤心。

你们这儿的程旭育出良种的消息传到我们队,我就坐不住了!正巧今天同队的石华莲要到你们韩家寨大队河边生产队去,我就随她来了。见了程旭啊,真该好好向他请教哩!"

说话间,已经走到大祠堂集体户跟前了,三个姑娘指给潘解放看程旭住的小木屋子,邀她进集体户去看看,她神采飞扬地说:

"行啊,我向程旭讨教完,时间早就来你们屋里玩玩;要是来不及了,以后再来玩。你们有空闲,也到上坡树公社石家寨去玩呀!"

说完,她又和三个姑娘握了握手,急匆匆地向程旭的小木屋子走去了。她那尖脆嘹亮的嗓门,把灶屋里收工后赶着做饭的知识青年们,都吸引得走出来了,听说这个姑娘就是大名鼎鼎的潘解放,好奇的小冯令还特地跑到程旭的小木屋子前去睨了睨。不到一支烟的工夫,小冯令又跑回集体户来了,他跳脚舞手地笑道:

"嘿嘿,果然名不虚传,真是个直率泼辣的姑娘,和程旭一见面啊,尽是她一个人像放机关枪似的讲话呢!我说啊,程旭这几天忙得连做饭的时间都没有了,他那间小木屋子,快成了接待站了!公社干部、大队干部、生产队干部、知识青年、老贫农、科学试验小组的、姑娘、小伙子,甚至连娃娃都要来看看他长个什么样儿,向他讨教经验。现在连潘解放也来了,你们说震动不震动?程旭听潘解放说她没吃饭就赶来了,连忙点煤油炉下面条,小木屋子里的那股煤油味,把潘解放都呛得直咳呢!嘻嘻。"

大家也被小冯令绘声绘色的讲述逗得笑起来了,独有慕蓉支没笑。她看到潘解放的爽朗热情,听到冯令的叙述,神经末梢上像被人刺了一下,心里说:现在,程旭是个远远近近、上上下下出名的人物了,他接触的人越来越多,连潘解放这样全省出名的优秀知识青年,都主动找上门来了。这证明,不管集体户和韩家寨上的一部分人怎样看待他,他已经得到了社会的承认。这是多么值得高兴的事啊!人们尊敬他、钦佩他,也爱戴他。这样的年轻人,哪一个姑娘不敬重啊!除了像常向玲这种讲虚荣、爱享受的姑娘不喜欢他,其他的人都会爱他的。看潘解放谈起程旭的时候,情绪多么热烈,感情多么真挚啊!而恰恰就是在这以前不久,自己却在感情上和程旭割断了联系,在瓢儿块的三角茅草棚子里感情冲动地离开了他。这是多么不应该啊。

一出现了这种念头,好似有一只无形的小虫子,在慕蓉支的心尖上爬着,无情地啃噬着。

"这个阿木灵,几天里越来越红,我看他快红得发紫了。"常向玲听完冯令的讲述,嘅着嘴以羡慕的口吻道,"真没想到,会有这么大的影响。"

冯令立即接着说:"这也是为我们上海知青争了口气啊!我们也光荣。"

"光荣个屁!"沈兆强骂了句粗话道,"我看是程旭一个人占便宜!人出了名啊,寻女朋友也方便了。你们看,全省出名的女知青寻上门来了,真划算!"

"你别瞎三话四。"不知哪个抢白了沈兆强一句。

不过,这句话钻进慕蓉支的耳朵,却是格外刺耳。她有些茫然若失了。知识青年们在议论些什么、说笑些什么,她听不清楚;从寝室走到灶屋,从灶屋走到寝室,她干些什么,自己也不知道。正在炒菜的妈妈严敏,叫女儿帮着拿瓶酱油出来,慕蓉支拿出的却是一只盐罐子。严敏没有责备女儿,她细细地瞅女儿一眼,低声问:

"支,你哪儿不舒服?"

"没、没有。"慕蓉支心神慌乱地摇摇头,急忙否认。

她的耳朵里,总是听到程旭的小木屋子里传过来的潘解放那清脆悦耳的大嗓门。小木屋子离集体户本来就没几步路,静的时候,那里的一点儿小动静,大祠堂里也能听见。晚饭时分灶屋里喧闹些,但慕蓉支照样能听见潘解放一阵阵银铃般脆亮的笑声。

晚饭是什么味儿,慕蓉支说不出来;晚饭后妈妈和素琳、玉琴说了些什么闲话,她也不知道。她的耳朵里只有一种听觉,那就是潘解放在程旭小木屋子里的说话声。入夜以后,潘解放说话的声音不像原先那么大了,只偶尔听到她说的几句话。其他时候,好像都是程旭在说。他在说些什么?讲育种的过程?还是育种过程中的斗争?

他们怎么有这样多的话儿可讲啊?不就是培育良种的事儿嘛!照慕蓉支想,那要不了一个小时就能讲完的,为什么他们能讲那么长时间啊!讲了三个多小时了!

临到集体户里大家都睡觉的时候,潘解放还在小木屋子里和程旭讲话。慕蓉支躺在床上,闭上眼睛,一只耳朵用被子捂住,一只耳朵紧贴着枕头,下决心要睡着,不去听小木屋子传过来的隐隐约约的说话声。夜深了,潘解放的嗓门不像原先一样响亮了,她是故意放低声音的,生怕影响了别人。

慕蓉支紧张地躺着,她听得见自己的心跳,心跳比往常快一些,她又听见潘解放"咯咯咯"的轻笑声,她一定听到了什么有趣的事儿。这个程旭,平时不是沉默寡言的吗?今晚上他的话怎么这样多?他真有那么多东西可给人介绍吗?不,他们肯定在讲育种以外的事儿,从人的自然性来说,异性不是相吸引的吗?况且,潘解放又长得很漂亮,热情、直率、爽朗,让人一见面,就有个好印象,他们当然有共同的语言啰!

心是最复杂的,在这样的时候,什么奇奇怪怪的念头都会闪现出来。猜疑、不安、吃惊、担忧、懊悔种种感觉都袭上了慕蓉支的心头。这种时候,人的感觉会和一般时候有所不同,头脑是热的,受刺激而变得格外兴奋。慕蓉支在床上翻身、叹气,但又生怕和她睡一张床的妈妈醒过来。她不可能睡着了。

她的心,产生了深深的内疚和隐隐的妒忌。千万不要责怪慕蓉支心胸狭窄,替她设身处地地想一想吧,她还年轻,只有二十三岁,感情的窗户除了向程旭打开过之外,从没向任何人打开过。逐渐地爱上程旭以后,她是把自己的全部柔情和温存,都献给了他。人家的初恋,多少都带着点儿甜蜜的滋味,可她的初恋,从一开始就伴随着焦虑、忧心、惶惑和不安。她渴望着倾心的交谈,渴望着幸福。可她还没得到,就被迫地和程旭在感情上割断了联系。而现在,程旭在人们心目中的形象光彩照人了,她却退到了一个被人忽视的地位,似乎谁也没想到她。相反,新的人物出现了,他们完全有理由在接触和交往中走在她的前头,产生崭新的感情。想到这些,慕蓉支怎么会不为自己和程旭断了联系而感到歉疚,怎么会不因为羡慕别人而产生隐隐的妒意呢!这是完全可以谅解的。

总算,程旭小木屋子的门"吱呀"一声响了,潘解放的声音又清晰地传了过来:

"一言为定啊!你可不能食言!"

"不会。"这是程旭简短的回答。

"那好,我相信你。再见吧!我得到河边生产队去找石华莲,在她亲戚家住一晚。"

"走吧。"这又是程旭的声音。

"别送了,白天我从河边生产队走过来,认得路!还带着电筒呢!"

"现在是晚上,我送你一截吧!"

……

两个人的脚步,"嚓嚓嚓嚓"地走远了。

夜是宁静的,灶屋里,一只山寨人称为"火儿叫"的虫子,在短促地叫着。慕蓉支的心是烦乱的,他们两个人一起走出寨子去了,程旭是去送潘解放的,他要送多远呢?一直送到河边生产队吗?她的耳朵里又响起了两个人刚才对话的声音,她把每一句对话的每一个字都细细地想了一遍,掂量了又掂量,很显然,两个人都给对方留下了好印象,都愿意继续联系、相互了解、相互接近。不是吗?潘解放还叮嘱程旭一定不要食言呢,那肯定是她和他约好,在什么地方见面。程旭都答应了,听他说话的语气,还是那样诚恳、真挚。过去,他就是用同样的语气对我讲话的,讲育种,讲他的爸爸、妈妈,讲他穿着铁马夹度过的童年、少年时代……

两滴泪珠,从慕蓉支睁得大大的双眼里夺眶而出,顺着脸颊淌下来,淌到她嘴角边,她不由得伸出舌头舔了舔,泪水是酸的,她的心也是酸溜溜的,沉浸在悲哀的悔痛之中。

谁叫自己答应妈妈的要求,在感情上和他割断联系的呢!自己离开了他,他对我,自然也没有什么义务啰,他为什么不可以和别的姑娘接触呢?其他的姑娘,比如像潘解放,为什么不能爱他呢?他又不是属于我的,他……

泪珠一颗接一颗无声地淌了下来。慕蓉支这才发现,自己爱程旭原来爱得那么的深沉,那么的依恋。她几乎有点忍受不住这种恋爱上的压抑、焦渴和痛苦的感情了。

也不知过了多久,慕蓉支听到程旭的脚步声回来了,她听见他开门、关门的声音,听见他擦火柴点煤油灯的声音,听见他洗脸的声音。说来也怪,她在感觉上稍稍轻松些了。但是,这一晚,她始终都没有睡着,始终都在思索、猜想、烦恼。

她失眠了,严重的失眠。

第二天一早,这一晚的失眠就显示出来了。慕蓉支的眼圈边微微发黑,目光呆滞、迟钝,白皙的脸上有点起皱,也有些憔悴。头脑是昏昏沉沉的,右边眼睛斜上方,有一根神经"扑通扑通"剧烈地跳着,痛得好难受。

吃过早饭,她还是出工去了。

掰了苞谷收过豆,今天的活儿,是去砍净苞谷土里的苞谷秆秆,把它堆积在土边,以后沤堆肥。韩家寨的男女社员们,今天一起砍苞谷秆,待天再晴一两天,全队就要挞谷子了。

大雨之后阴了几天,今天突然出太阳,感觉到阳光特别明媚温暖,衣服穿多了的社员们,在土头干了一会儿活,就感到燥热起来了。有些人把衣服脱下来放在土边,有些人嚷着要找水喝。

慕蓉支也感觉到有点闷热,不过她的心更闷、更憋得难受。她看见程旭今天也来参加砍苞谷秆了,心里稍安定些。姚银章当众宣布撤销对他的"勒令停工检查"之后,他照样天天干活了。慕蓉支很想走到他那边去,和他合砍一块土,但无奈他和几个男社员在一起;而自己呢,也紧挨着袁昌秀,怎能跑过去呢?

慕蓉支挥动镰刀,砍落一棵苞谷秆,走一两步,又砍一棵。一晚上没睡好,她精神不济,懒洋洋的,动作又迟缓又拖沓。袁昌秀砍到她前面好几步远了,她怎么赶也赶不上去。

太阳明晃晃地照着她的脸,刺她的眼睛。砍了一阵苞谷秆,她的额头上沁出了汗珠。她伸出手,掏出一条手帕,抹了抹汗珠,把手帕捏在手心里,又往前走一步。

正在这时候,她感觉到自己踩到了一样扭动着的东西,没等她俯身细看,她的小腿肚上狠狠地遭咬了一口。她"啊呀"惊叫一声,一阵剧痛通电般地传遍了她的全身。她低头一看,只见一条当地人叫作"放丝蛇"的剧毒小蛇,晃了晃呈三角形的头,细颈子一伸,短细短细的尾巴扫了扫,体纹色彩形同艳丽花瓣样的蛇身子一遂,就从她眼前消失了。

"蛇,放丝蛇!"慕蓉支恐惧地伸手指着毒蛇游去的方向,惊叫一声,小腿肚上感到一阵烧灼样的剧痛,头脑一昏,跌倒在苞谷地里。

袁昌秀头一个听到慕蓉支的惨叫,她扔下手中的镰刀,扑到慕蓉支身旁,摇了摇小慕的头,见她闭着眼睛,胸脯起伏着,两手害怕得直发抖,额头上沁出一片细密的汗珠,答不出话来。袁昌秀架起她来,就要背到韩家寨去。

闻讯赶过来几个社员,听说慕蓉支被放丝蛇咬了,都有些手足无措。其中一个老农稍有些经验,他招着手大叫:

"放下,放下小慕,快用绳子扎住她的伤口上头,快,血流到心头去,人就没救了!哎哟哟,这是咋搞的嘛!一点也不留神。气候闷热的日子,放丝蛇最活跃了!莫非连这还不晓得?"

人们又一阵慌乱,袁昌秀急忙放下小慕,转身问:"谁有绳子、布条?"

另一个四十来岁的中年汉子说:"被放丝蛇咬伤,用绳子、布条缚扎靠不住。听上辈人说,非用姑娘的长头发缚扎不可!"

袁昌秀听到这一说,慌张地问:"这当儿,到哪去找长头发?"

哪个人身上会带着长头发呢?谁也没有。人们都急得跺脚,七嘴八舌地大声嚷嚷着,吵成一团。昌秀急中生智,忽地想起了什么,她伸手一抓,把自己那两条长及腰肢的长辫子抓在手里,尖叫一声:

"快来,把我辫子剪下来!"

一个年轻妇女哭丧着脸说:"谁带着剪子呀?"

"用镰刀割,快!"袁昌秀毫不迟疑地大吼一声。

那中年社员应声上前,"唰唰"两镰刀,把袁昌秀两条乌黑的长辫子割断下来。人们又一窝蜂围住了慕蓉支,几个妇女七手八脚撩起小慕的裤管,袁昌秀在老农一迭声的指点下,先在小慕已经发肿发红的小腿肚伤口上方一寸处牢牢地做了缚扎,而后又在她大腿上做了缚扎。

刚刚扎完,人群里不知哪个叫道:"快背她回寨子去,叫赤脚医生抢救!"又有人粗声提醒大家说:"要快呀,给这种剧毒放丝蛇咬伤,缚扎了也只管四个小时!"

袁昌秀急得满头大汗,她不知从哪儿来的力气,轻轻架起小慕,就把她背起来,往韩家寨飞跑而去。

"慕蓉支给放丝蛇咬伤了!"

这信息眨眼间传遍了整片田土,人们顾不得干活,纷纷提着镰刀,蜂拥一般由各条小路向韩家寨上跑来。谁都晓得,一旦被放丝蛇咬伤,会有生命危险,抢救不及时,就要丧命的。

人命关天啊,谁不心焦?谁不关切?

严敏听到这个消息,看到不省人事的女儿,急得脸色发白,连声叫着:

"送医院,送医院!找赤脚医生!"

多年来在上海的大医院当护士长,她也有些医疗知识,可是在上海大医院里,很少见被剧毒蛇咬伤的病人,也不知怎么对付只有当地才见得到的放丝蛇。她只能基于一般常识,让慕蓉支躺在床上,用手在伤口四周向伤口挤压,想将含毒汁的血液和淋巴液从伤口处挤出来。可时间太短,一时还挤不出来。

真正不巧,韩家寨的赤脚医生去县医院参加培训班,要两个星期之后才能回来,不但没医生,连严敏所想要的镇静剂、青霉素也没有。

整个集体户大祠堂里外聚满了人,大家都在探询、焦急,可谁也没办法。只好你一言我一语地出着主意。

从砖瓦场上看到人群拥回山寨而赶来的袁明新大伯,冲到大祠堂跟前问明了情况,抖动着胡子高声叫着:

"快去请韩德光呀,放丝蛇咬伤,只有他治得住。"

人堆里有个声音说:"德光大伯今天一早上坡去了,找不到!"

"唉!"袁明新狠狠地跺了跺脚,一皱眉头大叫着,"昌秀,昌秀!快套马车,一定要在两小时内送到医院!"

昌秀应声刚要走,急急忙忙从苞谷地里赶回寨子的程旭,忽然从小木屋子里跑出来,用很少有的大嗓门问道:

"病人在哪儿?"

"集体户里头!"好几个人告诉他。好些人都留神盯着他,看他有什么办法。

他一抬手说:"不能装马车,病人一颠簸,血液流到心脏里,顷刻间就要死!"

"那你说怎么办?"有人大声不客气地问。

程旭并没答话,手里捏着两个小瓶子,冲进了大祠堂慕蓉支寝室。

严敏皱紧了双眉,两眼含泪,正又急又愁地盯着女儿,看见程旭进来,怔了一怔。程旭把一管小瓶子递到严敏跟前,说:

"快让病人吃!"

严敏接过小瓶子,眼前一亮:季德胜蛇药片!她知道这种蛇药的用法用量,立即倒了温开水,找来两根筷子,撬开女儿的嘴,把药片压碎,送进女儿的嘴里。

这当儿,程旭分别把慕蓉支身上两根缚紧的长辫子各自放松了几秒钟,然后再扎紧。见护士长已把五片季德胜蛇药片送进慕蓉支嘴里,程旭俯下身子,低下头,毫不犹豫地用嘴巴对着慕蓉支的伤口,直接用口吸吮伤口内的含毒血液和淋

247

巴液,他小心翼翼地吮吸了几次,将吸出液吐在地上,而后仔细看了看伤口,小腿肚上的红肿青紫已经退了一些,也不再流出稀薄的血水了。程旭又拿出另一个小瓶子,从里面倒出些土黄色的粉末,放在嘴里用唾沫沾湿,而后涂敷在伤口周围的肿胀处。

全神贯注地做完这一切之后,程旭直起腰来,从紧张状态中恢复过来,他不由得舒出了一口气,淡淡一笑说:

"这下没危险了。过十分钟,就可以把止血的辫子解下来。"

围着凝神屏息地看他的人们,听他说得这么肯定,都似信非信地仰脸瞅着他。

严敏见他额头上满是汗,又出了这么大的力,尽管女儿还没醒过来,她心头还是很感激,不由得主动对他说:

"真难为你了,看你,都急出汗了。快坐下歇歇。"

程旭也不客气,在一条板凳上坐下来,目不旁移地注视着慕蓉支苍白的没有血色的脸。从他的脸上神色,看得出他对还未醒过来的慕蓉支异常关注。每当躺在床上的慕蓉支有点些微的动静,鼻翼一张一翕,或是一展眉,一伸臂,程旭的两条眉毛就倏地蹙在一起,眼睛睁得老大,紧张地盯着她,目光里透出强烈的焦灼和关切。这一切,当然都丝毫不露地收入严敏的眼底。她心中说,这个人,真是爱着慕蓉支的。此时此刻,明显地察觉到这一点,严敏却毫不感到怨愤和气恼。

程旭不但会育种,竟然还能救人,严敏真觉得惊奇,她忍不住问:

"还有必要找医生吗?"

"不必找了。"程旭又一次肯定地说。

严敏拿起季德胜蛇药片,端详了一眼,说:"这个药我知道,你是从上海带来的。那个小瓶子里的,是什么药呢?"

"一种土药。"程旭简单地答。

"土药,"严敏有点狐疑,"能保险吗?"

"能保险。"程旭的口气还是肯定的,他见严敏脸上的神色仍有些慌乱不定,举起手中的小瓶子说,"护士长,你放心吧,这是专门治被剧毒放丝蛇咬伤的土药,灵得很!是德光大伯送给我备用的。"

韩家寨上的社员,听说这是韩德光送给程旭的药,也都面露喜色,相信他的话了。德光大伯在韩家寨,是一个出名的会治放丝蛇毒的老农。因此,屋内围观的人们便轻声议论着,把叫人放心的消息传到屋外去了。

见了这情景,严敏才稍稍安了点心,她拿着那个小瓶子,转过来转过去地看,不时地瞥一瞥躺在床上的女儿。

隔了十来分钟,程旭起身解开慕蓉支腿上的两根止血长辫子,放在桌子上。

说来也怪,解开长辫子不到五分钟,慕蓉支小腿肚上的红肿青紫全消了,脸上也渐渐泛起了红潮。

不到半小时,慕蓉支睁开了眼睛。

严敏脸上的皱纹舒展开了,她眼里闪出既惊且喜的泪光,走到床边去,动情地喊着:

"支,支,你还认得出我吗?"

慕蓉支眨了眨眼,默默地点了点头,轻轻地亲热地叫了声:

"妈妈。"

"哎!"严敏这才彻底地放心了,脸上现出了笑容,她长长地出了口气,感慨地说,"真把人快急死了!赤脚医生不在,会治剧毒蛇咬的老农不在。多亏了、多亏了……"严敏回头望了望坐在板凳上的程旭,费劲地说,"多亏了程旭,是他救了你的命。"

慕蓉支脸上升起了一片红云,一双明朗的眼睛惊惧地瞪得老大,含羞地瞧了程旭一眼。程旭微笑着朝她点点头,慕蓉支转过脸去,嘴里喃喃地无声地说着:

"程旭,程旭……"

慕蓉支抢救过来了,袁昌秀、刘素琳、周玉琴这些好友都高兴地拥了进来。人们听说病人没危险了,纷纷进来看了小慕几眼,问候了她几句,在队长和各组组长的招呼下,又到苞谷土里砍苞谷秆去了。程旭也不声不响地随着人们走了。

一场惊骇像忽然而至的雷阵雨,一会儿便云开雾散了。

看望慕蓉支的男女老幼,半个小时之后都走光了。大伙儿嘴里都在说,亏得袁昌秀的两条长辫子,亏得程旭及时赶回来拿药,救了小慕的命。要不,年纪轻轻的小慕姑娘,今天难得活转来……

午饭时,慕蓉支已经能在床上坐起来了。

傍晚收工时分，慕蓉支已经端着一条小板凳，呆痴痴地坐在大祠堂前的院坝里，凝望着树梢梢上金色的余晖出神了。

谁也猜不透慕蓉支此刻的心思，收工回来的知识青年们都以为她在家里躺了一整天，又受了惊吓，现在想透透新鲜空气，才坐在屋外，来看看晚霞、归鸟、流云。

只有母亲严敏，隐隐地感觉到女儿的心事。她知道，女儿坐在那里，是想看到程旭，或是想同他说上一句话，或是对他露一个感激的笑靥。严敏也年轻过的，她哪会猜不到呢！

其实，恰巧是程旭救活了女儿，严敏的心头怎会不惊异呢？当确信女儿真的痊愈过来时，严敏心里就在想：真是奇怪和不可思议，竟会有这样的事。我费尽了九牛二虎之力，好不容易割断了他们之间的联系，达到了自己的目的。眼看他们都死了心，不来往了。忽然间，毒蛇咬伤了女儿，程旭，还唯有程旭不可，救活了女儿。连严敏这个从来不相信迷信的知识妇女，都情不自禁地自问着：这是不是命呢？是不是他们俩真有姻缘？或是命运故意来嘲弄我这个干涉女儿私事的母亲呢？

严敏有些茫然了。

所以，即便此刻她猜到女儿的心事，感觉到女儿想干什么，她也没去干涉女儿。

刘素琳从学校里回来，放下教具，就走到呆坐在板凳上的慕蓉支身旁去。

她先在几步开外偷偷睨着好友笑了笑，随而走到慕蓉支跟前，蹲下来，凝神瞅着支，未说话先"扑哧"笑了一声：

"看你，想得真入神。连我走近来也没察觉，我知道你想什么……"

慕蓉支瞥了刘素琳一眼，脸微微一红，仿佛在问，你知道我想些什么？

"看见吧，我果真猜到了，你在想着'钻石的皇帝'。"刘素琳"咻咻"笑着说，"真的呢，今天程旭救了你，好些社员，还有我们知青，都在说……"

"说什么？"

"说程旭和你有缘分……"

慕蓉支一努嘴，把脸转到别处去了。可她的心，却"扑通扑通"跳得凶起来。

"说真的，"刘素琳迁就地又转到支身前，收敛了脸上的笑容说，"没想到，程旭最近真进步了,还进步得很快呢!慕蓉,我不和你开玩笑,和你谈一件正经事!"

刘素琳一回来就来找自己,可能确实有事儿,慕蓉支点点头,表示愿意听她讲。

刘素琳闭闭嘴,思忖了片刻,压低了嗓门说:"支,今天,程旭回来要是再来看你,你要劝劝他……"

"劝他什么?"慕蓉支不禁有些惊奇。

"劝他不断地争取进步呀!"刘素琳思索着说,"前几天,大队姚主任和陈家勤都找他谈过话,他也表示愿意靠拢组织,听党的话,和韩德光这种犯错误的下台干部划清界限。你可得给他打打气呀!"

这些事情,慕蓉支都不知道。她有些奇怪,程旭曾经和韩德光相处得那么好,怎会答应同他划清界限呢?她默默无言地望了刘素琳一眼。刘素琳捅了捅慕蓉支的腰说:

"说真的,育成了良种,程旭的名声大震了!他再不是原先的那个程旭了。慕蓉,你知道吗?过几天,也许就在两三天内,县革委会薛主任、公社伍主任带着大批干部,都要到韩家寨瓢儿块试验田来开现场会。为了防止某些人抢夺这次重大的试验成果,姚主任正安排陈家勤和一些社员,要在瓢儿块试验田值班哩!开过现场会,程旭的名声就更大了。听说,省报的记者也要下来采访呢!要真上了报,程旭真会'红'起来!"

听着这些消息,慕蓉支的心里暗暗高兴,又有些激动,同时也伴随着一些疑惑之情。但她表面上仍是平平静静的,一句话也不说。她又能说些什么呢?

"你怎么不说话呢?"刘素琳把一只手搭上慕蓉支的肩头,摇了摇说,"不管怎么说吧,你们感情上虽然割断了联系,但是在生活中,还是同志关系,有机会,你仍可以帮助他的呀,是吗?"

慕蓉支并不表示可否,她突然问:"素琳,你、你对程旭的看法也改变了吗?过去,你不是说……"

刘素琳脸上掠过一丝尴尬之情,她拿手在手背上搓了搓,说:

"哎呀呀,你这个人就是那么死板,人是会变的嘛!况且,以前我也不知道他在育种……"

其实,刘素琳对程旭的印象并没有根本转变。但她不能告诉慕蓉支,她今天和慕蓉支来谈话,是陈家勤授意的。她还很兴奋地记得,前几天,自己正独自在小学校的办公室里备课,陈家勤拿着入党志愿书,坐在她对面,把志愿书上一栏一栏逐项填好。他解释说,学校清静些,填表正合适。不过刘素琳心头明白,他是故意拿到她跟前来填的,好让她知道这件叫人喜悦的事情。刘素琳的心头又羡慕又高兴,羡慕的是,陈家勤下乡三年,不断进步,终于在上海知识青年中间头一个入了党;高兴的是,这头一个加入党组织的上海知青,正是自己的朋友。自从那天月夜从公社回来,在穿过苞谷地的路上,陈家勤冲动地想吻她以来,刘素琳尽管宣布了他俩的关系应该维持现状,但是空暇时,她总是情不自禁地要想起他来。他相貌英俊,家庭出身好,本人的政治条件、经济上包括身体诸方面,都配得上她。再加上陈家勤照旧露骨、主动地来向她献殷勤,尤其是她进小学校以后,陈家勤差不多两三天就借故来找她一次,和她谈学习,谈山寨上的斗争,谈未来和理想。她对他的到来,渐渐地也习以为常了,相反,他要隔开一段时间不找她,她倒有些纳闷了。

事实很明显,他们的初恋并没停顿,也不可能维持现状,而是在向前发展。

世界上的万物,都是在发展的呀,她最初想保持现状,静止、停顿,实在是很幼稚的。

当然,刘素琳在内心深处,已经原谅了陈家勤月夜的莽撞行为。她虽然是头一次恋爱,但她想,他想吻她,那是因为爱她,怎么能责怪一个爱她的人呢。

看到陈家勤得到姚主任、公社干部、薛主任的信任,特别是看到他拿到了入党志愿书,刘素琳的心,更进一步地倾向陈家勤了。她知道,填写入党志愿书,那就是说,支部已经准备发展他入党了。事实上,填了入党志愿书,离入党也不远了。做一个光荣的中国共产党党员,那是多么光荣啊!那又是多么幸福啊!刘素琳不也在日常生活中,积极地争取入党嘛!从小,在报纸上、在书籍里,看到过许许多多壮烈牺牲的革命烈士和英雄人物,看到过许许多多的先进青年和优秀战士,他们都是共产党员。刘素琳自小就把共产党员作为自己学习的榜样,长大以后,她也把加入中国共产党作为自己努力的目标。现在,陈家勤快入党了,这证明,自己的选择是对的,没有错!多少天来,她总有些不安、恍惚地问自己,找陈家勤这个人,对不对,会不会看错了人。人们都郑重其事地说过,恋爱、结婚,这是终身大事,必须要慎重又慎重的,可不能轻易做决定呀!现在刘素琳已经可以肯定地回答,她没有看错人,和陈家勤恋爱没有错,爱他这样的青年人,是对的。

刘素琳充满信心地看待着未来,她更加信赖陈家勤了。随着初恋的一步步进展,她的整个身心沉浸在恋爱的欢悦之中;她开始把自己的纯洁的心和青春奔放的感情,都倾注到陈家勤的身上了。

所以,当陈家勤在填完志愿书之后,给她讲到程旭在进步,讲到他育种成功的重大意义,讲到现在两方面的人都在争取他,讲到必须把程旭争取到党这方面来,而不能对他弃之不顾,让他被"文化大革命"中犯错误的韩德光等人拉过去。刘素琳便很自然地相信了陈家勤的话,在陈家勤要她给慕蓉支做工作,让慕蓉支推动程旭更快更紧地靠拢党组织,积极争取上进的时候,刘素琳也一口答应下来。

现在,慕蓉支提出对程旭的看法有无改变,刘素琳自然不能把这些内幕通通讲出来呀!一讲,她和陈家勤的私事,不就露馅儿了,对慕蓉支和周玉琴这两个好朋友,她和陈家勤之间的事儿,她是要讲的,不过不是现在,还得等一段时间,候一个适当的机会,痛痛快快地给她俩讲。现在,慕蓉支的妈妈和她们住在一起,她怎能讲得出口呀!

刘素琳不想多做解释了,反正这事儿以后总要告诉慕蓉支的。她摇了摇慕蓉支的膝盖,说:

"慕蓉,你听我说,我刚才和你讲的,一点儿没有错。你先别问为什么,照我说的做吧,反正不会对你有害。真的!你答应吗?"

慕蓉支有些茫然地望着刘素琳,见她正急切地望着自己,她不忍心拒绝好朋友的要求,便讷讷地说:

"这个事儿……要是有机会,我可以和他讲的。"

"哎,这才是我的好朋友嘛!"刘素琳喜气洋洋地跳了起来,拍着手,欢天喜地地叫着,一会儿,她又俯下身,对坐着的慕蓉支说,"慕蓉,等你妈妈走了之后,我有一件事跟你和玉琴讲,真的,一件挺秘密的大事,讲给你们听!"

慕蓉支眨眨眼睛,默默地点了点头。她不像过去那样爱和素琳谈话了。这也不知是为什么,大概是心情不好的缘故吧。

又讲了几句闲话,素琳忙着进屋去帮严妈妈、玉琴做事情了,留下慕蓉支,一个人独坐在小板凳上。

天快黑了。天空中的云彩,不像白天那样,洁白得犹如嚣嚣的羽毛一般。无边的苍穹底下,晚霞收敛尽了它的绚烂的色彩。群山也不知不觉地变灰变黑,变得沉寂了。

暮霭低压了。韩家寨上,集体的大牯牛和黄牛随着一阵阵牛角号响,迟缓地回进各自的圈里。有个十来岁的小娃儿,赶着七八只白鸭子,"嘎嘎"叫着走进自家院坝,哪一家的老伯妈,在呼唤自己贪玩的小孙孙回家吃晚饭。

程旭还没回家来,看来今天他又像许多个过去了的日子一样,很晚才能回来吃晚饭了。良种育出来了,他可以松一口气了,为什么还要这么忙呢?

陡地,素琳刚才说过的事情,又回到慕蓉支的脑子里,程旭要和韩德光划清界限,姚银章和陈家勤要给瓢儿块值班,又是要开现场会……慕蓉支突然觉得事情有点儿不对头,像程旭这样的人,绝不会这样出尔反尔,和韩德光好了三年,猛地竟要和他划清界限,这是不可能的!他在平时说话间,对韩德光非常尊敬,开口闭口叫德光大伯。再说,德光大伯对程旭多么好啊,慕蓉支忘不了,程旭将被逮捕的消息传到德光大伯耳里时,大伯挺身而出,半夜三更一个人摸黑赶到木瓜树去的情景。程旭怎会做出这种事情,不可能,绝不可能!还有,姚银章和陈家勤,一向对程旭采取高压、贬斥的手段,现在怎么会突然关心起他来,还要派人在瓢儿块试验田值班。这种一百八十度的大转弯,说明了啥呢?真像素琳说的那样吗?不大会的,素琳很可能听信了陈家勤的话,陈家勤是多么滑头的人!听玉琴说,素琳近来和陈家勤来往很多呢……

慕蓉支有些不安,她坐不住了,她得把这些情况去和袁昌秀讲一讲,让昌秀转告程旭。也许,这是姚银章他们搞的什么鬼呢!

她站起来,也不回去说一声,径直沿着寨路,向昌秀家走去。

在越来越浓黑的暮色里,昌秀正在院坝前面的自留地园子里拆扁豆的豆架架。淡红色的扁豆花撒了一地。

听完慕蓉支说的情况,昌秀把三角形的细竹豆架子捆成一大把,睁大眼愤愤地说:

"哼,这些人,倒是在准备斗一场啊!"

"你快和程旭讲讲吧!"慕蓉支担忧地说。

"我们都知道了,不怕的。"昌秀说,看慕蓉支仍有些不解的样子,昌秀添加着说,"德光大伯、我爹、程旭,还有二队的韩忠鼎、忠文他们,都在一起扯呢!小慕,你看着吧,开现场会那天,有一场好戏看呢!"

"好戏?"不知实情的慕蓉支越听越糊涂了,"昌秀,你说什么呀?"

"啊,你还不知道呢!"袁昌秀瞅慕蓉支一眼,伸出一只拳头,说,"等着吧,开现场会那一天,你全知道了!"

慕蓉支见她不愿多讲,也许,她也不知全部底细。不过,看起来,开现场会那天,会爆发一场斗争的。

慕蓉支又为程旭担心起来了,她睁大了明朗的双眼,喃喃地自语着:"开现场会那一天……"

巍巍的黑黝黝的远山近岭,静幽幽地横卧着。可慕蓉支看去,却觉得有些害怕,仿佛那连绵无尽的群山中,埋下了无数的炸药,时间一到,顷刻间就会"轰隆"一声爆炸开来似的。

二十四

现场会比人们料想的还要热闹。姚银章让陈家勤和刘素琳两个,带领着一帮知识青年和小学校的细娃嫩崽,在寨口上用楠竹、松枝搭起了一个牌楼,上书"热烈庆祝水稻良种现场会召开"一行大字。韩家寨团转的岩壁、大树干、高田埂上,也都写满了"热烈欢迎"之类的标语。刘素琳还开动脑筋,发动小学生们做了很多标语彩旗,一人一面,拿在手里。气氛搞得真够隆重的。

韩家寨好些人都说,近几年来,寨上从来不曾有过这样的盛况。

除了薛斌通知的木瓜树公社各大队、生产队干部之外,还有好多远近的老农、社员、学生娃儿,都主动地跑了来,想看一看,瓢儿块这四分水田里,究竟能打下多少斤谷子。韩家寨二队的田坝里,每一条田埂上都站满了人。尤其是瓢儿块旁边的石山和篙竹林边,凡是可以立脚的地方,上上下下站满了各处来的干部和本大队的群众。远远望去,真是摩肩接踵,人头簇簇。

人们看着瓢儿块颗粒茁壮的谷穗沉甸甸地勾垂下来,对比两旁水田里的

"珍珠矮"和当地品种,啧啧连声,议论纷纷。

"哈呀呀,我活这么大年纪,没看到过这么好的谷子。真惊人哪!"一个七老八十的长胡子老伯,捋着自己雪白的长须,朗声向周围的人说。

他身旁几个老汉,连连点头,表示都有同感。不知哪个年轻小伙,高声吵吵地叫道:

"老伯们,你们估一估,这四分田能收多少斤谷子?"

马上有好几张嘴一齐猜测起来,有的说起码打三百斤,有的说看谷子的长势,三百五不止,还有的看得欢喜,说看样子有四百斤的收成。独有那个七老八十的长胡子老伯,眯起眼睛瞅了好久,待大家都讲得差不多了,他慢吞吞地伸出四个手指,随后又摊开一只巴掌,说:

"依我的眼力估呀,四百五不止!"

什么?四百五,还不止!听到这句话的人们都暗暗吃了一惊。估摸收成有四百斤的人,已经认为是顶破天了。在高寒山区周围,最好的品种,栽种在最好的田头,碰上最好的气候,最高的亩产量是八百斤。估计瓢儿块试验田能打四百斤谷子的人,已经猜测这种良种亩产能打一千斤。认为很了不得啦!没想到,这老汉一估就是四百五,还说不止,这真叫人惊叹不已了!要知道,四分地打四百五十斤粮食,亩产就是一千一百斤以上。这样的产量,韩家寨人只有在报纸上曾经见过,在他们的生活中,还没见到过呢!

十点多钟,薛斌通知的人都到齐了,他用眼色向姚银章示意,现场会可以开始了。姚银章顿时会意,他几大步走到瓢儿块实验田前的土坎子上,笑呵呵地朝众人瞧了几眼,以东道主的口气说:

"今天,是韩家寨大队的一个节日,感谢领导的关心,感谢外队的干部远程赶来,给我们大队以这样大的荣誉。我代表全大队贫下中农和社员群众,向领导和同志们致以革命的敬礼!"

说着,他"噼噼啪啪"拍起巴掌来。姚银章在河边生产队的一帮族中兄弟、几个知识青年和学生娃儿,跟着拍了一阵巴掌,不习惯于鼓掌的山区社员们,光是脸露笑容,朝着拍巴掌的那些人观望。

事先布置好的陈家勤,向身旁的沈兆强、章国兴几个知青一挥手,几个炮仗"砰砰砰砰"蹿上晴空,一串鞭炮"噼里啪啦"响了一阵,把空旷的山野里震得一阵阵喧响,倒也真够热闹的。

薛斌脸含微笑看着这一幕,心头满意地说:姚银章这个人,点子真不少,把个现场会开得与众不同,翻出点新花样了。

富裕中农韩德才肉痛了,他在人堆里嘀咕着:"这炮仗和鞭炮放它干啥呀,砰砰几下响,吓得我心乱跳,集体的票子又花去了!有那几块钱,挨着人头分,一人头上也分到一分两分钱嘛!姚银章呀,花集体的钱他不心痛,光会图热闹!"

鞭炮声一停,姚银章双手抄在身背后,昂起脑壳,放大嗓门道:

"我们大队的上海知识青年程旭,在大队党支部和革委会的领导下,在贫下中农的再教育下,刻苦钻研,育出了水稻良种。县革委薛主任和公社伍主任非常重视,通知大家到这儿来开会,以便明年扩大栽种面积,逐步向外队、外社推广。良种的长势,大家都看到了,我也不用多说了。现在,我宣布,开镰、挞谷,当场过秤,看看这四分田的谷子,到底是多少斤!"

话音未落,二队队长韩忠鼎把手一挥,四张挞谷斗从瓢儿块的四个方向拖进田头,二十来个年轻力壮的社员挥舞着银镰,走进瓢儿块,"嚓嚓嚓"一阵快割。

霎时间,一捆捆收下的水稻,送到挞谷斗旁,八个中年社员高举黄熟的稻捆,"嗵嗵嗵嗵"一阵猛打,颗粒饱满的谷子,"嘀嘀嗒嗒"飞溅进挞谷斗里,蹦跳到围席上。人们的目光,都盯着他们的动作。

只半个小时,四分地的谷子,已经割净挞落,被撮进了箩筐。

由外队来的两个干部掌秤,几箩筐谷子一过秤,打上合计,扣去箩筐重量,净收五百一十六斤。

那个估摸收成在四百五以上的老汉,沾沾自喜地捻着雪白的长胡子,自得地说:

"看吧,我说在四百五以上吧!"

"五百一十六斤,"韩忠鼎把嗓门吼得震天响,故意讲给站在远处的人们听,"这就是说,亩产要有一千二百九十斤啊!"

亩产接近一千三!

人们都交换着惊喜的目光,兴高采烈地传递着这一消息,嘴里不时地重复着亩产一千三这个数字。像是风过草原,田坝里的人们越议论越热烈了:

"亩产一千三,要比我们往年亩产四百的产量,足足增加九百斤呀!"

"程旭这下立大功了!"

"这功绩,确实该上报哩!"

省报的那名记者,是个四十来岁的中年妇女,她在看准了产量之后,就在人群里穿来穿去,手捧着一个塑料封皮的采访本,不时把贫下中农和社员们生动的赞语如实记录下来。看得出来,她也像人们一样高兴、一样欢乐,记录之余,还同大伙儿一起议论着、说笑着。

整个田坝里,比刚才那一阵人为地制造气氛、放鞭炮还要热闹喧哗。人们眉飞色舞地摆谈着、说笑着,尽情地陶醉在喜悦之中。

高寒山区的庄稼汉子,谁不知道夺粮食高产的关键在于种子。现在,有了亩产近一千三的良种。就是说,两三年之后,整个高寒山区的粮食产量,就要飞速地跃上一个高峰了!关心收成的干部和社员,哪个不欢喜雀跃,哪个不心花怒放啊!多少年来,人们吃高寒低产的苦头,还没够吗?

只有置身在这样的人群之中,上海知识青年们才真正意识到,山区的人们盛赞程旭是有道理的。年轻人们也再次感到,程旭确实走在他们前面,做出的成绩是惊人的。每一个知识青年都会心算,一亩水田能增加九百斤谷子,十亩就是九千斤、一百亩、一千亩、一万亩、几十万亩,又该增加多少粮食啊!这样的贡献,难道是几句贬斥的议论,是几句妒忌的讽刺所能抹杀得了的吗?绝对不可能!集体户的上海知识青年们,无论过去是如何看待这件事情的,在眼前铁的事实面前,他们都默默地在心中进一步理解程旭育种的意义了。甚至连慕蓉支的妈妈严敏站在大伙儿中间,也感觉到良种的育成对山区是有重大意义的。

独有慕蓉支,在为程旭做出的巨大成绩高兴之余,还有些担忧。因为她事前已依稀知道,现场会并不只是为表彰程旭而开,现场会还有更为复杂的内容呢。她不由得睁大了一双眼睛,在现场会的人堆里,寻找着程旭的身影。奇怪,她的目光自左向右,从东往西扫来掠去,寻找了多遍,也没看见程旭。这个人,此刻站在哪儿呢?他是不是在注视会场上的动静呢?

姚银章朝着"叽叽喳喳"议论不休的人群,重重地连拍了好几次巴掌,才把喧哗嘈杂的人群招呼住,他拉开嗓门,大声地叫着:

"大家都亲眼看到了。事实证明,知青程旭培育出来的品种,确实是适应高寒山区的良种。明年,我们全大队都要推广这种良种,用这五百多斤种子,尽可能多栽插几亩,夺个丰收年。再把这些良种,在全公社各大队推广,使得我们木瓜树的粮食产量,在两三年之内,翻上几番……"

"啪啪啪!"

一阵掌声淹没了姚银章的话。从各大队来的干部、社员们,听到韩家寨大队要支援他们,纷纷鼓掌来表示他们的欢迎和感激。

姚银章满脸都绽开了得意扬扬的笑容,他心头说,薛斌这一手果然强,这件事给我脸上添了多少光彩啊!他做出一副风格很高的模样,伸出手朝大家摆了摆,热情洋溢地说:

"不用鼓掌,韩家寨大队能够支援兄弟社队,这本身是应该的嘛!下面,我们先请县革委会主任薛斌同志,给大家做指示。"

薛斌要在田坝上作即席演讲,使得姚银章讲话时私下"嘤嘤嗡嗡"说话的人群静了一静。县里面的一把手要讲话,人们都想听个明白。

这是薛斌的拿手好戏了,他不慌不忙地走前几步,看准了石山上一块突兀的青岩,他一个箭步跳了上去,直挺挺地伫立在众人之上。人们的目光,不由自主地都投射到他的身上。

薛斌完全感觉到千百双目光的注视,他的左手叉在腰里,笑盈盈地向大家点了点头。他明白,这样可以给人一个和蔼可亲的印象。说句良心话,他脸上的笑容不是装出来的,现场会上的一切,都使他感到满意,无论是鞭炮的喧响,还是良种的高产,都使他觉得非常高兴。很明显,当机立断地决定开现场会,这一招是做对了。这个知青育出的良种,每亩能增产九百斤,那么全县几十万亩水田,又能增产多少斤黄澄澄胀鼓鼓的谷子啊!薛斌的眼前,仿佛出现了绿浪翻波的稻田,满仓满仓的谷子。这么一来,他这个县革委会主任,就会在全地区、全省甚至可能在全国出名。当然,由于他能把全县的粮食产量抓得那么好,很快就可以提升他当地委的副书记,以至书记……这一番得意之情,全部都反映在薛斌的笑纹里,反映在他踌躇满志的神态中。听到炮仗震响,看到扮谷、过秤干得爽脆利落,又见来了这么多人,薛斌知道所有的一切都由姚银章按照自己的意图布置好了,他自然显得胸有成竹、神采焕发了。

扫视了田坝上远远近近的人们一眼,薛斌亮开嗓门说:"同志们,大家都看清了,韩家寨大队的科学实验活动,在正确路线指引下取得了喜人的成绩,闯出了一条路子,给我们在高寒山区夺取水稻丰产,开辟了新的途径,做出了榜样,提供了启示。很明白,夺取全县粮食大丰收,力争粮食亩产超千斤,已经不是十分遥远的理想了,而是两三年内就可以见到的事实了。这是值得我们高兴、庆贺的大事。上海知识青年程旭,上山下乡以来,埋头苦干,刻苦钻研,为建设山区做出了贡献,是我们学习的榜样。这样一件事,说明了什么呢?"

薛斌的演讲,完全不同于姚银章拖腔拖调的话语,他的嗓音有高有低,有长有短,抑扬顿挫,很有节奏感。听他讲话,并不感到枯燥乏味;虽然没有什么新东西,大家还是听得下去。他提出了问题之后,只停顿了片刻,便自己答道:

"这样一件事,充分说明了农村是一个广阔的天地,在农村扎根,是可以大有作为的,说明了毛主席革命路线的胜利,说明了'无产阶级文化大革命'的胜利。你们想想,不是'无产阶级文化大革命',不是伟大领袖毛主席发号召,程旭他们这帮知识青年,会到韩家寨来吗?他们不来,会有人育种吗?肯定不会有人育种。大家都知道,在'文化大革命'以前,也有人秉承地委大走资派柯竟的旨意,想搞育种,结果怎么样了,路线不对,育种只有以失败告终。没有第二种结果。这又雄辩地告诉我们,路线是根本,路线是……"

"薛斌主任,我问一句话,要得不?"

人们正在听着薛斌滔滔不绝的演讲,不料石山上陡地响起一个嗓门,打断了薛主任的讲话。

大伙儿转脸看去,只见烧窑师傅袁明新大伯,眯眯含笑地在石山顶上站着,俯身望定了薛斌。

薛斌怔了一怔。仰起脸来,才看到一个满身粗布衣的老汉,居高临下地在朝他问话。他的心头不由得有些恼火,这个乡巴佬,傻呵呵地想问什么呀。他正寻思着想回话,姚银章已经抢在他前面了。

姚银章把手向袁明新一挥,沉着脸说:"袁明新,薛主任在讲话,你胡乱插杠子干啥?真不懂规矩,有话等会后再说!"

"嗨嗨,我不懂规矩!"袁明新淡淡地一笑,晃了晃脑壳说,"实话同你说,乡巴佬儿也没得那么多规矩。我坐在这块石头上,眼巴巴地听薛主任讲了一阵,越听越迷糊,听不懂他的话,还不兴问吗?"

在韩家寨大队的庄稼人中,袁明新大伯是个有威望的人,姚银章拿他也无可奈何。见他执意要发问,只得把他当个不识时务者,狠狠地瞪了一眼。

薛斌见状,只得拿手点着袁明新,和气地说:"这位老伯,有什么不明白的地方,会后我们个别交谈,好不好?"

"要不得!"袁明新固执地摇了摇头,放大了声音说,"我这问题,和大家都有关联!"

"那、那你要问什么?"薛斌不知这个老汉要问些什么,讷讷地问。

袁明新大伯在石山顶上直着腰,声气洪亮地说:"瓢儿块田头的良种,明明是程旭和韩德光两个人育成的。你薛主任讲话,为啥只提程旭的功劳,连韩德光的名儿也不提呢?不提名儿还罢,你那话语之中,为啥处处贬到韩德光呢?"

一针刺中了薛斌的要害,薛斌脸上勉强浮起的笑容倏然消失了。问题提得尖锐而又突然,善于辞令的薛斌,一时也不知如何回答了。随着薛斌的脸儿变色,远远近近的田埂上响起了一片交头接耳的窃窃私语声。薛斌赶紧佯作镇定,缓缓地转过身来,扬起眉梢,问姚银章:

"老姚,这是怎么回事啊?"

姚银章听见袁明新问出这样几句话来,早已经恼羞成怒,气得七窍生烟了。他怒气冲冲地向袁明新呵斥道:

"袁明新,你今天多喝了几杯酒不是?整个韩家寨大队,谁不知道韩德光在'文化大革命'之前借育种之名,贪污粮食,糟蹋水田?这些事,早已在前几年中批臭了的,你莫非不知道?今天这些优良品种的育成,是程旭辛辛苦苦的钻研成果,你想借此抓来给韩德光脸上涂金抹彩啊?你想为韩德光翻案吗?袁明新,你莫活糊涂了,立场站到哪儿去了?"

这一番气咻咻的怒斥和恐吓,一点也没吓倒明新大伯,他从腰里摸出烟杆,用烟杆脑壳指着姚银章说:

"我的大队主任,今天你想一手遮天,指着牛屁股硬说是马呀!跟你讲,当着田坝里几百上千个人,我要和你辩清楚,到底是哪个话对。你以为肩上有一块大队主任的牌牌,压得倒我呀?不成,大猫再凶,还有它啃不动的岩石哩!我亲眼所见,瓢儿块的良种,是韩德光、程旭两个人一起育成的!"

"就是,我也有证据!"袁昌秀站在石山的半中间,也用尖嗓门给她爹助威。

二队队长韩忠鼎和他兄弟韩忠文,也跟着嚷嚷:"我们生着眼睛,都看到的,良种是德光大伯带头育的!"

富裕中农韩德才,也摇头晃脑地说:"说话得凭个天理良心,程旭育良种,倒确实是在韩德光的指点之下搞起来的。真有人那么狠心啊!事情成了,想把韩德光撇到一边去。这咋个要得呢?当真想一口把天咬下来?胡扯噢!"

这些人理直气壮地一说话,整个田坝里就像受了惊扰一般,原先欢腾喜悦的气氛,眨眼间一扫而光,代之而起的,是一阵阵的窃窃私语和互相询问。庆贺良种收获的现场会,变成了争执谁是荣誉获得者的吵嚷。这情形比原先预料的现场会,显然更有刺激性。本大队和外队、外社的人们纷纷前走来,想听清争论双方的每一句话。

慕蓉支的神经跟着抽紧了,脸上也显出些紧张之色。她意识到,现场会上的斗争,已经拉开了序幕。她把眼睁得老大,密切注视着会上形势的发展。

姚银章万没想到事先安排得好端端的现场会,会出现这样的情况,他有些惶悚地向薛斌瞥了一眼,薛斌正用责难的目光盯着他,他的心头一紧,咬了咬牙,知道在这个当口,一定要顶住。幸好事前已经说服了程旭本人,姚银章内心深处有底儿,还稳得住劲。

他把脸一沉,眼睛瞪起来,伸出右手朝袁明新那帮人画了个弧形,声色俱厉地说:

"怎么怎么,你们一个个都要破坏现场会是不是?你们都想要叫韩家寨大队在兄弟社队面前丢脸吗?唵?我早说过了,今天是推广良种现场会,和这个会内容无关的,都到会后再说!你们一个个跳出来,用意何在?居心何在?韩德才,你是个富裕中农,往天热心赶流流场,今天也要来凑热闹吗?"

"富裕中农怎么了?连话也不准讲吗?"韩德才见姚银章当众朝他出气,也不高兴了,他直着脖子说,"你不准我讲话,拿线把我的嘴巴缝起来嘛!"

"轰"一声,韩德才的话,引得众人一阵大笑。

"蓄意破坏的话,就是不准你讲!"姚银章阴沉着脸,一点也不笑,他盛气凌人地说,"讲了你脱不了爪爪!"

木瓜树公社主任伍国祥,一早随薛斌到了韩家寨,来到现场会上之后,一直没开过腔,此刻他默默无言地走到姚银章身旁,伸手拍了拍他的肩膀,平心静气地说:

"群众有什么话,让他们放胆说嘛！不必去压制他们,老薛,你说是不是啊？"

薛斌被伍国祥逼着表态,说又不是,不说又不是,嘴巴张了张,才尴尬地点点头说：

"是啊是啊！"

"这才像话嘛！"袁明新大伯说,"我们说点事实,也算是破坏吗？姚银章,你咋个总喜欢用大石头压人呢！不让人说话,你心头才舒坦,是不是呀？我说程旭育种,是和韩德光一同搞的,有我的道理。程旭他一个上海来的青年人,一点也不懂庄稼活,是韩德光手把手教会他的；程旭育种需要的种子、想了解的天时、水源、地情,是韩德光告诉他的；程旭育良种,大队没拨水田给他,是韩德光和二队长忠鼎讲好了,拨出了这块瓢儿形的田土……"

"好了好了,别瞎胡吹啦！"姚银章粗暴地打断了袁明新的话,不客气地道,"袁明新,这个大队的情况,是你熟悉还是我熟悉？韩德光问题没解决,现在仍是个监督劳动的对象,他整天为生产队放牛放马割草,什么时候和程旭一同育种啊？你编排故事,也编排不圆啊！袁明新,你还是乖乖地烧你那砖瓦去吧！"

"这话才说到要害处了！"袁明新一点也不为姚银章那些挖苦、讽刺的话动怒,他显得既认真又固执,但又丝毫不愿让步,平时那股喜欢说说笑笑的脾气,连影子也不见了。他用粗重的声音说,"良种,是韩德光和程旭坚持工余饭后时间搞出来的,甚至还是避开人悄悄地搞出来的。做这样的好事,为啥要避开人啊？怕有人借故整他们呗！姚银章,你不是说最了解大队里的情况吗？好嘛,我和你三个铜钱放两处,一是一、二是二地来摆一摆！你说说,程旭育良种,是什么时候起始的？他试验良种,有几年了？他碰到了哪些难题？你大队主任,给过他一些啥支持？你帮助他解决了哪些困难？你给大家都介绍介绍嘛,开现场会,不就是要介绍嘛,你说呀！"

袁明新的责问,像一颗颗炸弹,接二连三地扔到姚银章跟前,姚银章的脸一阵红、一阵白,气得他嘴皮子直发抖。看袁明新今天的气势,他暗自晓得,对方是有准备的了。众目睽睽之下姚银章又耍不开花招,他只得把手一挥,撇了撇嘴道：

"好,你袁明新就是要给韩德光翻案！谁不知道,你和韩德光是合穿一条裤儿的。你、你……我今天不跟你多鬼扯,程旭做出了成绩,你们妄想借此来夺头功了,我告诉你们,想争荣誉,办不到！陈家勤,小陈,你出来,给大家说说,程旭是怎么样育种的,用事实好好把这个闹翻案的老者驳倒！"

陈家勤被姚银章点到名字,如同被揪住了耳朵,不想出来,也得走出来。他明知道,姚银章招架不住袁明新的攻势,故意虚晃一枪,把这个难题推给他。站到前面去说话嘛,陈家勤实在说不出个一二三来,他根本不知道程旭育种的过程,更别谈那些细节了。可不站出去,又不行,田坝里好些人都已经眼瞪瞪地盯着他了。

陈家勤毕竟是在"文化大革命"中的辩论场合经过一番搏斗的,他硬了硬头皮,抖擞精神,几大步走到石山前,向满田坝扫视了一眼,拉开嗓门道:"我们上山下乡知识青年,一到韩家寨大队的那些天里,和贫下中农促膝谈心,天天相处,很快就知道,高寒山区由于没有优良谷种,低产歉收的情况。这种情况,一般的知青听了,也就算了。可是有心人程旭听了之后,他就生了心,发誓要在贫下中农再教育下,育出一个良种来。程旭和我,是中学时代的老同学了,他的脾气我熟悉,只要迷上了一件事,那就会发疯似的去干,没日没夜、废寝忘食,不管是风里雨里,还是泥里水里,不管是炎夏还是寒冬,他都在为培育良种付出艰辛的劳动。今天,眼看良种育成了,有人竟想来抢夺头功,争这个荣誉,妄想达到他们卑劣的政治目的,真是不知天下有"羞耻"二字,叫人气愤难抑。我认为,这不单是争夺荣誉的小事情,这是一个翻案的阴谋。大队革委会,必须带领全大队革命群众,给予迎头痛击……"

陈家勤慷慨激昂,有条不紊地娓娓道来,随着话意的进展,他越说声音越大,越说越有劲儿,话语的锋芒,直向袁明新刺去。人群里,有些人在悄悄打听,这是谁？有些人在暗自思忖,这个知青会讲话。姚银章和薛斌眼见陈家勤一登场,就把尴尬的局面扭转过来了,脸上也露出了丝丝笑纹。

袁明新大伯见陈家勤出了场,七说八说,话里的刺就朝他刺过来了,而且还蛮像一回事。他待陈家勤一说完话,伸手指着陈家勤说：

"你这根浮根草,你……"

"你不要骂人！"陈家勤也用手指着袁明新,不等他把话讲完,就厉声打断了他的话,"骂人也能参加辩论吗？我实话对你说,骂人的人往往最无理！"

264

袁明新万没想到陈家勤竟然这样狡诈,他气得两腮鼓了起来,眼睛直瞪瞪地盯着陈家勤,嘴里"呼呼"地直出粗气,怎么也说不出话来。

姚银丰、沈兆强一帮人,凑合在一起,嘶声拉气地怪叫着:

"骂人的家伙滚开点!"

"不许骂人的家伙说话!"

……

这边的人一叫一吼,韩忠鼎、韩忠文那边的人沉不住气了,也跟着拉开嗓门吼起来:

"不要乱吼乱叫!"

"不许捣乱!"

"把带头叫的人拉出来!"

……

两下里这么一吵一嚷,你一句,我一句,叫嚷声、呼喊声、粗吼声,形成了一股喧哗嘈杂的气势。现场会上出现了一阵混乱。

袁昌秀尖着嗓门,挥着双手,不停地招呼:"静一静,静一静,有话一个个说,不要吵闹……"

她的话被一阵喧嚷淹没了。

外来的干部和社员,不了解韩家寨大队的情况,很可能被这一阵争吵和嚷叫弄得丈二和尚摸不着头脑,会以为真有人在那里争荣誉,或是闹派性。韩家寨本大队的寨邻乡亲们,集体户的上海知识青年们,是知道底细的呀!谁不记得,姚银章在群众大会上恶狠狠地批评程旭?谁不记得,姚银章公开勒令程旭停工反省写交代?现在姚银章竟然无耻至极,说出这样的话来,谁又不知他是想贬韩德光,达到自己的目的呢!叫人吃惊的是,陈家勤这个知青,竟敢当着几百上千个人的面,凭着嘴巴两层皮说瞎话,而且表现得那么镇定,这就不得不叫集体户最知情的青年们觉得,这个人实在不简单了。尤其是慕蓉支,听陈家勤振振有词地说出那么一句句话,她都替他脸红、心跳,感到汗毛管一根根竖起来,直想呕吐。可这个人的表情,却像是在说最真诚的话一样。哎呀,世上真有这样卑劣的人,真有这样耍弄诡计的家伙啊!慕蓉支一来非常鄙视陈家勤;二来暗暗地为程旭捏了一把汗,面对这么阴险毒辣的家伙,程旭能战胜他们吗?现场会开到这时,慕蓉支已经完全看清了双方的阵容,明白了双方的意图。社会上政治斗争的帷幕,在她面前淋漓尽致地拉开了。她感到了斗争的尖锐复杂性,她意识到这场斗争是光明和黑暗的搏斗。她觉得自己更懂事了,更明白事理了。她感到内心中的爱和憎在增长,她感到体内的热血在沸腾,她渴望着投身到这场斗争中去,她多么希望,代表正义和光明的一方取得胜利啊!可会场上那么乱,简直吵成了一锅粥,现场会究竟将怎么发展、如何收场呢?

正在慕蓉支惶惶不安地担心时,公社主任伍国祥一个箭步跳到了高处,张开双臂,用震动整个田坝的嗓门叫道:

"双方都停下来,听我说几句。你们光顾着吵吵嚷嚷,还顾不顾外社、外队来的客人啦?会还没开完呢,良种大家都看见了,可育良种的主人程旭,好些客人都还没见过呢!我建议,请程旭走出来,让他自己讲一讲,这个四分田地的良种,是怎么培育出来的……"

伍国祥开头几句话,有些人没有听明白,最后那句请程旭当众讲话的建议,渐渐静下来的人群都听见了。外队外社来的干部社员,齐声喊着请程旭站出来讲话,不少人拍着巴掌欢迎。争执的双方,也一致同意请程旭当众讲讲培育良种的过程。

姚银章笑吟吟地对大伙说:"伍主任的建议,我举双手赞成。程旭,程旭,你站出来给大家细细讲一讲,良种是怎么育成的吧!"

闹腾吵嚷的田坝里,就像海上一阵浪头过后,恢复了平静一样,又静寂下来。人们的目光,都望着石山那儿,想听听程旭怎么说。

程旭从现场会开始时,就坐在三角小茅棚子里。会场上的情形,他看得一清二楚。听到公社伍主任建议,他走出了三角小茅棚子,走到了石山跟前。

他的脸是严峻的,神态是庄重的,举止是沉着的。不论是集体户里的上海知识青年和严敏,不论是韩家寨大队的社员群众,不论是外队、外社的干部、社员,谁都看不出他的行动有什么特别之处。由于他做出了这么大的成绩,人们向他投来羡慕、钦佩的目光;由于刚才那一场陡然而起的争执,人们又都期待着他快些讲话。这时候,各种人物的心理都是复杂的。袁明新、昌秀、忠鼎、忠文那些人,脸色是镇定的;薛斌、姚银章、陈家勤这些人,脸上的神色是得意的;更多的人,都还不知道他将讲些什么,心头是焦急的。

唯有慕蓉支,预感到程旭处在这场斗争的中心,将来的命运必定是布满了坎坷的。她大睁着一双明朗温和又有些润泽的眼睛,怀着一股特殊的情感注视着他。她想,他会讲很多,讲很多实事求是的话,他不可能昧着良心,指着白粉说是墨……

人们也都想细细地听一听培育良种的详细过程,眼巴巴地望着他。

秋天的风从山野里吹来,带着很深的凉意。好些人的衣襟、头发被吹了起来。天空中几片灰色的云,在缓缓地移动。从山林里,传来什么鸟的叫声,"叽叽喳"、"叽叽喳"的。

程旭说话了,话语出奇地简单、明了,他铮铮有声地说:

"从下决心育种的那一天开始,我就知道,在韩家寨搞育种,不单是一场生产斗争,而且还是一场政治斗争。今天,良种育出来了,这场斗争并没结束,反而在继续发展!在这儿,为什么会发生刚才这样的争论呢?就是因为有人要借着这件事,达到自己卑鄙的政治目的。"

说到这儿,程旭停下了。有人不耐烦地追问着:"你说明白些,是哪些人要这么干?"

人群里响起一片赞同声。

"说吧,程旭,好好地把想要抢夺你荣誉的人揭露出来。"陈家勤在程旭身后,鼓励地催促着。他嫌程旭的开场白不够鲜明。

程旭吸了一口气,提高了声音,爽快地道:"好,我说,我就说!你们都能保证,让我把话顺顺当当地说完吗?"

"能啊,"姚银章坦然地高声说,"谁也别想打断你的话,你大胆说吧!"

程旭定了定神,开始说话了。他先从韩德光在"文化大革命"前接受柯竟书记的指示搞育种说起,他说韩德光花了力气、下了劲,没有把良种育出来,他说韩德光在"文化大革命"中,为此挨了批斗,还有人说他贪污种子,说他是大走资派的走狗、爪牙……

慕蓉支的心"怦怦怦"擂鼓一般地跳动着。她不知道程旭说这些是为了什么,是批判韩德光"文革"之前的错误呢,还是赞扬他。在他的话中,一时还听不出他究竟站在哪一边,他好像是在叙述往事,好像是在给人们讲着第三者的经历。不过有一点慕蓉支很好奇,程旭是一九六九年初到韩家寨来插队落户的,在这之前几年中的事情,他怎么会了解得这么清楚,好像他自己经历的一样。慕蓉支和其他知青,也听说过这些事,他们听过之后,便置之脑后了。为什么程旭把这些事情,记得这么清楚呢,而且连细节都了解得那样仔细?啊,他现在又说些什么呢?他在说和韩德光第一次认识时的事情了,这件事,慕蓉支也没听他讲过,他讲得多有感情啊。慕蓉支情不自禁地走前了几步,目不转睛地盯着程旭。

程旭坚毅的脸上焕发出青春的光彩,他那对炯炯有神的目光,像火一样闪亮。他沉静而又有条有理地说着,偶尔不自觉地伴着几个有力的手势。他说出的话,像有一股无形的磁力,把每一个人都吸引得凝神听着。

田坝里,有一对漂亮的金画眉雀儿飞落在田埂上,也没人去注意。

姚银章听到这儿,已经敏感地察觉到程旭的话味道不对了。他张开嘴,故意大声地干咳了几下,陈家勤转脸瞥了他几眼,无可奈何地摊开了一双手。姚银章觉得不干涉不行了,他冲前几步,打断程旭的话说:

"程旭,你只要把良种是谁育出来的这一点说明,就成了。不必把话题扯开去!"

程旭只是瞅了他一眼,点点头,继续往下说。

姚银章还想干涉,伍国祥朗声截住他说:"老姚,你不是说让程旭把话说完嘛!"

姚银章被将了一军,只得在伍国祥眼光逼视之下,退后了两步。

姚银章的插话提醒了程旭,既然亮明了自己的态度,就不能再慢慢往下说了,否则,他们总要出来阻止的。他断然结束了讲述和德光大伯认识的过程,向前迈了一步,用平时少有的洪亮声音道:

"是德光大伯,手把着手,教会了我辨认种种谷物;是德光大伯,把育种失败的经验、体会告诉了我;是德光大伯,指点我怎样进行选育良种。瓢儿块试验田上育出的良种,每一株稻穗上都有德光大伯的心血和汗水。要论功劳,德光大伯比我大;要论荣誉,他理该比我的高。为什么只字不提德光大伯的功劳呢,为什么要把他剔出去呢……"

程旭亲口大声宣布的实际情况,引起了全场哗然。一刹那间,田坝里像群鸟落地,"叽叽喳喳"、"嗡嗡嘤嘤"、七嘴八舌地议论起来了:

"真有韩德光的一份功劳!"

"这小伙子,是个有胆量的!"

"我说嘛,没有老庄稼人扶持,他能干出这么大成绩?"

"这里面还有蹊跷哩,好好听下去吧!"

……

一片摆谈声中,薛斌、姚银章、陈家勤几个人的脸拉长了。袁明新、袁昌秀、韩忠鼎、韩忠文,甚至韩德才的脸上,都绽开了笑容。集体户里的上海知识青年们,都睁大了双眼,既不笑,又不乐,怔怔地瞅着程旭。

程旭声气朗朗地往下说:"把我往高处抬,把韩德光往下压,这就是有些人搞的阴谋。前几天,素来不同我说话的陈家勤,突然找到了我,并和我谈开了条件……"

程旭当着几百上千个人的面,揭露了陈家勤和姚银章的阴谋,把他们开的条件、许的诺言,通通当众抖搂开来。程旭的胆识和魄力,使得知识青年们愕然了。有些人暗暗为他捏一把汗,有些人似信非信,也有些人对他持反感态度。而慕蓉支,只觉得胸怀里像揣了一头小鹿,撞击着她的心房。她的脸兴奋得发红,两只眼睛灼灼有光,透出惊喜的神色,感觉到一种按捺不住的狂喜。她觉得,程旭揭露得好,揭露得对,陈家勤就是这样一个角色。她不由自主地往旁边瞅了瞅刘素琳,刘素琳正蹙着眉,用一种言说不出的目光,盯着说话的程旭。慕蓉支心里说,此刻,她在想些什么呢?我被放丝蛇咬伤的那天傍晚,她跟我说的那些话,不也能雄辩地证明,陈家勤他们是在蓄意拉拢程旭嘛!她不也在不自觉地帮陈家勤做工作嘛!可怜的刘素琳,你上当了!上了卑鄙的陈家勤的当。对了,陈家勤等一会儿要是再肆意抵赖,我就拉着素琳一道站出去,做个证人!慕蓉支想到这儿,忽地被陈家勤的嚷嚷打断了。她闻声抬头望去。

"抗议,我坚决抗议程旭的诬蔑、造谣!"陈家勤突然像挨了打一样高叫起来,"程旭刚才说的话,纯粹是对我的诽谤!大家想想,我是个知青,怎么会代表组织和程旭说话呢?当时我确实找过他,我是以老同学名义,向他祝贺,鼓励他再接再厉,继续前进。没想到,对我有意见的程旭,竟会在此反咬一口,诬陷我,攻击大队主任,搬弄是非,公然和韩德光穿一条裤子……"

"住口!"程旭愤怒地大吼一声,"陈家勤,我说过,你能当好一个演员,反派演员!你还想演一场戏吗?"

"我抗议,抗议,"陈家勤大吼大叫,"你这个叛徒反革命的儿子,你这个黑帮分子的儿子,你这个专政对象的儿子……"

两个性格决然不同的年轻人,爆发了一场针锋相对的斗争。

伍国祥看着变得悻悻然的薛斌,走近他身旁,意味深长地说:

"薛斌同志,你看见了吧,韩家寨大队的斗争,不简单啊!我调查的结果没错,韩德光是个好同志……"

薛斌不置可否地点点头,他只觉得自己活像站在灼人的火炉口子上,浑身焦躁不安。听了伍国祥的话,他气咻咻地走到程旭和陈家勤两个年轻人中间,陡地吼了一声:

"别争了,把个会场闹成什么样子!现场会还要不要开下去啊!老姚,你是怎么搞的,准备工作搞得这副样子,连良种是怎么育成的,也搞不清楚。真是胡闹……"

"嘀嘀——"

田坝边的马车道上,开来了一辆北京牌越野车。汽车的喇叭接二连三地响了一阵,停在路边。从越野车上跳下一个中年干部,顺着田埂向瓢儿块这里飞快地跑来。引得现场会上的所有干部社员,都把目光转了过来。

越野车开到韩家寨大队,是少见的事。大伙都在猜测,车上的人,怕是来找县革委会主任薛斌的。

果然,来的中年干部正是县革委办公室的。还没跑近人群,他就扬着手高叫:

"薛主任,薛——主——任——"

薛斌在现场会上正处于被动地位,不知如何解脱和收场,见县里有人来,心中暗暗生喜,正愁没台阶下,有人送来了垫脚。他庄重地迎上去几步,问:

"什么事?"

"会议,地委召开紧急会议!"中年干部跑近薛斌身旁,不顾跑得气喘吁吁、脸红筋胀,伸手从衣袋里摸出一张纸,递给薛斌。

薛斌展开一看,脸色"唰"地一变。他忙乱地把纸一折,回转身来,对开现场会的干部和群众说:

"国家出了大事,我要去开紧急会议。这儿暂时休会……不过,我还要来的!"

说着,他一挥手,和县革委办公室的中年干部,一前一后,顺着田埂,大步地朝远处的马车道走去。几分钟之后,两人坐进了越野车,喇叭又"嘀嘀嘀"地响了几声。越野车顺着爬坡过岭的马车道,疾驰而去。

现场会没头没脑地结束了。人们都站在瓢儿块田地旁,好些人已经忘了现场会上的争执,大家都看到了薛斌骤变的脸色和忙乱不安的神态,每个人都听见了地委召开紧急会议和国家出了大事的话,大伙儿都面面相觑,在心里问着:

我们国家,究竟出了什么大事?

二十五

像长空中震天动地的惊雷,似冰峰上山倾石飞的雪崩,如汪洋里急浪滔天的海啸。

"九一三"事件的真相,向全国人民公布了。

它在人们心目中引起的震惊,是不能用言语来表达的。

几天来,全国人民在家庭中、单位里、田野上、火车上、轮船里……都议论着这件大事。

韩家寨大队也同样,无论是在秋收的田土上、在场坝里、在大树下、在会议室里、在社员屋头,人人都在不知不觉中参加了讨论,对贼林彪及其死党表示了极大的无产阶级义愤。

集体户的知识青年们,是每次讨论的最热烈的参加者。林彪的自我爆炸,使他们每一个人都震惊不已。震惊之余,他们总在问着自己,也互相询问:

我们为什么一点也看不出来?

积极、热情、向往着革命,但又单纯、幼稚的这一代年轻人,迫切要求学习,求知欲最旺盛,他们每一个人都亲身经历了"无产阶级文化大革命",在大革命的狂飙中走上了严峻的征途。今天,在"九一三"事件面前,他们都或多或少地开始联系往事,思索起来。思索过去,面对现实,展望未来。在社会上,不是仍有些人在叫叫嚷嚷地拙劣表演吗?在他们的形象中,有些人依稀地看到了自己过去盲目莽撞的影子。现在,一些人的思想上,不还有着无形的紧箍咒吗?联系上对林彪的批判,青年们意识到,这是林彪的极"左"思潮的流毒,他们不禁懊悔、气愤、脸红、心跳。

我们这一代年轻人啊,粉碎林彪反党集团的胜利,是我们思想上由单纯走向深邃、由幼稚走向成熟的一个阶梯。投身于"无产阶级文化大革命"的时候,他们中的大多数人都是抱着"干革命"的真诚愿望的。为什么他们有时候会犯错误,甚至被引上邪路?

分析一下是有好处的。

社会生活给我们这一代年轻人的影响是多种多样的。

社会生活以它大量丰富多彩、蓬勃向上、充满生机的辉煌绚烂的景象影响着年轻人;同时,因为旧社会遗留下来的一些污秽丑恶的东西,尤其是"文化大革命"中一些野心家、阴谋家,他们卑鄙龌龊的灵魂,迸射出了很多毒汁,也在影响着年轻人。况且,还有些阴险狡猾的家伙,把砒霜裹上糖衣,用五彩缤纷的花束和锦绸遮掩着自己的黑心肝,故意引诱、欺骗青年一代,让他们吮吸了迷液、咬上了毒饵,还以为是掌握了真理。

我们这一代年轻人中,很多人受革命老一辈的影响,受纯朴的劳动人民的影响。但也有人受着小市民哲学的影响,受金钱万能、权力至上论的影响,也有极少数人,受野心家、阴谋家的影响,等等,不一而足。

社会生活,也像我们天天呼吸的空气一样;社会生活中弥漫着的那些思想意识里的毒气,也同空气中的细菌一样,是看不见、摸不着的,必须借助于马列主义的望远镜和显微镜。很可惜,不是每一个年轻人思想上都具备了"望远镜"和"显微镜"的。

因此,想指望这一代年轻人成长得高低一式,像剃的头一样齐,全部成为优秀的革命接班人,认为这一代年轻人中间不会出现剥削者、守财奴、野心家、寄生虫、享受主义者,是一种幼稚的想法。社会中上一代人给下一代人的影响,不是用一块绝缘板能隔开的。也不是社会制度的改变能在短时期内彻底根除的。社会制度的改变在反动、腐朽的思想意识和蓬勃、健康的思想意识之间,划了一道鸿沟。但正像列宁所说,资产阶级这具死尸,是不可能钉在棺材里、埋葬在地底下的,它还在腐烂生蛆,散发臭气。毒害着我们这一代年轻人。

林彪的自我爆炸,使得集体户里的上海知识青年们,有的比较深刻,有的还模模糊糊地意识到了这一切。几天来,集体户的气氛是庄重的、严肃的,有些人在认真地翻书、学习,有些人在讨论。工余饭后,甚至在劳动中、躺在床上,青年们都要谈论一阵,争论一阵。

这些学习、思索、争论,无疑是对知识青年们有益处的。往往,由林彪的阳奉阴违,青年们会自然而然地谈到他们生活中时常看到的虚伪的两面派手法。尤其是现场会上程旭揭露的姚银章和陈家勤耍弄奸计的事实,更会被青年们有意无意地提出来。只因碍于陈家勤在场,姚银章还在当着大队主任,知青们才没直率爽快地鞭挞这些卑劣行径。

纸是包不住火的,思想上的正确认识,也不是一两个有权有势的人物所能驱除的。当有天晚上,陈家勤匆匆离开集体户之后,大祠堂里就像开禁一般喧嚷起来了。

郑钦世把一盆洗脸水端到灶屋门口,望着陈家勤走远去的背影,"哗"一声把洗脸水倒在门外地上,轻蔑地说:"削尖脑袋想往上爬的人,总是不择手段,什么样的丑事也做得出来。我真不明白,这种人做出了如此见不得人的事,竟然还能抬着头,若无其事地过日子。想不通、想不通。"

"你想不通,他心里通得很。"胖胖的莫晓晨跷着二郎腿,坐在一条板凳上,手里拿一张报纸说,"依我看啊,这家伙是个十足的小阴谋家!只要他认为可以拿来垫脚往上爬的,就通通都可以被他弄来铺在地上。"

常向玲嘴里嗑着瓜子,不以为然地说:"嗨,这有啥大惊小怪的,他还不是为了自己的前途。"

"为了自己的前途,就可以踏着人家肩膀往上爬吗?"小冯令理直气壮地用筷子敲敲碗沿,说,"就可以不顾事实,把白说成黑,把黑说成白,恶毒攻击人家吗?难道人间真没有'羞耻'二字了?我啊,总算看清楚了,什么人是真金,什么人是黄铜。"

"是啊!"戴眼镜的章国兴,手里正用竹篾在帮周玉琴弯一只衣架,插进话说,"我本来倒是蛮相信他的,谁知他是这么个人啊!靠不住,靠不住!"

连沈兆强也怪声怪调地随在众人身后叫道:"这回啊,他瘪掉了!神气不起来了。"

所有这些议论,都一字不漏地灌进刘素琳的耳朵里。知青们并不知道她和陈家勤的恋爱关系,在她面前说话,都是毫不掩饰感情的。可她听了这些话,却是脸色发白,心头像有爪子在抓挠,手脚也在打寒战。留神到她的神态有异的慕蓉支,心头猜到一些什么了。

看到这一切,严敏急着要回上海去了。国家出了这么大的事情,每一个人都要参加学习、讨论、提高认识,虽然她病假休息,但也不能例外啊!况且,她三个月的病休期已经过了两个多月,快结束了。同时,严敏来到了韩家寨,干涉女儿的私事,看来是不会有结果的。一切都和原先想象的不同,慕蓉支并没有变坏,更没有一丝堕落的迹象,相反,她变得坚定、深刻了。程旭也不像想象中的是小流氓,叼着香烟、梳着油头、晃着腿。相反,他是自己曾经认识的,而且沉静、聪明,有一股吸引人的力量的小伙子。要不是女儿和他有过恋爱,严敏真会对他更加亲切一些。也说不上是什么原因,严敏尽管仍然反对女儿和他结合,但并不恨他。特别是现场会之后韩家寨的社员们更加钦佩他、尊敬他,甚至一些原来对他有看法的知识青年,也认为他敢于坚持真理,毫无畏惧,不卖身求荣,是值得敬重的。

说句心里话,严敏也认为这个小伙子不错。要不是他的父母,她就会另眼看待他了。前几天,程旭和自己说的一些话,在林彪摔死之后,再来想想,都变成是很有道理、很有预见性的了。严敏思忖过,这是不是偶然的巧合呢?绝对不是,看来这小伙子的思想不但敏锐、深刻,而且还带有很强的判断力和正确性。这是不是和他与众不同的经历有关呢?看来确是这样。如果说慕蓉支被放丝蛇咬了之后,濒临着死亡,恰巧是程旭救活了女儿的命这件事,使得严敏放松了对慕蓉支的管教,那么现场会上爆发的斗争和"九一三"事件的公布,使得严敏对程旭愈加另眼相看了。不是吗?尽管这小伙子有很多不利因素,但是很明显,他身上还有很多有利因素啊!看,有那么多的贫下中农和社员群众支持他哪!现在严敏时常想的,倒不是程旭将要进一步遭迫害,可能会被逮捕,她担心的倒是,这样一个年轻人能不能永远保持正确?

严敏自己不承认,其实她在无形中,关心程旭的事情,要比关心任何知识青年都来得多了。

看起来,她这次自费来到女儿插队落户的山寨,几乎没有达到目的,但她一点也不觉得懊悔。相反,她倒觉得挺有些收获。

当她把自己要回上海去的打算告诉女儿的时候,慕蓉支一点也不奇怪,好像她早已想到了。严敏看到女儿那双自小熟悉的晶莹洁润的眼睛扑闪了几下,问:

"我回到上海之后,你需要些什么?"

慕蓉支摇摇头:"你都看到了,妈妈,我不需要什么。代问奶奶、爸爸、妹妹、弟弟好就行了。"

严敏沉思了片刻,说她在这儿住了两个多月,这次要走了,她想好好煮一顿吃的,请刘素琳和玉琴吃一顿。

慕蓉支点头赞同,而后,她偏着头,望着别处,伫立了片刻,陡地仰起脸来,问妈妈:

"要不要请程旭……"

"这个……"严敏心中"扑通"跳了一下,专注地盯着女儿,想从她脸上捕捉什么东西,但慕蓉支脸色沉静,一点也没流露出什么感情。想到程旭救活了女儿,按照人情也应该请他,以表示感谢。再说,吃饭时自己在,还有小刘和小周。严敏犹豫了一下,点头说:"好,也请请程旭。"

吃饭那一天,气氛有些沉闷。严敏和慕蓉支开了一瓶凤尾鱼,开了一罐午餐肉,炒了蛋,做了一盘简易的沙拉,放了一个耳菜蛋花汤,周玉琴切了半斤咸肉,刘素琳买了一只童子鸡,做了两个素菜。在山寨,这是一个丰盛的筵席了。可是,程旭来吃饭时,桌面上总不大有人说话。慕蓉支的态度有些拘谨,脸色也有点微红,时常低着头,吃菜也不多。周玉琴有一句没一句地拉着可有可无的话,随便吃了点菜。刘素琳直到端起饭碗,才发现严敏请了程旭,她的脸色一直阴沉着。自从程旭在现场会上揭了陈家勤和姚银章的底,自从集体户的知识青年们对陈家勤露出了明显的疏远和厌恶,刘素琳变了。她比过去瘦了一些,目光中透着忧郁愁闷,往常热情洋溢的神态、干练豁达的处事方式,都从她身上消失了。她走路低着头,话说得很少,显得忧心忡忡。知识青年们留意到她的变化,暗中细细地观察她,发现她到小学校去和从学校回来,总是和韩家寨上的一帮学生走在一起,平时她爱在学校多待一会儿,看书、备课、批改作业。现在一放学,她就回到集体户来了。小冯令有一次无意中发现,陈家勤在寨口上追着刘素琳急巴巴申辩着什么,刘素琳一甩手,跑回来了。小冯令没听到陈家勤的话。但人们从他说的这个细节,猜到一些什么了。在饭桌上,刘素琳一直没吭气儿,也没抬头瞅谁一眼,显得有些惶惑不安。她快速地吃了两小碗饭,头也不抬,轻声向严敏告辞了。严敏想尽办法要活跃气氛,总是无济于事,她只得尽力给四个年轻人搛菜了。

程旭简短地说了几句话,他有些恍惚、拘束,不过坐下之后,他倒是吃了个饱。说实在的,三年来的插队落户生活,他还没吃过这么好的饭菜呢。但他还是吃得很快,刘素琳告辞不久,他也吃饱告辞走了。客人只剩下周玉琴一个了,严敏一面微笑着招呼玉琴多吃菜,一面随便地与她聊着,问她对今后的生活有什么打算,周玉琴毫不作难地答道:"什么打算?总是尽力争取离开韩家寨罢!"

"那么,万一你和章国兴将来分在两个地方,怎么办呢?"严敏关切地问。

对于自己和章国兴的关系,周玉琴从没掩饰过。但严妈妈主动问起,这还是第一次,她不由得涨红了脸,说:"严妈妈,你不要担心我和小章的事儿,好也罢,散也罢,都要取决于命运的安排哩。"

说完,她搁下碗筷,道谢了一声,匆促地离去了。

严敏和慕蓉支对这顿饭吃得这么沉闷,感到有些扫兴。但是,母女俩顾不得细想了,因为第二天严敏就要走了,还有好多琐碎的事要办理。

第二天下午,是个阴天。严敏吃了个饱,告辞了韩家寨上的干部和社员,告辞了女儿的好友袁昌秀一家。直率朴实的袁昌秀,编了一只竹篾船形提篮,提篮里塞满了核桃、毛栗,还有四斤多糯米粉,硬要叫严敏带到上海去请家人尝新。严敏推辞不过,收下了。集体户的知识青年们,也一个个都同严敏道过再见了。

火车是傍晚时分经过离韩家寨十几里远的小站,必须在三点多钟就上路。慕蓉支左肩挎着背包,右手拎着提篮,陪着母亲走出了韩家寨。

离开韩家寨有半里路了,严敏仍然走得很慢,左顾右盼的,好像总觉得忘记了什么东西。慕蓉支不知妈妈为什么心神不定,轻声问:

"妈妈,忘记什么了吗?"

"没、没有。"严敏答着,又回头朝山寨上看了一眼。严敏不好跟女儿讲,所有的知识青年都向她道过别了,她想,程旭也会来向她告别的,可是这个年轻人直到现在还没出现。显然,他并不想来同自己道声再见。这本没有什么,可严敏内心深处,却总觉得有些遗憾。

离韩家寨越来越远,走出三四里地之后,绿树遮掩下的韩家寨已经看不见了,严敏确信程旭再不可能来向自己道别了。这时候,她才发现,女儿曾经看中的这个对象,已经在她心上留下了深刻的印象,不容易抹去了。她觉得自己仿佛对不起他,又好像欠他一点什么,再仔细一想呢,她又觉得自己做的都对。那么,心上为什么有些茫然呢?严敏在山路上检点起到山寨以后的一切行动和话语来了。

妈妈不声不响,慕蓉支也默默地陪伴着母亲向前走。不知怎么搞的,她也没有什么话给妈妈讲。该叮嘱的话,妈妈这两天里都关照了又关照,讲了好些遍了。她要女儿注意身体,搞好同志间的团结,虚心接受再教育,劳动中量力而行,坚持学习。她还让女儿春节回上海去,说到时给她寄车费来。能想到的,妈妈都说了。但最最重要的,也就是妈妈刚来时天天说起的,她和程旭的关系,妈妈一句话也没说,甚至一点暗示也没有。是不是自己答应过妈妈不同程旭恋爱之后,妈妈相信了自己,为了尊重自己,妈妈才不说呢?或者,妈妈也从事情的发展中,看出程旭是个好人呢?在程旭救活自己之后,妈妈的眼里,不是也流露出感激他的神色吗!在程旭当众揭露姚银章和陈家勤之后,妈妈不也说过,坚持实事求是,是对的嘛!

慕蓉支只能在心里猜,她不敢向妈妈主动提起程旭。这些天里,感情上的许多东西,又在年轻姑娘的心里萌苏复活起来。事情多,慕蓉支没时间好好地分析,更没对任何人说过,但有一点她自己很清楚。躺在床上,她的眼前会自然而然地浮现出程旭生动的脸,和他那一对炯炯有神的眸子。这预示着什么呢?她说不上来……

车站到了,买了票,离火车到达的时间没有多久了,母女俩走到小车站的站台上来。严敏又开始叮嘱女儿,注意这个,留心那样,但是她仍然没有提起程旭,慕蓉支觉得奇怪了。

正在这时候,程旭突然出现了。他手里捧着一大包东西,气喘吁吁地从铁路轨道那边跑过来。看见了她们,他先笑了。

慕蓉支很高兴,她甚至惊异地发现,妈妈也很高兴,母女俩不约而同地向程旭迎过去。慕蓉支只是无声欢欣地笑着,严敏带着长辈的口吻说:

"你赶来干啥?"

"这给你,在路上吃!"程旭拿着手上一大抱东西,直通通地递到严敏胸前,喘着气说,"我真怕赶不上了,护士长,我一直抄山路穷跑!"

严敏低头一看,程旭送给她路上吃的,是十几个又大又熟的金红色的柿子。她忍不住笑了:

"亏你想得出!"

程旭真诚地说:"护士长,我听昌秀说,她已经送了你核桃、毛栗,想不出其他东西了。这是韩德才家园子里那一棵柿花树结的,很好吃。这个老农民,种果树栽菜蔬,很有办法!"

严敏"咯咯咯"地笑了,慕蓉支代母亲收下了程旭的礼物。程旭的举动,使得妈妈高兴,慕蓉支更觉得欢天喜地,她瞅着程旭说:

"谢谢你!"

"该谢谢护士长,"程旭顶真地说,"在必要的时候,向我指出了该怎么办,这比任何礼物都珍贵!"

听了这话,慕蓉支心头"咯噔"一下,沉了一沉。乍见程旭跑来,她脑子里还掠过一个念头,火车开走之后,她和程旭将一道走回去,路上,可以谈谈。可听了程旭的话,她的这种希望被浇了一大盆冷水。她感到失望,感到一阵莫名的迷惘。听了程旭这句含意不很清楚的话,显然是可作多种多样的解释的。但是,慕蓉支却执拗地把它理解为是对他们俩关系的一种暗示。她心里暗忖道,看来,程旭自从和妈妈谈话之后,是下定决心割断他们感情上的一切联系了!要不,他啥话不可以讲,而非要这么说呢?想到这儿,慕蓉支脸上的笑容倏然消失了。

严敏听了程旭的话,信任地点了点头,说:"这没什么可谢的……"她沉默片刻,望了望手表,火车正点的话,此刻该到了。但车站上还没响铃,证明十分钟内车还不会到。她沉吟着,亲切、低声地对程旭说:

"小程,你是一个懂事的孩子,不,懂事的年轻人,我相信你的话。你如果真正信任我的话,我得规劝你,有些事,你想到了、认识到了,要放在心里,不要随便对人讲,要沉得住气。你们年轻人,思想上可塑性很大,还没有完全成熟,理解生活的能力,容易不全面,染于苍则苍,染于黄则黄。社会是复杂的,再说你的家庭、你本人,都很引人注目,这就更需小心、谨慎。一失足,会成千古恨的呀!小程,这是我的真心话。"

"确实,这是真心话,我理解的,护士长。"程旭听严敏说出这一番话来,知道这是她对自己的关心,像她这么一个四五十岁的人,能对自己说得这么坦率,已经很不容易了。他庄重地点了点头,答非所问地提出了一个问题:"严妈妈,你年轻时代,有插队落户吗?"

严敏怔了一怔,她年轻的时候,还没"插队落户"这个词儿呢。程旭怎么糊涂到这么个程度,连这点也搞不清了。严敏摇了摇头说:

"我们年轻时,没有插队落户。"

"是啊,严妈妈,我们这一代年轻人,走的路和你们当年是不同的,不同,一点儿也不同!"程旭重复着,声音放低。接着,他又说了一段话,这番话,在以后的好些年里,严敏时常回想起来。她的记忆不算好,可奇怪的是,程旭只说过一遍的这段话,她却能牢牢记住。程旭边思索边说,"严妈妈,你们四五十岁的人,当年,也年轻过的,你们年轻的时候,肯定和当时四五十岁的人经历得不同,想得不一样,是吗?我们现在也一样呀,我们周围的环境,我们经历的生活,和你们当年不一样。请不要用你上一辈人世故的、挑剔的眼光来看待我们这一代年轻人。你们想问题、想我们的时候,要替我们设身处地地想一想。你相信我们好了,有科学的马列主义,我们一定能在实践生活中辨别真伪、明辨是非,走上光辉灿烂的大道!"

严敏来不及答话,火车来了,晚点十几分钟。这几年里,差十几分钟算是好的了。

火车停稳以后,严敏上了车,找到了座位,从窗口探出脸来。小站只停两分钟,严敏刚刚想说话,火车就开了。她伸出手招了招,对两个年轻人说:

"再见!在上海再见!"

程旭和女儿一同举起手来,随着车厢的移动向前追着,嘴里叫着:

"再见,妈妈!再见,严妈妈!"

严敏分辨不出两个嗓门了。望着女儿和程旭身后那苍茫寥廓、连绵嵯峨的山岭,严敏忽然感到一阵惆怅。她的眼前浮现出韩家寨集体户里二十多个知识青年们的面庞,一个念头跳出来:这些年轻人,什么性格的都有,他们未来的生活

279

会是怎样的呢？一年两年、三年五年、七年八年之后，他们的命运又将是怎样的呢？

严敏随着火车汽笛的鸣叫，揉了揉眼睛，向小车站上望去。

远远的，慕蓉支和程旭并肩站在一起，还向她招着手。车轮"咔嚓咔嚓"越驶越快，渐渐地，只看到他们俩的身影变成两个小黑点。终于，啥也看不见了。

火车拐弯了，一抹浓重的灰云遮住了远方的苍穹，迷蒙的群山掩映在地平线上。

一九七八年五月起笔于上海
九月草于贵州猫跳河畔
十月完稿于上海
一九八〇年修订于上海

后记一:遥远的猫跳河谷

那是1979年,初秋时节的8月,有雨,是那种山乡里的霏霏细雨。猫跳河谷里已经凉爽下来。我接到一封信,小信封,右下角印着《收获》两个手写体的红字。拆开信,信也是用印有"收获"两字的便笺书写的。字迹是陌生的。两三年以后,我知道这是《收获》的邹锡康写的信。信极简洁,只是以例行的语言通知我:尊作《我们这一代年轻人》已阅,决定刊发于今年的第五、第六期《收获》。望以后多加联系。不需一分钟,我就把信读完了。但这封信带给我的喜悦、带给我的激励却是重大的。记得是1978年的夏天,我在这偏远得近乎蛮荒的猫跳河畔写完了《我们这一代年轻人》。深秋时节,回上海筹办婚事时,我听说《收获》杂志即将复刊,就把小说送了去。《收获》杂志的肖岱对我说:像你这样听说我们要复刊,送稿来的老、中、青作家很多。你拿来的又是长篇,我们人手不多,我们只能按送来的先后顺序处理,你恐怕得耐心一点等。我表示有这耐心。1979年元月,在上海办完婚事,我便又回到了山高谷深的猫跳河峡谷,这是个小小的水电站,是我新婚的妻子工作多年的地方。而我那时,仍还是一个知识青年。春天,妻怀孕了。她白天下峡谷深处的厂房去上班,我呢,每天坐在石头房子的小屋里,守着一张油漆剥落的三抽桌,书写着新的小说。从4月1日到7月24日,我已写完了一部20余万字的长篇《风凛冽》。一来怕山乡的邮路上有闪失,二来我总还惦记着搁在《收获》的那部小说。虽然我说过我有耐心,可时不时总要想:他们读了我的小说,会不会用呢?这期间我休息了一个星期,陪着妻去赶场,每天买回比往常多一点的菜改善伙食,和电站上的老少职工下棋、闲聊、打扑克、逮鱼,和妻散步去到附近的村寨,过安澜桥、观溪水飞瀑、采摘野花野果。或者干脆坐在河岸边的石头上,仰脸瞅着两岸的悬崖峭壁,倾听猫跳河谷的流水声拐着弯远去、远去。

从8月1日起,我又开始书写一部长篇小说《蹉跎岁月》。白天妻上班,我埋头写,夜间妻入睡了,我拿张报纸罩住灯光也写。每天一节,写得辛劳却也顺畅。夜半三更,妻翻身醒来,眯缝着眼睛对伏案苦思冥想的我说:"一本交出去了,还没回音。你新写出一本压在箱底。这会儿,第三本又开始了,你总得等等人家看怎么说啊!"

不怪妻这么说。在我的内心深处,我也总在忐忑不安地期待着关于《我们这一代年轻人》的消息。

《收获》的信,就是在这当儿来的。这封信鼓舞着我创作的激情。9月底,《蹉跎岁月》写完了。遂而我又把它交给了《收获》。

第二年,1980年,《收获》的第五、第六期上刊登了《蹉跎岁月》。中国青年出版社看到了我在刊物上连续发表的三部长篇小说,决定以三部曲的形式及时地出版。

读者诸君一定看出了我还没写下的那句潜台词:我感激最早发表这三部长篇小说的《收获》和《红岩》杂志。

1995年3月1日　于上海
2007年4月25日　修订于重庆

后记二:论中国大地上的知识青年上山下乡运动

历史走进 2006 年。

随着 20 世纪的逐渐远去,发生在中国大地上的千百万知识青年上山下乡运动,正在逐渐地淡出人们的记忆。

"知识青年"这个词,按字面解释应是:接受过正规教育,掌握一定的科学文化知识的青年。

这个解释一点也没有错。

但是在我们这一代人的记忆中,在中国人普遍的感觉里,知识青年,或者其最为简洁的称呼"知青",则是专门指上山下乡的知识青年一代人。有一些我们的同时代人,在那些年里幸运地没有去上山下乡,而是按照当时称谓"四个面向"的要求分配到了工厂、矿山、基层组织,或者参军当兵。他们见知识青年的话题一度十分热闹,便说自己也是知识青年。从道理上来讲没有错,但是在中国没有人承认他们是知识青年,国家有关知识青年的所有政策,也不会落实到他们头上。

和知青紧密相关的还有一个词:"老三届",也被人说得很多很多。前不久我去一所中学演讲,有学生就向我提出一个问题:"为什么 66、67、68 届的初高中毕业生被称为老三届,而比 66 届还要大还要老的 65 届、64 届、63 届人,没有人称他们为老三届?"

对于我来说,这个问题不难回答。但是,这个问题的认真提出,让我感觉到,历史的浪潮会洗刷一切,会把生活中曾经有过和发生过的一切过滤成另外一个样子。就像我们时常见到的那些随心所欲戏说的古装电视剧一样。

于是,我放下了手头正在写的小说,来探讨发生在中国大地上轰轰烈烈的知识青年上山下乡运动,来评析这一曾经牵涉千家万户,被誉为震撼20世纪,牵动十亿人心,对整整一代青年命运产生无可估量的影响的社会问题,来完成这一篇论文。

一

由安置社会青年的权宜之计,迅速发展到为"反修防修",培养无产阶级革命事业接班人的百年大计、千年大计。

20世纪60年代后期知识青年上山下乡运动的提出,是和红卫兵运动的衰落,和66、67、68"老三届"初高中毕业生面临的就业危机紧密地联系在一起。在这之前,应届毕业生不是经过考试升学,就是通过一定的途径分配工作。但是,自1966年"文化大革命"开始以后,批判了17年"旧"的教育制度,在毛泽东有关教育革命的一系列指示之下,忙着进行热热闹闹的"斗、批、改",学校既没有招收新生,又没有及时地组织毕业生升学、就业,而是一直狂热地鼓动学生们在学校内停课闹革命,批判修正主义教育路线,闹得几乎每一所学校都是派别林立,大字报铺天盖地,大小辩论不断,今天斗这一个,明天批那一个,这个说好得很,那个偏说好个屁。或者是这个骂那个保皇派,那个咒这个狗腿子,咒骂得不过瘾了,甚至于发展到武斗。

经过2年多的闹革命,真正热心于红卫兵运动、留在学校里打派仗的,已经只是一小部分学生,大部分学生都对无休无止的辩论已持观望的态度。可就是这留在学校的一小部分人,经常把革命和派性甚至于武斗闹到社会上,流血事件时有发生,影响了社会的正常秩序和人们的生活。更为迫切的现实是,老三届们留在校内闹革命,小学毕业急待升入中学的学生们就进不来,三届小学毕业生也不允许老三届们留在学校里把"文化大革命"搞到底。

特别是1968年的夏季,全国30个省市陆续成立了革命委员会,按当时的话是实现了"全国山河一片红",要进入"从大乱到大治"的阶段,毛泽东本人已为制止武斗召集北京五大学生头头提出告诫,并明确提出:对红卫兵要进行教育。

10月14日,中共中央正式发出《关于大、中、小学复课闹革命的通知》。老三届毕业生分配不出去,新的学生进不了学校,怎么落实复课闹革命?

这时候,国家必须就几百万老三届学生们毕业以后的出路尽快做出决定:怎么办?

怎么办呢?原先有过"四个面向"的说法,那就是"面向农村,面向边疆,面向工厂,面向基层"。

但是,轰轰烈烈的"文化大革命"已经破坏了很多厂矿企业正常的生产秩序,有的地方还在进行武斗,企业处于半瘫痪状态,人浮于事现象极为普遍,根本不可能招收新的工人。即使是要招收工人的厂矿,名额也十分有限。

于是乎,客观上四个面向就剩下了三个面向,那就是面向农村、边疆、基层。而边疆和偏远省份的基层,就是农场或是农村。

这一年上半年,北京一个红卫兵,主动要求去大串连时到过的山西省榆次县黄采公社杜家山当农民。《人民日报》刊发了长篇通讯作了报道。下半年,北京几所中学的10名毕业生,启程前往内蒙古西乌珠穆沁旗白音宝力格公社插队落户,当普通农民。几乎是与此同时,青岛、上海和一些省会城市,都有一些毕业生自发地去往山东农村、河南兰考、井冈山等地插队落户,并由于报纸、广播的大量宣传,形成了一股势头。

势头虽大,但还没有形成运动。在大多数人的心目中,仍清楚地记得1966年秋冬,"文革"之前已经下乡的知青们,一度也返城造反,称上山下乡是上当受骗,特别是在北京、上海等地,返城知青们静坐示威、强占楼房,闹着要求迁回户口,提出:"杀回城市闹革命!"

那么,上山下乡这件事情,在中国是怎么来的呢?

最近有文章说,知识青年上山下乡起源于苏联。《中国知识青年上山下乡大事记》①中也有记载:1955年4月8日,当时称之为中国新民主主义青年团的代表团访问苏联时了解到,从1954年开始,苏联改变了以往移民开荒的办法,而以动员城市青年下乡为垦荒的主体。1年多的时间里共有2.74万人前往边远农村垦荒建场。这一做法,既能利用荒地增产粮食,又能解决城市青年就业。代

---

① 顾洪章、马克森:《中国知识青年上山下乡大事记》,中国检察出版社,1997年版。

表团回国以后,团中央书记处于6月下旬将《关于苏联开垦荒地的一些情况的报告》报送中共中央;6月27日,中共中央转发了这个报告,在批示中指出这个报告"很有参阅价值"。

应该说,苏联开垦荒地的做法促进了中国城镇青年的下乡。而知识青年和工农群众相结合的思想,走与工农相结合的道路,则早在这之前就是毛泽东一贯提倡的思想。20世纪60年代上半叶的报纸社论,把知识青年上山下乡称为"五四运动的方向",一篇一篇的社论中不断地引用毛泽东在《五四运动》这篇文章中的经典语录:"革命的或不革命的或反革命的知识分子的最后的分界,看其是否愿意并且实行和工农民众相结合。"

还有一段我们这一代人几乎人人背诵过的语录:"看一个青年是不是革命的,拿什么做标准呢?拿什么去辨别他呢?只有一个标准,这就是看他愿意不愿意,并且实行不实行和广大的工农群众结合在一块。"

毛泽东的思想,是倡导知识青年上山下乡最充分的理论依据。

故而从20世纪50年代开始,新中国成立初期,解决失业人员问题时,解决中、小学生毕业后的出路问题时,也曾鼓励来自农村的失业人员及学生回乡去参加农业生产。应该实事求是地说,这一时期真正的城市青年到农村去的还极为少见。

经团中央牵头,从20世纪50年代中期到60年代初始,是知识青年上山下乡的探索阶段。在这一阶段,北京、上海、天津的一些有志青年,响应党"好儿女志在四方"的号召,组织垦荒队、远征队,到农村去,到山区去,到边疆去,立志改变农村落后面貌,成为一代新风。其中最为人所知的,就是北京去往黑龙江的垦荒队和上海去往江西共产主义劳动大学、后来建成共青城的两批知青,但即使是在这一阶段,知识青年上山下乡,也不过处于舆论倡导和摸索经验时期。这一时期,毛泽东在《中国农村的社会主义高潮》的一个按语中发出了号召:"农村是一个广阔的天地,在那里是可以大有作为的。"这成为知识青年上山下乡运动中最为著名的几段语录之一。

知识青年上山下乡,真正开始引起城市的广泛关注,并成为人们议论的中心,是在20世纪60年代初期,三年困难时期以后。

那时候,为了调整国民经济,国家决心减少2000万城镇人口,除了动员职工回乡之外,对于毕业之后不能升学,又一时无法安排工作的社会青年,都动员他们到农村和边疆去。

在上海,几乎所有的街道和居民委员会都在谈论动员社会青年去新疆的话题。《边疆处处赛江南》的歌声,随着描绘新疆风光的电影纪录片一次一次的播放,唱遍了上海滩。当一批一批青年戴着大红花、坐火车离开上海去新疆时,报纸、广播、里弄黑板报、电影纪录片等所有的宣传工具都作了最为充分的报道,使得知识青年上山下乡成为一种风尚。

在"文化大革命"之前,知识青年上山下乡,是为了探索寻找一条解决中国城镇就业问题的出路,是一个权宜之计。在具体做法上,则是以有计划地安置为主,鼓励知青们为建设社会主义新农村奉献知识为主。从20世纪50年代中期到1966年,全国共有号称百万知识青年上山下乡,总的来说政策是稳妥的,大多数下乡青年是安定的,情况是平稳的。

但是,也不能否认,下去的知青仍然存在一些具体的问题,诸如认为城镇青年下乡难以长期坚持下去,生活上不能自给,碰到医疗、口粮、住房等一系列困难时无法及时解决,个别知青遭受歧视、侮辱等。

1966年秋冬返城造反的知青们贴出的大字报对这些问题都有所反映。后来的历史证明,这些问题不但具有代表性,而且在相当长的时间内始终存在着,发展到最后甚至越来越严重。

正因如此,"文化大革命"开始之后,随着造反浪潮一浪高过一浪,1966年上半年还搞得热热闹闹的知识青年上山下乡,到了下半年即告停顿。记得那一年的春夏之交,我还和几个同班同学一起,奉学校之命去参加街道里弄组织的欢送社会青年奔赴新疆的活动,到了当年底,那几个曾被我们欢送去新疆的社会青年,又趁着造反风回来了。

这也是知青上山下乡在1966年造反开始的当年停顿的原因吧。

这一停顿就是两年。可以插叙一笔的是,1967年2月17日,中共中央、国务院发出《关于处理下乡知识青年外出串连、请愿、上访的通知》,要知青们赶紧回农村去安心劳动。用当时的话来说是抓革命、促生产。《人民日报》在2月20日写了一个编者按语,明确提出:上山下乡知识青年打回农村去,就地闹革命。

这好像就是针对知青们提出的"杀回城市闹革命"口号的回答。

到了1968年12月21日,中国大地上的知识青年上山下乡运动出现了一个急转直下的巨大变化,掀起了一个前所未有的高潮。晚上8点,中央人民广播电台在新闻节目中播送了毛泽东的最新指示:"知识青年到农村去,接受贫下中农再教育,很有必要。要说服城里干部和其他人,把自己初中、高中、大学毕业的子女,送到乡下去,来一个动员。各地农村的同志应当欢迎他们去。"

在那个年头,毛泽东的话,一句顶一万句。对毛泽东的指示,理解的要执行,不理解的也要执行。我和我的所有等待分配的老三届同学,早在晚饭之前就接到了通知,晚上8点钟,中央人民广播电台将有重要广播。最新最高指示一发表,上海城沸腾了,几十万革命的师生员工连夜上街游行,锣鼓声直响到深夜。不少同学当场写出了决心书、保证书,刷出了大幅标语,有人还咬破手指,写下了血书,纷纷豪情满怀地表达"毛主席挥手我前进,插队落户闹革命"的雄心壮志。这正是那个年代过来的人都知道的"落实毛主席的指示不过夜"的真实场景。

第二天,全国所有的报纸都刊登了毛泽东的指示和各地落实的情况,12月23日的《人民日报》报道:"……消息传到各地后,全国的城镇、乡村、牧区和海岛,到处一片欢腾。在震撼夜空的欢呼声、锣鼓声和鞭炮声中,各地军民抬着伟大领袖毛主席的画像和最新指示的语录牌,挥动红色宝书,举行声势浩大的集会游行。在欢腾的海洋里人们写出了热情洋溢的诗歌:北京传来大喜讯,最新指示照人心。知识青年齐响应,满腔豪情下农村。接受工农再教育,战天斗地破私心。紧跟统帅毛主席,广阔天地炼红心。广大知识青年热烈响应毛主席的伟大号召,掀起了到农村去的新高潮。"

毛泽东的指示成为"文化大革命"中知识青年上山下乡运动的基调和纲领。由于他明确说了要"来一个动员",全国的大中城市和农村都进行了大张旗鼓的广泛宣传动员。

"忠不忠,看行动。"上海市革委很快决定,已经按四个面向分配的66、67届毕业生中尚未分配的同学,不再分配工矿名额,全都上山下乡;即将分配的68、69届毕业生,一律都去农村。以往得到照顾的烈属、军属、高干子女,甚至于身体有残疾的,也不例外,全覆盖。民间统称为"一片红",也有人更直截了当地说是"一锅端"。

不久,市革委会又向全上海市民宣布,上海市的毕业生人数实在太多,光是老三届,就积压了四五十万,这么多的人,除了到市郊农村奉贤、崇明岛以及大丰农场、黄山茶林场等市属外省农场之外,市革委会领导还专门联系了黑龙江、吉林、内蒙古、安徽、江西、贵州、云南7个省区的农村和农场可做安置。另外,如毕业生祖籍家乡愿意接受知青的,也允许办理手续,称之为"自寻插队"。这就是为什么上海有很多人到宁波乡下插队的原因——上海有很多宁波籍人士。千万别小看了这自寻插队,我根据政府安排去插队的贵州省,去了上海知青10000余人,而自寻插队去往江苏农村的,有51000人,去往浙江农村的,有32000人。而在外省市,更有一个班一个班集体下去插队的报道。

里弄黑板报、报纸、广播、大小会议上,一而再,再而三地向人们正面强调:知识青年上山下乡,是培养无产阶级革命事业接班人、"反修防修"、防止"和平演变"、保证社会主义的江山永不变色的百年大计、千年大计!

从此以后,所有的毕业生都要经过上山下乡的锻炼。同时也按那个年代"千万不要忘记阶级斗争"的惯例,到处刷出巨幅的标语口号:谁破坏上山下乡,谁就是现行反革命!生活中,确乎也有对此发过牢骚、说过怪话的人被批斗、游街甚至于关牛棚的事例。

共和国历史上长达27年、有1800万青年参与的知识青年上山下乡运动中最为波澜壮阔的一幕由此推向高潮,到1969年底,"文化大革命"积压下来的老三届毕业生已安置完毕。光是上海上山下乡的,就有50多万。而在全国,则有500多万之巨。

本是国家和各级政府为安置城镇青年就业的应急措施、权宜之计,也由此而演变为政治运动,成为无产阶级"反修防修"、为革命事业培养千百万合格接班人的百年大计、千年大计、万年大计。

这一说法,直到20世纪80年代中期,还有人在强调。

二

知识青年上山下乡,是大有作为,还是有所作为,或是无所作为?

在论述这一节之前,我想先回忆一件往事:当我们坐了三天两夜的硬板火车,又坐了整整一天的卡车,来到山寨插队落户,热心地扛着锄头出工参加农业劳动时,我们到来时热情地拥到寨子门口欢迎我们的农民们就纷纷问我们:"你们上海是不是粮食不够吃?要跑这么远的路来我们这里争粮?我们寨子上的口粮已经很紧张了。"问得我们瞠目结舌,我们几个只得用上山下乡的革命大道理来回答他们。农民们当然是不相信的。

我相信农民们讲的是实话,他们拥到寨门口欢迎我们,是听毛泽东的话,是出于真心。他们问出的话,也是真话,说出的是他们的真实感受,只不过是我们不理解罢了。

仅仅是在9年之后,时任中共中央副主席的邓小平在同胡乔木、邓力群谈话时指出:要研究如何使城镇容纳更多劳动力的问题。现在是搞上山下乡,这种办法不是长期办法,农民不欢迎。四川一亿人,平均一人不到一亩地。城市人下去实际上形成同农民抢饭吃的局面。

在1989年前,当我第一次在《中国知识青年上山下乡大事记》[①]上读到这段话时,首先回想起来的,就是前面我写下的情况。

农民不欢迎,其实就是农民不满意。

农民不满意,那么知识青年们满意吗?知识青年们也不满意。

一件事情,抱着不满意的心态去实践,其结果是可想而知的。

从这一实际情况出发,知识青年上山下乡,究竟是大有作为,还是有所作为,或是无所作为,就能看得清清楚楚了。

在"文化大革命"10年中,有近1700万大中城市的知识青年上山下乡,每一次动员、每一次宣传知识青年上山下乡的成果,或者说是取得的伟大胜利,都要讲到知识青年们到了农村之后,在广阔天地里大有作为的事例。其中宣传得最多的,是这么几项光辉事迹:

一是知青们下乡以后,当了赤脚医生,背着药箱走村串寨,无私地为贫下中农及其子女送医、送药,看病、治病的事例。

二是知青们下乡以后,当上了民办或是耕读小学的老师,让久没有文化气息的乡村有了朗朗的读书声,农村里的孩子们离不开知青老师了;特别感人的是,由于这一类知青表现好,被农民们推荐出去当工人、读大学,娃娃们都舍不得知

---

① 顾洪章、马克森:《中国知识青年上山下乡大事记》,第154页。

青离去,而这些知青也离不开朝夕相处的孩子,毅然决然地放弃回城、进大学的机会,留在了农村。

三是知青们在乡下,利用自己学到的知识,为三大革命运动服务,他们为老乡引进了打面机;为没电的农村拉来了电线;配合有关部门,建起了小水电站;搞良种良法增加了产量;用课本上学到的气象知识,为农业生产服务;用科学方法养鸡、养鸭、养兔、嫁接果木、防止病虫害;无私地为贫下中农服务:理发、教老农识字、办政治夜校、成了畜牧员等等。

四是知青们到了乡下,由于表现好,劳动积极,被贫下中农们推选为记工员、保管员、会计,有的甚至还当上了生产队长,大队党支部委员、副书记之类的职务,一句话,当上了干部,发挥了一定作用。

五是知青们在乡村热情地宣传毛泽东思想,他们在农闲时节通过访贫问苦、吃忆苦饭,遂而组建毛泽东思想小分队,走村串寨去演出样板戏,丰富农村的文化生活,和贫下中农们一起活学活用毛泽东思想,辅导贫下中农书写学习毛泽东思想的心得、体会,配合"文化大革命"中一个接一个层出不穷的大小运动,出好大批判专栏,写作大批判稿子,编一些快板书、说唱。即使过年的时候,也能坚守在农村,和贫下中农一起,过革命化的春节。这一条在当年往往总是在"广阔天地、大有作为"的报道中放在最前面给以突出地位宣传的。

仔细地读过这些先进典型的事迹,会感觉大同小异,会发现最早下乡的那一批先进,和后来一批一批下去的先进事迹,都是差不多的。

当过知青的都知道,所有这些事迹,又都是经过筛选以后整理出来的。更主要的是,培养赤脚医生、民办教师、农技员、农科员、水电工这一类事情,外来的知青们不做,当地的回乡知青和农村青年也都能承担。

即使承认这一部分知青下乡以后大有作为,或者说有所作为,那也是少数。绝大部分知识青年,在实际生活中,又是怎么样的呢?

无论是在南方或是北方,山区或是平原,无论是男知青还是女知青,由城市来到乡村以后,第一位的仍然是生活本身,是过日子本身。口号喊得再响亮,豪言壮语再动听,到了农村,每天睁开眼醒来,都得洗脸刷牙备早饭,一天当中,吃、喝、拉、撒、睡都和城里不一样。而柴、米、油、盐、酱、醋、茶,开门7件事,也必须得知青个人一一安排好。有人要说了,你在城里生活,不照样有开门7件事嘛。

是的,城里这些东西全是现成的,花钱就能买到。而在乡村,柴(煤炭)是要你自己去砍、去挖来的。米得挑着谷去机房打来的,而米机房呢,有的村庄有,有的村庄没有,有时候为打一挑米,就得挑着担子早晨出去晚上才能回来。油是买不到的,因为你是农村户口,吃油是靠收获了油菜籽自己轧的。我插队落户10年,一共分到过3次油菜籽,其余年份,吃油就得靠从上海带,而上海远在5000里之外啊!再说,上海的亲人也仅是每月每人凭票购半斤油,买来后一滴滴地从嘴里省下来给知青子女。盐巴当然能买到,那也要等到赶场天,走10多里山路出去,才能买回来。至于酱和醋,比盐巴要难买一些,下伸店里有了,知青们互相之间是要当作喜讯奔走相告的。吃、喝、拉、撒、睡,我就不一一细说了,只讲一个上厕所吧,别说每上一趟厕所女知青就提心吊胆,就是像我这样的男知青,都是在下乡以后第三年,才适应了乡村厕所的恶臭。这上厕所,什么人能避免?

我之所以不厌其烦地细述这些情况,是因为这些情况都属婆婆妈妈,在报道知识青年情况时是从来不见报的,却又是谁都绕不过去的。这也从一个侧面说明了为什么那些说过大话、讲过豪言壮语、喊过扎根农村一辈子的知青最终都离开了农村的根本原因。说大了,是城乡差别,谁都知道;说小了,是人的生活欲望本能,谁不指望在最为普通的日常生活中过得方便一些、轻松一些、惬意一些?如果在每一件日常生活小事上都觉得格格不入、提心吊胆,甚为不适,那叫过的是什么日子!

故而,知识青年们下乡以后生活的艰辛和困难是每个人必然遇到的题目。用当时话来说,首先要过好的就是这个生活关。

生活关过不好,或者说勉强过,劳动关必然也过不好,只能得过且过。不是知青们天生就懒,而是知青们从严酷的生活中看不到希望。他们看到的是贫穷和落后,是繁重的劳动换来低廉的工分,是清汤寡水极易造成营养不良的伙食,是物质的极度匮乏,是重病以后遭受的折磨,是宣传中贫下中农身上值得学习的品质与现实中农民素质的巨大落差。不少知识青年在和我谈到下乡的经历时,经常给我提到毛泽东的另外一段语录:"严重的问题是教育农民。"

确实,天天和农民们在一起劳动,在一个寨子里过日子,看到周围的贫下中农同样也很落后、自私、愚昧。不少知青当年面对生活本身的现象都认真地私底下进行过探讨,既然中国共产党是工人阶级的先锋队,为什么我们不去接受工人阶级的教育,而非要接受贫下中农再教育? 当然这样的讨论只能在极小的范围内和知心朋友展开,而且每次都是讨论不出一个结果而不了了之。

时间长了,久居农村的知青们改天换地的斗志消失了,务农光荣的口号也叫不出来了,扎根一辈子对于他们来说已是一件畏惧的事。他们联想到自己的人生之路,看不到前途和希望,不知还要在农村这样的环境中待多久,于是最初下乡时的狂热和虔诚逐渐被沮丧和消沉所代替,这种消沉里还包含着怀疑、困惑和不解。

更主要的是,随着"文化大革命"的不断深入,社会上大刮"走后门之风",没有后门办不成事,从最初偷偷摸摸地找关系、走后门,发展到堂而皇之地开后门。参军开后门,进工矿开后门,读书开后门,"学好数、理、化,不如有个好爸爸"的顺口溜,传遍了全中国,以致疯狂的开后门现象逼得中共中央在1972年5月1日发出《关于杜绝高等学校招生工作中"开后门"现象的通知》。这一现象不是发展到了不可收拾的地步,引起了全国人民的强烈不满,中共中央能在"批林批孔"进行得那么热火朝天的时候专门发出通知吗?

但是,这个通知发出之后,开后门现象不但没有杜绝得了,相反后门风愈演愈烈,到了无孔不入的地步。在知识青年们的心目中,党和政府的威信急剧下降,腐败现象也由此开始公开,哪个再用豪言壮语说什么扎根、消灭三大差别之类的话,就会遭到公开的嘲笑和谩骂,一度神圣的理想从此崩溃,什么打倒帝修反,什么反修防修,原来都是在哄人骗人啊! 我们不能再上当了。

记得那一年,我在偏远的山乡,一边在耕读小学教书,一边潜心写小说。赶场回来的老乡把听来的顺口溜都讲给我听,说是现在这社会:大官是送上门,中官去开后门,小官满世界找后门,平头老百姓没头苍蝇找不到门。你这家伙连找也不出去找,憨乎乎地埋头在乡旮旯里写,非写出个疯子来不可。

一句顺口溜都传到山也遥远、水也遥远、路途更为遥远的偏僻寨子里来了!

知识青年要成为社会主义的新农民,总得要有个住处吧。和我一起上山下乡的知青,到了农村之后,绝大多数都居住在生产队的保管房和社员暂时腾出的房间里,几乎没几个队是为知青建好新房的。经过一而再,再而三的反映,有的知青干脆就在老乡家里、专门腾出的保管房里长期住下去了,还有的队确实也用干打垒的方式建了知青屋,但新建的房往往质量很差、潮气甚重,农民们说,一般来说,泥墙茅草屋,建好了总得晾很长一段时间,至少是一个季节,才能往里搬。我插队落户整整10年,起先是和知青们一起住破败的保管房,山洪把保管房冲倒以后,我就借住在老乡家里,可长期住下去也不是办法啊,实在没地方住了,老乡就把土地庙砌上墙,安了一扇门,让我住进去。10年里,搬了七八次家,始终也没有一个安定的住处。我问过许多老知青,他们的情况和我大同小异,还说,也习惯了。问老乡,为什么总也不给我们建房呢?老乡笑着说:你们不都要走的嘛,建了干啥?

和房子一样牵涉知青生存状态的还有口粮问题、看病医疗费问题、探亲路费问题、知青的文化生活问题。如果说,所有这些说来烦恼的问题构成的生活艰辛还能克服和忍受的话,那么,精神的压抑和邪恶势力的欺凌,往往使上山下乡的知青们感到痛苦得抬不起头来而酿成悲剧。《中国知青事典》①一书中,记载了内蒙古兵团从1970年元月到1973年元月部分知识青年的死亡情况,21人中,除1人是因为步枪走火死亡之外,其余的全是自杀。有和班长吵架后自杀的,有因对领导处理打架事宜不服自杀的,有被诬偷了5块钱自杀的,有悲观失望自杀的,有因散布不满言论自杀的,等等,不一而足。

至于不甘心枯燥乏味的农村生活,一心想干一番革命大事业的一部分云南知青,擅自出境跑去了缅甸,参加所谓的世界革命,人数虽不多,却也成为人们议论知青话题时少不了的一页。

反动的血统论对整整一代中国人的戕害,对一代知识青年的戕害,在我的长篇小说《蹉跎岁月》中已有了充分的描绘。小说出版以后,特别是改编成电视剧播出以后,短短一两个月时间里,我收到来自全国20多个省份1700多封来信,都不是和我这个作家谈文学、谈写作的,而是都在向我倾诉他们在"文革"中因为出身问题所受的冤屈的。仅从这个小的侧面,也能折射出身问题压死人的普遍性。在十年"文革"岁月里,什么事情都把出身放在第一。出身不好,对一个知青来说,就有永世不得翻身之感。每次招工、招生以后,总有出身不好的知青

---

① 刘小萌等:《中国知青事典》,四川人民出版社,1995年版。

发出没有出头之路、不想活了的哀叹。至于因为出身不好,受到歧视、欺辱、冷落的事情,在知识青年们身上几乎每天都在发生着。

更令人触目惊心、令全国人民震惊的,是女知青遭受的凌辱和奸污。几乎从大规模的知识青年下乡第一年开始,就有女知青受辱的事件传开。下乡时间愈久,这一类的传闻就愈多。开头几年,这一类事情不过就是人们在私底下绘声绘色地传一传而已,还有不少人敢怒而不敢言。发展到1973年,因国务院、中央军委对此专门下发了(1973)104号文件,女知青遭受凌辱和奸污的事,可说是引起了全国人民的关注和愤慨。

这一传达到基层的文件通报,身为黑龙江建设兵团十六团团长的黄砚田、团参谋长的李耀东奸污、猥亵女知青达数十人,有的被黄奸污以后,又被李奸污。两人均被判处死刑,立即执行。

四川作家邓贤在他的纪实文学作品《中国知青梦》①中,摘引了一份云南省知青工作简报——云南生产建设兵团司令员江洪洲同志讲话(摘要):

……据不完全统计,前一段时间,兵团各单位捆绑吊打知青1000多人,被奸污女知青200多人……六营三连指导员左国生,长期奸污一上海女知青,另一个男知青唐洁新试图揭发,被扣上"反军乱军"帽子,疯狂报复……四师十八团。141个连以上单位,捆绑吊打知青的单位达120个,占85%,受摧残迫害知青达240多人,被奸污女知青达100多人。

在这样非人的环境里,还妄谈什么知识青年上山下乡大有作为、有所作为的话题呢?

能够明哲保身、太太平平、无所作为地过一份日子,就是好知青了,家长和社会也感觉可以了。据《光荣与梦想——中国知青二十五年史》②一书作者火木经过精确计算:"文革"以来下乡的1700万知青中,至少有1500万人没有发挥文化知识的作用。

没有发挥文化知识作用的知青,也就是到了农村基本上无所作为的知青。

---

① 邓贤:《中国知青梦》,人民文学出版社,1993年版。
② 火木:《光荣与梦想——中国知青二十五年史》,成都出版社,1992年版。

三

调整和反复：人往高处走，水往低处流。

正因为20世纪60年代末发展到70年代中期的知识青年上山下乡运动，是一哄而起、一拥而下涉及全国城乡千百万人的，其人数之多、范围之广、规模之大，都是空前绝后的，指导思想偏了，工作中又有严重失误，故而造成劳民伤财，引发了种种不满，也损害了上山下乡运动的名声。

1000多万城市知识青年下到农村以后，很多涉及生计、生活、生存的根本问题一起冒出来。随着时间的推移，在农村年份的逐渐增加，这些问题变得越来越现实，而且更深层次的一些问题也在慢慢显露。诸如扎根农村和知青婚姻的关系，一小部分先进知青对此表现出了迟疑和犹豫。

"扎根农村干革命，艰苦奋斗60年"曾经是上山下乡知青的口号，我插队寨子的泥墙上，就在我们抵达山寨的那一天书写着这么一条大幅标语，可见这是当年极力提倡的。而晚恋、晚婚、晚育，更是我们这一代人中一个敏感的话题。初下乡时，如果过早地谈情说爱，是要遭受众人非议甚至于遭到攻击和批判教育的。但是，要鼓励知青扎根，在农村生活一辈子，不能让人家都当和尚尼姑，就要允许知青恋爱、结婚。一旦允许恋爱结婚，正值青春年华的知青们很快就激起了爱情的浪花，从羞于谈性发展到乱性，仿佛只是一步之遥的事情，有的知青还很快地产生了爱情的结晶。这就迫使一些知青要成家。而真要成家立业，一系列更为现实的问题也就随之产生了。

扎根和知青婚姻的矛盾，于是摆在了面前。

一些刚下乡头两年表现积极的先进知青，在日复一日的劳动中，其政治热情也在逐渐减弱。一来你表现得过分积极，周围的大多数知青都会觉得你是在做假，为大多数人所反感。二来你既然喜欢唱高调，那么你就带头真正地扎下根来好了。而大多数先进知青，之所以表现积极，心底深处是想早一天离开农村，真要他把一生扎在农村，他是做不到的。

就这样，站在泥巴地上看世界的知识青年们，从他们切身的现实体会中，开始了反思，感觉到了迷茫、彷徨。再加上我在上一节中已经写到的住房问题、口粮问题、看病问题,还有长时间的没有肉、没有油吃的问题,女知青的例假问题等等。

所有的问题堆积起来,有了共性,故而天南海北的知青碰在一起也就有了共同语言。后来的知青文学之所以会引起那么多共鸣、掀起热潮,和这一代人命运相同,遭遇到的情况相似有关。

其实,这些问题从一下乡开始就普遍存在了。但是,这些问题得到反映,得到充分的重视并试图采取措施解决,或者是说"文化大革命"中知青上山下乡运动的政策大调整,恢复理智地看待这件事,则是远在大规模上山下乡的第五个年头,也就是1973年。

这一年,福建省出了一个李庆霖。他给毛泽东写了一封信,客观反映了自己的儿子下乡遇到的困境和难处,他写到的困难,无非就是我在前面已经提到过的一些事情,比如口粮不够吃、劳动以后不分红,也就没有零用钱,没钱买衣裳,没钱理发,没处住,有了病没钱看医生,信的后半部分,还集中谈到了福建莆田那个小地方极端严重的开后门现象。最后并称他是在"呼天不应,叫地不灵的艰难窘境中"大胆写出这一封信"告御状"的。

这封信的内容连同毛泽东给他的复信,是在1973年的盛夏时节传达到我所生活的偏远山乡的。我还清楚地记得知识青年们在听过传达之后奔走相告的喜悦情形。毛泽东的复信原文如下:

李庆霖同志:
  寄上300元,聊补无米之炊。全国此类事甚多,容当统筹解决。

毛泽东
1973年4月25日

一时间"聊补无米之炊,容当统筹解决"这12个字,成了知识青年们见面就要提及的话题。似乎我们的命运,知识青年们的未来,全由后面那6个字来决定了。大家把这封信翻来覆去地读了一遍又一遍,对此议论纷纷,啊,啊,原来知青们没饭吃、没钱花,毛泽东是知道的,要不他怎么会寄300元钱给李庆霖?要不他怎么会说无米之炊?要不他怎会说统筹解决?他说了要解决,那就是肯定要解决了。

报纸上刊登，李庆霖因卷入"四人帮"的旋涡，于1977年1月被逮捕入狱。但是，从那个年头走过来的上山下乡知识青年们，仍还记得当年那个给毛泽东写信的莆田县城郊公社下林小学的教员李庆霖，是他的信，引发了对知青政策的大调整。

1998年2月，我的朋友，武汉知青作家刘晓航，找到福建莆田市仓后街居仁巷一座百年老宅采访李庆霖老先生，问他对当年写信一事后不后悔。他回答："我不后悔。"他家中至今保存着曾趴在上面给毛泽东写信时的竹桌，毛泽东寄给他的300元钱，至今也还存在凤山街储蓄所里。

没有人知道李庆霖这样一个小人物是怎么样把信寄到毛泽东手里的，有的知青史中就直截了当地说"不知通过什么渠道"。我前面引用过的《光荣与梦想》一书中则说是"不知是什么原因到达了毛主席那里"。美国作家托马斯·伯恩斯坦所著的《上山下乡———一个美国人眼中的中国知青运动》①一书中，则连这件事提也没提，显然是一个缺憾。

《中国知识青年上山下乡始末》②一书则对这一细节作了披露："据李庆霖说，他担心这封信无法送到毛主席手里，想起当时给毛主席当翻译的王海容经常能见到毛主席，就给王海容写了一封信，请她直接交到毛主席手里。编写此书时，编者曾访问王海容同志，证实了这一经过。"

从知青们当年的直觉来说，毛泽东给李庆霖的回信成了推动和调整"文革"中知青运动的转机。而细细地分析一下"文化大革命"在当时的形势，也许更能看出问题的实质。

毛泽东回李庆霖的信，传达到全国人民中间，是1973年夏天的事，但是李庆霖写这封信，则是1972年12月20日。从那个年头过来的人谁都知道，在这前一年，中国发生了林彪事件，正是在1972年，随着林彪的出逃而被揭发公布的政变纲领《"571"工程纪要》中，赫然写着："青年知识分子上山下乡，等于变相

---

① [美]托马斯·伯恩斯坦：《上山下乡———一个美国人眼中的中国知青运动》，警官教育出版社，1993年版。
② 顾洪章：《中国知识青年上山下乡始末》，中国检察出版社，1997年版，第119页。

劳改。"

纪要传达以后,知青们也曾对这一条进行过辩论、争执、反思,有过混乱不解和痛苦。毛泽东曾为林彪的叛逃引起震动,"文化大革命"总的政策已经开始有了变化调整,最为全国人民瞩目的,就是1973年3月,邓小平回到北京担任了国务院副总理。毛泽东给李庆霖的回信,至少表明了他对知青工作的重视、了解以及不满。"全国此类事甚多"虽是短短7个字,说明他对知青的现状是知道的,而此类涉及吃饭、住房、看病、开后门的事,并不是像平时报喜不报忧的报纸上登的"光彩事情",是要统筹解决的问题。

故而受到极"左"思潮严重影响的上山下乡运动进入了一个大调整的时期。

4月27日,周恩来召集了专门会议来解决知青问题。周恩来说:"不能再让主席操心。"会议对知青的安置经费问题、口粮问题、婚姻问题、成分问题、布局问题、表彰先进知青问题、知青的学习教育问题、打击坏人杀一儆百问题、加强管理问题都作了研究,部署改变一些极"左"的不合理的做法,采取一系列合情合理的新措施。

我在前一章节中提到的对奸污女知青的家伙执行枪决的事件,就是在打击坏人杀一儆百这一议题中定下来的。叶剑英在这一次会议上态度鲜明地说:"杀一儆百,杀一儆千。"

有研究"文革"知青史的文章称,"文革"中的知青运动有过两次高潮,其所谓第二次高潮,就是指这一次知青政策大调整以后,引发的又一轮知青们的上山下乡。

但从所有上山下乡知青们的感觉来说,从全国人民以及老百姓家庭中的感受来说,这以后虽然仍在鼓动知青上山下乡,也仍有不少知青上山下乡,但无论其规模和影响,这所谓的第二次热潮,都远不能和1969年狂飙般的那一次相比了。而且很多人都看得清清楚楚,这第二波的鼓动者更多的是作用在政治方面。

在这一波重新掀起的热流中,推出的第一个先进典型是白卷英雄张铁生,报纸、广播及所有的宣传机器里虽然鼓噪得很凶,但就在拼命鼓噪的同时,普通老百姓特别是知识青年们,总有不同的观点和声音发出来,他们或用写信,或以三五知己的议论,表示自己不敢苟同。遂而又接二连三地推出了上海知青朱克家、造父亲反的柴春泽等等知青模范人物,但是人们几乎又同时发现,这些被推出来的所谓英雄人物,往往都伴随着突击入党、提干,突击进入人民代表大会当代表的经历,也就更多地把他们视为政治人物看待了。

而另一方面,仍然生活在农村的知识青年,随着"批林批孔"、学习无产阶级专政下继续革命的理论、评论《水浒传》、批邓、反击右倾翻案风运动一个接一个地展开,除了极少部分想积极表现的知青外,大多数知青已对此厌倦至极。在他们中间,一场悄悄的不事张扬却又心照不宣的"搞病退"的风潮在涌动。既然不能通过仍在继续泛滥的后门进入大学、进入军营、上调进工厂,那么我有病想回家去治病总是一个理由吧。特别是当看见有的知青真的把"病退"搞成了,从这里也能找到一条回城之路,其他人为什么不能同样仿照一下呢?于是乎,回城有术的病退,一时间成为知青们在一起议论的热门话题。在湖北省这件事被称作"病转",叫法不一样,其实质却是一样的,都是为了回城。曾去湖北农村插队落户的武汉女知青高志远,在2000年4月专门以此为题材,写作了一部长篇小说《回城之路》①。

知青政策的大调整也好,开后门离开农村也好,想方设法地参军、入学、进工矿也好,病退也好,都在证实一条千百年流传下来的自然规律:水往低处流,人往高处走。

四

"轰轰烈烈"的知识青年上山下乡运动,给我们带来的几点思索。

一度轰轰烈烈的知识青年上山下乡运动画上句号以后,有的人说,那是不堪回首的往事。有的人说,"文革"是要否定的,但是知识青年上山下乡不能否定,青春无悔。有的人说,怪就要怪我们国家人太多了。有的人说,这无非是个就业问题。就业问题解决好了,今后就不用下乡了。有的人说,回忆往事,那些年月还是有值得留恋与美好的东西。有的人说,美好,那你再美好去啊,你怎么不去?有的人说,这不是一个简单地肯定或者否定的问题。

那么,究竟应该如何来看待中国大地上发生在特殊年代里的知识青年上山

---

① 高志远:《回城之路》,长江文艺出版社,2000年版。

下乡运动呢？

实践是检验真理的标准。

上山下乡运动结束20多年了，那么，我们回过头去看一看，当年参与知识青年上山下乡运动的人们，还有多少现在还留在农村呢？留在农村里的，又是哪些人呢？

现在尚留在农村里的知青，是有的，而且是知青中的极少部分。但是留在农村的这极少部分知青，绝不是当年高喊扎根农村一辈子的那些人，也不是我们的报纸和广播、电视使劲地宣传过的那些人，更不是当初也曾大有作为或有所作为的一批人，他们往往是知青中的弱者。近几年的报纸上、广播里、电视中，时有对这些人的报道和关注。他们之所以还留在农村，有的是因为疾病，有的是因为婚姻，有的是因为当时的良心，有的是因为在城市中包括大上海已没有了家。无论他们的个人命运怎么样，有一点是共同的，他们都是生活中的失意者。有的出现在镜头中，还让人感觉十分衰老和可怜。可能是因为我所从事的职业以及个人也曾是知青的原因，我还收到过不少他们的信。

每次展读他们的来信，给我最强烈的一个感受是，他们的青春，在知青岁月里荒废了。

荒废了青春，在某种程度上来说，就是荒废了人生。

一个社会要前进，总要碰到各种各样的问题和矛盾，解决这些问题和矛盾，总是需要探索或开拓，需要寻求新的途径和方式的。但是在向整个社会推出这种途径和方式时，特别是要让千百万人参加实践时，一定要慎之又慎，一定要在局部地区经过科学的试验取得经验之后再逐步向社会推广。万万不能让千百万人在一夜之间狂热地投身于实践，在960万平方公里大地上，进行一场中国式的社会大试验。这样试验的结果必然会导致像"文革"中的知青运动一样留下无尽的遗憾。

是的，我是一个作家，从一个知青来说，我是幸运的。我们国家还有一个知青作家群。

但是，我也同样不无遗憾地看到，在我的同时代知青中，虽然其中不少人回城以后同样挤进了大学，拿到了大学毕业的文凭，似乎是补上了一课，但是，在我们这整整一代人中，却很少涌现杰出的科学家，为全国人民所知的大化学家、物理学家、医学家、学者等等。

这是什么原因呢？

很简单,那就是苦难艰辛的生活可以造就作家。而科学家,则是需要循序渐进的学习、充分地打好基本功才能造就的。

从这一意义上来说,大规模的轰然而起、一拥而下的知识青年上山下乡运动,给我们国家造成了一代人中的知识断层,"文革"中1700万青年人都没进学校深造,而是去了广阔天地炼红心、修地球,国家要少培养多少人才,各行各业要少多少尖子,少多少发明创造！从整体和全局来说,整个国家的人才断层,使得我们的经济滞后,技术在原地踏步,其结果只能是拉大我们和先进国家之间的差距。

在长达10年的插队落户生涯里,因为探亲和改稿,我一共回过4次上海。实事求是地说,这4次是不能算多的。可是,我永远也不会忘记这一次又一次坐长途火车的经历,每一趟旅途,从买车票开始,就犹如进入临战状态,而每次上车,就像是一场战斗。直到坐上了火车,待在座位上,抬起头来,整节车厢里,过道上、座位旁、车厢接头处,到处都是人。其中不少是逃票、躲票的。难怪啊,1700万知青,寒冬腊月农闲时节要回城市去探亲,三四月份农忙了又要到农村抓春耕。其他的不说,光是火车拖着这么多的人来回跑,要浪费多少运力啊。从"文化大革命"10年中过来的人,谁不曾对列车的晚点有过深刻的印象？运力紧张！运力紧张！在10年里一直是个热门话题。算一算经济账,这里头给国家造成的损失该有多少？

人为地制造家庭的分离,每一个知青都有父母双亲,每一个知青又都有兄弟姐妹,1700万知识青年,直接涉及的老老少少,有近一亿人。一个知青远离城市、远离家庭,牵挂着他(她)的往往是一大家子人。特别是逢年过节,如果知青尚待在农村没回来,"每逢佳节倍思亲",一大家子人的年节就过不好。家中老人就会念叨着要给孩子寄吃的、寄穿的,人为地给每一个家庭造成负担。而无数家庭的不安,就会造成对整个社会的不满。

给一代青年的个人生活带来诸多不幸的同时,知识青年上山下乡中的"走后门"现象,严重地败坏了社会风气。正如很多人说过的一样,走后门现象源于"文革"。买好一点的商品要走后门,开一个证明要走后门,找一个医生要走后门……但所有的走后门现象,都没有表现在知识青年抽调上的走后门引起社会的强烈反感,作家蒋巍在他的报告文学作品《蓦然回首》①中写道:"从1971年开始,一些被'三结合'进革命委员会的老革命兴高采烈开始执掌'一把手'的权柄,他们的子女随即兴高采烈扑打着翅膀纷纷从乡间飞走了。党的威信在人民和青年中间的急剧下降就是从这时开始的,引起广泛不满的腐败现象也由此发端。千百万知青大军仿佛一下子清醒过来,原来如此啊——军心从此涣散,理想从此崩溃,虚幻的反修大业失去了迷彩……"一时间,参军要开后门,招工要开后门,上大学更要开后门。"文革"中在知识青年命运攸关的"三招"中,走后门成风,在全国广大老百姓民心方面的影响是灾难性的,对整整一代知识青年的影响更是灾难性的。这种影响,加上林彪事件本身给全国人民的震惊,一直到今天,也还没有完全消失。

有的知青跟我说,知识青年到农村,带去了文化科技知识,带去了城市里的生活观念和卫生习惯,也带去了多少先进的东西,客观上影响了农村人的价值观念。还有的知青举例对我说,农民们看到他们脚上穿的尼龙袜子,看到他们带下乡去的塑料桶,是如何欢欣鼓舞,如何开拓了眼界。我认为他们说的是实情,我本人甚至也有过类似的感受,但必须看到,所有这些细节,今天的农民们完全都能在电视上看得到。而在当年,千百万知青大呼隆地上山下乡,农村本身也没有做好准备,我前面写到的知青没房住,不是农民们故意不盖房、不听毛泽东话,而是他们也觉得,这些外来青年是来争粮食、争工分、争土地的。他们从心底里觉得,这些人早晚是要走的。

到了"文化大革命"后期,知识青年上山下乡,被社会上大部分人归纳为"四个不满意",即知青不满意,家长不满意,农民不满意,国家不满意。这几个不满意,造成了社会舆论的普遍不满,客观上也为"文革"结束以后知识青年的大返城奠定了舆论的基础。

这也说明了,为什么曾经把高调唱得震天动地的千百万知识青年,会像大海退潮一般通通返回到城市。

根据国务院知青办的统计,到"文革"结束以后的1976年底,尚留在农村的

---

① 蒋巍:《蓦然回首》,《报告文学》1989年第12期。

知青还有 809 万人。而到 20 世纪 70 年代末 80 年代初经历了"大返城"后,留在农村的知识青年,已是极少数人。

社会上普遍的感觉是,大返城之后,知识青年上山下乡运动已告结束。对比当初的轰轰烈烈,宣告结束未免显得冷冷清清。但有一点是肯定的,适时地宣告结束,甚至连宣告也不宣告,恰恰是顺乎民心、民情、民意的。

而知识青年问题的彻底解决,则是上山下乡结束好几年以后的事情。这是下一篇论文的题目了。

叶辛年谱简编

1949年10月16日,生于上海西区的一条弄堂深处。

1957年9月1日,进入离家仅一条马路之隔的中国小学读书。在他看来这所小学的名字是最响的,后来不知为什么改掉了。

1963年9月1日,考入徐汇中学。这是一所已有一百多年历史的学校,一个世纪以前叫作徐汇公学,这所中学在徐家汇附近,徐家汇离叶辛家恰好是公共汽车五站路。

1965年9月1日,因为家搬到市中心的北京路、西藏路附近,故转学进入黄浦区的九江中学读书。

1966年6月,还有一个多月就要毕业了,遭逢了全中国每一个人都碰上的"文化大革命"。学校、马路上、弄堂里,到处都能见到各种各样的大字报,纷纷扰扰的世界把它的另外一面无情地掀开在人们面前。

1966年11月,下乡劳动回来的第二天,和几个同学一起来到已无人管辖的火车站,整整坐了一天一夜的火车,到了南京,遂又在一个星期后到了苏州,可以说是赶上了大串联的尾巴。回到上海时学校已再不管他们了,就此当了逍遥派。埋头读书,并偷偷摸摸地开始写下一些习作。在同学、朋友间流传并获好评。

1969年3月31日,躲避在书籍创造的文学世界里已有整整两年半的时间。全国掀起上山下乡运动以后,他在这一天离开上海。那是上海东北郊的彭浦车站,一个专为欢送上山下乡知识青年而辟出的只有铁轨没有站台的地方,赶去相送的众多的亲人们都站在铁轨两旁,叶辛也在几十位同学朋友的簇拥下,登上了列车,倚靠在车窗口,怀着对未来迷茫的心情,奔往一无所知的贵州山乡。那是贵州省修文县久长公社永兴大队第三生产队。瑰丽的山川河谷、异域风光,更加激发叶辛的想象和创作欲望,劳动之余他不时地书写下一些自己的感受。

1970年10月,秋收以后,和筑路民工们组成的民兵团,坐了整整两天的卡车,来到苗族聚居的黄平县谷陇区参加修建湘黔铁路,属修文民兵团三营十连。伐木、下河捞沙、开山放炮、抬石头等等繁重的体力劳动之余,坚持写下一些对生活的思考。

1972年2月,早春时节,回到生产队继续劳动生涯。知青点上只剩下他一个人,那是孤独的,也是自由自在的,天天晚上守着煤油灯,伴着茅屋外的一声犬吠,几乎每天总要写到夜深人静。

1972年9月,大队决定他到耕读小学教书。教学之余,有了更多的时间可以进入创作。

1974年1月,是中旬,上海的出版社写来公函,谓长篇小说可以修改并初定于同年10月1日出版。当即冒着严寒不顾一切地回到上海。

1976年10月,北京电影学院的导演谢飞来到上海,称根据叶辛中篇小说处女作《高高的苗岭》改编的电影《火娃》,随着"四人帮"的粉碎而又能拍摄了,必须尽快把本子定稿。

1977年春天,处女作《高高的苗岭》问世,初版20万册。

1978年夏天,躲在贵州猫跳河畔的六级电站,写作长篇小说《我们这一代年轻人》。

1979年1月,在上海和相恋十年的王淑君结婚。

1979年10月31日,在出版了《高高的苗岭》《深夜马蹄声》《岩鹰》等著作,以及电影《火娃》公映之后,上调到贵州省作家协会,任专业创作人员。这是省里面多年来确定的第一个专业作家的编制,工资是28元整。对叶辛来说,这也是他这辈子的头一份正式的工资。此前一个月,恢复不到一年的《收获》杂志,从第五期起,刊登了叶辛第一部引起广大读者关注的长篇小说《我们这一代人》。他每次去《收获》编辑部,都能收到由编辑部转交的一沓沓读者来信。

也是在这一年,从春天到秋天,他又完成了两部长篇小说《风凛冽》和《蹉跎岁月》。

1979年11月26日喜得儿子叶甜。

1980年从2月至9月,入北京的中国作家协会文学讲习所学习。同班学员都是当代文坛上最为活跃的一些作家。

1980年,秋天到冬天,长篇小说《风凛冽》和《蹉跎岁月》分别在四川重庆的《红岩》杂志和上海的《收获》杂志发表。同时,《我们这一代年轻人》由中国青年出版社出版单行本。也几乎是同时,长篇儿童文学作品《峡谷烽烟》由人民文学出版社出版。同年在中央人民广播电台连播。《我们这一代年轻人》也分别在黑龙江、上海等地广播电台广播。

1980年9月22日,新华社播发了《自学成才的青年作家叶辛》的电讯稿和图片新闻,全国几十家省报及大小共50多张报纸先后刊登了这一消息。此后的一年间,全国的报纸杂志陆续发表了60余张叶辛的照片。

1980年12月,贵州省作家协会召开了叶辛作品讨论会。

1982年2月,叶辛全家由猫跳河畔搬进省城贵阳,先是在一个简陋的招待所住了一个月,3月搬到黔灵山下的一小套房子居住。

1982年4月,中央新闻纪录电影制片厂《祖国新貌》1982年22期拍摄了纪录片《自学成才的青年作家》一片,于同年随故事片放映,并多次在中央电视台节目中播出。

1982年10月,电视连续剧《蹉跎岁月》于下旬的23、24日两晚播出,引起全国轰动,叶辛的名字走进了中国的千家万户。观众热情的来信,尤其是具有相同命运的知识青年的来信,从电视台、报纸杂志和作家协会不断转来,光是叶辛自己收到的来信就多达一千六七百封。中央电视台为叶辛拍摄了20分钟的专题片《叶辛和蹉跎岁月》于同年12月播出。

1983年,电视连续剧《蹉跎岁月》先后荣获大众电视"金鹰奖"和全国优秀电视剧"飞天奖"。

1983年4月下旬,以666票的高票当选第六届全国人大代表。

1983年8月,当选为第六届全国青联常委,接着又当选为贵州省青联副主席。

1984年7月,出任贵州省文学月刊《山花》主编。

1984年12月,被评选为全国自学成才的标兵。

1985年3月至4月,以中国青年文艺代表团团长的身份率团出访斯里兰卡,顺访了泰国,归途中路过香港,这是他第一次出国访问。

1985年5月,由于创作上取得的成就,荣获全国首届五一劳动奖章,全国优秀文艺工作者称号。同时荣获贵州省四化建设标兵,贵州省五一劳动奖章。12月,被选为贵州省作家协会副主席。

1985年9月,参加中国作家代表团访问朝鲜民主主义人民共和国。

1986年元月,当选为中国作家协会理事。3月,当选为贵州省十大优秀青年新闻人物。同年夏天,家搬至南明河畔观凤山下居住。

1987年,长篇小说《家教》由《十月》杂志刊完上半部分。

1988年元月,当选为第七届全国人大代表。

1988年8月,《家教》在北京、上海拍摄成九集电视连续剧。全家从贵阳飞北京,游览了北京、天津、北戴河等地。

1989年,电视连续剧《家教》荣获全国优秀电视剧"飞天奖"。

1990年8月31日,半个月前接到调令,奉调回上海作家协会工作.所有手续都已办妥,所有杂物已经处理,家也搬空了。这是叶辛在贵州度过的最后一个夜晚。

1990年9月上旬,到上海作协报到,出任《海上文坛》杂志主编。

1991年7月,长篇小说《孽债》上半部分的主要章节在上海《小说界》刊出。11月,在上海浦东的新居写完全书。

1992年7月,参加中国人民对外友好协会代表团访问日本。

1992年7月,长篇小说《孽债》山江苏文艺出版社出版了单行本,先后印行两次,头次2万册,第二次1万册。

1993年2月,当选为上海市人大常委会常委、市人大教科文卫委员会委员。

1993年7月,改编完成20集电视连续剧《孽债》剧本。当选为上海市文联副主席。

1995年1月,20集电视连续剧《孽债》于9月开始在上海电视台播出,创下上海电视台电视剧收视率之最,收视率高达42.7%。24日那天在静安寺应邀参加签名售书,一下午签出1990余本,创下近年来的签名售书之最。

1995年3月,叶辛代表作系列三卷本《蹉跎岁月》《家教》《孽债》由江苏文艺出版社出版,计印行5万套。

　　1995年3月至4月,先后在南京、北京、徐州、无锡等地签名售书,均引起热潮。其间,南京签售1400余册,北京1400余册,无锡1700余册,在徐州达到高潮,共签售出3500余册。因人太多.很多买三册书的读者,只能在其中一本书上签名。4月16日,中央电视台东方时空"东方之子"节目跟踪采访拍摄叶辛的签名售书活动。北京电视台、电台同时也作新闻采访。

　　1995年4月21日,中央电视台东方时空节目播出"东方之子——叶辛"。

　　1995年6月,参加中国作家代表团访问美国。

　　1996年12月,在中国作家协会第五次代表大会上,当选为中国作协副主席,并连续任第五届、六届、七届、八届副主席至今。

　　2005年7月,调任上海社科院文学研究所所长。

　　2011年5月,任上海市人大常委会教科文卫委专职副主任,已任上海市人大四届20年常委。

　　2011年9月,出访塞尔维亚,在贝尔格莱德参加国际笔会第77次大会。会上,与国际笔会负责人专门磋商了在中国召开国际笔会的事宜。

　　2016年5月,第四次访问澳大利亚,参加《孽债》英文版首发仪式。《孽债》英文版受到澳大利亚读者的好评和喜爱,首次出版的《孽债》英文版在首发仪式上签售一空,本书在澳大利亚引起强烈的社会影响。